무엇으로 대접할까

글·그림 최은철

맑은샘

무엇으로 대접할까

2017년 05월 30일 초판 1쇄 인쇄 | 2017년 06월 05일 1쇄 발행
글·그림·최은철
신학감수·최진식
의학감수·최은광

펴낸이·김양수
디자인·이정은

펴낸곳·맑은샘 | 출판등록·제2012-000035
주소·(우 10387) 경기도 고양시 일산서구 중앙로 1456(주엽동) 서현프라자 604호
전화·031-906-5006 | 팩스·031-906-5079
이메일·okbook1234@naver.com | 홈페이지·www.booksam.co.kr

ISBN 979-11-5778-215-4 (03800)

"성경 속 그분들이 오늘 우리집을 방문한다면,

큰일이다! 무엇으로 대접할까?"

차례

무대 준비

    오늘도 험한 산, 가파른 절벽을 오르는 사람들이 있다. 산악인을 이야기하는 것이 아니다.

    낭떠러지 끝, 바위 한 귀퉁이, 깊은 산 속 어딘가에 숨어 있을 약초를 캐고 있는 사람들을 말하려 한다.

    분명, 그 약초는 효험을 가지고 있다. 자신이 필요해서 혹은 필요로 하는 사람에게 나눠주고자, 이 산 저 산을 헤맨다. 하지만 하나님께서는 약이 되는 식물을 조금씩, 그리고 잘 보이지 않게 숨겨 놓으신 이유는 무엇일까?

    그것은 지천으로 우리를 위하여 베풀어 놓으신 곡식과 채소와 과일들로 건강을 잘 유지하고 관리하라고 하시는 의미일 것이다.

    병이 들고 나서 힘겹게 하나님의 약방을 찾지 말고, 하나님의 농원에서 얻는 식물들로 하루하루 건강을 잘 지키며 사는 것이 최선이다. 그 방법을 이 책과 함께 나누어 보고자 한다.

"그가 그의 누각에서부터 산에 물을 부어 주시니
주께서 하시는 일의 결실이 땅을 만족시켜 주는도다.
그가 가축을 위한 풀과 사람을 위한
채소를 자라게 하시며 땅에서 먹을 것이 나게 하셔서"

(시편 104:13-14)

1 성경 인물과 질환과의 연관성은 필자의 상상과 개인적 견해를 가
   지고 유추해 본 것으로, 역사적 고증과 다를 수 있음을 알려 드립
   니다.

2 소개되는 식품들은 질환의 치료목적이 아닌 예방목적으로만 참고
   하시고, 어떠한 병이든 먼저 정확한 진단을 받으신 후, 전문의의
   치료를 받으시기 바랍니다.

3 의학용어의 표기 원칙은 붙여서 쓰는 것이지만, 의미전달의 편의
   를 위해 띄어쓰기를 하여 표기하였습니다. (**예시:** 중증열성혈소판감
   소증후군◦중증 열성 혈소판 감소 증후군)

피로는 내 운명
· · · · · · · · · · · · · · ·

아담 만성 피로

"할무이~ 할무이~"

"아이고 야드라, 그기 뭐이고?"

"괴기예, 내가 잡았써예."

여섯 살 무렵, 외갓집에 몇 달 맡겨졌다. 집 바로 뒤는 파도가 밀려오는 해변이었고 대문 앞은 중고등학교 교정이었다. 여기 기웃, 저기 기웃, 어슬렁거리는 것 외에 별로 할 일이 없던 여섯 살의 어느 날, 학교 운동장 수돗가에 팔뚝만 한 생선이 죽은 채, 둥둥 떠 있는 것을 발견했다. 그 생선이 왜 거기 죽어 있는지, 먹을 수 있는 것인지 없는 것인지는 알지도 못했고 궁금하지도 않았다. 아가미에 손가락을 걸고 할머니께로 향했다. 여섯 살 꼬마도 생득적 본성에 이끌려 남자는 일을 해야 하고, 그래야 칭찬받는다는 것을 알았던 모양이다. 대문 멀찌감치에서부터 어깨를 으쓱거리며, 할머니를 불렀다.

아담이 우리 집을 방문하신다니, 벌써 설레기 시작한다. 하나님께서 직접 손으로 빚으신 최초의 사람이니 얼굴은 어떻게 생겼을지, 어떤 목소리를 가졌을지 궁금해진다. 하지만 아담의 그 슬픈 운명을 알고 있다면, 외모보다는 어떤 삶을 살고 있는지에 더 관심을 가질것이다. 세상의 온갖 고생을 다 겪었음을 이르는 말 '산전수전'은 아담에게 쓰는 말이 아닐까? 그가 사랑하는 아내 '하와'의 제안에 동조하고 동참한 결과는 혹독했다.

> "아담에게 이르시되 네가 네 아내의 말을 듣고 내가 네게 먹지 말라 한 나무의 열매를 먹었은즉 땅은 너로 말미암아 저주를 받고 너는 네 평생에 수고하여야 그 소산을 먹으리라. 땅이 네게 가시덤불과 엉겅퀴를 낼 것이라. 얼굴에 땀을 흘려야 먹을 것을 먹으리니" (창세기 3:17-19中)

남(男)이라는 글자는 밭(田)에서 힘(力)쓰는, 즉 땀 흘려 일해야 하는 남자의 운명을 잘 나타내고 있다. 그래서 땀 흘리지 않는다는 뜻의 '불한당(不汗党)'은 하나님의 말씀대로 살지 않는 나쁜 남자를 일컫는 말이다.

아담의 주위에는 농업기술을 알려 줄 부모도 스승이나 동료, 그 누구도 없었기에 변변한 농기구는 고사하고, 스스로 농경 지식과 기술을 터득해야만 했다. 맨손으로 시작했고 홀로 땅을 일구었다. 그의 피로는 가실 날이 없이 날로 쌓여가기만 했을 것이다.

피로나 무력감은 외부, 혹은 내부의 스트레스로 인해 근원섬유(골격근을 이루는 기본 물질)가 손상되고, 피로의 원인이 되는 물질이 체내에 쌓여 시작된다. 피로 원인 물질이 생기는 것은 육체적 노동은 물론이고, 정신적 스트레스나 우울 같은 심리적 요인도 포함된다. 아담은 육체적 노동의 가중과 함께 한번에 두 아들을 잃는 아픔도 겪었다. 그의 큰아들 가인이 작은아들 아벨을 죽이고, 먼 곳으로 쫓겨나게 되는 사건이 있었기 때문이다.

육체 피로와 정신적 스트레스 외에 다른 피로 유발 원인으로는 수면장애나 빈혈, 갑상샘 질환, 근골격계 질환, 당뇨 같은 만성질환 등이 있다. 비만도 피로 유발 원인 중 하나이다. 운동량이 부족하면 인체 내 대사와 순환부족으로 체내 독소 배출이 원활하지 않고, 과체중은 심장에 부담을 주어 피로감이 더해진다. 이렇듯 여러 원인에서 오는 만성피로의 치료는 원인 질환 치료와 함께, 신체 생화학 반응의 촉매 역할을 하는 미네랄과 항피로 비타민이라 불리는 비타민B군의 보충을 통해 개선한다.

한(汉)의학(중의학의 의미로 썼지만, 우리나라 한(韓)의학과 구별 짓는 것은 무의미하므로, 이하 '한의학'으로 통칭함.)에서 만성피로는 오장육부, 기혈, 근골 등 몸이 상한 것과, 과도한 심려로 인해 마음이 상한 것을 그 원인으로 보았다. 그로 인해 원기가 손상되어 기가 허한 증상이 몸으로 나타난다. 몸에 열감이 있으며 말하는 것도 버겁고, 맑은 기운이 위로 올라오지 못해 머리가 무겁거나 어지러우며, 조금만 움직여도 땀을 흘리는 등의 증상이다. 치료의 원칙으로 '약해진 것은 보강하고 적어진 곳은 채워주는' 방법을 쓴다. 편방 약재로는 시호, 복령, 영지, 인삼, 당귀, 황기, 백출, 숙지황, 산약, 대추, 산수유, 구기자, 오미자 등이 쓰인다. (각 약재는 용법, 용량이 다르므로 전문 한의사와 상담 후 사용 바랍니다.) 만성피로에 좋은 식품은 미네랄과 비타민이 풍부한 암녹색 채소류, 포도, 오렌지, 키위, 사과, 딸기 등의 과일류, 견과류, 잡곡류 등이며, 적당한 육류를 섭취하는 것이 좋다. 단백질이 부족하면 피로감이 올라가고 면역력은 떨어지기 때문이다. 하지만 육류나 단백질 섭취가 지나치면 질소, 암모니아를 과다 생성해 간과 신장에 부담을 주고, 오히려 피로를 유발하는 원인물질이 되므로, 과하지 않도록 주의한다.

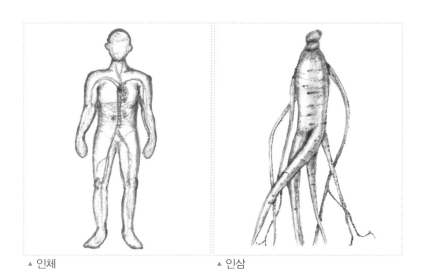

▲ 인체   ▲ 인삼

인삼(人蔘)은 몸 전체의 기혈 순환과 신진대사에 도움을 주어 피로를 해소하며, 떨어진 면역력을 되돌린다. (**주의** ① 여로(藜芦)와 함께 복용금지. ② 인삼을 장기간 복용할 경우, 설사, 피부발진, 수면장애, 신경과민, 혈압상승,

두통, 심장 두근거림 등의 부작용이 발생할 수 있는데, 복용기간에 상관없이 이런증상이 나타날 때는 섭취를 하지 않아야 한다.)

▲ 혈관 속   ▲ 포도

포도는 피로로 소진된 원기를 회복하고 떨어진 식욕을 돋게 한다. 그리고, 근골을 강하게 하고 진액을 생성시킨다. 또한, 폴리페놀 성분이 세균이나 독소와 결합해서 노폐물을 배출하고 혈액의 생성을 돕는다. 주목할 점은 포도 껍질에는 백려로순(白藜芦醇 레스베라트롤) 성분이 많이 들어있는데, 이 성분은 항산화, 항암작용을 하므로 껍질과 함께 먹는 것이 좋다. (**주의** ① 포도에는 다량의 과당이 함유되어 있어, 당뇨환자나 혈당이 높은 사람은 섭취량에 주의한다. ② 배가 차고 설사를 하는 사람은 포도가 설사를 더 악화시킬 수 있으므로 주의한다.)

그럼, 아담에게 무엇으로 대접할까?
준비한 것 꿀 인삼차, 레몬수, 블루베리, 팔보채, 해삼, 야구장, 검은콩 두유, 대추차

• **꿀 인삼차:** 꿀과 인삼은 신속하게 기력을 보충할 수 있는 대표적인 보기(補氣)식품이다. 꿀은 독소를 해독하는 기능도 가지고 있으며, 인삼은 원기를 회복하고 진액을 생성시킨다.

• **레몬수:** 만성 피로에는 인체 내 대사의 기본 물질인 물을 충분히 마시는 것이 좋다. 또, 비타민C는 스트레스 해소와 피로 회복에 도움이 되는 영양소이므로, 물통에 레몬을 썰어 넣어 두고 마시면 간편하다.

• **블루베리:** 남색 딸기란 뜻의 람매(藍莓)라고 불리는 블루베리는 위에 설명한 포도의 항산화 물질과 화청소(花靑素 안토시아닌)는 물론, 딸기에 풍부한 비타민과 각종 영양 성분을 함유해 지친 몸을 회복시키고, 떨어진 면역력을 올리며, 심혈관 건강에도 좋은 기능을 하는 식품이다.

• **팔보채:** 식사는 중식당으로 예약했다. 팔보채는 여덟 가지 보배로운 채소로 만든 음식이다. 청경채, 죽순, 표고버섯, 당근, 양파, 피망, 배추, 부추 등이 쓰이며, 닭고기, 오징어, 새우등이 추가로 들어가기도 한다. 단백질이 부족하면 생체 대사기능이 떨어져 피로감이 생길 수 있는데, 동물성 단백질과 식물성 단백질을 고루 섭취하는 것이 중요하다. 부추는 대표적 보양식품이며, 표고버섯은 단백질이 풍부하고 연어보다 많은 비타민D를 함유하여, 떨어진 면역을 회복시키는 데 도움이 된다.

- **해삼**: 해삼은 바다의 삼으로, 인삼과 그 효능을 견주는데, 신장의 기능을 도와 정수(精髓)를 넘치게 하고, 남자의 양기를 북돋아 성 기능 개선에도 좋다. 해삼은 역시 꼬들꼬들한 맛이 일품이기에 회로 해서 초장에 찍어 드시게 준비했다.

- **야구장**: 피로엔 휴식이 최고의 보약임에 틀림이 없다. 하지만 침대에 누워 있는 것만이 휴식이 아니다. 낮동안 침대에서 머무르면 몸은 더 처지고, 무력감이 더해진다. 적당한 활동은 피곤이 풀리고 기분도 좋아진다. 그래서 야구경기 티켓을 준비했다. 야구 규칙을 몰라도, 야구 경기에 관심이 없어도 괜찮다. 비지정석인 외야석 위쪽 자리는 멀찍이서 들리는 응원 소리와 널따란 경기장, 그 안의 운동 선수를 보면서 색다른 느낌의 경험으로 기분 전환을 할 수 있다. 그들의 활력도 전해 느낄 수 있고, 옆 사람과 도란도란 얘기도 나누며 몸과 마음의 휴식시간을 가져보자.

- **검은콩 두유**: 검은콩은 신장기능을 강화하여 몸속 노폐물의 배출을 돕는다.

- **대추차**: 밤 시간의 충분하고 깊이 드는 잠은 낮 동안 쌓인 피로를 풀고, 몸의 균형을 잡아 준다. 대추는 마음을 안정시키고, 속을 편안하게 해주어 수면을 유도하는 식품이다.

많은 학자가 성경속 에덴에 관해 연구했고, 그 결과 현재의 어디쯤이 었을지 추측을 하고 있다. 나 또한 에덴이 동화 속에 나오는 꿈 같은 동산이었는지, 그 풍경은, 그 빛깔은, 그 공기는, 그 날씨는 어땠는지 온몸의 감각으로 느껴보고 싶다. 아담에게 물어보면 간접적으로나마 체감하고, 호기심은 어느 정도 풀릴 듯하다. 이렇듯 에덴에 관심을 가지는 것은 경험해 보지 못하고 상상만 하는 곳에 대한 단순한 궁금증 때문이다. 하지만 내가 저 천국을 고대하며 관심을 두고 있는 것이 이생에서의 삶이 고단하기 때문이고, 이 땅에서의 생활이 남들보다 덜 행복하다고 느끼기 때문이라면, 이는 에덴을 잃고 살아가는 아담만큼이나 불행한 생애일 것이다. 비록 에덴동산은 아니어도 하나님과 동행하는 삶이라면 그 어디가 낙원이 아니겠는가.

"하늘에 계시는 주여
내가 눈을 들어 주께 향하나이다"

(시편 123:1)

C₂H₅OH

노아 알코올 의존증

"술마셔 본 적 있어요?"

"그럼, 있지"

"언제 처음 마셔 봤어요?"

교회 동생들과의 대화 중에 우연히 나온 질문이었다. 술을 잘 마실 것처럼 생겨서 그런 것인지, 아니면 입에도 안 댈 것 같아서 물어본 것인지, 아무튼, 언제 처음 술을 마셔 봤었는지는 한 번도 진지하게 생각을 해 본 적이 없어서, 기억을 거슬러 올라가도 쉽게 떠오르지 않았다. '그래, 내 인생의 첫 '술'은 교회 성찬식 때 마신 포도주야.'라고 은혜롭게 마무리하려고 하는 순간, 예전 그때가 떠올랐다. 고등학교를 졸업하고 대학입학을 앞둔, 이제 성인이 되었다는 자유의 신분을 만끽하던 시기였다. 한 친구 녀석이 어느 아르바이트하는 여학생에게 첫눈에 반했다며, 나에게 도와달라는 부탁을 했다. 그 친구와 함께, 그 여학생이 일하는 호프집으로 갔다. 친구 띄우랴 분위기 띄우랴, 한 잔 두 잔 분위기에 취하다가, 어느덧 그 가게 영업 마감 시간이 되었다. 나는 친구에게 남자답게 고백하라고 하고 먼저 자리에서 일어나 1층 입구에서 기다리고 있었다.

"어떻게 됐어?"
"어디 가서 한 잔 더 하자"
쓴웃음을 짓고 있는 그 친구와 함께 동네 근처 포장마차로 갔다. 그 친구의 부모님은 다른 곳에서 가게를 하셔서 집은 항상 비어 있었고, 그 날 밤은 친구 집에서 묵기로 했다. 매운 닭발을 안주 삼아 서로의 넋두리가 이어졌고, 이른 새벽이 돼서야 친구 집으로 향했다. 그런데 집에 들어서자 이내 배가 슬슬 아프더니 화장실이 급해졌고, 변기에 앉았다. 술에 취해 맥이 풀어진다는 게 어떤 것인지 처음 느꼈다. 희한한 일이 벌어졌다. 시간이 갈수록 술기운은 오르고 내 기운은 빠져갔다. 대뇌 두정엽에서 운동명령을 내려도 내 팔다리의 근육들이 반응하지 않았다. 그렇게 자포자기의 심정으로 변기에 앉아서 졸다 깨기를 반복했고, 얼마를 앉아 있었을까. 늦은 새벽이 되었다. 친구 여동생들이 학교 갈 채비를 하려고 화장실로 들어서다가 화들짝, 눈이 마주쳤다.

"안녕하세요…"
"어… 얘들아 안녕…"
난 변기에 앉은 채, 짧고 어색한 인사를 나눴다. 이내 친구가 들어왔다.
"야, 뭐 그리 오래 눠, 얘들 화장실 쓴대…"

"아는데… 못 일어나겠어. 몸이 안 움직여…"

친구 여동생들 앞에서 난 그렇게 바지춤을 잡은 채, 풍맞은 사람처럼 질질 매달려 나왔다.

'C₂H₅OH'는 에틸알코올, 즉 술의 화학식이다. 별로 복잡할 것도 없어 보이는 이것이, 사람 몸에 들어가면 일을 굉장히 복잡하게 만들어 버리기 일쑤다.

술의 역사는 언제부터였을까? 노아가 이미 술의 양조법을 알고 있던 것으로 보아, 그 오래전부터 있었고 대홍수 이후에도 새 인류와 함께, 또 시작되었을 것이다.

> "방주에서 나온 노아의 아들들은 셈과 함과 야벳이며 함은 가나안의 아버지라 노아가 농사를 시작하여 포도나무를 심었더니 포도주를 마시고 취하여 그 장막 안에서 벌거벗은지라" (창세기 9:18-21)

노아의 알코올 의존성은 충분히 이해할 만하다. 홍수 전에는 산꼭대기에서 백여 년 가까이 배를 건조했다. 이러한 상식 밖으로 보이는 고된 노동을 하며 사람들의 놀림과 비아냥거림을 받았다. 홍수 때에는 부모와 친지, 친구들을 모두 물에 떠내려 보내야 했다. 홍수 후에는 비가 휩쓸고 간 황망한 대지에 덩그러니 남겨진 채, 무엇을 어떻게 시작해야 할지 끝 모를 막막함을 느꼈을 것이다. 그런 허망함과 좌절감을 술로 잠시나마 잊어보려 했을 법하다.

현대 정신의학에서도 알코올 중독은 술에 의존하게 된 과거의 사연이나 혹, 불안장애를 가지고 있는 것은 아닌지를 살펴, 약물치료와 함께 심리적 문제, 마음의 치료도 함께해야 한다고 말하고 있다. 우리는 이 시대를 살면서 각종 중독에 노출되고 있다. 알코올 중독부터 니코틴 중독, 카페인 중독, 약물 중독, 설탕 중독, 야식 중독에서 도박 중독, 게임 중독, 쇼핑 중독에 이르기까지 다양하다.

중독 증상은 자극에 노출되는 횟수가 거듭될수록 뇌의 충동조절 중추신경에 이상이 와서 오게된다. 이때, 신경 전달물질이 과해지기도 하고 부족해지기도 하여 행동 장애가 발생하고, 일상생활에도 영향을 끼친다. 이 중독 증세들 중에 알코올의 해악이 가장 다양하게 나타난다. 알코올은 몸속에서 분해되며 생기는 아세트알데하이드가 뇌 신경을 손상해 알코올성 치매를 가져오는데, 흔히 필름이 끊긴다고 표현하는 일종의 단기 기억상실을 일으킨다. 또한, 급성 췌장염을 거쳐 만성 췌장염, 알코올성 지방간, 알코올성 진전(신체말단 떨림증상), 알코올성 케톤산증 등은 물론 각종 암을 유발한다. 그리고 술로 인해 여러 사건, 사고에 휘말리기 쉽다.

술 '주(酒)'자는 물과 닭이 합쳐져서 이루어진 글자로, 닭(酉)이 물(水)을 마시듯 하는 것이 술이라는 뜻이다. 그렇듯 한 모금 머금고 쪼르륵 조금씩 넘겨야 하는 것이 술임에도, 술을 들어붓듯이 마시면 취할 '취(醉)'가 된다. 그 닭(酉)은 졸(卒)이 된다는 의미로, 병사 '졸' 마칠 '졸'이다. 인생 졸로 살다가 끝 마칠수도 있다는 얘기다. 이처럼 알코올의 과도하고 빈번한 자극은 뇌의 컨트롤 타워인 중추신경에 이상을 일으키기 때문에, 이후엔 술을 줄이거나 끊고자 하는 것도 내 의지의 문제를 넘어서게 되고, 치료를 해야 하는 단계에 이르게 된다.

한의학에서, 알콜 의존증은 각 장부가 습열과 담탁(더럽고 탁한 부산물)에 상하고, 주독(酒毒)이 혈맥을 침범하여 심신(心神)을 교란하는 것이라고 보고, 그 치료로는 청열해독과 장부의 기능을 되돌리는 것을 기본으로 삼는다. 편방 약재로는 시호, 갈근, 치자, 초과, 지구자, 백부(딸기코 치료등의 외용으로 사용), 백편두 등을 사용한다. (각 약재는 용법, 용량이 다르므로 전문 한의사와 상담 후 사용 바랍니다.) 식품으로는 콩나물, 조개, 북어, 딸기, 복숭아, 유자, 콩, 배추, 배, 샐러리, 무, 우유 등이 숙취 해소 및 떨어진 체력관리에 도움이 된다.

▲ 빙빙도는 지구　　　　　▲ 지구자

지구자(枳椇子 헛개나무 열매)는 〈세의득교방〉에서 숙취의 치료 약재로 소개되고 있다. 대소변을 통한 독소의 배출을 돕고, 부기를 빼며 또한, 가슴부위의 열을 내린다. 주의 용량은 탕약으로 할 경우 10~15g을 사용한다.

장기간 복용할 경우 장부가 상한다고 알려졌다.)

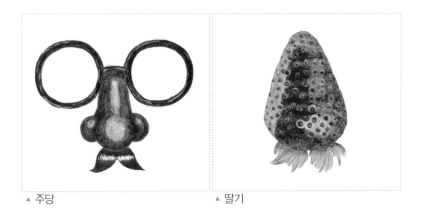

▲ 주당   ▲ 딸기

딸기는 각종 비타민을 함유하고 있으며, 화청소(花青素 안토시아닌), 호라복소(胡萝卜素 카로틴)등을 골고루 가지고 있어서 '과일의 황후'로 불린다. 간을 안정시키고, 피로 해소에 도움을 주며, 혈액 순환을 개선해 혈전 생성을 억제한다.

그럼, 노아에게 무엇으로 대접할까?

준비한 것 유자차, 무말랭이차, 복숭아, 콩비지 찌개, 천일염, 배즙, 소모임

• **유자차**: 유자는 주독(酒毒)을 해독하며, 떨어진 소화기능을 돕는다.

• **무말랭이차**: 무에 함유되어있는 첨채감(甜菜碱 베타인)은 지방간을 억제하고, 간 해독작용을 돕는다. 또한, 죽상 동맥경화를 예방하고, 혈당을 조절하는 기능을 한다. 이 첨채감 성분은 수용성으로 물에 잘 녹기 때문에 차로 마셔도 섭취할 수 있다. 무를 잘게 썰어 말려

놓은 후, 차로 끓일 때 팬에 볶아 사용하면 된다. 첨채감은 구기자에도 많이 함유되어있다.

• **복숭아**: 복숭아는 피로회복과 해독 작용을 하는 과일이다. 이 외에 배, 사과, 귤 등도 해독 과일로 잘 알려졌다.

• **콩비지 찌개**: 알코올에 중독된 사람은 비타민 결핍에 주의해야 하며, 특히 에너지 대사에 관여하는 비타민B군의 보충에 신경 써야 한다. 콩류, 곡류, 육류에 골고루 들어 있다. 또한, 콩에는 단백질 성분인 란린지(卵磷脂 레시틴)가 풍부하여 지방간을 억제하고, 술 담배 등의 독성을 해독하고 배출을 돕는다. 콩비지 찌개에 들어가는 돼지고기는 비타민B군의 중요 공급원인 식품이다.

• **천일염**: 천일염은 노아의 반신욕 재료로 준비했다. 종이컵 반 컵 정도를 40~42도의 물에 푼다. 해수 반신욕은 몸속 약물이나 독소를 배출하는 작용을 한다. 15~20분 정도면 충분하다. 단, 음주 후 바로 반신욕이나 사우나를 하는 것은 삼가한다. 왜냐하면, 땀을 과하게 흘려 탈수와 함께 혈액 내 아세트알데하이드의 농도가 올라가고, 두통 등의 숙취 현상이 오히려 생길 수 있기 때문이다.

• **배즙**: 반신욕 후에 시원한 배즙을 준비했다. 배는 몸속 노폐물을 씻어내며 열독을 풀어 준다. 배에는 상대적으로 다른 비타민보다 비타민B가 풍부하다. (주의 당뇨 환자, 신부전 환자는 과일즙의 하루 섭취

량에 주의해야 한다.)

• **소모임**: 사람들이 알코올에 의존하게 되는 이유의 대부분은 스트레스 상황에서 그에 대처하는 방법이 술로 결론이 나기 때문이다. 스트레스를 푸는 방법은 여러 가지가 있다는 것을 여러 사람들과의 만남을 통해서 알아갈 수 있다. (주의 모임활동 후 뒤풀이가 술자리로 이어지는 동호회나 소모임은 가입하지 않는다.)

*

"재앙이 뉘게 있느뇨 근심이 뉘게 있느뇨
분쟁이 뉘게 있느뇨 원망이 뉘게 있느뇨
까닭 없는 상처가 뉘게 있느뇨 붉은 눈이 뉘게 있느뇨
술에 잠긴 자에게 있고
혼합한 술을 구하러 다니는 자에게 있느니라"

(잠언 23:29-30)

*

노아는 감당하기 힘든 일들을 홀로 어렵게 수행해 나갔다. 대홍수 이후 고개를 저어보고 눈을 감아 봐도 잊히지 않은 마음의 고통은, 술에 의존하게 했을는지도 모른다. 하지만 그는 당대에 유일한 의로운 사람이라는 하나님의 인정을 받았던 사람이다. 하나님을 향한 변치 않는 신앙으로 인류멸망의 슬픔을 극복했을 것이며, 남겨진 땅에서의 새로운 생애도 꼿꼿이 살아가셨을 것이다. 천만 다행히 하나님께서 무지개를 주시며 홍수심판은 다시는 없을 것이라 말씀하셨기에, 의롭지 않은 내가 물에 쓸려 갈 일은 피했다.

환경이 바뀐다는 것은 어렸을 때나 컸을 때나 별로 유쾌하지 않은 경험이다. 난 목회를 하시는 아버지를 따라 초등학교 6년간 네 번의 전학을 했었다. 전학 첫날의 그 서먹하고 외딴 섬에 고립된 것 같은 낯선 분위기, 부산에서 서울로 올라왔을 때 내 사투리를 따라 하며 신기하게 바라보던 아이들, 군대 있는 동안에 새로 이사를 가버린 집을 물어물어 찾아가던 어색했던 동네, 입학 첫날 입은 교복, 입대 첫날 입은 군복, 입사 첫날 입은 양복, 모두 부자연스럽고 익숙해지기까지 얼마의 시간이 필요한 순간들이다. 새로운 어딘가로 가야 하는 전학, 전출, 전근, 전입, 이런 것들은 익숙한 것들에 길든 우리에게 별로 달갑지 않은 단어들이지만 우리는 모두 예외 없이 하나의 전입신고를 남겨두고 있다. 주소지를 이 땅에서 저 천국으로 변경할 때다. 이 또한 가본 적 없고, 이 세상 삶이 익숙하기에, 할 수만 있으면 천천히 전입신고를 하고 싶다. 언제 주소를 이 땅에서 저 천국으로 옮길지는 모르겠지만, 내 삶을 회고해 보면 의로움은 커녕, 욕이나 안 먹고, 하나님 영광을 가리지 않으면 다행인 인생을 살아가고 있으니, 노아는 이렇게 뵙는다고 쳐도 앞으로 예수님을 어떻게 뵈올지, 걱정이 이만저만이 아니다.

**"여호와는 의로우사 의로운 일을 좋아 하시나니
정직한 자는 그의 얼굴을 뵈오리로다"**

(시편 11:7)

외로워도 슬퍼도
. . . .

노아의 아내 과민성 대장 증후군

"은퇴식은 잘 마치셨어요?"

"응, 잘 끝났다."

"이제 새벽에 푹 주무실 수 있으시겠네요, 그래도 섭섭하시겠어요"

"또 다른 일들을 맡겨 주시겠지."

아버지 은퇴식에 참석하지 못했다. 북경에서 중국 의사 고시를 끝내고 병원에 다니고 있던 터였다. 전화상으로 아버지께 축하 겸 위로를 전해 드렸다. 하지만 40년 너머의 세월을 사역으로 보내시고 은퇴를 하신 것은 비단 아버지뿐만이 아니다. 그 날, 어머니께서도 조용히 마음속으로 자신의 은퇴식을 하고 계셨을지도 모른다. 아버지 가시는 길에는 언제나 어머니도 동행하셨다. 바람불고 천둥 치는 날 밤 집회에도, 폭설이 내린 날 새벽 기도회에도, 아버지 곁에는 언제나 어머니가 함께였다.

어린 시절, 집이 이사할 때면 나는 어머니의 손을 잡고 따라다니면 그뿐이었지만, 어머니는 그 오랜 세월을 목회하시는 아버지의 또 다른 손이 되어 안팎으로 도와오셨을 것이다. 복음 들고 산을 넘는 자의 발길은 아름답고, 그 발길을 돕는 손길도 역시나 아름답다.

노아의 아내는 성경에 이름 한번 거론될 법도 한데, 성경 어디에도 그녀의 이름은 등장하지 않는다. 오랜 세월, 남편 노아가 산속에서 방주를 만들 동안 그녀는 세 명의 아들을 기르고, 또 혼인을 시켜 세 명의 며느리를 보았다. 그간 노아는 배를 만드는 것에 더하여 부여받은 임무를 함께 수행했다. 방주 안에서 자신의 식구들은 물론, 모든 동물이 먹을 식량까지도 비축해 놓아야 하는 것이었다. 맡겨진 일을 이행하는 데에 여념이 없던 노아로 인해, 자녀 양육과 집안 생계유지는 오롯이 노아 아내의 몫이었다.

> "너는 먹을 모든 양식을 네게로 가져다가 저축하라. 이것
> 이 너와 그들의 먹을 것이 되리라 노아가 그와 같이 하여
> 하나님이 자기에게 명하신 대로 다 준행하였더라"
>
> (창세기 6:21-22)

오래전 TV 만화 '캔디'의 노래 가사 중에 '외로워도 슬퍼도 나는 안 울어, 참고 참고 또 참지.'란 대목이 나온다. 노아의 아내는 남편이 올라가 있는 산을 바라보며, 외로움을 달래고 마음도 추슬렀을 것이다. 산속에서 배를 만드는 남편때문에 주위 동네 사람들의 수군거림과 놀림에 때

론 분하고, 때론 침통함으로 세 자녀를 키워갔겠지만, 남편 노아의 사명을 이해했기에 어느 날 갑자기 짐을 챙겨 가족들과 함께 산위에 있는 배로 오르라는 상식밖의 말에도, 남편을 따라 묵묵히 배로 들어갔다. '소돔과 고모라'에서의 도시의 삶의 미련을 못 버리고 소금 기둥이 되어버린 롯의 아내와는 사뭇 다르다.

이렇듯 순응의 모습을 보인 노아의 아내는 몸에 이상이 있을 때에도 '참고 또 참고' 할 가능성이 농후하다. 그렇기에 노아의 아내는 장염이나 식중독 증세는 없는지 잘 살펴보아야 한다. 보통 예년보다 장마가 길어지면 바닷물의 염도가 낮아지게 되고, 각종 균이 급격히 증식해 전염병이 발생하기 쉽다. 또 해수 온도가 올라가거나 습한 날씨는 세균을 증식시키고, 물이나 음식도 쉽게 상해서 장염을 일으키기 쉽게 된다. 특히, 간질환이 있거나 당뇨병 등을 앓는 만성 질환자는 장염 비브리오 같은 균에 감염되면 패혈증 등의 합병증을 유발해 치명적일 수 있다. 노아 때의 홍수는 40일 밤낮을 하늘이 뚫린 듯 비가 쏟아져 내렸고, 비가 그친 후에도 물이 빠지고 땅이 마르기까지 일 년여의 시간이 걸렸다.

"노아가 육백 세 되던 해 둘째 달 곧 그달 열이렛날이라 그날에 큰 깊음의 샘들이 터지며 하늘의 창문들이 열려 사십 주야를 비가 땅에 쏟아졌더라 육백일 년 첫째 달 곧 그달 초하룻날에 땅 위에서 물이 걷힌지라 노아가 방주 뚜껑을 제치고 본즉 지면에서 물이 걷혔더니 둘째 달 스무이렛날에 땅이 말랐더라" (창세기 7:11~12, 창세기 8:13~14)

장염과 식중독은 둘 다 복통, 설사를 일으킨다는 점에서 비슷하다. 이 둘의 차이는 식중독은 말 그대로 먹은 음식을 통해서 발생하는 것으로, 상하거나 오염된 음식 안의 균이나 바이러스, 음식의 독성(복어, 독버섯 등등) 때문에 생긴다. 장염은 음식뿐만 아니라, 접촉을 통해서도 감염이 될 수 있고, 과민성이나 크론병 같은 다른 원인으로도 장에 염증이 생길 수 있다.

그 중 과민성 대장 증후군은 스트레스나 자극적 음식이 원인이 된다. 증상은 복통과 설사 혹은 변비로도 나타날 수 있는데, 화장실을 다녀오면 복통은 사라지는 것이 특징이다. 심리적 스트레스 상황이 있을 때나 찬 우유, 기름기 많은 음식, 맥주 등 자신에게 복통을 유발하는 특정 음식을 섭취했을 때 배 아픈 증상이 나타난다.

한의학에서 과민성 대장 증후군은 복사(腹瀉)의 범주로 보았으며, 그 원인 중의 하나로 '정서의 실조(失调)'를 들고 있다. 노하거나, 놀라거나, 우울해 하는 등의 감정은 장부의 기의 흐름을 막아 설사, 복통을 유발한다는 이유다. 치료는 비장, 신장, 간, 대장의 기를 보충하고 습을 없애는 방법을 쓰고 있다. 이질이나 설사에 쓰이는 편방 약재로는 생강, 향유, 방풍, 백지, 시호, 황련, 황백, 진피, 금은화, 녹두, 마치현, 목향 등이 이용된다. (각 약재는 용법, 용량이 다르므로 전문 한의사와 상담 후 사용바랍니다.) 장을 자극하지 않고 장운동에 도움을 주는 식품으로는 바나나, 귤, 홍시, 매실, 모과, 단호박, 고구마, 미역, 다시마 등이 있다.

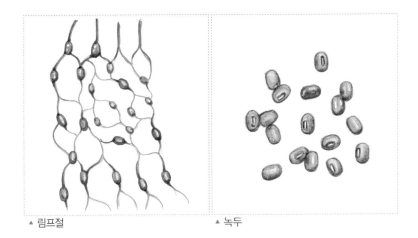

▲ 림프절　　　　　▲ 녹두

녹두는 식중독이나 약물 중독의 해독제로 쓰인다. 그리고 몸의 열을 배출시키는 효능이 있다. (주의 ① 비·위장이 차고 약하거나, 과민성 대장 증후군 증상에는 섭취 금지. ② 한약을 복용 중일 때는 녹두의 해독작용이 약의 약효를 떨어뜨릴 수 있으므로 섭취에 주의한다.)

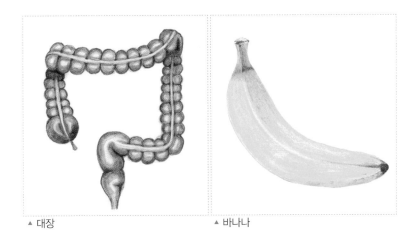

▲ 대장　　　　　▲ 바나나

바나나는 스트레스를 완화하고 장의 통증을 해소하는데 좋고, 섬유질의 일종인 과교(果胶 펙틴)가 함유되어 있어 체내 독소 배출을 돕는다. 또한, 이뇨작용을 도와 부기를 빼고 설사를 완화한다. (**주의** 바나나에는 칼륨, 마그네슘 등의 미네랄이 많이 함유되어 있기 때문에 신장염 환자나 신부전 환자는 섭취량에 주의해야 한다.)

그럼, 노아의 아내에게 무엇으로 대접할까?
준비한 것 매실차, 호박죽, 우렁 된장국, 미나리 된장 무침, 보리차, 이온음료, 산책, 성경책

• **매실차**: 매실은 식중독과 주독을 없애고, 설사를 멈추게 한다.

• **호박죽**: 간식으로 호박죽을 준비했다. 호박에는 비타민A가 풍부해서, 오랜 설사의 기력회복에 좋다. 이뇨작용을 도와 수분을 조절하기 때문에 설사할 때 좋은 식품이다.

• **우렁 된장국, 미나리 된장 무침**: 식사 때 우렁 된장국을 준비하려 한다. 우렁은 체내 열을 내리고, 습을 제거하는 효능을 가지고 있어서 예로부터 다양한 대장 질환의 약재로 사용했다. 또한 된장은 단백질이 풍부한 발효 식품으로 유해균의 증식을 억제하고 장내 운동을 촉진하여 대장 기능이 정상으로 회복하도록 도와주는 정장작용을 한다. 하지만 유산균은 열에 약하여 끓이게 되면 사멸한다. 따라서 된장의 유산균을 섭취하기 위해서는 된장을 그대로 먹으면 된다. 취나물, 냉이, 열무, 미나리, 두릅 등의 된장 무침이나 깻잎, 콩잎

등의 된장 장아찌 등으로 활용할 수 있다. 미나리는 장을 튼튼히 하고 해독 작용의 효과도 있다. 행여, 한국의 대표 음식을 대접하려 숯불 갈빗집을 가는 것은 노아 아내에게는 곤란하다. 기름진 음식은 장염에 좋지 않고, 또 고기가 충분히 익지 않으면 식중독균이 남아 있거나, 쌈 채소에도 박테리아가 존재하기 때문에, 장염이 있거나 면역력이 떨어져 있을 때에는 직화 구이는 삼가는 것이 좋다.

• 보리차: 보리차는 우리가 습관적으로 물 대용으로 마시기에 맹물처럼 여기지만, 보리는 식체, 부종, 소변 곤란 등에 약효가 있다. 〈본초습유〉에서는 장염과 설사가 있을 때 치료의 용도로도 쓰인다고 기록되었다.

• 이온음료: 잦은 설사에 가장 주의할 것은 탈수이다. 이때는 전해질 보충을 해야 하는데, 집에서 전해질 보충을 할 수 있는 이온음료 만드는 법을 알아본다. 물 1L에 오렌지 주스 한 컵, 설탕 8스푼, 소금 1스푼을 넣으면 훌륭한 이온음료가 된다. 심한 설사시에 수시로 마셔 주면서 탈수를 예방한다. 갑작스러운 설사는 몸속에 들어온 독소를 배출하는 일종의 몸의 방어 작용이다. 따라서 설사를 멈추게 하는 지사제를 무조건 복용하기보다는 물을 마시면서 탈수를 예방하고 경과를 지켜보는 것이 좋다. 또한, 과민성 대장 증후군 환자가 오랜 기간 지사제를 사용하면, 장의 기능을 떨어뜨려서 장 무력증이 올 수 있으므로, 약보다는 운동과 식이섬유 섭취 등을 통해 조절하는 것이 좋겠다.

- **산책**: 스트레스는 과민성 대장 증후군을 악화시키는 요인이다. 스트레스는 소화기능을 떨어뜨리는데, 떨어진 소화기능으로 인해 음식물이 장에 머무르는 시간이 길어진다. 이는 장내 유해균의 증식을 가져오고 장내 환경은 더욱 악화된다. 하루 30분, 천천히 심호흡하며 걷는 것은 스트레스를 완화하고, 마음의 안정을 가져온다.

- **성경책**: 과민성 대장 증후군은 말 그대로, 과도하게 민감해진 대장이 기능상의 장애를 일으켜 생기는 증후이다. 따라서 검사상으로는 해부학적, 생리학적 이상소견이 발견되지 않는데, 이는 마땅한 치료 방법이 없다는 의미이다. 심리적 요인이 원인이라면, 과민하게 만드는 문제가 해결되어 걱정과 고민에서 벗어나면 되겠지만, 외부 환경이나 상황이 바뀌는 것은 쉽지 않을 수 있다. 이때 성경 말씀을 읽으며, 묵상하고, 되새기는 가운데 예수님께서 주시는 위로와 평안을 얻을 수 있지 않을까. 근심, 염려를 덜어내고 하늘로부터 오는 마음의 평강을 얻자.

"너희 염려를 다 주께 맡기라 이는 그가 너희를 돌보심이라"

(베드로전서 5:7)

우리는 누군가가 남의 지시를 받거나, 남의 의견에 줄곧 따르는 것을 보게 되면, 그 사람을 못나게 보거나, 별 볼 일 없는 사람이라고 느끼게 된다. 하지만 따르기로 하는 것도 자기 자신이 내리는 주관이고 판단이다. 노아의 아내는 세상 사람들이 뭐라 하든 노아를 따랐고, 그 시선들 속에서 세 아들을 키웠다. 그리고 그 가족만이 살아남아서 새로운 인류를 시작하였다.

군대 가기 전 한때, 교회를 다닌다는 것이 왠지 나약해 보일 것 같고, 착하게 굴어야 할 것 같고, 내 행동에도 제약이 따를 것 같기도 해서, 나는 친구들 사이에서 크리스천임을 말하지 않고 어울린 적이 있었다. 말하지 않았던 것이 오히려 기독교의 이름에 먹칠을 하지 않은, 뜻밖의 좋은 결과(?)를 가지게 되기는 했다. 그렇다고 앞으로도 그 좋은 결과를 얻기 위해, 교회 안에서와 밖에서가 다르고, 평일과 일요일의 삶이 완전히 상반된, 비밀요원처럼 이중생활을 하겠다는 말은 아니다. 논리학에 삼단논법이 있다. 1단: '사람은 모두 죽는다.' 2단: '나는 사람이다.' 3단: '따라서 나도 죽는다.'로 결론이 도출되는 논법이다. 오늘의 홍안(紅顏)도 내일은 백골(白骨)로 될 수 있는 것이 인생이다. 삶이 조금씩 갈무리되어 가는 지금, 내가 '어떻게 보이느냐' 보다 내가 '무엇을 보고 있느냐' 가 더 중요하다는 것을 깨달아가고 있다.

> **"누구든지 나와 내 말을 부끄러워하면**
> **인자도 자기와 아버지와 거룩한 천사들의**
> **영광으로 올 때에 그 사람을 부끄러워하리라"**
>
> (누가복음 9:26)

심청아
. . . .
이삭 당뇨병성 망막 병증

"학생, 육미지황완 조성은 뭐지?

중일우호병원 '당뇨병 내과' 아침 회진시간, 주임교수가 새로 실습을 시작하는 학생 중 하나인 나를 지목하며 질문을 던졌다. 이미 150여 개의 방제를 외우고 있던 터라, 긴장할 것도 없이 자신있게 읊어 나갔다.

"땅꾸이(当归), 후왕리엔(黄连), 슈디후왕(熟地黄)…"

하나씩 더 해 나갈 때마다, 옆에 서 있던 주치의들이 표정이 일그러져 갔다. 뭐가 잘못됐지? 궁금하던 차에 곧 알게 되었다. '육미지황완'을 '당귀육황탕'으로 착각해 듣고, 엉뚱한 걸 읊고 있었던 것이었다. 당뇨병 내과 첫날은, 그렇게 우수하지 못한 학생의 인상으로 시작하게 되었다. 일반적으로, 당뇨병은 갑상샘 질환, 호르몬 분비 질환과 함께 내분비 내과에서 담당한다. 하지만, 당뇨 클리닉을 따로 운영하는 병원이 있는 것처럼, 중국도 당뇨 환자가 워낙 많다 보니 이 병원도 당뇨병 내과가 별도로 개설되어 있었다. 당뇨병 내과 병실에는 더는 스스로 혈당을 조절할 수 없는 환자들이 입원하였다. 그들은 엄청난 당뇨 수치를 보임에도, 겉으로 보기에는 특별히 이상이 있는 환자처럼 보이지 않았다. 당뇨는 당뇨 합병증이 하나둘 나타나기 전 단계인 초기 몇 년간은 특이한 증상이 없다. 그때가 고혈당과 당뇨를 치료할 수 있는 마지막 기회의 시간이다. 여러명의 환자를 통해서 합병증이 나타나기 시작하면 그때부터는 치료가 쉽지 않다는 것을 깨달은 시간이었다.

한국의 대표 효녀는 '심청이'이다. 효성이 극심하여 하늘도 감동해 눈 먼 아버지의 눈이 번쩍 뜨였다는 이야기이다. 성경 안에도 효자가 있다. 이삭은 성경 속의 대표적인 효자다. 아버지 아브라함을 사랑하고 존경했으며, 순종했다. 어느 날, 아버지 아브라함이 먼 길을 떠날 때, 이삭 또한 아침 일찍이 아버지의 분부를 받고 그를 따라 나섰다. 삼일 길을 동행해 산 아래 도착했다. 이삭은 장작을 짊어지고 아버지 아브라함과 함께 모리아 산으로 올랐고, 목적지에 도착한 아브라함은 하나님의 명령대로 장작을 하나둘 쌓기 시작했다. 그리고 아브라함은 그 장작 위에 이삭을 결박하고 칼을 빼 들었다. 이삭은 아버지를 돕고자 따라 나섰다가 날벼락 같은 상황 아래 놓였지만, 왠일인지 아무런 물음도 하지 않은 채, 아버지께 생명까지도 맡긴 듯 보였다.

시간이 여러 해 흘러 이삭이 결혼할 시기가 되었다. 이삭은 아버지가 정해 준 리브가란 여인과 결혼했고 가정을 꾸렸다. 그리고 그에게서 쌍둥이 아들인 에서와 야곱이 태어났다. 이삭은 야외 활동보다는 홀로 사색하는 것을 좋아했다. 더군다나, 유독 고기를 좋아해 즐겨 들었다.

"이삭은 에서가 사냥한 고기를 좋아하므로 그를 사랑하
고 리브가는 야곱을 사랑하였더라" (창세기 25:28)

우리 몸은 신체 활동과 대사를 위한 에너지가 필요하고, 그 연료는
음식을 통해 공급받는다. 움직이거나 운동할 때 열이 나는 것은 연료를
태우기 때문인데, 그 연료는 당과 지방이다. 소모되고 남은 여분의 연료
는 지방 형태로 저장해 둔다. 하지만 소모하는 양보다 남아서 저장하는
양이 많을 때, 몸속 여기저기에 지방이 쌓이게 된다. 그러나 더는 넘쳐
나는 당과 지방이 감당이 안 될 때, 우리 몸은 혈액 속의 당이 세포 속
으로 들어가지 못하게 '인슐린 저항성'이 생기고, 그래서 혈액 속에 당
의 농도가 높아진다. 소변에서도 당이 나오는 당뇨가 되는 것이다. 결
국, 당뇨병은 고열량, 고지방식을 하면서 그 에너지를 적절히 소모하지
않아 생기는 대사 질환이다. (여기서 말하는 당뇨는 인슐린 저항성, 즉, 대사
질환으로 생긴 '2형 당뇨'를 말하며, 췌장의 인슐린 분비 질환인 '1형 당뇨'와는
다름.) 당뇨 합병증이 무서운 이유는 혈관 문제라는 것에 있다. 따라서,
당뇨는 대혈관과 온몸 구석구석에 다다르는 모세혈관 곳곳에 치명적인
합병증을 가지고 온다. 드러나기 전까지 서서히 몰래 진행된다는 것도
또 다른 무서운 이유이다. 끈적해진 혈액으로 인해, 특히 미세한 혈관
이 모여 있는 곳이 막히고 순환이 안 되서 망가지게 되는데, 신장의 사
구체, 눈의 혈관, 다리 말초 모세혈관 등이 대표적이다. 당뇨 합병증 중
의 하나인 당뇨병성 망막 병증은 눈의 미세 혈관이 막혀서 시신경 세포

가 손상되고, 시력저하로 이어지다가 실명에 이른다.

> "이삭이 이르되 내가 이제 늙어 어느 날 죽을는지 알지
> 못하니 그런즉 네 기구 곧 화살통과 활을 가지고 들에 가
> 서 나를 위하여 사냥하여 내가 즐기는 별미를 만들어 내
> 게로 가져와서 먹게 하여 내가 죽기 전에 내 마음껏 네게
> 축복하게 하라" (창세기 27:2-4)

당뇨를 고치기 힘든 이유는 생활 습관으로 온 병이기 때문이다. 습관
이란 것은 몸에 밸 정도로 오래, 그래서 무의식으로 하게 되는 행동이
기에, 지독히도 바꾸기가 쉽지 않다. 이삭은 자신이 좋아하는 식습관,
생활습관으로 인해 결국, 당뇨병성 망막 병증이 악화 되어 한 치 앞도
구별할 수 없는 실명에 이르고 말았다.

> "이삭이 야곱에게 이르되 내 아들아 가까이 오라 네가 과
> 연 내 아들 에서인지 아닌지 내가 너를 만져보려 하노라"
> (창세기 27:21)

성경에 등장하는 또 다른 인물 아사를 살펴보자. 아사는 유다의 6대
왕이었다. 그가 왕실 생활을 누린지 39년에 당뇨병족 즉, 당뇨 족부 궤
양으로 고통당한 것으로 보인다. 풍족한 식사에 비해 부족한 활동량은
고지혈, 고혈압으로 혈관을 병들게 한다. 결국, 당뇨로 인한 합병증인
말초 신경병증이 나타난다.

"아사가 왕이 된 지 삼십구 년에 그의 발이 병들어 매우 위독했으나 병이 있을 때에 그가 여호와께 구하지 아니하고 의원들에게 구하였더라" (역대하 16:12)

결국, 아사 왕은 증상이 나타나고 2년 만에 목숨을 잃고 말았다.

한의학에서는 당뇨병을 '소갈병(消渴病)'이라 하여, 아무리 먹고 마셔도 여전히 배고프고 목마르며, 소변량은 늘어가고 후에는 살이 말라간다고 그 증상을 설명하였다. '풍요 속의 빈곤'처럼 피 속에 혈당은 넘쳐나는데, 정작 당뇨 환자는 인슐린 저항성으로 인해 당조절이 안되어 저혈당을 걱정해야 한다. 한의학에서의 당뇨의 치료는 열을 내리고 마른 곳을 축이며, 음액을 더하고 진액을 만드는 방법을 쓰고 있다. 편방 약재로는 우방자, 선태, 갈근, 지모, 노근, 천화분, 죽엽, 황련, 연교, 생지황, 지골피, 황정, 잠사, 상지, 오가피, 자오가, 맥문동, 창출, 산수유, 구기자, 오미자 등이 쓰인다. (각 약재는 용법, 용량이 다르므로 전문 한의사와 상담 후 사용 바랍니다.)

식품으로는 과일인 듯 과일 아닌, 채소인 듯 채소 아닌, 그렇게 보이는 것들이 혈당조절에 도움을 주고, 고혈당일 때에 비교적 안전하게 섭취할 수 있다. 토마토, 밤, 대추, 고구마, 옥수수, 오이, 참외, 여주, 유자, 살구, 모과 등이며, 표고버섯, 가지, 냉이, 우엉, 돼지감자(菊芋) 등도 혈당 조절에 도움이 된다. 단, 당뇨 합병증으로 인해 신장 기능에 이상이 생긴 만성 신부전 환자는 토마토나 참외, 버섯, 밤, 고구마, 잡곡 등 칼륨이 많이 함유되어 있는 음식은 피해야 한다.

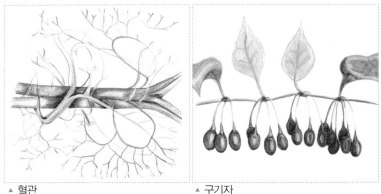

▲ 혈관   ▲ 구기자

　구기자(枸杞子)는 간과 신장의 음허를 치료하는 약재로, 조혈기능을 촉진하고, 혈중 지질과 혈당을 내리는 작용을 한다. 〈약성론〉에서는 장수하게 하는 약재로 소개 하고 있다. 또한, 눈을 맑게 해서 명안자(明眼子)란 별명을 가지고 있기도 하다.

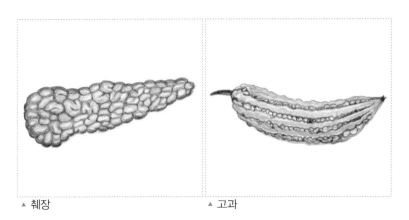

▲ 췌장   ▲ 고과

　고과(苦瓜)는 쓴 과실이라 붙여진 이름인데, 우리나라에서는 '여주'라 불린다. 혈당을 낮추고 열을 내리며 피를 생성하는 식품으로 알려졌다. **주의** ① 차가운 성질의 량과(凉果)로 임신부, 배가 차서 설사하는 사람은 섭취에 주의해야 한다. ② 고과의 씨에는 호로고소(葫芦苦素 쿠쿠르비타신)가 들어 있는데, 이 성분은 항암작용과 간기능을 개선하는 성분이지만, 다량 섭취시 구토나 설사를 일으킬 수 있으므로 주의.)

그럼, 이삭에게 무엇으로 대접할까?

준비한 것 옥수수수염차, 돼지감자차, 고구마와 김치, 감귤, 비빔밥과 냉잇국, 주스 캔 음료, 운동화, 온도계, 수면 양말

- **옥수수수염차**: 옥수수수염은 신증후군(신장의 사구체에 이상이 생겨 오는 질환)에 대한 약효가 중국 임상시험 결과 입증되었다. 차 대용으로 마시면 당뇨 치료에 효과가 있다.

- **돼지감자차**: 돼지감자에 들어있는 국분(菊粉 이눌린)은 혈중 지질농도를 조절하며, 혈당을 낮추는 기능을 한다. 말린 돼지감자를 마른 프라이팬에 볶은 다음, 차로 끓이면 된다.

- **고구마와 김치**: 고구마는 소박해 보이는 간식이지만, 혈당 조절뿐만 아니라, 베타호라복소(β-胡蔘卜素 베타카로틴)의 함량이 높아 항산화 효과도 뛰어나다. 또 식이섬유가 많아 유산균의 먹이가 된다. 그래서 김치와는 찰떡궁합 식품이다.

- **감귤**: 감귤은 당뇨 환자의 망막 출혈을 예방한다고 알려졌다.

- **비빔밥과 냉잇국**: 식사는 산채 비빔밥과 냉잇국으로 준비했다. 비빔밥은 밥 위에 쇠고기, 달걀, 시금치, 콩나물, 호박, 무채, 버섯 등을 더해 비벼 먹는, 필수 5대 영양소를 골고루 섭취할 수 있는 음식이다. 냉이는 중국에서는 '제채(荠菜)'라 이름하며, 당뇨병성 백내장의 치료 약재로도 쓰이고 있다. 이삭과 천천히 대화하며 식사시간을 가지려 한다. 당뇨 환자의 식사는 천천히, 그리고 약간 부족한 듯 먹는 것이 좋기 때문이다.

- **주스 캔 음료**: 평상시에 주스를 마시라는 뜻이 아니다. 주스에 들어 있는 액상 과당은 고혈당에 좋지 않다. 그러나 당뇨 환자가 급작스럽게 저혈당 쇼크가 왔을 때는 캔 음료가 가장 좋다. 사탕이나 초콜릿보다 과즙 음료가 당 흡수가 빠르기 때문이다. 당뇨 환자는 무리한 운동을 하면 저혈당이 올 수 있으므로, 가벼운 운동이 좋고, 시간대는 저녁 식사 후가 가장 적합하다. 하루 동안의 남은 칼로리를 연소하는 데 유리하다.

- **운동화**: 운동 시 주의할 것은 당뇨 환자는 과도하고 격렬한 운동은 피해야 한다. 이미 심혈관계에 이상이 있는 상태이므로, 정상 상태일 때처럼 운동하면 위험이 따른다. 그렇다고 운동을 게을리하면 안 된다. 자신에게 적당한 운동을 지속해야 한다.

- **온도계**: 저녁 가벼운 걷기 후에는 말초 혈액순환을 돕는 족욕을 준비했다. 족욕 시 주의할 점은 당뇨 환자는 발의 상처나 뜨거운 물

에 대한 감각이 떨어져 화상을 입을 수 있으므로, 온도계를 이용하여 적정 온도(40~42도)을 맞추고, 또 발에 상처는 없는지 유심히 살펴야 한다.

• **수면 양말**: 수면 양말은 이삭이 주무실 때 발의 온도가 떨어지는 것을 막아 준다. 발 온도가 떨어지게 되면 다리 말초 모세혈관의 혈액 순환이 저하되어 당뇨 환자에게 좋지 않다.

🍃

"너는 꿀을 보거든 족하리만큼 먹으라
과식하므로 토할까 두려우니라"

(잠언 25:16)

🍃

하나님께서 계획하신 아브라함의 믿음의 시험무대에, 이삭은 뜻하지 않게 조연으로 참여하게 됐었지만, 이삭 또한 그 사건을 통해 하나님을 몸소 경험하게 되었다. 갈 길을 친히 인도하시는 하나님이심을 직접 목격했기에, 그 체험적 신앙은 그의 일생을 평화주의자의 모습으로 살게 했다. 아무리 자신의 것을 지키려고 발버둥 치고 애써도, 지키시고 인도하시는 분은 하나님인 것을 깨달았기에, 원수를 갚지도 않았고, 다툼이나 분쟁을 일으키지 않았다. 그에게 해를 가하는 자들을 향한 이삭의 해결책은 맞서서 되갚아주는 것이 아닌, 자신이 물러나는 것이었다.

TV드라마의 최고의 재미는 통쾌한 결말이다. 악역으로 등장하는 가증스럽고 거짓말만 일삼는 그 사람이 결국엔 죄의 댓가를 치르는 대목이다. 그런 드라마의 결론은 보는 사람으로 하여금 한여름의 얼음냉수와 같은 시원함을 선사한다. 그러나 짜릿한 종말이 아닌, 서로 화해하며 죄를 용서하고 훈훈하게 마무리가 돼버리면, 아름다운 결론임에도 불구하고 왠지 김이 빠지고 찜찜함을 느낀다. 내 마음에 용서보다는 응징하고자 하는 마음이 크기 때문일 것이다. 나는 나의 마음을 무겁게 하고 갈등하게 하는 사람들 사이에서 성경의 말씀대로 상황들을 풀어가야 한다는 것을 알고 있지만, 희한하게 마음 한구석에는 미운 사람에게 앙갚음하고 싶은 마음이 고스란히 남아 있다. 이 세대는 때린 자보다 맞는 사람이, 속이는 자보다 속는 사람이 더 창피를 당하고 바보라고 힐책을 받는 세상이다. 맞기보단 때리고, 당했을 때는 몇 배 되갚아주는 것이 세상의 이치겠지만, 어떤 것이 더 지혜로운 것인지 이번에 이삭을 맞아 대접을 해드리며 되새겨볼 생각이다.

"내 사랑하는 자들아 너희가 친히 원수를 갚지 말고
하나님의 진노하심에 맡기라 기록되었으되
원수 갚는 것이 내게 있으니
내가 갚으리라고 주께서 말씀하시니라"

(로마서 12:19)

하루 개장수로 느낀 인생

'아, 팔 떨어지겠네… 뭐가 이렇게 무거워?!'

아침나절, 한이가 운영하는 잡화점으로 강아지 여섯 마리를 낑낑대며 들고 갔다. 한이는 친하게 지내는 중국인이다. 키우던 잡종 개 '화화'가 뜬금없이 새끼를 배더니, 덜컥 낳아 버렸다. 화화 입장에서는 '뜬금'도, '덜컥'도 아니었겠지만, 일의 발단은 이렇다.

이웃집에서 강아지 한 마리를 얻어와 키우게 되었다. 무늬가 꽃처럼 예쁘고 깜찍해서 화화라 이름 짓고, 적적하던 나의 외국 생활의 친구가 되었다. 일 년도 안 된 어느 날, 쓰레기를 내다 놓으려 잠깐 대문을 여는 그 사이에, '후다닥' 기다렸다는 듯이 줄행랑을 쳤다. 내가 뭘 그리 잘 못 대해 주었다고… 서운하기도 하고 얄밉기도 하고 그런 마음을 아는지 모르는지, 다음날 새벽 동틀 무렵에서야 헥헥 거리며 돌아왔다.

몇 달이나 흘렀을까, 어느 날 새벽, 두 시 무렵, 밖에서 다리 부러진 제비 비명이 들렸다. '이제 나도 부자가 되려나…' 비몽사몽 간에 그 소리를 무시하고 다시 잠을 청하였다. 그러나 그칠 줄 모르는 그 괴상한 소리에, 더는 잠을 이룰 수가 없었다. 일어나 나가 보니, 바닥에는 생전 본 적 없는 조그만 생물체가 허우적거리며 꽥꽥거리고 있었다.

화화는 가끔 그것에 코를 가져다 대고 킁킁거리더니, 개 특유의 난처한 표정으로 고개를 갸우뚱거리며, 우왕좌왕 이리 뛰고 저리 뛰며 어찌할 바를 몰라 했다.

'이른 새벽에 이게 무슨 날벼락이냐⋯'

금은보화가 가득한 박 대신에, 여섯 마리의 강아지 보따리가 굴러들어 왔다. 그 날부터 고생 보따리도 함께 풀렸다. 친정엄마의 심정으로 젖 잘 나오라고 돼지족발에 사골국을 끓여 주며 돌보아 주었다. 어미며 새끼를 보살피기가 거의 두 달 가까이 이어졌다. 뒤치다꺼리에 서서히 지쳐가던 때에, 젖을 떼자마자 이때다 싶어서 이곳 한이가 장사하는 잡화점으로 데리고 온 것이다. 원래는 동네 사람들에게 나눠 줄 생각이었지만, 한이가 자기 가게 앞에 내다 놓으면 사람들이 사갈 거라 했다. 그간 들어간 돼지족발 값이나 건져 보자는 심산으로 광주리 두 개에 나눠 들고 온 것이다.

바구니를 가게 입구에 놓아두고, 지나가는 사람들을 쳐다보고 있다. 서로 엉켜 웅크리고 있는 강아지도 불쌍하고, 그걸 팔겠다고 가져와 앉아 있는 나도 처량했다. 얼마냐고 묻는 사람, 무슨 종이냐고 묻는 사람, 정작 사는 사람은 한 명도 없었다. 지난날, 여기 가게에 놀러 올 때면 난 마치 아랍 왕자나 되는 것처럼, 커피며 피자, 아이스크림을 직원들에게 돌리며 돈 있는 척, 돈 잘 쓰는 척, 온갖 허세는 다 부렸는데, 오늘 개 팔고 앉아 있는 꼴에 스스로 얼굴이 화끈거렸다.

반나절이 지나도록, 그저 간간이 호기심에 슬쩍 바구니 안을 들여다 보고 가는 사람들뿐이었다. 이젠, 돼지족발 값이나 벌어보자는 생각은 온데간데없어지고, 강아지를 다시 집으로 들고 돌아가지만은 않았으면 하고 바랐다. 처음 매겼던 개값이 반값에서 다시 반의반 값으로 내려가 다가, 결국 한이에게 모두 맡겨버렸다. 아무 가격이나 알아서 팔다가 안 팔리면 직원들 나눠 주라고 하고 집으로 돌아왔다.

어둑어둑 해 질 무렵, 시계를 보니 잡화점 문 닫을 시간이 얼추 다 되 었다. '몇마리나 팔렸으려나.' 궁금해하던 차에 한이에게서 전화가 왔다.

"팔렸어?"
"한 마리도 안 팔려서 다 나눠 줬어."
"풋"
헛웃음이 나왔다. 아침부터 강아지 바구니와 씨름하며 왔다 갔다 하 고 애쓴 하루가 우습게 끝나버렸다는 생각에 '풋'하고 웃음이 나왔던 것 이다. 하지만 이내 들었던 생각은 만약 강아지를 파는 것이 생계였고, 강아지를 팔아야만 나와 내 식구들이 끼니를 떼울 수 있다면, 과연 '풋' 하고 웃음이 나왔을까…였다.

오늘도 길모퉁이 시장 길가 한쪽에서, 채소며 과일이며 보따리에 이 고 온 잡다한 물건들을 파는 분들이 있다. 안 팔렸다고 헛웃음 지을 수 없는 그들의 노곤한 하루를 조금이나마 더 일찍, 한 바구니라도 더 가볍게 마치도록 도와 드리는 것은 그리 어려운 일은 아니다. 어쩌면 내 손엔 작은 봉지와 함께 약간의 훈훈함도 들려져 있을 것이다.

> "네가 네 감람나무를 떤 후에
> 그 가지를 다시 살피지 말고
> 그 남은 것은 객과 고아와 과부를 위하여 남겨두며
> 네가 네 포도원의 포도를 떤 후에
> 그 남은 것을 다시 따지 말고
> 객과 고아와 과부를 위하여 남겨두라"
>
> (신명기 24:20-21)

금수저

에서 고지혈증

"따르르릉, 따르르릉"

중국 유학 중의 어느 여름방학 첫날, 아침 댓바람부터 전화가 울렸다. 평상시와 다른 시간대에 울리는 전화는 열에 아홉은 귀찮은 전화다. 알릴 일이 있거나, 부탁하는 것이거나, 아무튼 통계적으로 나에게 득이 별로 없었다. 받을까 말까를 고민하다가, 베개 속으로 전화기를 쑤셔 넣었다. 신호음이 끊기는가 싶더니 이내 재차 울리는 걸 보니, 받을 때까지 전화를 걸 모양새다. '급한 일인가…'

"여보세요?"

"형, 일어나셨어요?"

"응, 이 아침에 뭔 일이야?"

"같이 수영 다니자고요, 한 달 회원 끊어서 같이 해요."

역시나 시답지 않은 전화였다.

"안가면 돈 날리는 건데, 회원권 말고 갈 때마다 한 번씩 끊어서 하지."

"아뇨, 맨날 가기로 맘먹었어요, 저 살 빼야 해요."

"그럼, 난 회원 말고 너 가는 날 연락하면, 당일권 끊어서 할게."

그렇게 삼일을 연속으로, 작심한 듯 수영을 하더니, 그 다음 날부터 연락이 없었다. 웬 일인가 싶어 전화해 보았다. 집에 러닝머신을 들여놓았단다. 수영장 가기 싫은 날은 집에서 뛴다고 했다. 일주일이 지날 무렵, 녀석에서 전화가 왔다. '수영장 가려나? 오랜만에 수영이나 해볼까…'

"응, 무슨 일이야?"

"형, 골프연습장 안 다니실래요? 회원권 끊어서 같이 다녀요"

아무튼, 멋지게 외국 생활을 즐기고 있는 녀석이었다.

에서는 대단한 가문의 자손, 그것도 장남으로 태어났다. 아브라함과 다윗, 예수님으로 이어지는 계보에서 아브라함의 장손이요, 이삭의 장남이었다. 골격과 체격도 타고 나서, 좋은 신체 조건을 물려받았다.

> "그 아이들이 장성하매 에서는 익숙한 사냥꾼이었으므로 들사람이 되고 야곱은 조용한 사람이었으므로 장막에 거주하니" (창세기 25:27)

하지만 기가 막히고 어처구니없는 일이 벌어지고 말았으니, 가문의 족보에 장남 '에서' 대신에 차남 '야곱'의 이름이 오르게 된 사건이었다. 평소와 다름없이 야곱은 집에서 죽을 쑤고 있었고, 에서는 사냥을 끝내고 집으로 돌아왔다. 그 날 따라 배가 무척이나 고팠던 에서는 당장 뭐라도 먹지 않으면 죽을 것 같을 정도로 허기가 졌다. 세상에 공짜는 없다지만, 죽 한 그릇 조차도 형제지간에 그냥은 안되었나 보다. 죽 값 치고는 야곱이 해도 해도 너무한 요구를 했지만, 더욱 어이가 없었던 것은 에서의 반응이었다.

> "야곱이 죽을 쑤었더니 에서가 들에서 돌아와서 심히 피곤하여 야곱에게 이르되 내가 피곤하니 그 붉은 것을 내가 먹게 하라 한지라 야곱이 이르되 형의 장자의 명분을 오늘 내게 팔라 에서가 이르되 내가 죽게 되었으니 이 장자의 명분이 내게 무엇이 유익하리요 야곱이 이르되 오늘 내게 맹세하라 에서가 맹세하고 장자의 명분을 야곱에게 판지라" (창세기 25:29-33中)

대부분 사건은 '그때에' '때마침' '우연히'로 발생한다. 만약, 그 죽이 팥죽이 아니라 다른 죽이었다면 에서가 장자의 명분을 던져 버리면서까지 그것을 먹으려 했을까. 팥은 청열조습(열을 내리고 몸의 습을 없앰)하는 주요한 기능을 가지고 있다. 체질적으로 열이 많은 에서는 몸에서 팥을 원했던 모양이다. 에서는 남성호르몬 안드로젠 분비가 많아 양기가 넘치고 몸에 털이 많고, 혈기가 넘쳤다.

> "먼저 나온 자는 붉고 전신이 털옷 같아서 이름을 에서라 하였고" (창세기 25:25)

사람마다 얼굴 생김새가 다르듯, 사람마다 오장육부도 그 기운의 정도가 다르다. 심장이 약한 사람, 폐 기능이 좋은 사람, 간이 실한 사람, 장이 예민한 사람 등등, 우리는 이것을 타고난 체질이라고 부른다. 체질이 식습관을 부르고, 그 편향된 식사는 몸의 균형을 깨어 버리기도 한다. 에서의 경우처럼, 기름진 음식이나 술을 즐기는 식습관을 오래 하게 되면, 몸속에 화열이 생겨 담습(痰湿)을 만들어 내고, 열이 더욱 항진되어 심장에 부담을 주게 되는데, 이것을 현대 의학에서 '고지혈증'이라 부른다. 고지혈증은 말 그대로 혈액 내에 지방성분이 많은 상태인데, 진단을 받았다고 해도 크게 자각할 증상이 나타나지 않기에 대수롭지 않게 생각한다. 당뇨나 고혈압과 마찬가지로 서서히 진행하다가 심혈관계 질환 같은 합병증을 가져온다. 특히, 흡연자나 자주 술을 마시는 사람, 심혈관 질환을 앓는 가족이 있거나, 고혈압이나 당뇨를 앓고 있는 사람, 중년에 접어든 사람 등은 더욱 조심하고 주의를 기울여야 한다.

한의학의 고지혈증 치료법 중에서, 에서의 경우처럼 육식을 즐겨 간에 열이 생기고 혈액이 끈적해진 경우에는 비·위장의 기능을 도와 노폐물을 제거하고(调整脾胃化解脂浊), 비장, 신장을 억누르는 간의 기운을 편하게 하여 기를 소통시킨다.(疏肝理气兼顾脾肾) 그리고 간의 열을 내리며 기를 보충해 혈액 순환을 돕는 것으로 하고 있다. 편방 약재로는 우방자, 국화, 시호, 금은화, 포공영, 상기생, 택사, 인진, 산사, 삼칠, 포황, 울금, 강황, 자오가, 동충하초, 하수오, 옥죽, 황정 등이 있다. (각 약재는 용법, 용량이 다르므로 전문 한의사와 상담 후 사용바랍니다.) 식품으로는 양파, 달래, 생강, 마늘, 토마토, 파프리카, 가지, 숙주나물, 옥수수, 콩,

귀리, 보리, 청국장, 샐러리, 우엉, 미나리, 오이, 당근, 사과, 여지, 목이 버섯, 귤, 감, 오렌지, 키위, 미역, 녹차, 견과류, 생선류, 잡곡류 등이 고지혈증 개선에 도움이 된다. 반면, 기름기 많은 고기, 아이스크림, 햄버거, 피자, 라면 등은 고지혈증이 있는 사람은 피하는 것이 좋다.

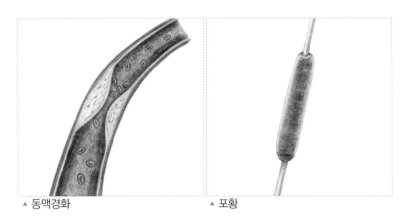

▲ 동맥경화   ▲ 포황

포황(蒲黃)은 간, 심막과 연결된 경혈에 작용하는 약재로 토혈, 각혈, 코피, 뇨혈 등 각종 출혈증에 지혈약으로 사용되며, 혈과 경락을 소통시키고 어혈을 푸는 약효를 가지고 있어서 고지혈증, 협심증 등에 응용되고 있다. (주의 임신부는 복용을 주의해야 하며 전문한의사의 처방에 따라 용법, 용량을 지켜야 한다.)

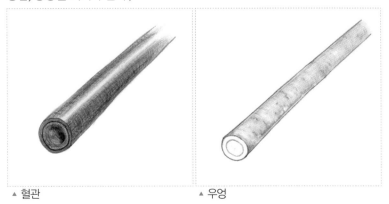

▲ 혈관   ▲ 우엉

우엉의 뿌리에 함유된 조감(皂감 사포닌) 성분은 저밀도 콜레스테롤(LDL)의 농도를 낮춰 동맥경화를 예방하며, 활성산소를 제거해 항노화 작용을 한다. 당뇨병, 신성 단백뇨 등에도 효과가 있다. 우엉의 씨는 우방자(牛蒡子)라 칭하는데, 풍과 열을 없애는 약재로 사용된다.

그럼, 에서에게 무엇으로 대접할까?
준비한 것 현미차, 토마토, 낚시 도구, 매운탕 재료, 조깅화, 팥 베개

- **현미차:** 현미는 소화 기관과 혈관의 노폐물 청소를 돕고, 혈중 지방 농도를 낮춘다.

- **토마토:** 토마토 역시 혈중 지방 농도를 낮추고, 심장 근육에 영양을 공급한다. 당근, 사과와 함께 갈아 마시면 고지혈증에 더욱 좋다.

- **낚시 도구:** 사냥을 좋아하는 에서를 위해 낚시 도구를 준비했다. 낚시와 사냥은 장소와 포획물만 다를 뿐, 잡는다는 개념은 같다. 에서는 탁월한 사냥꾼이며 활의 명수이니, 낚싯대도 자유자재로 쓰지 않을까 상상해 본다.

- **매운탕 재료:** 에서가 잡은 생선으로 끓일 매운탕의 재료를 준비했다. 생선에는 오메가3 지방산이 많은데 이는 혈중 중성지방의 수치를 내려 고지혈증 개선에 좋다. 매운탕 재료로 들어가는 미나리는 혈관 청소부라 불리는데, 혈관 노폐물을 제거하고 해독 작용과 함

께 몸의 열을 내린다.

- **조깅화**: 고지혈, 고혈당, 고혈압 등은 이후에 심뇌혈관계 질환을 유발할 수 있는 위험 인자들이다. 이러한 대사증후군은 비만과 연관되어 있기 때문에, 뱃살을 빼는 것으로 심뇌혈관 질환 위험요소를 줄여야 한다. 시간이 나서 운동하는 것이 아니라 시간을 내서 운동해야 한다. 아무리 시간이 안 나도 최소 주 3회는 운동해야 고지혈증을 개선할 수 있다.

- **팥 베개**: 에서가 팥을 좋아한다고 하여, 팥죽이나 팥빙수, 팥칼국수, 단팥빵, 팥 시루떡 등을 준비하면 과거 아픈 기억이 떠올라 불편해하실 것 같다. 먹는 것 대신에 몸이 받아들일 수 있는 다른 것으로 준비했다. 팥 베개는 몸의 열을 내리고 긴장을 완화하여 편안한 잠을 자게 한다. (**주의** 곡물을 사용하여 만든 베개는 일주일에 한 번 햇빛에 건조해야 하며, 일 년에 한 번 내용물을 새것으로 교환해 주어야 한다.)

**"너희가 다 믿음으로 말미암아
그리스도 예수 안에서 하나님의 아들이 되었으니,
너희가 그리스도의 것이면 곧 아브라함의 자손이요
약속대로 유업을 이을 자니라"**

(갈라디아서 3:26, 29)

에서는 호탕한 성격으로 주변에서 그를 따르는 사람들도 많았고, 재산도 많이 불릴 수 있었다. 에서에게 필요한 것은 고지혈증으로부터 건강의 위험 신호를 알아채고, 혈관 건강을 지키는 것뿐만이 아니다. 성경을 통틀어 '에서'의 삶 속에서 찾아볼 수 없는 한가지가 있었다. 바로 '기도' 였다. 성경 어디에도 에서가 '하나님께 구했다.', '하나님을 의지했다.'라는 구절을 찾을 수 없다.

에서에게 있어서 하나님을 향한 신앙을 회복하는 것이 잃어버린 큰아들의 권리를 찾는 것보다, 탁한 피를 맑게 되돌리는 것보다 더 절실해야 한다. 사실 나도 에서의 신앙을 왈가왈부할 처지는 아니다. 곰곰이 생각해보면 나의 신앙은 응접실의 신앙이었다. 남에게 잘 보이기 위해 잘 정리하고 꾸며놓은 거실처럼 응접실처럼, 내 신앙의 모습도 겉으로 보기에 그럴듯하게 꾸며 놓았다. 잘 정돈된 물건들, 좋은 것들로만 진열된 장식장을 본 사람들은 호감을 느낀다. 하지만 문 하나만 더 열어 방안을 들여다보면, 엉망으로 어질러져 있는 그런 신앙이다. 이런 신앙은 사람들에게는 감출 수는 있어도 하나님께 드러나지 않을 수 없다.

내 마음속 어지럽혀진 방이 정리되어야 그 안에 예수님을 맞을 수 있을 텐데, 어디서부터 시작해야 할까. 어지러운 물건들을 더 깊은 다락방에다 처박는 것이 정리가 아니라, 버려야 할 것들을 내다 버려야 비로소 정리가 시작된다는 것을 잘 알고 있으면서 말이다.

**"그러므로 누구든지 이런 것에서 자기를 깨끗하게 하면
귀히 쓰는 그릇이 되어 거룩하고 주인의 쓰심에 합당하며
모든 선한 일에 준비함이 되리라"**

(디모데후서 2:21)

파란만장 생로병사

야곱 백내장, 황반 변성

"8중대 각 내무반 전달!!"

평화스럽던 내무반, 일직사관의 명령에 따라 그 날 당번이 목이 찢어져라 복창했다.

"복장은 훈련복, 1분 내로 연병장으로 집합!!"

소낙비가 쏟아지던 8월의 어느 주말 오후, 진흙탕으로 변한 훈련소 연병장에서 온몸에 빗물을 줄줄 흘리며 서 있었다. 그 조교는 '앞으로 취침, 뒤로 취침'에 이어 '좌로 굴러, 우로 굴러'를 소리 질렀고, 도대체 무슨 연유인지도 모르는 채로 훈련병들은 개처럼 뒹굴고 있었다. 그리고 고통의 왕 '팔굽혀 펴기'가 시작되었다.

"하나에 정신! 둘에 통일이다! 하나!"

"정신!"

"둘!"

"통일!"

긴 시간 이어지는 호령에 온몸의 진이 점차 빠져갔다.

"하나!"

"저엉씨인"

"둘!"

"토오오오옹이일"

육체적 고통도 고통이었지만, 중간에 그 조교가 내뱉었던 그 한마디는 아직도 머릿속에서 잊혀지지 않는다.

"요령 피우지 마라! 걸리면 눈깔의 먹물을 쪽 빨아 마셔 버린다!!"

난 다행히 눈깔의 먹물을 빨리지 않은 채, 훈련소를 마쳤고 군 복무도 끝냈다. 그래서 이젠 눈알의 먹물을 뽑힐 일은 없어졌다. 하지만 세월이 흐르며 눈이 서서히 나빠져 가는 것은, 아무리 '정신통일'을 잘하여도 피해 갈 수 없다는 것을 알아 가고 있다.

야곱의 생로병사, 인생살이는 험난했다. 태어나는 순간도 남달랐다. 성장을 한 후 형과의 불화로, 형을 피해서 타 지역으로 도망치듯 쫓겨갔다. 그곳에서 노동으로 20여 년을 보냈고, 또 고향으로 돌아와 열두 아들들과 생활한 이 모든 삶 속에서 야곱 스스로 '험악한 세월을 보냈다.'고 표현한다.

"야곱이 바로에게 아뢰되 내 나그네 길의 세월이 백삼십
년이니이다 내 나이가 얼마 못 되니 우리 조상의 나그네
길의 연조에 미치지 못하나 험악한 세월을 보내었나이다
하고" (창세기 47:9)

　누구나 어떤 위치에서 무슨 일을 하든 생로병사의 과정을 거쳐 간다.
속도와 정도의 차이만 있을 뿐, 그 과정은 공평하다. 한 나라의 왕도 대
기업의 총수도, 의학박사도 늙고 병들고 세상을 떠난다. 여기서 늙는다
는 것과 병든다는 것은 다른 것으로, 노화가 곧 질환을 뜻하는 것은 아
니다. 노화는 젊을 때와는 달리 그 기능이 조금씩 떨어지고 약해지는
것이고, 질병은 기능을 수행하지 못하게 망가지는 것이다. 퇴행성 질환
도 노화의 과정이 아니라 노년기에 찾아온 질병일 뿐, 무병장수는 쉽지
않지만, 불가능한 것은 아니다.

　야곱은 아버지 이삭처럼 눈이 어두워 앞을 보지 못했다. 나이 많아
눈이 어두워졌다고 표현하고 있지만, 나이가 들었다고 모두 앞을 볼 수
없게 되지 않는다. 눈 건강은 유전적인 부분이 상당 부분을 차지하며,
또한 후천적, 환경적 영향도 받게 된다. 대표적인 안과 질환으로는 녹내
장, 백내장, 황반 변성이 있다. 녹내장은 알 수 없는 이유로 안압이 올
라가 시신경이 파괴되어 실명할 수도 있는 질환이다. 백내장은 각막에
생기는 질환이고, 황반 변성은 망막에 생기는 질환이다. 세 가지 모두
실명할 수 있는 안과 질환인데, 녹내장과는 달리 백내장과 황반 변성은
선천성, 노인성, 자외선, 영양부족 등의 공통적 원인을 가진다. 일반적

인 노안은 가까운 곳, 즉 책이나 문자 메시지 등이 잘 안 보이고, 먼 곳과 가까운 곳의 시선을 바꿀 때 초점 전환 시간이 길어진다. 그에 반해 백내장은 먼 곳이나 가까운 곳 모두 흐릿하게 보이고 뿌옇다. 황반 변성은 시각의 중심부가 흐리고 구부려져 보인다. 녹내장은 시각의 주변부가 흐리고 전체 시야가 좁아진다.

눈을 망가뜨리는 가장 큰 환경요인은 자외선에 오랜 시간 노출되는 것이다. 고향을 떠난 야곱은 노동으로 20년의 세월을 보냈다.

> **"내가 이와 같이 낮에는 더위와 밤에는 추위를 무릅쓰고 눈 붙일 겨를도 없이 지냈나이다"** (창세기 31:40)

고향으로 돌아온 후에는 심한 기근으로 여러 해를 굶주림으로 보냈다. 약한 눈을 가지고 태어난 야곱은 이처럼 자외선과 영양결핍 등이 겹쳐, 나이가 들어서 실명하는 상황까지 오게 된 것이다.

한의학에서는 눈동자를 다섯 부분, 즉 오륜(五轮)으로 나누었다. 그 오륜중 풍륜(风轮)과 수륜(水轮)에 문제가 생긴 것을 백내장이라 한다. 풍륜은 간에 속하고, 수륜은 신장에 속하는데 백내장의 원인은 간혈의 부족과 신정이 쇠약해진 것으로 보고, 그 치료를 한다. 황반 변성은 몸에 담습이 쌓여 열을 발생시키고, 그 열이 눈으로 통하는 혈맥을 상하게 해서 발생한다고 보았다. 그 치료는 비장과 신장의 기를 더하고 담습을 없애는 것으로 한다. 눈질환에 쓰이는 편방 약재로는 선태, 상엽, 차전초, 국화, 목적, 결명자, 진피, 제채, 석결명, 진주모, 구기자 등이 쓰인다. (각 약재는 용법, 용량이 다르므로 전문 한의사와 상담 후 사용바랍니다.) 식품으로는 당근, 호박, 오렌지, 살구, 감귤, 키위, 블루베리, 시금치, 깻잎, 녹두, 케일, 브로콜리, 김, 냉이, 달걀, 치즈 등이 눈 건강에 도움이 된다.

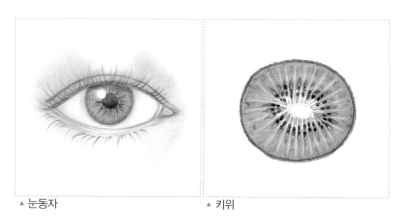

▲ 눈동자　　　　　　　　　　　　▲ 키위

키위는 비타민C, 비타민E가 풍부해 암 예방, 항노화, 항산화에 효과가 있으며 엽황소(마黃素 루테인)가 풍부해 백내장과 황반 변성을 예방한다.

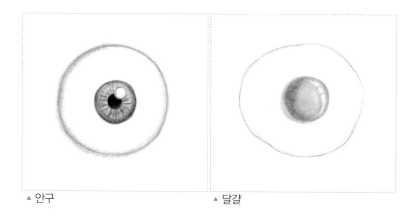

▲ 안구　　　　　　　　　　　　▲ 달걀

달걀은 아연, 엽황소, 오메가 3를 함유하고 있는데, 엽황소는 루테인이란 이름으로 잘 알려져 있다. 루테인은 황반의 구성성분으로 황반 색소의 산화를 방지해 눈 건강에 좋은 영양소이다. (**주의** 루테인은 보조제로도 시중에 판매되고 있는데, 과다 복용 시에는 시각의 굴절 이상, 눈이 가려운 증상 등의 부작용을 유발할 수 있다는 보고가 있으므로, 보조제는 하루 권장량인 20mg을 지키는 것이 좋다.)

그럼, 야곱에게 무엇으로 대접할까?

준비한 것 결명자차, 녹두죽, 김밥 재료, 흑초율, 바둑과 국화차, 선글라스
　　　　　안과 검진

- **결명자차**: 결명자는 아프고 충혈된 눈에 쓰이는 약재로, 〈신농본초경〉에는 시력이 흐리거나 녹내장, 백내장 등에 쓰인다고 기록되어 있다.

- **녹두죽**: 녹두는 열을 내리고 해독하는 기능을 가지고 있으며, 백내장에도 효과가 있다. 특히, 녹두껍질에는 백내장에 좋은 유효 성분이 많이 들어있다.

- **김밥 재료**: 김밥은 미리 싸 놓는 것이 아니고, 재료를 준비해서 야곱과 함께 집에서 만들려 한다. 야곱은 야외 활동보다는 집안일과 음식 만드는 것을 더 좋아하므로(창25:27), 쇠고기 김밥을 함께 만들려 한다. 당근, 시금치, 김, 달걀 등은 모두 눈에 좋은 식품들이며, 쇠

고기는 아연 함량이 높다. 아연은 필수 미네랄로 인체 내에서 부족할 시에 백내장 등의 시력 손상을 가져온다. 당근의 베타카로틴은 인체에서 비타민A로 전환되어 눈 세포조직의 손상을 막아준다. 시금치는 엽황소와 제아잔틴 등 눈 건강에 필요한 영양소를 많이 함유하고 있고, 김은 비타민A의 함량이 높고, 혈관 건강을 지켜 준다.

• **흑초율**: 흑초율(黑醋栗 블랙커런트)은 맛이 시고 과즙이 풍부해 주스나 잼으로 이용하는데, 알려진 효능은 눈의 수정체 퇴화를 억제하고, 안구 모세혈관의 혈류를 개선하여 눈 건강을 지킨다. 그외 알츠하이머 예방과 항암작용도 있다고 알려져 있다.

• **바둑과 국화차**: 식사 후에는 국화차와 함께 바둑을 두려 한다. 국화는 간을 안정시키고, 눈을 맑게 한다. 바둑은 뇌에 자극을 주어 뇌 건강은 물론, 눈의 이상도 점검할 수 있다. 바둑판 줄이 굽어 보이거나, 격자 모서리가 안 보이거나, 바둑알이 두 개로 보이는 복시 현상 등은 안과 질환 의심 증상이므로, 이러한 때에는 안과를 방문하여 정밀 검사를 받아야 한다.

• **선글라스**: 눈에 있어서 자외선을 피하는 방법은 양산이나 모자보다 선글라스가 간편하면서도 효과적이다. 색이 너무 진한 것은 오히려 동공을 확장하게 하는데, 눈의 피로도가 심해지고, 옆으로 들어온 자외선이 확장된 동공 안으로 침투하기 쉬워진다. 따라서 눈이 보일 듯 말 듯한 정도의 어둡기가 가장 적합하다.

• **안과 검진**: 백내장으로 한 번 혼탁해진 수정체, 혹은 황반부가 삼출성으로 변성이 온 후에는 약물을 써도 다시 예전처럼 돌아오지 않기 때문에 대부분 수술을 해야 한다. 따라서 예방이 중요하지만, 백내장, 황반 변성은 특별한 예방법이 딱히 없다. 알려진 예방법으로는 자외선을 피하고, 금연하고, 고지혈과 고혈당을 주의하고, 눈에 좋은 채소와 과일을 챙겨 먹는것, 그리고 정기적인 안과 검진이 포함된다. 안과 검진은 단순히 시력 측정을 하는 것뿐만이 아니라, 안압, 각막, 황반부, 시신경 등을 검사하므로, 눈 건강을 위해 정기적으로 검진받을 것을 권고하고 있다. 그러나, 특별히 시력에 이상이 있거나 눈이 아프지 않는 이상, 안과를 가지 않는 것이 보통이므로, 어르신들은 주변의 가족들이 챙겨 드리는 것이 좋겠다.

⟡

**"여호와의 교훈은 정직하여 마음을 기쁘게 하고
여호와의 계명은 순결하여 눈을 밝게 하시도다"**

(시편 19:8)

⟡

야곱 자신이 험악했다고 표현한 그의 인생은 본인 스스로 움켜짐으로 채워간 세월이었다. 쌍둥이 형 에서의 발꿈치를 움켜잡고 세상을 처음 나왔다. 팥죽을 쑤던 그의 손에는 형의 장자권을 움켜쥐려는 열망으로 가득했으며, 라헬이라는 한 여인을 움켜잡고 놓지 못해서 14년의 세월을 노동으로 치렀다. 그 움켜진 손은, 열두 아들을 향한 '축복'을 끝내고 세상을 뜨고 나서야 비로소 풀어졌을 것이다.

호텔에 숙박을 하게되면, 약속된 날짜만큼 지내다가 시간이 다다르면 퇴실을 해야 한다. 거기서의 분위기가 얼마나 좋았든, 호텔 물건이 얼마나 사용하기 편리하든, 다두고 나와야 한다. 우리 인생도 마찬가지다. 고향을 떠나 잠시 이 땅에서 살다가 본향인 하나님께로 돌아간다. 화려한 5성급 호텔의 삶이었든, 작고 초라한 여관방의 여정이었든 시간이 지나면 떠난다.

어차피 다 내려두고 떠나야 하는 삶, 나는 움켜쥔 것도, 움켜쥘 것도 없는 현재의 처지를 보며 오히려 잘 된 거라고 스스로 위로해 보지만, 움켜쥐고 있는 것이 비단 재물만의 이야기는 아니다.

대접받고 싶어하는 교만함, 무시 받으면 참지 못하고 내는 화, 끊어내지 않고 있는 나쁜 습관들, 모두 내가 쓸데없이 움켜쥐고 있는, 버려도 누가 가지고 가지도 않을 쓰레기들이다. 나는 도대체 언제쯤, 이것들을 내려놓을 수 있을까.

"개가 그 토한 것을 도로 먹는 것같이 미련한 자는
그 미련한 것을 거듭 행하느니라"

(잠언 26:11)

모태 미녀
. . . .
라헬 난산

"다방구 할 사람 여기 여기 붙어라!"

"나도! 나도!"

"가분수는 깍두기!"

요즘 들으면 도통 못 알아들을 말들뿐이다. 다방구는 어린 시절 동네 형들과 공터에서 하던 놀이 이름이고, 가분수는 머리가 컸던 나의 유년 시절의 별명이다. '깍두기'는 놀이할 때, 한 사람 몫이 안되는 꼬마를 아무 편이나 덤으로 끼워 준다는 뜻이다. 머리가 큰 이유로 동네 꼬마 형들에게 우스꽝스러운 별명으로 불렸지만, 머리가 컸던 이유로 우리 어머니는 나를 낳으시며 숨을 꼴 가닥 몇 번을 넘기셨을 것이다. 그 꼬마 형들이 나를 '야베스'라고 불렀다면 듣기에도 고상하고 좋았을 것을, '야베스'는 '고통의 아들', '수고로이 낳음'이란 뜻의 성경 인물의 이름이다.(역대상4:9)

여기 또, 고통 가운데 아이를 낳으며, 그 이름을 슬픔의 아들 '베노니'라 붙인 어머니가 있었으니 라헬이다. 라헬은 모태 미녀였다. 선천적으로 우월하게 태어난다는 것은, 남들이 살아가면서 애써도 가질 수 없는 것을 지니고 태어나는 큰 복이다.

> "라반에게 두 딸이 있으니 언니의 이름은 레아요 아우의 이름은 라헬이라 레아는 시력이 약하고 라헬은 곱고 아리따우니" (창세기 29:16-17)

이 아름다움에 반한 야곱은 그녀와의 결혼을 꿈꾸며 그 집 종살이를 시작했다.

> "야곱이 라헬을 위하여 칠 년 동안 라반을 섬겼으나 그를 사랑하는 까닭에 칠 년을 며칠같이 여겼더라" (창세기 29:20)

그렇게 칠 년의 계약 기간이 끝났지만, 라반은 일 잘하고 부리기 좋은 야곱을 보내기 아쉬웠다. 붙잡아 두기 위해 묘안을 생각해 냈고 그리하여 또 칠 년의 계약이 연장되었다. 이 불공정 계약을 늘릴 수 있었던 데에는 순전히 라헬이 가진 미모의 힘이었다. 하지만, 미모는 영원하지 않다는 것을 라헬이 느꼈던 것일까, 한 남자가 십수 년의 젊음을 바쳐 자신을 사랑했지만, 라헬은 다른 여인들을 질투하기 시작했다. 살좀 붙여 보자면 그녀는 질투에만 그치지 않고 미모를 지키고 유지하기 위해 갖은 노력도 했을 것이다. 다이어트로 시작된 체형, 외모 가꾸기는, 영양부족과 빈혈을 일으켰다고 가정했을 때, 또 다른 비극이 시작된 것이다. 라헬이 둘째를 임신하게 되었는데, 그때에 야곱은 고향으로 돌아갈 계획을 세웠다. 그리하여 먼 길을 떠나게 되었다. 길을 행하며 체력이 떨어지고, 여러 날 동안, 험한 길이 이어지자 스트레스가 누적되면서 조산하게 되었고, 난산이었다.

> "그들이 벧엘에서 길을 떠나 에브랏에 이르기까지 얼마간 거리를 둔 곳에서 라헬이 해산하게 되어 심히 고생하여 그가 난산할 즈음에 산파가 그에게 이르되 두려워하지 말라 지금 네가 또 득남하느니라 하매" (창세기 35:16-17)

조산은 산달을 채우지 못하고 이른 분만을 하는 것을 뜻하며, 난산은 정상적인 출산과정보다 느리게 진행되어 분만의 어려움을 겪는 것을 말한다. 조산 시에 흔히 태아의 위치 이상이 나타나는데, 라헬 역시 태아가 머리부터가 아닌 다리부터 나오는 둔부 태위 난산이었다. 산파는 출산 도중 아들임을 알고 미리 라헬에게 알렸지만, 라헬은 '슬픔의 아들'이라 부르짖고 분만후 세상을 떠났다. 추측건대, 출산 후 출혈이 멈추지 않은 이완성 자궁 출혈로 인해 과다출혈로 사망에 이른 것으로 생각된다. 이러한 이완성 자궁 출혈의 원인중 하나는 자궁근육이 피로해지는 난산이다. 그렇다면, 난산의 원인은 무엇인가? 난산의 원인으로는 거대아나 기형아, 쌍둥이 등의 다태아, 태아 위치이상, 태반이나 탯줄 등의 태아 부속물 이상, 그리고 자궁을 수축하는 강도나 수축 이완이 부적절한 만출력(娩出力) 이상 등이 있다.

이 중에서 만출력 이상에서 오는 난산의 원인으로는 철분 결핍성 빈혈이 있다. 빈혈은 자궁근육에 산소공급을 부족하게 해, 수축력이 떨어져 분만시간이 길어지게 된다. 종합해 보면, 라헬은 스트레스 상황에서 조산 되면서 태아가 거꾸로 나오는 난산을 겪다가, 빈혈로 인한 자궁 수축력 약화로 이완성 자궁출혈이 왔고, 그로 인해 저혈성 쇼크로 사망에 이른 것으로 추정해 보았다.

한의학에서는 난산의 원인을 기혈허약과 기체혈어(기순환과 혈액순환이 원활하지 않음)로 본다. 즉, 그 의미는 허약해도 난산을 겪고, 비만해도 난산을 겪는다는 의미이다. 비만이 되면 산도에도 지방층이 쌓여 아이가 나오는 길이 좁아지고, 또한 태아 과체중의 원인이 되어 난산을 겪게된다. 임신으로 인한 산모의 체중 증가는 태아 무게, 양수, 늘어난 혈액량과 지방량 등등 이것저것 다해서 12kg 내외가 적절하다. 물론, 태아의 무게를 3.3kg으로 책정한 임신 말기의 상황에서다.

한의학에서 태동을 안정시키는 편방 약재로는 황금, 차조기, 토사자, 대계, 애엽, 백출, 두충, 속단, 상기생, 사인, 차전자, 목향, 여정자 등이 사용된다. (태동불안의 원인에 따라 각 약재는 용법, 용량이 다르므로 전문 한의사와 상담 후 사용 바랍니다.)

산모 식단은 특정 음식을 먹기보다는 고단백, 저칼로리 식단으로 부족하지도 과잉되지도 않게 먹는다. 철분과 칼슘 섭취에 유의하며 과일류, 채소류, 해조류, 생선류, 콩류 등 천연식품으로 섭취하면 된다.

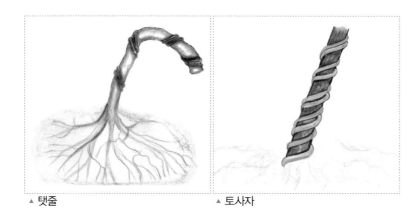

▲ 탯줄   ▲ 토사자

  토사자(菟絲子)는 덩굴식물인 새삼의 씨로, 자궁이 차서 임신이 안 되거나, 임신부의 신장이 약해 태동이 불안할 때 쓰이는 약재이다. 또한, 신장의 양기와 정기를 더하여 남자의 발기부전이나 빈뇨에도 좋은 약재이다. (주의 양기를 보충하는 약재로, 변비가 있거나 소변이 진한 사람은 섭취에 주의한다.)

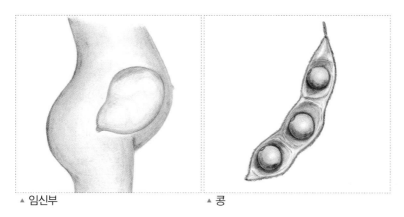

▲ 임신부   ▲ 콩

  콩은 단백질이 풍부한 식품이다. 단백질은 우리 몸을 구성하는 성분으로 쓰이는데, 세포에서부터 혈액, 근육, 피부, 머리카락에 이르기까지 온몸에 이용되는 영양소이다. 콩은 단백질뿐만 아니라 비타민, 엽산, 철분, 칼슘 등 무기질도 함유되어 있고, 몸 안의 불필요한 칼로리를 배출시킨다.

그럼, 라헬에게 무엇으로 대접할까?

준비한 것 우유, 뷔페, 원조, 철분제, 신앙교양 서적

- **우유:** 차 대신 우유를 준비했다. 차가 안 좋다기 보다는 우유가 영양상으로 더 좋기 때문이다.

- **뷔페:** 식사대접은 복잡하게 생각할 것 없이 뷔페로 예약했다. 여러 음식 중에서 마음에 당기는 것이 곧 몸에서 필요로 하는 것이다. 혹, 과거 뇌하수체 자극에 의한 기분 좋았던 기억으로, 아이스크림이나 케이크를 접시에 듬뿍 담으며 뱃속 아기 핑계를 대는 경우가 있을지라도, 적당히 골고루 먹을 수 있는 뷔페가 임산부에게 대접하기 좋은 장소이다.

- **원조:** 주변 사람의 도움은 임산부에게 중요하다. 특히 남편의 원조가 으뜸이다. 남편은 나도 임신했다는 마음으로, 안 좋은 식습관이나 나쁜 생활습관을 고친다. 항상 곁에서 따뜻한 마음으로, 작은 것 하나라도 도울 것이 없는지 살피는 자세가 중요하다.

- **철분제:** 임신 중기 이후부터는 혈류량이 많아져 철분이 많은 음식을

잘 챙겨 먹어야 한다. 음식만으로 부족할 수 있으니 철분제를 복용하는 것이 좋다.

- **신앙교양 서적**: 산모와 태아의 건강을 위해 영양섭취와 칼로리 계산도 중요하지만, 산모의 마음 안정과 뱃속 아기의 하나님과의 교감도 중요하다. 하루중 신앙서적을 읽으며 기도할 수 있는 시간을 가질 수 있다면, 태아는 어머니의 영양분뿐만 아니라, 평화로움과 평온함을 태중에서 느끼면서 또 하루를 보낼 것이다.

*

"여자가 해산하게 되면 그때가 이르렀으므로
근심하나 아기를 낳으면 세상에 사람 난 기쁨으로
말미암아 그 고통을 다시 기억하지 아니하느니라
지금은 너희가 근심하나 내가 다시 너희를 보리니
너희 마음이 기쁠 것이요 너희 기쁨을 빼앗을 자가 없으니라"

(요한복음 16:21-22)

*

라헬은 고향을 떠나 헤브론으로 향할 때, 집에서 아버지의 '드라빔'을 몰래 훔쳐 나왔다. 드라빔은 조그마한 조각상으로, 그 지방에서 집안마다 물려 내려오는, 가정 수호신이라 여기는 우상 신이었다. 레아가 아닌, 왜 라헬이 드라빔을 소유하려 했던 것일까? 그 드라빔이 새로이 정착할 곳에서도 자신의 건강과 재산을 지켜줄 것으로 믿었던 것일까? 아니면, 후에 아버지 라반의 유산 상속에 더 유리한 입장을 차지하려 했던 것일까? 어찌 됐건, 아름다운 외모를 소유했고, 재산도 많이 불렸고, 남편의 사랑을 한 몸에 다 가졌음에도, 무엇이 그녀를 불안하게 만들었기에 그 조그만 우상을 마음에 두고 숨겨 나왔던 것일까. 드라빔 우상 조각을 지니고 길을 떠난 것과 길 위에서 죽음을 맞이한 것을 두고 어떤 의미를 부여하기에는 무리가 따르지만, 라헬은 하나님과 우상 신을 동시에 믿었던 것은 분명하다.

나도 하나님, 예수 그리스도를 믿는 신앙을 가지고 있지만, 이 땅에 살면서 나를 지켜줄 것 같은, 나에게 안전감을 주는 '드라빔'을 가지고 있지는 않은가. 모아놓은 통장, 내 명의의 집, 현금, 주식, 행여 그런 것들이 나에게 있어질 때 나의 드라빔이 되지는 않을까. 그것들이 하나님보다 더 안정감을 주는 것으로 여겨진다면, 나는 얼마나 어리석은 사람인가.

> "또 내가 내 영혼에게 이르되
> 영혼아 여러 해 쓸 물건을 많이 쌓아 두었으니
> 평안히 쉬고 먹고 마시고 즐거워하자 하리라 하되
> 하나님은 이르시되 어리석은 자여
> 오늘 밤에 네 영혼을 도로 찾으리니
> 그러면 네 준비한 것이 누구의 것이 되겠느냐 하셨으니"
>
> (누가복음 12:19-20)

내 귀에 알람 장치

베냐민 이명

"매미 우는 소리 같아요? 아니면 물 흐르는 소리 같아요?"

"물 흐르는 소리 비슷한데요."

"그럼 높은 소리로 들립니까? 낮은 소리로 들립니까?"

"낮은 소리로 쉬익하고 들립니다."

이 환자에게 이명 외에는 어지럼이나 귀충만감 등의 다른 증상은 없었다. 소리의 양상과 문진으로 그 치료 방향을 잡았다. 일주일에 세 번 침을 맞으며 3주간 치료해 보기로 했다. 3주가 흘렀다.

"좀 어떠신가요?"

"그게 계속 차도가 없네요."

나로서는 한계가 있는 것 같아, 이 환자에게 다른 병원을 소개해 주었다. 그곳은 이명을 잘 고친다고 알려진 곳이었다. 그리고는 얼마간 그 환자를 잊고 있었는데 어느 날 다시 찾아왔다.

"좀 어떠세요? 거기서 치료받으셨나요?"
"거기서도 달라진 게 없어서 다시 왔어요"
나에게는 환자 중의 한 명일 뿐이었지만, 그 사람은 고통 속에서 여기저기 헤매고 있었을 것이 느껴졌다. 이 환자에게 한 번 더 침을 놓기로 하고, 이 사람이 고통에서 벗어나기를 마음속으로 하나님께 기도했다. 침을 맞고 환자는 돌아갔다. 더는 오지 않았다. 이 환자가 나았는지는 알 수는 없었다. 병이 나았으면 나았으니까 오지않고, 안 나았으면 안 나으니까 더는 찾아 오지 않는다. '의사는 붕대를 감아줄 뿐 병을 낫게 하시는 이는 하나님이시다.' 그 환자가 고통에서 벗어났기를 바랄 뿐이었다.

베냐민은 길에서 태어났다. 길에서 아이가 태어나는 것은 지금 우리 할머니 세대에도 낯설지 않은 풍경인 듯하다. 우리 할머니께서도 시골 장에 다녀오시는 길에 막내 삼촌을 낳아서 광주리에 이고 집으로 오셨다고 했다. 우리 할머니는 체력이 장사셨다. 나이 90에도 밭일을 하셨다. 하지만 모든 여자가 이렇게 건강한 것은 아니다.

야곱이 라헬과 친정집을 떠나 이삭이 있는 고향 가나안으로 돌아갈 계획을 세웠을 때는, 아이의 출산일도 고려되었을 것이다. 그러나 에브랏에 다다를 즈음에서 산통을 느끼고 길에서 베냐민을 낳았다. 정상

분만일에서 얼마나 일렀는지는 알 수 없으나, 최소 36주를 채우지 못한 미숙아는 폐나 피부, 면역기관, 각 장기가 미숙한 채로 태어난다. 실제로 베냐민은 형제중 제일 약했던 모양이다. 아버지 야곱은 막내 베냐민을 특별히 아끼고 사랑했다. 사랑하는 여인 라헬을 통해 낳은 아들이기에 더욱 그럴 수도 있었겠지만, 언제나 애착의 대상이었다.

> "우리가 내 주께 아뢰되 우리에게 아버지가 있으니 노인이요 또 그가 노년에 얻은 아들 청년이 있으니 그의 형은 죽고 그의 어머니가 남긴 것은 그뿐이므로 그의 아버지가 그를 사랑하나이다 하였더니" (창세기 44:20)

야곱은 마지막 눈을 감으며 열두 아들에게 골고루 복을 빌어 줄 때, 베냐민에게는 약하게 태어난 것이 항상 마음에 걸렸는지 이렇게 앞날을 축복했다.

> "베냐민은 물어 뜯는 이리라 아침에는 빼앗은 것을 먹고 저녁에는 움킨 것을 나누리로다" (창세기 49:27)

야곱의 축복 덕분이었는지 베냐민의 후손들은 전사들이 많았으며, 전쟁에 능하였다. 그리고 이스라엘의 초대 왕 사울도 베냐민의 후손이었다.(삼상9:21) 이렇듯 타고나는 선천의 정기는 한의학에서는 신장의 기로 설명한다. 조금 더 보충을 해보자. 이 설명은 재미는 별로 없다.

소리없는 세상은 상상하기 힘들다. 소리를 듣는 청각은 사람들의 세상에서나, 동물의 세계에서나 실로 중요하다. 동물들은 소리로 위험을 알리고, 종족 번식을 위한 짝짓기 신호도 소리로 한다. 이 같은 단순히 생존과 생육을 위함이 아닌, 번성하고 관리를 해야 하는 사람에게 있어 소리는 더 큰 의미가 있다. 한의학에서 소리와 관련된 장기는 신장이다. 신장은 '선천의 본'이라 하여 정기를 저장하고 골수를 생성하며, 생장과 발육을 주관하고 위로는 뇌와 연결되고 귀로 통한다고 하였다. 즉, 모든 장부의 근본이 되는 신장의 조화가 깨지면 기타 장부도 균형을 잃게 되고, 연관된 귀, 치아, 허리에도 문제가 생긴다. 신중정기(腎中精气)가 허쇠하면 청력이 감퇴하고 귀에서 소리가 난다. 정기는 신장에 저장되는데, 선천의 정과 후천의 정이 있다. 선천적 정기는 부모로부터 물려받는 것인데, 정기가 가장 왕성한 20~30대를 지나면서 1년에 1%씩 그 정기가 감소하고 기능이 저하된다. 선천적으로 풍족하고 강한 정기를 타고 난 사람은 그 생장장노(生长壮老)에서 다른 사람보다 느리게 쇠퇴한다. 하지만 약하게 태어났어도 실망하긴 이르다. 선천의 정과 함께 후천의 정을 잘 보태고 관리하면 된다.

이명(耳鸣)은 외부의 소리자극 없이 귀에서 스스로 소리를 느끼는 현상이다. 내몸이 약해지거나 이상이 있다고 알리는 알람 신호이다. 이러한 이명은 하나의 증상이므로, 이명의 원인을 찾아 치료하게 된다. 귀에 이명이 생기는 원인은 여러 가지가 있는데, 그중의 하나는 신장의 허쇠로 인한 이명이다. 신허 이명은 다시 세부적으로 신기허(腎气虚), 신음허(腎阴虚), 신양허(腎阳虚), 신정허(腎精虚)로 나누어 치료하는데, 신허 이명의 특징은 증상이 지속되고, 어지러움이나 불면증상, 그리고 무릎이나 허리가 아픈 것 등의 다른 증상들도 함께 나타난다. 그러므로 신장 기능을 돕고 정기를 더해 주는 치료법을 쓰게 된다. 편방 약재로는 숙지황, 황정, 흑지마, 산수유, 구기자, 토사자, 산약, 골쇄보, 석창포 등이 쓰인다. (각 약재는 용법과 용량이 다르므로 전문 한의사와 상담 후 사용바랍니다.) 이명에 도움을 주는 식품으로는 배추, 무, 토란, 사과, 귤, 호두, 오이, 토마토, 대두, 우유, 홍합, 조개관자, 해삼, 쇠고기, 닭고기, 달걀, 미꾸라지, 굴, 생선 등이 있다.

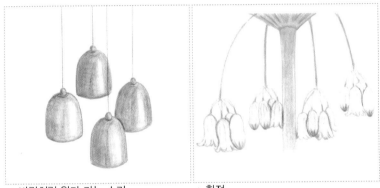

▲ 바람처럼 왔다 가는 소리   ▲ 황정

　황정(黃精)은 둥굴레의 한 종류로 둥굴레는 여러 종류가 있는데, 약재로 쓰이는 것은 옥죽(玉竹)과 황정이다. 옥죽은 풍도둥굴레이며, 황정은 층층갈고리둥굴레로 그 뿌리를 약재로 이용한다. 옥죽은 폐와 위장으로 귀경하여, 폐의 음과 위의 음액을 보충하여, 마른기침과 입안건조, 위열을 치료하는 데 쓰인다. 황정은 비장, 폐, 신장으로 귀경하여, 비장, 폐 이외에도 신장의 정을 보충한다. 그리하여 황정은 불면증과 어지럼, 이명에 효과가 있다.

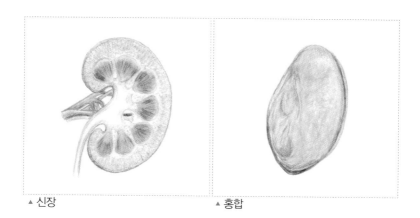

▲ 신장   ▲ 홍합

　홍합은 중국에서 담채(淡菜)로 불리며, 이명과 현훈(어지럼)에 효능을 가진 식품으로 소개되고 있다. 풍부한 단백질과 함께 미네랄도 풍부하여 기혈 부족과 영양 부족에도 좋은 식품이다. (주의 홍합은 크롬, 납 등 유해물질이 농축될 우려가 있으므로 오염된 지역에서 채취된 홍합은 먹을수 없다.)

　그럼, 베냐민에게 무엇으로 대접할까?
준비한 것 토마토 주스, 불고기 낙지 전골, 구기자차, 흑임자죽, 족욕, 자갈길 맨발 걷기, 차장법

• **토마토 주스**: 토마토는 진액을 생성시키고 신장의 기능을 돕는다. 신장의 기능 중 하나인 전해질 평형과 수액 평형, 노폐물 배출에 이상이 생기면 조화가 깨지면서 몸에 이상이 발생한다. 또한, 신장 기능이 떨어지면 그로 인해 고혈압이 발생하고, 또 그 고혈압으로 인해 신장은 더욱 망가지게 된다. 토마토는 혈관 노화를 방지하고, 심장

근육에 영양을 더해 고혈압에도 좋다.

- **불고기 낙지 전골**: 쇠고기, 닭고기 등의 육류와 낙지, 굴 등 해산물에는 아연이 풍부하다. 미네랄 중 아연은 '생명원소'로 불리며 인체 내에서 필수적인 작용을 하고 있다. 노인 이명 환자 대부분은 혈중 아연 농도가 떨어져 있는 것을 보이는 연구 결과가 있었다. 아연 결핍 증상들은 이명 이외에도 면역기능 저하, 성기능 장애, 우울 감정 등등 다양하게 나타날 수 있다. (주의 아연 제제를 복용할 경우, 아연이 결핍되어 있는지의 정확한 진단 후에 복용해야 한다. 권장량은 성인 남자의 경우 하루 10mg이다. 아연을 과다 섭취할 경우, 독성으로 구토나 어지럼이 발생하고, 구리나 철분 등의 다른 미네랄의 흡수를 방해한다. 평상시에 아연이 풍부한 음식을 섭취하는 것으로 아연 결핍은 예방 가능하다.)

- **구기자차**: 구기자는 간과 신장의 음액, 그리고 신장의 정과 기를 더한다. 또한, 몸의 항상성을 유지하는 데 도움을 주어 현훈과 이명에 도움이 된다. 중국 고서에는 장수하게 하는 약재로 소개된다.

- **흑임자죽**: 흑지마(黑芝麻)라 부르는 검정깨는 구기자나 둥굴레와 마찬가지로 우리가 쉽게 어디서나 구할 수 있는 보음약(补阴药) 중의 하나이다. 효능은 구기자와 비슷한데 이에 더하여 대장을 윤활하게 하여 변비를 개선하는 효능도 있다.

- **족욕**: 족욕은 이명을 예방할 수 있는 손쉬운 방법이다. 물론 매일

족욕을 한다는 것은 번거롭지만, 집에서 족욕을 손쉽게 할 수 있는 아이디어를 가지고 있다면 실천하는 것이 좋다. 40~42도의 온도로, 15~20분 정도면 적당하다. (**주의** 저온화상, 즉 높은 온도가 아니더라도 피부가 열에 오랜 시간 노출되면 화상을 입을 수 있다. 따라서 온도가 고정되는 족욕기는 장시간 사용을 피해야 한다.)

- **자갈길 맨발 걷기**: 맨발로 흙길이나 자갈길을 걸어본 적이 언제였던가. 우리 발에는 인체의 각 부분이 대응되어 축소되어 있다. 또한, 신장 경혈의 시작점인 용천혈이 발바닥에 있다. 발바닥을 자극하면 신진대사가 활발해지는 것은 물론이고, 용천혈을 자극함으로 신장의 기혈순환에 도움을 줄 수있다. 그러나 맨발걷기가 도시인들에게 쉬운 일은 아니다. 아쉽게 나마 발바닥 지압 판으로 하루 5분간이라도 문질러 준다.

- **차장법**(搓掌法): 한자 뜻 그대로 손바닥으로 귀를 문지르는 방법이다. 귀를 검지와 중지 사이에 넣고 위아래로 비벼주는 방식이다. 귀 둘레에는 많은 경혈이 지나가고, 현훈과 이명치료에 쓰이는 주요한 침자리들이다. 생각날 때마다 비벼준다.

🍃

**"귀를 지으신 이가 듣지 아니하시랴
눈을 만드신 이가 보지 아니하시랴"**

(시편 94:9)

🍃

자식이 잘 자라기를 바라는 것은 모든 부모의 소망이다. 태어난 아이에게 심사숙고하여 이름을 지어주며, 세상 사람들에게 아름답게 불리기를 소망한다. 야곱도 그러한 마음에서 '슬픔의 아들'의 '베노니'에서 '오른손의 아들'이란 뜻의 '베냐민'으로 이름을 바꾸었을 것이다. 요즘은 세계화의 시대이기에 자녀의 이름을 지을 때, 예전보다는 고려해야 할 것이 많은 것 같다. 이름의 뜻과 함께 발음도 참고하는 듯 하다. 그 이름이 영어권에서 불릴 때 발음이 쉬운 것을 참작하는 것은 물론이고, 앞으론 중화권에서 발음할 때 이상하게 들리지 않는 것도 생각해 보아야 할지도 모른다. 나의 이름은 아버지께서 무난히 잘 지어주셨다.

영어권에서는 어릴 적 '철이'로 불리던 대로 '찰리'로 불린다. '은철'은 중국어로는 '언져'로 발음되는데, 다행히 이상하게 들리지 않는 이름이다. 그러나 그 이름보다 감사한 것은 부모님께서 신앙을 물려 주셨다는 것이다. 갓 난 아이 적 어머니의 품에 안겨 교회 출석하고, 무언가 흥얼거릴 줄 알 때 찬송가를 따라 부르고, 머리가 무엇인가 기억할 수 있을 때 성경 구절을 암기했던, 목회자의 가정에서 자라나 종교관의 혼란을 겪지 않고 믿음을 받아들인 것을 감사하게 생각한다.

나의 이름이 생명 책에 기록되었다는 것은 무엇으로도 견줄 수 없는, 내가 받았고 또 내가 물려 줄, 내 인생 최고의 유산이다.

"그러나 귀신들이 너희에게 항복하는 것으로 기뻐하지 말고
너희 이름이 하늘에 기록된 것으로 기뻐하라 하시니라"

(누가복음 10:20)

마이 네임 이즈···

"꼬마야 넌 이름이 뭐니?"

"성함을 여쭤봐도 될까요?"

"니 찌아오 션머 밍쯔(你叫什么名字)?"

"메아이 에스크 왓 유얼 네임 이즈(May I ask what your name is)?"

참으로 동서와 고금, 남녀와 노소를 막론하고 첫대면에 묻고 답하는 것이 이름이고, 자기 소개의 처음 역시 이름으로 시작한다. 이름은 그 사람에게 주어지는 또 하나의 얼굴이다.

기독교인 중에서는 자녀의 이름으로 성경 인물의 이름을 붙이는 경우가 있다. 요셉이나 모세, 요한, 한나, 에스더 등의 이름이 적지 않게 사용되고 있다. 그 성경의 이름처럼 하나님 안에서 잘 성장하기를 바라는 부모의 마음은 공감한다. 하지만 성경 속 이름으로 자녀의 이름을 지어주는 것은 좀 더 신중히 고려해봐야 한다는 개인적 소견을 가지고 있다. 그 자녀가 성경의 인물 이름을 가지고, 어떻게 성장하고 어떤 삶을 살아갈지는 그 누구도 모른다.

그 성경 이름을 가진 인물이 훌륭한 과학자나 의학자가 되었을 때의 예를 들어보자. 최초로 발견된 어떤 질병의 이름은 의학자의 이름으로 따오는 경우가 있다. 파킨슨(영국 의사)병, 알츠하이머(독일 의사)병, 바제도우(독일 의사)병, 가와사키(일본 의사)병, 하시모토(일본 의사)병, 버거(미국 의사)병, 크론(미국 의사)병, 헌팅턴(미국 의사)병, 베체트(터키 의사)병, 한센(노르웨이 의사)병, 쇼그렌(스웨덴 의사)증후군, 스티븐스-존슨(미국 의사)증후군, 헌터(캐나다 의사)증후군, 레이노(프랑스 의사)증후군, 뚜렛(프랑스 의사)증후군, 다운(영국 의사) 증후군 등등이 그 예이다. 모두 개인적인 평범한 이름이다. 하지만 이미 한 성경인물이 질병 이름에 명명되어 있다. '야곱병'(크로이츠펠트-야곱병)'이라고 하는 뇌신경병증의 일종인 질환이 있는데, 이 병은 성경속의 야곱과는 전혀 관련이 없다. 그 병을 최초로 보고한 사람이 야곱이라는 의사였기 때문이다. 성경 속 야곱은 억울하게도 자신과 일절 상관없는 질병에 관련되어 버렸고, 부정적 이미지로 이어지게 되는 것은 당연하다. 물론 세계보건기구(WHO)에서 질병 이름에 대한 권고안을 내놓긴 하지만 처음 명명된 상징성과 대표성은 바꾸기 힘들다. 하물며 사회적으로 나쁜 일에 휘말려서 성경 속 인물 이름이 기사에 거론되게 되면, 기독교와 교회의 이미지가 왜곡되는 결과는 두말할 필요도 없다. 우리가 지금도 한 두 명쯤 기억하고 있는 중범죄자의 그 이름이 만약 성경 인물의 이름이었다고 가정해 보면 쉽게 이해가 된다.

물론 극단적인 예로 들렸을 수도 있다. 또한, 성경 인물의 이름으로 인한 긍정적인 측면도 있다. 하지만 우리가 자녀의 이름을 성경 속에서 찾든지, 한국의 위인에서 찾든지, 좋은 의미의 한자어로 이름을 붙이든지, 그 이름을 빛나게 하도록 자녀를 잘 양육하는 것이 우선이다. 그 자녀가 '나는 크리스천'임을 어디서도 자신 있게 말할 수 있는 참 신앙을 가지게 하는 것, 이것이 더 값지고 의미 있다는 것에는 모두가 이견이 없을 것이다.

"마땅히 행할 길을 아이에게 가르치라
그리하면 늙어도 그것을 떠나지 아니하리라"

(잠언 22:6)

아들 젖 먹이고 월급 받은 여인

요게벳 결유(산후 유즙 부족)

"이 좋은 날, 너랑 이게 뭐냐."

"난 마음만 먹으면 생겨."

중의대 졸업반 시절, 임상 나갔던 병원에서 친하게 된 중국인 의대생인 '쉬치'와 주말이면 함께 시간을 보냈었다. 쉬치는 중국에서 드물게 만날 수 있는 중국인 크리스천이었다. 이 친구는 북경 안에서 외국인이 잘 알지 못하는 숨겨진 명소, 이름 모를 맛있는 음식들을 소개해 주곤 했다. 둘 다 여자 친구가 없던 처지에, 주말에 만나면 서로 자신은 '자발적 솔로'임을 강조하며, 언제든 마음만 먹으면 여자 친구를 사귈 수 있다고 제각기 허풍을 떨곤 했다. 그 시절 쉬치에게 해 주었던 농담 가운데, 그 친구가 좋아했던 하나가 있었다.

'어느 한 남자가 결혼할 때가 되었다. 세 명의 신붓감 후보가 있었는데, 누가 더 현명한 여자인지 알아보기 위해 한가지 실험을 하게 되었다. 각각 백만 원씩 알아서 쓰라고 주었다. 첫 번째 여자는 옷이며 화장품을 사서 자신의 외모를 꾸미는 데 썼다. 두 번째 여자는 남자의 선물을 사고, 남자와 함께 맛있는 식사를 하는 것에 돈을 썼다. 세 번째 여자는 통장에 돈을 넣어 두고 앞으로 함께 저축하자며 통장을 보여 주었다. 그 남자는 이 세 여자 중에 과연 누구를 선택했을까가 물음이었다. 쉬치는 곰곰이 생각하더니, 그 남자의 선택은 첫 번째 여자였을 것이라고 대답했다. 자기 자신을 아름답게 꾸민 여자가 더 예쁘게 보였으리라는 것이 쉬치의 생각이었다. 그럴듯하다. 그러나 그 남자가 선택한 여자는?

"씌용 따더(胸大的)."
가슴 큰 여자였다. 쉬치가 깔깔거리며 좋아했다.

모세는 잘 알려진 성경 인물이다. 이집트 바로 공주의 손에서 자랐다는 것도 잘 알고 있다. 그렇다면, 그의 어머니는 어디 계셨을까?

아주 오래전, 요셉이 이집트 총리가 되었을 때, 그의 아버지 야곱과 그의 형제들과 온 집안 식구들이 흉년을 피해 이집트로 와서 머무르게 되었다. 세월이 흐르고 흘러 요셉 총리를 알던 세대가 다 지나가고, 이집트 본토 사람과 이스라엘 민족 간에는 묘한 기류가 흘렀다. 이스라엘 민족은 날이 갈수록 강성해져서 이집트 땅에서 불어 나갔기 때문이었다. 이에 위기감을 느낀 이집트 왕은 잔인한 묘수를 쓰기에 이르렀다. 전국의 산파들에게 일러 이스라엘 여자가 해산할 때, 그 아이가 남자아이면 죽이라고 명하였다. 하지만 산파들이 그 명령을 따를 리 없었고 별 효과가 없자, 이에 왕은 비밀리에 진행하던 그 일을 아예 대놓고 법으로 공포하였다. 이스라엘 집에 남자아이가 태어나면 무조건 죽이라 명하였다. 그때에 모세가 태어났는데, 그 어머니 요게벳은 석 달간을 몰래 키웠다. 하지만 더 이상은 숨기기가 어려워지자 딸과 함께 기발한 아이디어, 즉 궁에서 월급 받으며 아들 모세를 젖먹인 영화의 시나리오 같은 계획을 세우게 되었다. #1: 바로 공주가 강가에서 목욕하는 시간을 알아낸다. #2: 모세를 광주리에 담아 그 시간에 강가 갈대에 놓아둔다. #3: 때맞춰 모세가 울어 준다. #4: 바로 공주가 발견한다. #5: 모세의 누나가 우연히 지나가는 사람처럼 공주에게 다가간다. #6: 젖 먹일 유모가 필요하면 자기가 알아보겠다고 슬쩍 말을 건넨다. #7: 바로 공주가 승낙하고 그녀는 어머니 요게벳을 데리고 온다.

드라마 작가도 감탄할 대본은 완성되었고, 그리고 실행에 옮겼고, 그대로 다 맞아 떨어졌다.

> "바로의 딸이 그에게 이르되 가라 하매 그 소녀가 가서 그 아기의 어머니를 불러오니 바로의 딸이 그에게 이르되 이 아이를 데려다가 나를 위하여 젖을 먹이라 내가 그 삯을 주리라 여인이 아기를 데려다가 젖을 먹이더니"
>
> (출애굽기 2:8-9)

이렇게 요게벳은 자기 아들 젖 먹이며 월급 받은 전무후무한 어머니가 되었다. 행여, 젖이 잘 안 나왔으면 일찍이 정리해고가 됐겠지만, 다행히 젖은 넘쳤고 모세는 무럭무럭 자라갔다.

모유의 장점은 일일이 나열할 필요가 없다. 굳이 나열하자면, 산모에게는 옥시토신 분비가 원활하게 이루어져서 산후 이완된 자궁의 수축에 도움이 되고, 유방암 예방의 효과도 있다. 아기는 면역질환의 예방과 함께, 엄마와의 교감으로 정서적 안정을 얻을 수 있다. 세계보건기구(WHO)에서 권장하는 모유 수유 기간은 2년이다. 처음 6개월은 모유만으로, 이후에는 이유식과 함께 수유한다. 그런데 모유는 젖먹이 엄마에게 때가 되면 짠하고 생겨나서 마르지 않는 샘처럼 솟아나는 것이 아니다. 모유 또한 희생이다. 엄마의 몸에서 영양분을 거둬들여 젖먹이에게 제공하는 것이다. 산모가 수유기 때에 영양을 충분히 섭취하지 못한 상태에서 젖을 먹이게 되면, 모유의 영양의 질이 떨어지는 것이 아니라 모체가 점점 약하게 된다. 그 결과는 이후에 세월이 흐르고 더는 호르몬 보호를 받을 수 없는 폐경을 지나면서부터 골다공증이나 치아 손실 등으로 나타난다. 이것을 두고 어머니의 사랑, 위대한 희생이라고 감동만 할 문제가 아니다. 건강한 노후를 보내는 것 또한 중요한 것인 만큼, 모유 수유 기간에는 칼슘이나 단백질 성분이 부족하지 않도록 평소보다 더 영양섭취에 주의를 기울여야 한다. 그런데 여기서 우려되는 또 다른 문제가 있다. 산모의 몸속에 유입된 중금속 성분이 모유에 그대로 포함되어, 아기가 고스란히 먹는다는 것은 염려하지 않을 수 없다. 현대인의 생활에서 화학 성분을 피해가기 어렵다. 간혹 해외로 떠나는 태교여행처럼 모유수유를 위한 우주여행이 있으면 모를까, 지구를 떠나지 않는 이상, 숨 쉬는 공기 중의 미세먼지에도 중금속이 포함되어 있으니 피할 길이 없다. 수유하는 엄마로서는 난감하다. 하지만 중금속을 피해 갈 수 없으면, 최대한 줄이면 된다. 흡수를 최대한 줄이고 체외 배출을 최대한 늘리면 되는 것이다. 흡수를 줄이는 방법으로는 화장품이나 화학제품, 세제 사용을 줄이고 가공식품을 피한다. 체외 배출을 늘리는 방법으로는 첫 번째로, 물을 부족하지 않게 충분히 마셔서 수분 대사로 인한 물질교환을 돕고, 두 번째로, 배변은 해독의 기본이므로 바른 식생활로 변비에 걸리지 않게 유의한다. 세 번째로, 적당한 운동으로 지방을 태우며 노폐물을 배출한다. 그리고 네 번째로는 숙면을 취하는 것도 해독의 중요한 방법이므로, 피로물질이 쌓이지 않도록 잘 자는 것이 젖 먹이는 엄마에게 필요하다.

모유의 장점은 많지만, 산후 모유 분비가 적어, 아이가 먹기에 부족할 때를 '결유(缺乳)'라 한다. 한의학에서는 결유의 원인으로 기혈 부족이거나, 간기가 울체되었거나, 담탁(痰浊 탁한 물질)이 쌓여 막힌 것 등으로 보았다. 다시 풀어 얘기하자면, 약한 체질이었거나, 산후에 조리가 부적절해서 체력저하로 이어졌거나, 산후 정서가 안정되지 못하고 감정이 상했거나, 간 기능이 균형을 잃어 유선 경락이 막히고 유즙 분비가 원활하지 못한 것이라 할 수 있다. 그 치료법으로 '유두는 간에 속하고 유방은 위에 속한다.' 라는 이론을 바탕으로 간을 소통시키고, 유선 경락을 열어주고, 위장을 보강하며, 기혈 부족을 개선한다. 편방 약재로는 만형자, 시호, 로로통, 동과피, 통초, 동규자, 맥아, 남과자, 왕불유행 등이 사용된다. (각 약재는 용법, 용량이 다르므로 전문 한의사와 상담 후 사용바랍니다.)
식품으로는 귤, 오렌지, 무화과, 옥수수수염, 팥, 검정깨, 모과, 땅콩,
상추, 족발, 파 흰 뿌리 등이 유즙 분비에 도움을 준다.

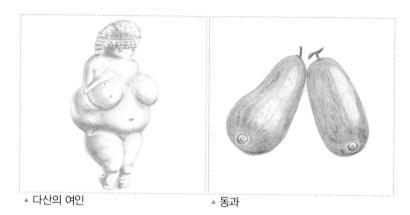

▲ 다산의 여인　　　　　　　　▲ 동과

　동과의 껍데기(冬瓜皮 동과피)는 몸의 부기를 빼주고 열을 내리며, 유즙
분비를 촉진한다. 동과의 씨(冬瓜子 동과자)는 동과피와 같은 효능을 가지
고 있으며, 또한 폐의 열로 인한 기침과 가래, 여성의 경우 대하(과도한
냉), 남성의 경우 전립선 질환에 응용되고 있다.

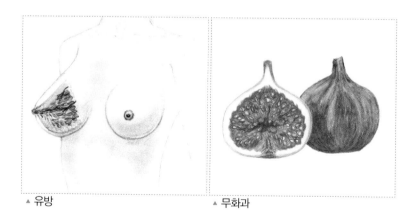

▲ 유방　　　　　　　　　　　▲ 무화과

무화과(无花果)는 유즙 부족시, 혹은 유선이 막혔을 때 효과가 있으며, 위를 튼튼히 하고, 해독 기능을 하며, 부기를 가라 앉힌다. 〈의림찬요〉에서는 유선을 통하게 하는 식품으로 소개되며, 〈진남본초〉에서는 유선이 엉겼을 때 사용한다고 기록되어 있다.

그럼, 요게벳에게 무엇으로 대접할까?
준비한 것 옥수수수염차, 귤, 오렌지, 족발 보쌈, 로맨틱코미디 영화, 땅콩, 물병

- **옥수수수염차:** 〈진남본초〉에 의하면, 옥수수수염은 유방 울결(郁结)이나 유즙 불통을 치료한다고 기록되어 있다.

- **귤:** 귤은 껍질, 잎, 씨, 모두 간의 울결을 풀고, 유방 울결의 치료제로 쓰이고 있다.

- **오렌지:** 유즙 분비를 돕고, 중금속 배출을 돕는 식품의 하나이다. 이외, 중금속 배출을 돕는 식품으로는 오이, 다시마, 미역, 현미, 배, 사과, 바나나, 깻잎, 콩, 귀리, 브로콜리, 양파, 부추, 토마토, 시금치, 호박 등이 있다.

- **족발 보쌈:** 족발은 〈명의별록〉, 〈본초도경〉에 의하면 유즙을 나오게 하고, 유방에 흐르는 경맥을 통하게 하는 식품으로 소개된다. 쌈으로 먹는 상추는 혈액 순환을 돕는 약리작용을 하며, 간과 담을 진정시키고 위의 기능을 돕는다.

- **로맨틱코미디 영화:** 산후 시기는 24시간 아이와 붙어 있으면서 감정적으로 복잡해지고 우울해지기 쉬운 시기이다. 이때 기분을 전환하는 것이 필요한데 갓난아기를 두고 밖으로 나가기는 어렵다. 집에서 영화를 보며 기분을 바꿀 수 있도록 로맨틱 코미디 영화 한 편을 준비했다.

- **땅콩:** 영화에는 땅콩이다. 더군다나 땅콩은 유즙을 촉진하고, 위를 보양하는 식품이다.

- **물병:** 하루 2L의 물은 몸속 노폐물 배출의 기본이 되는 양이다.

🍃

"네 부모를 즐겁게 하며
너를 낳은 어미를 기쁘게 하라"

(잠언 23:25)

🍃

요게벳은 절망적인 현실에서도, 아들 모세의 살길을 모색했고, 그러한 생각은 자신이 뜻한 바대로 잘 진행되어 갔다. 이후, 모세는 한 민족의 구원을 이끈 위대한 지도자가 되었다. 갓난 아들을 살리려는 그 모든 계획은 한 여인의 지혜에서 나온 것이었지만, 그 지혜를 주시고 이루시는 분은 하나님이셨다. 우리의 지혜가 빛을 발하려면, 그 뒤에는 하나님의 인도하심이 있어야 한다.

내비게이션이 없던 시절, 길눈이 어둡다 못해 실명에 가까웠던 나는 운전을 할 때면 아는 길도 돌아서 가고, 모르는 길은 한 번에 찾은 적이 없어서 모두를 피곤케 하는 재주가 있었다. 길거리 이정표들은 나에게 무용지물인 도로의 정물일 뿐, 옆 사람이 지도를 들고 직접 일러 주어야 그나마 제대로 길을 찾을 수 있었다. 눈앞의 길도 못 찾는 내가 보이지도 않는 하나님의 인도하심을 어떻게 따라갈 수 있을까?

하나님께서 내게 보이시는 길은 네온사인으로 반짝거리며 눈에 띄는 것도 아니고, 요즘의 내비게이션처럼 동네 골목까지도 일러 주는 음성이 들리는 것도 아닌데, 길눈이 밝지 못한 내가 하나님의 인도하시는 길을 어떻게 알 수 있을까. 지나온 시간을 돌이켜보니, 길을 알려 주시는 방법은 한가지로 한정되어 있지 않았다. 때론 성경 말씀을 통해서, 때론 기도하는 가운데 마음속에 밀려오는 안도감이나 확신으로, 때론 다른 사람의 입을 통해서, 때론 내가 계획했던 일들을 하지 못하는 환경으로 바꾸심으로 인도하셨다. 요게벳과 같이 내가 설계한 어떤 일들이 잘 진행되고 잘 마무리된 적도 있었다. 마음먹은 대로 멋지게 마무리된 그때를 떠 올려 보면, 인도하신 하나님을 기억하기보단 나 스스로 우쭐거리는 마음이 자리하고 있었다.

무엇인가가 잘 끝났을 때는, 고개를 뻣뻣이 들고 자긍할 때가 아니라, 고개를 숙여 감사할 때인 것을 그땐 왜 몰랐을까?

**"사람의 마음에는 많은 계획이 있어도
오직 여호와의 뜻만이 완전히 서리라"**

(잠언 19:21)

데스티네이션
· · · · · · · · · · · · ·

모세 퇴행성 관절염, 족저근막염

"더 못 참겠어. 토할 것 같아!"

"얘들아, 은철이 토할 것 같데!"

"내리자." "내려! 내려!"

후다닥, 그렇게 버스에서 내린 곳은 신설동 부근이었다. 초등학교 6학년 겨울 방학 첫날, 같은 반 여자애들과 날 잡고 시내 백화점 구경을 간 날이었다. 집으로 돌아오는 버스를 탄 후 얼마 지나지 않아서, 서울 촌놈 티를 무지하게 내버린 것이다. 메케한 시내버스 매연 냄새에다가 운전을 거칠게 하는 기사 아저씨 덕분에 속이 메슥거리더니 한계에 봉착했다. 신설동쯤 와서 더 이상은 못 참을 것 같았다. 토하는 모습을 보이고 싶지 않아 애써 참다가 버스에서 내리긴 했는데, 내리자마자 가로수에 거나하게 토해 버렸다. 한 친구가 등을 '톡톡' 두르려 주었다. 일행

중에서 아무도 하지 않은 멀미를 혼자 해서 자존심이 상해 버렸지만, 문제는 그것이 아니었다. 버스는 다시 못 탈 것 같았고 집에는 돌아가야 했고, 그렇게 해서 신설동에서부터 공릉동 집까지 눈이 쌓인 길을 친구들과 걷기 시작했다. 군대 시절을 제외하고 그 날은 내 인생에서 가장 오래 걸은 하루였다. 그 여자애들은 여군 특전사를 지원 입대하지 않은 이상, 아마 인생 통틀어 가장 오래 걸은 하루였을 것이다.

우리는 정해진 목적지(데스티네이션 destination)를 향해 걸어나간다. 걸은 것으로 따지자면, 모세는 둘째가라면 서운해하실 분이다. 큰 사고를 치고 궁에서 도망친 모세는, 광야로 들어가 그곳에서 40년간 양무리를 치며 이 산, 저 산을 돌아 다녔다. 그 후, 이집트로 돌아와서 이스라엘 민족을 이끌고 하나님께서 약속하신 땅에 도착하기 전까지, 또 40년 동안 광야를 걸었다. 광야 이동 중에는 백성들이 쉴 동안에도 모세는 하나님의 부르심으로 홀로 시내산을 몇 번이고 오르내렸다. 시내산은 2,285m의 높이로, 설악산(1,708m) 지리산(1,915m)보다도 더 높은 산이었다. 옆 동네에 있는 뒷산 수준으로 생각하면 안 될 것은 확실하다.

> "여호와께서 시내 산 곧 그 산 꼭대기에 강림하시고 모세를 그리로 부르시니 모세가 올라가매" (출애굽기 19:20)

이래저래 발은 고달프다. 고관절로부터, 무릎, 발목, 발가락에 이르기까지 몸을 지탱하고 이동시키며, 다리 여러 부위에서 괴로움을 당한다. 그중 대표적 질환은 무릎 관절염이다. 퇴행성 관절염이라고 명하기는 하지만, 나이 들면 오는 당연한 과정이 아니다. 평소 무릎 관리를 잘 안 하고 지내다가, 시간이 지나 노년에 여러 요인이 겹쳐 다리를 못 쓰게 되는 무릎 질환이 온 것이다. 기능이 떨어진 노화와는 다르다. 만약, 노년에 퇴행성 질환들이 모두 오는 것이라면, 모든 노인이 못 걷고, 앞을 못 보게 되는 비극이 벌어질 것이다.

> **"모세가 죽을 때 나이 백이십 세였으나 그의 눈이 흐리지**
> **아니하였고 기력이 쇠하지 아니하였더라"** (신명기 34:7)

'기력이 쇠하지 아니하였다.'는 말은 '잘 걸었다.'와 바꿔 말해도 될 만큼, 잘 걷는 것은 건강한 노년의 척도가 될 수 있다. 모세는 그렇게 걷고 또 걸었는데, 어떻게 무릎 건강을 유지할 수 있었을까? 퇴행성 관절염의 특성에서 그 해답을 찾아볼 수 있다.

첫 번째로 퇴행성 관절염은 여성이 남성보다 많다. 바꿔 말하면, 근육량이 적은 사람이 쉽게 유발된다. 무릎관절에 걸리는 하중과 충격을 근육에서 흡수, 완충한다. 따라서 근육이 부족한 상태로 오랜 시간 무릎 주위의 인대와 힘줄, 관절에 무리가 가면 염증 반응이 일어나게 되고, 통증이 발생한다. 아프니까 안 움직이고, 적게 움직이니 근육량은 줄어드는 데 반해 체중은 늘어나고, 체중이 불어나니 하중이 더욱 커져 통증이 더 심해진다. 악순환이 반복되면서 다리는 변형이 와서 '오'자 모양의 다리가 되고, 걷기는 더욱 힘들어진다. 결국, '휠체어냐 인공관절이냐'를 두고 선택해야 하는 안타까운 일이 벌어진다. 두 번째로, 무릎관절에 부담을 주는 노동을 하는 사람들에게 많다. 가정주부도 포함되게 된다. 밭이나 작업장에서 쪼그려 앉아서 하는 일은, 특히 무릎관절에 손상을 일으킨다. 노동과 운동은 다른 것이다. 운동은 적당한 수축과 이완을 반복하며, 탄력을 주고, 노폐물을 배출하고 근육량을 더하지만, 노동은 부담스런 동작을 지속시키며 피로 물질을 쌓이게 하는 것으로, 운동과는 몸에 나타나는 결과가 다르다. 세 번째로 하이힐, 또는 키 높이 깔창은 무릎 건강에 악영향을 끼친다. 어떤 이들은 하이힐에서 내려오면 그 키가 어색해지거나, 키 높이 깔창이 내 몸의 일부가 되어버려서 떼려해도 뗄 수 없는 관계가 되었을 수도 있다. 하지만 먼 훗날, 벚꽃 길, 은행나무 가로수 길을 여전히 걷고 싶다면, 내 것이 아닌 굽들을 걷어 내야 한다. 높은 굽은 무게 중심이 앞꿈치로 착지하게 하고, 그로 인해 불안정한 걸음으로 근육의 피로도를 올린다. 어정쩡한 자세는 무릎에 가해지는 압력을 증가시켜 관절에 악영향을 끼친다.

한의학에서는 관절염의 원인을 간과 신장의 손상으로 보았다. 간은 혈을 저장하여 힘줄을 자양한다. 신장은 정기의 원천으로, 골과 골수를 생성하고 공급한다. 따라서, 두 장기가 약해져 관절이 순조롭지 못하게 된다고 보았고, 그 치료법으로 간과 신장의 약해지고 부족해진 부분을 메우고 더하는 것으로 하였다. 편방 약재로는 형개, 상지, 해동피, 고척, 우슬, 녹용, 음양곽 등이 쓰인다. (각 약재는 용법, 용량이 다르므로 전문 한의사와 상담 후 사용 바랍니다.) 관절염의 염증이나 통증을 줄이는 데 도움이 되는 식품으로는 토마토, 오렌지, 수박, 율무, 무, 당근, 체리, 생강, 모과, 밤 등이 있다. 연어, 고등어 등의 생선류, 호두 등의 견과류, 아보카도, 올리브유 등에 들어 있는 오메가 지방산은 관절의 기능을 원활히 하도록 돕는 성분으로 알려져 있다. (**참고** 오메가3는 중성지방 수치를 낮추고 혈전생성을 억제하며, 오메가6는 혈압을 조절하며, 오메가9은 저밀도 콜레스테롤(LDL) 수치를 낮추어주지만, 오메가 지방산 또한 지방의 일종으로 열량이 높기 때문에 과량 섭취하지 않는 것이 좋다.)

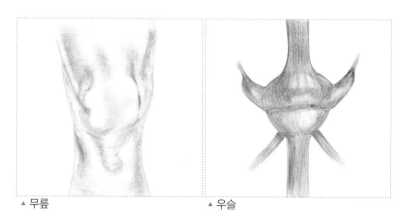

▲ 무릎   ▲ 우슬

우슬(牛膝)은 무릎 통증으로 굽히기 힘들거나, 다리에 힘이 빠질 때 뼈와 힘줄을 튼튼히 하고 간과 신장의 기능을 돕는 약재로, 그 뿌리를 약으로 쓴다. 두통, 치통, 요통, 생리통에도 효과가 있다. (**주의** 우슬은 혈을 움직이게 하고 아래로 내리는 성질이 강한 약재로, 임신부와 월경이 과다한 사람은 복용을 금지한다.)

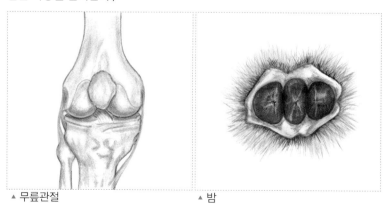

▲ 무릎관절   ▲ 밤

밤은 무릎과 근골격을 튼튼히 하며, 골다공증을 예방하기 때문에 노년기의 이상적인 보건 식품이다. 〈별록〉에 밤은 신장의 기를 더하는 식품으로 소개된다. 밤의 속껍질에 풍부한 향두소(香豆素 쿠마린)는 항골다공증 작용을 하며, 항자외선 작용으로 피부손상을 막고, 또 항응혈 작용을 하는 물질이다. 따라서, 애써 깨끗하게 벗겨내려 하지 말고 일부를 함께 먹으면 좋다. (주의 헤파린(Heparin), 또는 와파린(Warfarin) 약물을 투여 중인 환자는 향두소의 섭취를 피해야 한다.)

그럼, 모세에게 무엇으로 대접할까?
준비한 것 모과차, 팥죽, 홍어찜, 지팡이, 골프공, 의자, 식탁과 침대

- **모과차**: 모과는 몸속의 습을 제거하여 시리고 아픈 무릎관절에 좋은 효과가 있다.

- **팥죽**: 팥은 풍과 열을 없애고 습을 제거해, 부기를 빼고 염증을 가라앉힌다.

- **홍어찜**: 홍어는 모두 연골로 이루어져 뼈째 씹어 먹는 생선이다. 유산연골소(硫酸軟骨素 콘드로이틴) 성분을 다량 함유하고 있는데, 이 성분은 퇴행성 관절염의 진행을 늦춘다고 알려져 있다. 모세 어르신이 삭힌 홍어찜 냄새에 질겁을 하실 수도 있으니, 삭히지 않은 홍어 요리로 주문하는 것이 좋겠다.

- **등산용 지팡이**: 지팡이는 산에 오르내릴 때 사용하면 균형을 잡아 주어 낙상의 위험을 줄여주고, 무릎에 가해지는 하중을 덜어 줄 수 있다. 좌우 하나씩 짚는 것이 균형을 잡는데 좋다. 산행을 다녀오고 자 한다면 가파른 산길이 아닌, 등산로가 잘 정비되고 완만한 산을 오르는 것이 좋다. 가파른 산은 내려올 때 무릎관절 연골에 손상이 올 수 있기 때문이다. 무릎 관절염 환자에게 적합한 운동은 수영과 자전거 타기 등인데, 체중이 무릎에 실리지 않으므로 무릎 근육 강화에 좋다. (주의 자전거를 탈 때에는 페달과 안장과의 거리를 적절히 조절하여, 무릎관절이 과하게 접히지 않도록 주의한다.)

- **골프공**: 모세 어르신이 무릎 관절염은 피했을지라도, 오래 걸을 경우 족저근막염은 피해 가기 어렵다. 오래 서 있거나 오래 걸으면 뒤꿈치에 스트레스가 쌓여 그곳과 연결된 족저근막에 염증이 생긴다. 족저근막의 긴장을 풀어 주는 방법으로는 앉은 자세에서 골프공이나 테니스공을 발바닥 아치에 놓고 마사지하듯 돌돌 굴리며 눌러준다. 조그만 공이 없다면, 발가락을 오므렸다 폈다 하는 것만으로도 족저근막의 긴장을 푸는 데 도움이 된다.

- **의자**: 의자에 앉은 자세에서 다리를 들었다 놨다 하는 운동은 무릎 연골에 부담을 가하지 않으면서 무릎 주변 근육을 보강할 수 있어서, 관절염 예방에 좋은 운동이다. 응용법으로는 양다리를 X자로 겹친 다음, 들었다 놓기를 반복한다. 누운 자세에서도 할 수 있다.

• **식탁과 침대:** 전통 한국의 멋인 온돌방에서 한국인의 밥상으로 고풍스럽게 대접해 드리면 좋겠지만, 무릎을 과도하게 굽히지 않는 것이 관절염의 예방이 된다. 양반다리는 예상외로 무릎에 많은 부담을 준다. 따라서 식탁에서 드시는 것이 무릎 관절 건강에 좋다. 그리고 주무실 방으로는 침대 있는 방을 준비해 놓았다. 바닥에 앉고 일어설 때보다 많은 부담을 줄일 수있다.

❧

"좋은 소식을 전하며 평화를 공포하며
복된 좋은 소식을 가져오며 구원을 공포하며
시온을 향하여 이르기를
네 하나님이 통치하신다 하는 자의 산을 넘는 발이
어찌 그리 아름다운가"

(이사야 52:7)

❧

모세는 끊임없이 걸었다. 하지만 끊임이 없었던 것은 걸음뿐만이 아니었다. 하나님께 끊임없이 묻고 또 물었다. 여호와께 아뢰고, 여호와께 간구하고, 여호와께 기도하는 그의 신앙은 한 민족을 약속의 땅으로 인도하였고, 구약시대의 역사에서 한 축을 긋는 인물이 되었다.

'토끼와 거북이'의 우화는 우리 모두 잘 알고 있다. 제 능력만 믿고 자만에 빠진 토끼는, 느리지만 쉬지 않고 노력하는 거북이에게 지고 만다는 내용이다. 그러나 산속에서 토끼가 전력으로 뛰쳐 가는 것을 한 번

이라도 바라본 적이 있는 사람이라면, 거북이가 한발한발 얼마나 굼뜬
지 가까이서 지켜본 적이 있는 사람이라면, 이 이야기 속의 경주 결과
는 현실에서는 결코 일어나지 않으리란 것쯤은 잘 안다. 능력 없고 부족
하게 타고난 것을 성실함으로 극복할 수 있다는 이 이야기의 교훈은 갖
지 못한 자에게 위로만 될 뿐, 현실과는 거리가 멀다. 출발선부터 불공
정한 이런 시합에서 토끼가 낮잠을 잔다는 조건 아래에서만 이러한 뜻
밖의 결과가 나타나기 때문이다.

거북이는 바다 동물이다. 육상에서 뜀뛰기 시합을 하는 것부터가 잘
못이다. 바다에서 토끼와 수영시합을 했다면, 거북이는 보란 듯이 통
쾌하게 토끼를 이겼을 수도 있다. 하지만 바다라는 이유로 거북이 역시
자만하고 토끼처럼 낮잠을 잤을는지도 모른다.

자신감 있다는 이유로 꿈만 꾸지 말고, 잘못된 판단으로 시간과 노력
을 헛되이 하지 말고, 내가 가고 있는 이 길이 내가 가야할 방향이 맞는
지, 다른 길이 더 나에게 적합한 길은 아닌지 점검하고 확인해야 한다.
'나의 걸음'과 함께 '나의 물음'이 하나님께로 함께 향할 때, 그 나아감이
헛되지 않으리란 것을, 깊어가는 오늘 밤 모세의 발자취를 따라가며 조
용히 묵상해 본다.

> **"사람이 마음으로 자기의 길을 계획할지라도**
> **그의 걸음을 인도하시는 이는 여호와시니라"**
>
> (잠언 16:9)

선녀와 나무꾼

· · · · · · · · · · · · · · · · · ·

라합 기능성 위장 장애

"4구대 최은철 교육생!" "최은철 교육생은 근무복장으로 행정실로 빨리 와라!"

"은철아, 방송에서 너 부른다. 너 근무시간 아니야?"

"헉!"

저녁 자유시간, 동기생들 앞에서 까불거리다가, 저녁 보초 시간을 깜빡 잊고 있었다. 신병훈련소를 마치고 후반기 교육대에 입소해 있을 때였다. 그곳에서는 기간병 한 명과 교육생 한 명이 한 조를 이루어 보초를 나갔었다. 부리나케 복장을 갖추고 산 중턱에 있는 행정반으로 뛰어 올라갔다. 지옥문을 여는 심정으로 행정반 문을 열었다. 아니나 다를까, 예상보다 훨씬 더 산적 같이 생긴 일직사관이 잡아먹을 듯이 노려보고 있었다. 그런데 그 중사가 갑자기 벌떡 일어나, 옆에 있던 철제 의

자를 번쩍 치켜들더니 한마디 했다.

"아니다, 일단 지금은 근무 나가고, 이따 갔다 와서 보자!"

그 한마디는 나를 공포의 시간으로 몰아넣었다. 그토록 간절히 군대 시계가 빨리 가기를 원했었건만, 오늘 밤만은 천천히도 말고, 아예 멈춰버렸으면 좋겠다는 생각을 했다. 1초, 1초가 피를 말려갔다.

"너 하필, 그 미치광이한테 걸렸냐…"

같이 보초를 서던 그 기간병이 던진 한마디에 나의 시름이 더 커져만 갔다. 그는 병 주고 약 주는 것마냥, 건빵 한 줌을 내밀었다.

"건빵 먹을래?"

"아닙니다! 괜찮습니다!"

"먹고 죽은 귀신은 때깔도 곱데, 먹어"

위로인 건지, 조언인 건지, 겁에 질린 신병에게 할 소리는 아닌 듯싶었다.

"감사합니다." 한 주먹 받아 들고선 하나를 입에 물었다. 돌을 씹고 있었다. 이등병 시절엔 '꿀맛보다도 더 달다.'는 그 군대 건빵이었지만, 곧 나에게 닥칠 참혹한 미래는 건빵도 돌덩이로 바꿔 버리는 재주가 있었다. 도저히 먹히지 않아 나머지 건빵은 주머니에 쑤셔 넣었다.

언제나 그렇듯, 지옥문이 열리고 나서야 기도의 문도 열린다.

'하나님 아버지… 오늘 밤을 무사히 넘길 수 있도록 도와주시옵소서…'

두 시간의 보초근무를 마치고 행정실 앞에 다다랐을 땐, 내 심장은 이미 자기 운명을 예감한 듯, 마구 뛰고 있었다.

'의자가 날라오면 피해야 하나… 막아야 하나… 날라온 의자에 맞고 기절한 척 누워 있을까… 벌떡 일어나 군기든 척할까…' 오만가지 생각이 다 들었다. 나의 이런 졸이는 마음을 알기는 하는지, 같이 근무 섰던 그 기간병이 행정반 문을 주저 없이 휙 열었다. 그 순간 믿기지 않았다. 그 미치광이 산적 중사가 순한 양이 되어 앉아 있었다.

"고생했다. 들어가서 쉬어라."
'오, 하나님, 감사합니다'
내부 반으로 돌아가는 길, 주머니 속의 그 나머지 건빵은 이 세상 어느 꿀보다도 맛이 달았다.

기능성 소화 불량의 가장 큰 원인은 정신적 스트레스이다. 이야기를 풀어 보자. '선녀와 나무꾼' 이야기는 나무꾼이 사냥꾼에게 쫓기던 노루를 숨겨 주는 것에서 시작한다. 그 대가로 선녀와 혼인할수 있는 방법을 알게 되었고, 그 결과로 선녀를 아내로 맞이할 수 있었다. 성경 안에도 숨겨 주고 복 받은 집안이 있다. 그 받은 복은 선녀와 나무꾼에 비할 데가 아니었다. 어마어마했다. 온 집안이 목숨을 건진 것은 물론이고, 후에 예수님의 족보에까지 오르게 되었다. 하지만 이 일은 숨바꼭질 놀이처럼 재미로 하는 간단한 것이 아닌, 목숨을 걸어야 하는 일이었다. 왕을 속이고 성읍의 성주들을 속이고 관리들을 속여야 했기에, 자칫 온 집안 식구들까지 죽임을 당할 수 있는 위험한 결단이었다. 하지만 그렇게 결단할 수 있었던 데는, 라합은 이미 이스라엘 하나님의 존재를 알고 있었고, 그가 유일한 신이라는 것과 그의 능력을 믿고 있었다. 그 믿음으로 이스라엘 정탐꾼들을 도왔고, 후에 여리고 성이 함락될 때 그곳에서 라합과 그 집안 식구들만 유일하게 살아남을 수 있었다.

> "여호수아가 기생 라합과 그의 아버지의 가족과 그에게 속한 모든 것을 살렸으므로 그가 오늘까지 이스라엘 중에 거주하였으니 이는 여호수아가 여리고를 정탐하려고 보낸 사자들을 숨겼음이었더라" (여호수아 6:25)

미래를 예측할 수 없는 불안한 상황에서는 그 누구도 맘 편히 음식을 먹을 수도 없고, 속 편히 소화하며 쉴 수도 없을 것이다. 현대인의 스트레스는 라합처럼 목숨을 내놓을 정도의 세기는 아닐지라도, 노출되는 빈도와 지속되는 시간은 결코 적지 않다.

위장 장애는 기질성과 기능성으로 나뉘는데, 기질성 위장 장애는 뚜렷한 원인 질환(암, 궤양 등등)이 위장에 있는 경우에 발생하는 것이고, 기능성 위장 장애는 검사상으로는 위장에 별다른 문제가 없지만, 소화 불량 등의 위장 장애 증상이 나타나는 것이다. 기능적 소화 불량의 주요 원인은 스트레스이며, 이 외에도 체질적으로 소화기관이 약하거나 기름진 음식, 찬 음식을 먹었거나 또는 과식했을 때 나타날 수 있다.

한의학에서는 기능성 위장 장애의 원인을 네 가지 정도로 나누는데, 그 중 라합의 경우는 과도한 스트레스가 원인이 된 간기범위(肝气犯胃)로 볼 수 있다. 간이 분배와 조절하는 기능에 문제가 생겨 위장의 소화와 하강 기능에 영향을 준 것이다. 간기범위로 인한 위장 장애 치료법으로는 간을 소통시키고 울결된 것을 해소하는 방제를 쓰는데, 간기범위하면서 구토할 때에는 '사칠탕(四七湯)'을 쓰며, 간기범위하면서 위통이 있을 때는 '시호소간산(柴胡疏肝散)'에 가감법을 쓰고, 간기범위하면서 더부룩할 때는 '월국완(越鞠丸)'과 '지출완(枳朮丸)'을 합쳐서 방제하며, 간기범위하면서 딸꾹질이 끊이지 않을 때는 '오마음자(五磨饮子)'를 방제한다. 위염이나 소화 불량에 쓰이는 편방 약재로는 자소, 강활, 차전자, 건강, 진피, 지실, 목향, 연호색, 모려, 산약 등이 사용된다. (각 약재는 용법, 용량이 다르므로 전문 한의사와 상담 후 사용 바랍니다.) 위장을 튼튼히 하고 배탈을 완화하는 식품으로는 양배추, 브로콜리, 토마토, 당근, 귤, 생강, 바나나, 사과, 부추, 단호박, 김, 다시마, 검은콩, 매실, 고구마 등이 있다.

▲ 위벽   ▲ 자소

자소(紫苏 차조기)는 풍한(风寒) 감기의 약재이며, 비·위장의 기가 체했을 때 기를 소통시킨다. 또한, 기능성 소화 불량에 효과가 있다는 임상보고가 있다. 〈본초강목〉에서는 기침을 가라앉히고 가래를 삭이며, 기가 정체됨으로 인한 태동불안에 사용된다고 하였다.

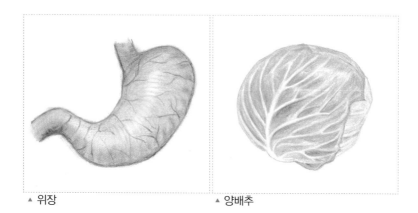

▲ 위장　　　　　　　　　▲ 양배추

　양배추에는 비타민B1, 비타민B2, 비타민C, 칼륨 등이 풍부하다. 12 경혈 중에 비경과 위경에 작용하며, 위염, 위·십이지장궤양, 위통에 좋은 효과를 나타낸다. (주의 ① 양배추는 갑상선 기능을 떨어뜨려 TSH(갑상선자극호르몬)수치를 올리는 물질을 함유하고 있으므로, 피부가 건조하고 가렵거나 안구 충혈이 있을 때에는 섭취를 금함. ② 거친 섬유질을 함유하고 있어서, 소화 기능이 떨어져 있을 때에는 양배추를 다량 섭취하지 않는다.)

　그럼, 라합에게 무엇으로 대접할까?

　준비한 것 귤껍질차, 생강차, 사과, 전복죽, 동그랑땡, TV, 단호박 죽, 찬송가 음반

• 귤껍질차: 귤껍질(진피)은 비장의 기운을 돕고 습담을 제거하고 구역, 구토와 각종 위염 치료에 쓰인다.

• 생강차: 생강은 헛구역이나 메스꺼움, 멀미에도 효과가 있으며, 위를

따뜻하게 하고 위의 기능을 돕는다. (**주의** 열성 약재이므로 내열이 있
는 사람은 복용을 금지한다.)

- **사과:** 사과는 위장을 튼튼하게 하는 식품이며, 위·십이지장궤양에
  도 효과가 있다. 사과의 유기산은 피로회복에 도움이 된다. 사과의
  과교(果胶 펙틴) 성분은 장의 노폐물을 흡수해 배출한다고 알려지는
  데, 사과 껍질에 많이 들어있으므로 껍질째 먹는 것이 좋다.

- **전복죽:** 멀리서 온 손님인데, 죽 대접이 웬 말이냐 하겠지만, 전복죽
  은 임금님 수라상에 올랐던 음식이다. 일반적으로 위장 기능이 떨
  어져 있을 때에는 고지방, 고열량 식품을 소화하기가 힘들다. 전복
  은 지방 함량이 적고, 각종 미네랄과 비타민B가 풍부해 기력을 회
  복하고, 부족한 영양분을 보충하는 데 효과적이다.

- **동그랑땡:** 동그랑땡의 주재료는 돼지고기, 쇠고기, 두부, 버섯 등으
  로 동물성 단백질과 식물성 단백질을 고루 섭취할 수 있다. 단백질
  섭취량이 부족하면 몸의 기능이 저하되는데, 그중 하나가 소화 기
  능이다. 단백질은 종류별로 과하지도 부족하지도 않게 골고루 섭취
  하는 것이 중요하다.

- **TV:** 식사 시간은 마음이 편안해야 한다. 식사 시간이 불편한 것은
  누구와 먹느냐, 식사 분위기가 어떠냐 때문에 나타난다. 대화 없이
  적막함 속에서 식사하다 보면, 어색함을 빨리 끝내려고 밥을 빨리

먹게 되고, 이는 위장 장애, 역류성 식도염 등의 원인이 된다. 평소 대화 시간이 없던 식구들이, 밥먹을 때를 이용해 대화를 시도하다 보면, 편해야 할 식사 시간이 오히려 불편해질 수 있다. 스트레스는 소화불량의 원인이다. 평소 식사 시간이 유쾌한 집이라면 굳이 TV를 켤 필요는 없지만, 그렇지 않은 집이라면 식사 시간엔 TV를 켜고, 대화는 티타임이나 간식 시간에 나누는 것이 좋겠다.

•단호박 죽: 간식으로는 단호박 죽을 준비했다. 단호박은 위장을 튼튼히 해주며, 비타민A가 많아서 떨어진 기력 회복에 좋다.

•찬송가 음반: 묵상을 하고 심호흡을 하면, 교감 신경이 진정되면서 스트레스가 완화된다. '내 주를 가까이하게 함은 십자가 짐 같은 고생이나 내 일생 소원은 늘 찬송하면서 주께 더 나가기 원합니다.' 새로운 CCM 복음성가도 좋고, 묵상하기에는 클래식한 찬송가도 좋을 듯하여 준비했다.

@

"내가 하나님을 의지하였은즉
두려워하지 아니하리니 사람이 내게 어찌 하리이까"

(시편 56:11)

@

중국 쑤저우(苏州)는 천당에 비유될만큼 아름다운 자연 경관을 가지고 있다. 어느 해에 기회가 되어 그 곳을 여행하게 되었다. 그 여행지 중에는 우리나라의 한옥마을처럼 중국 전통 가옥을 그대로 유지하고 있는, 마을 사람들도 여전히 사는 유명한 곳이 있었다. 특이하게도 그 마을은 수로로 이루어져 배로 이동하는, 중국 사극 드라마에도 자주 등장하는 곳이었다. 문제의 발단은 그곳에 입장료가 있었는데 생각보다 비쌌다. 매표소 앞에서 왠지 부담스럽게 느끼고 있던 차에, 누군가 슬쩍 다가와 말을 건네왔다. 반값에 들어가게 해주겠다는 솔깃한 제안이었다. 그 제안을 한 사람은 그곳에 사는 주민이었다. 암표 같은 것이었다면 차라리 더 나을 뻔 했는데, 그 방법은 정식 입구가 아닌, 그 곳 주민들만 따로 이용하는 길을 주민과 함께 마을 사람인 것처럼 몰래 들어가는 편법이었다. 물론 그곳에도 무단 통과자를 막으려는 초소가 있었다. 누가 봐도 주민과 관광객은 쉽게 구별이 되어 성공 확률에 의구심을 가졌다. 그 주민은 아무 문제 없을 꺼라 호언장담했지만, 그저 운에 맡기는 식이었다. 운 나쁘게 걸리면, 원래대로 매표소에서 표를 사서 들어가면 되었기에 손해 볼 일은 없었다. 한번 해 보기로 했다. 하지만 그것은 짧은 생각이었다는 것을 후에 알게 되었다.

우리 일행은 몇몇으로 나뉘어 불안한 시도를 하였고 나는 현지인처럼 보였는지 무사통과가 되었는데, 나머지 몇 쪽은 발각이 되는 바람에 하는 수 없이 표를 사서 들어왔다. 문제는 안에서 발생했다. 주민을 따라 들어온 사람들은 표가 없었는데, 그 안에서는 수시로 돌아다니며 표를 확인하는 직원들이 있었다. 이런 상황은 표의 유무와 상관없이 우리 일행 모두 마음 편히 관광할 수가 없게 만들었다. 그저 누군가 부르는 소리에도, 행여 직원처럼 보이는 사람이 옆으로만 지나가도 화들짝 제 발이 저렸다. 결국, 제대로 구경도 못 하고 불편한 걸음을 하다가 나왔던 경험이 있다. 살아가면서 정당한 것, 올바른 것, 성경 말씀에 부합되는 것을 선택한다면 난처하고 곤란한 상황에 빠지는 것이 많이 줄어들 것이다.

요즘은 결정 장애의 시대에 살고 있다는 말들을 한다. 그만큼 선택해야 할 일도 많고 선택의 폭도 다양해졌다. 나는 다행히 이런저런 결정의 순간은 많았지만, 라합처럼 생명을 내걸어야 하는 생사의 기로에 선, 목숨을 담보로 하는 선택지 앞에는 놓이지 않았었다. 하지만 나를 둘러싼 내 주위에는 생명과 죽음의 갈림길에 서 있는 이들이 많다. 예수님을 믿지 않는 이들은 분명, 그 갈림길에 서 있는 것이다. 매일 매일이 선택의 기회이지만, 이 기회의 날들도 끝이 있다. 이러한 날들이 다 가기 전에 라합처럼 결단해야 한다. 그 결단은 그들만의 몫이 아니다. 지금까지 내 주변 사람들에게 예수님을 전하지 않고 머뭇거리고 있는 나 또한, 이제는 결단하고 전해야 한다. 그들에게 기회가 영영 없어지기 전에 말이다.

> "너는 말씀을 전파하라 때를 얻든지 못 얻든지 항상 힘쓰라
> 범사에 오래 참음과 가르침으로 경책하며 경계하며 권하라"
>
> (디모데후서 4:2)

정(精)때문에

기드온 발기부전(신정부족)

"드르륵"

"헉"

교실 뒷문이 예고도 없이 열렸다. 물론, 고3 야간 자율 학습 시간에, 예고하고 열릴 교실 문은 없다. 그 날따라 만화책을 보고 있던 나는 펴 놓은 교과서 밑으로 급하게 만화책을 감춰 넣었다. 문제는 교과서보다 만화책이 더 커서 교과서로 다 덮이지 않는다는 것이었다. 어설픈 큰 동작은 오히려 의심을 살 수 있다는 생각에, 그저 담임 선생님이 내 책상 옆을 안 지나가시기만을 바랄 뿐이었다. 하필 또 그 날따라 분단 사이를 지그재그로 오시면서, 누가 무슨 공부하는지 책상을 살피며 오셨다. 결국, 내 자리까지 오셨다. 나는 다 덮지도 못한 만화책을 어찌하지 못하고, 그저 고개만 떨구고 처분을 기다리고 있었다. 그런데 모른 척 그냥 지나가시더니, 교실 뒷문에서 한마디를 건네시고 나가셨다.

"반장, 마무리 잘하고 들어가라~"

얼굴이 화끈거렸다.

삼백 용사를 이끈 기드온은 숨기고 싶은 과거, 쥐구멍에라도 숨고 싶은 굴욕의 역사가 있었다. 그 당시는 이방 도적 떼들이 극성이었던 때였다. 가축은 물론, 곡식에 이르기까지, 먹을 수 있는 것은 모조리 다 강도질을 해 갔다. 기드온도 몇 번 빼앗긴 경험이 있었기에, 그 날은 밀 수확을 하기에 앞서 고민을 하게 되었다. 마당에서 타작하자니 또 도적 떼가 몰려와서 다 털어 갈 것 같았다. 그리하여 그렇게 포도주통 속에 들어가서 몰래 밀을 까게 된 것이다.

> "기드온이 미디안 사람에게 알리지 아니하려 하여 밀을 포도주 틀에서 타작하더니" (사사기 6:11中)

우스꽝스러운 걸 넘어서 측은하게까지 느껴지는 모습이다. 그런데 그 때 기드온에게 하나님의 사자가 나타났다. 그를 향해 "큰 용사여." 라고 하며 불렀고, 통 속의 기드온은 민망함과 당혹감을 감추기 어려웠을 것이다. 마치, 골방에 숨어 성인잡지를 보는데 "새벽이슬 같은 주의 청년이여." 하는 주의 음성을 들은 것과 모양새가 비슷하다.

한의학에서는 신장이 약해지면 신기(腎气)가 손상되어 기혈의 운행이 영향을 받고, 그로 인해 가슴이 두근거리고 누가 붙잡으러 오는 듯이 두려워한다고 하였다. 신장이 손상되는 원인은 여러 가지가 있는데, 그 중 방사(房事)가 지나치면 정기가 손상되고 기혈이 허손해져 신정부족으로 나타난다.

> "기드온이 아내가 많으므로 그의 몸에서 낳은 아들이 칠십 명이었고"(사사기 8:30)

신장이 주관하는 감정은 공포, 즉 두려움의 감정이다. 신장이 약해지면 무서움이 많아지고, 반대로 외부로부터 공포를 겪으면 신장이 손상되는, 서로 영향을 주고받는 관계다. 또한 간신동원(肝腎同源)이라 하여 간과 신장은 같은 원천에 기초하므로, 신장의 음이 부족해지면 그에 따라서 간의 음도 부족해지는 '간신음허(肝腎陰虛)'가 된다. 그 결과로 간에 속하여 있는 담낭은 판단을 주관하는데, 간담이 약해지면서 판단이 서질 않아 우유부단해지고 결단을 쉬이 내리지 못하게 된다. 기드온이 판단의 어려움을 겪은 것은 '간신음허'의 결과로 보인다.

> "기드온이 또 하나님께 여쭈되 주여 내게 노하지 마옵소서 내가 이번만 말하리이다 구하옵나니 내게 이번만 양털로 시험하게 하소서"(사사기 6:39中)

기드온은 판단의 두려움에 하나님께 두 번 세 번 확인하고 염려를 반복했다. 이런 기드온에게 하나님께서는 다그치지 않으시고 그 마음을 헤아리셨다.

"만일 네가 내려가기를 두려워하거든 네 부하 부라와 함께 그 진영으로 내려가서"(사사기 7:10)

신의 정기 허손으로 나타나는 증상은 양위(阳瘘) 즉, 발기부전이다. 양위는 음경 해면체에 혈액이 차오르는 데 문제가 생긴 것으로 기질성과 심인성으로 나뉜다. 기질성은 신체 기능에 이상이 생겨서 오는 발기부전으로, 원인은 척추 손상, 약물 부작용, 대사장애로 인한 혈관 장애 등이다. 여기서 대사 장애는 고지혈, 고혈압, 당뇨, 복부비만 등에 의한 것으로, 남성 호르몬의 수치도 떨어뜨리는 원인이 된다. 심인성은 불안이나 긴장, 우울, 스트레스 등의 심리적 요인에 의해 발기부전이 유발되는 것인데, 역시 증상이 오래 반복될 수 있다.

양위의 예방 및 개선의 방법으로 다섯 가지 정도를 소개하려 한다. 첫 번째는 금연과 금주이다. 혈관에 안 좋은 영향을 끼치는 요인을 없애는 것이 치료의 시작이다. 정력에 좋은 것을 찾아 헤매지 말고, 정력에 안 좋은 것을 멀리하는 것이 더 효과적이다. 두 번째 방법은 다리 근육을 단련해야 한다. 눈에 보이는 상체 근육과 팔뚝의 알통보다는 다리 허벅지 근육이 체력과 정력의 기본바탕이 되며, 멀리 보면 건강한 노후 생활의 적금과도 같은 것이다. 세 번째는 케겔 운동을 주기적으로 지속해서 한다. 발기와 사정에 쓰이는 근육을 강화하는 것인데, 누구나 알고 있는, 항문을 오므리고 몇 초간 유지하고 풀어주는 것을 반복하는 운동이다. 네 번째는 반신욕을 정기적으로 한다. 물론, 고환이 뜨거운 환경에 오래 지속해서 노출되면, 고환 온도가 올라가서 정자 수와 운동 능력이 감소할 수 있다. 그러나 15~20분 정도의 반신욕은 기혈 운행을 도와 오히려 고환의 기능이 향상된다. 다섯 번째는 방사 조절이다. 한의학에서 발기 부전의 첫 번째 원인으로 명문의 화가 쇠노한 것을 꼽고 있는데, 이것은 과도한 방사가 원인이다. 주 2회를 초과하는 것은 과도한 것으로 알려 진다.

한의학에서 '명문의 화'가 쇠노한 경우의 치료로는 신장의 양기를 더해주는 방법을 쓰고 있다. 편방 약재로는 세신, 오가피, 설련화, 육계, 정향, 인삼, 녹용, 음양곽, 육종용, 토사자, 동충하초, 산수유, 복분자 등이 쓰인다. (각 약재는 용법, 용량이 다르므로 전문 한의사와 상담 후 사용 바랍니다.) 식품으로는 해삼, 낙지, 미꾸라지, 굴, 부추, 검정깨, 호두, 꿀, 밤, 여지, 석류, 블루베리, 토마토 등이 혈관 개선 및 성 기능에 도움을 주는 것으로 알려져있다.

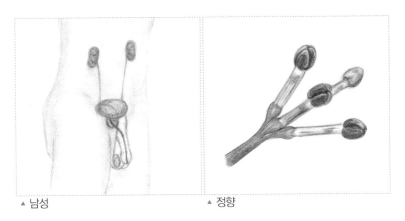

▲ 남성   ▲ 정향

정향(丁香)은 신장을 따뜻하게 하고 양을 북돋아 발기부전에 사용하며, 여성의 자궁이 차가운 증상에도 이용된다. 그리고 위장이 차서 구토나 헛구역을 하거나, 배가 차갑고 아픈 사람에게도 쓰인다. (주의 ① 울금(郁金)과 함께 복용 금지. ② 열증이 있는 사람은 복용 금지.)

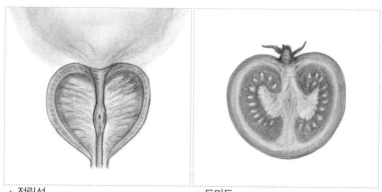

▲ 전립선　　　　　　　　　▲ 토마토

　토마토에는 번가홍소(番茄红素 라이코펜)가 풍부하여 전립선암을 예방하며, 정자형성에 도움을 주어 정자수를 증가시킨다. 생으로 먹을 경우 비타민C를 섭취하기는 좋지만, 익혀서 먹을 경우 번가홍소나 기타 항산화 물질이 증가하기 때문에 영양적인 면에서는 조리해서 섭취하는 것이 좋다. 그러나 오랜 시간 고온에 가열할 경우, 토마토의 영양성분이 오히려 분해되어 소실되므로 살짝 익히는 조리방법을 쓴다.

　그럼, 기드온에게 무엇으로 대접할까?

　준비한 것 구기자차, 부추전, 해물탕, 반신욕, 둥굴레차, 배드민턴, 노란콩

　•**구기자차**: 구기자는 간신음허에 쓰이는 약재로, 정을 넘치게 하고 눈을 맑게 한다.

　•**부추전**: 부추는 약용으로도 쓰이는데, 주 치료로는 신장이 약해서 오는 발기부전과, 속이 차고 배가 아픈 것에 쓰인다.

• **해물탕**: 해산물에는 미네랄이 풍부하다. 특히 조개나 낙지에는 남성 미네랄로 불리는 아연이 풍부하여 전립선 기능을 향상하게 하고, 남성 호르몬인 테스토스테론의 분비를 돕는다. 꽃게, 오징어에는 타우린 성분이 풍부하여 심혈관계 개선에 도움이 된다.

• **반신욕**: 40~42도의 물로 15~20분 정도가 적당하며, 가슴 아래 명치부위까지 담그고, 양팔은 물속에 넣지 않는다.

• **둥굴레차**: 반신욕 후에, 둥굴레차를 준비했다. 둥굴레는 신정(腎精) 허손에 이용되는 약재 중의 하나이다.

• **배드민턴**: 적당한 유산소 운동이 발기부전 개선에 좋다. 그러나 너무 심한 운동과 체중감량은 오히려 발기 부전을 유발한다.

• **노란콩**: 콩의 영양 성분을 섭취하려는 것이 아니다. 두 알만 있으면 된다. 콩을 종이 테이프를 이용해 용천혈에 붙여 자극하면 정력을 보강할 수 있다. 용천(涌泉)은 물이 땅에서부터 분출하여 올라오는 것을 나타내는 이름으로, 이 혈자리는 12경혈 중에서 족소음신경(足少阴肾经)의 정혈(井穴)이다. 위치는 발바닥 앞꿈치 부분의 사람 인(人)자로 갈라지는 부분에서 가운데 부분이다. 보충 설명하자면, 발가락을 뺀 발바닥을 세 등분 했을 때, 위에서 1/3 지점이다.

*"악인은 쫓아오는 자가 없어도 도망하나
의인은 사자같이 담대하니라"*

(잠언 28:1)

하나님께서는 하나님을 온전히 의지하지 못하는 두려움보다, 하나님을 의지하지 않는 교만함을 더 미워하신다. 기드온은 미디안과의 전쟁을 준비하며, 패할 것을 두려워한 나머지, 삼만명이 넘는 병사를 모았다. 하지만 하나님께서는 그 병사들의 수를 백 분의 일로 줄이기를 명하셨다. 그리하여 그 1%(퍼센트)인 삼백 용사만 남게 되었다. 하나님께서는 사람들이 자신들의 힘으로 전쟁에서 승리했다는 교만함을 가지지 않게 하려 하셨기 때문이다. 기드온은 군사를 삼만 명에서 삼백 명으로 줄였고, 하나님의 도우심으로 두려움을 이겨내고 전쟁에서 승리하게 되었다. 발명가 에디슨이 '99%의 노력과 1%의 영감'으로 위대한 발명을 이루어 냈다면, 크리스천은 '99%의 믿음과 1%의 준비'로도 놀라운 일을 해 낼수 있다는 것이 기드온을 통해서 얻을 수 있는 교훈이었다. 행여, 무모한 믿음으로 보일 수 있을지언정, 자신이 들인 그 1%의 준비를 두고 스스로 교만함을 가질 리는 없겠다. 이 교훈을 위안 삼아 자신의 노력은 백 분의 일로 줄이고 엄청난 결과를 바라는, 빗나간 믿음의 용사는 없어야 할 것이다.

**"주께서 곤고한 백성은 구원하시고
교만한 눈은 낮추시리이다"**

(시편 18:27)

어메이징 스토리

"질문하나 해볼까요?"

전공선택수업인 무기화학 수업시간이었다.

"이 세상에 존재하는 모든 액체는 고체 상태로 바뀔 때 그 부피가 줄어듭니다. 그런데 유일하게 고체로 바뀔 때 그 부피가 커지는 신기한 물질이 있는데 그게 무엇일까요?"

교수님께서 학생들에게 던지신 질문이었다. 정답은 그리 어렵지 않았다. 바로 물이다. 그런데 교수님의 설명은 기독교인이었던 나에게 큰 감동을 주었다. 이 이야기는 조금 미루고, 어쨌든 과학자들이 알아낸 것이라고는 물이 액체상태에서와 고체상태에서 원자 간의 결합각과 분자 간의 구조가 달라진다는 것 말고는, 수소결합을 하고 있는 물이 왜 그런 특성을 보이는지의 근본 이유는 알지 못한다. 저 끝모를 우주까지 갈 것도 없이 태양계와 지구 상에서 벌어지는 현상들 대부분은 물론이거니와, 내 몸속에서 일어나는 인체의 신비조차도 어떠한 사실만 알아냈을 뿐, 왜 그렇게 되는지는 추측만 하고 있다. 의학자들이 자주 쓰는 말은 "어떤 알 수 없는 원인에 의해서,"와 "~때문이라고 추측된다."이다. 과학자들의 새로운 발명도 창조가 아닌, 원래 있던 물질과 에너지의 조합일 뿐이다. 미루었던 얼음 이야기를 해보자. 교수님의 설명은 물이 얼때 밀도가 줄어들면서 부피가 늘어나는 이유는, 누군가 그렇게 설계를 하고 창조를 했기 때문이라 하셨다. 물이 다른 물질들처럼 얼었을 때부피가 작아진다면, 얼음은 물에 뜨지 않고 가라앉게 된다. 결국, 위에서 물이 얼어 가라앉기를 반복하면 강물 전체가 한 덩어리의 얼음으로 변하게 되고, 수중 생명체가 살 수 없음은 물론, 지구 표면에서 일어나는 물의 순환은 멈춰버릴 것이다. 얼음이 물에 뜨기 때문에 한겨울에도 여전히 강물은 흐르고 지구는 항상성을 유지하며 생명체들은 변함없이 그 자리를 지켜간다. 이 얼마나 어메이징한 일인가.

오늘도 우주라는 허공에 지구가 둥둥떠서 한치의 오차도 없이 돌고 있다. 탁구공 하나도 허공에 못 돌리는 우리이기에, 이 거대한 지구를 누군가가 돌리고 있다는 것은 도무지 인정하기가 어려울지라도, 이 광활한 우주가 어떤 우연한 힘으로 팽창하다가 폭발하여 태양계가 생기고, 그 안에 지구가 한자리를 잡아 질서 있게 공중에서 돌고 있다는 생각은 어찌 그리 쉽게 믿을 수 있는지.

누군가의 인생이 그의 생각대로, 그가 마음 먹은대로 살아진다면 삶의 끝자락에서 그는 흐뭇한 미소를 지을지는 모르겠으나, 죽음 후에 그는 자기의 생각대로 할 수 있는 것이 아무것도 없다. 수의를 입는 것도, 관속에 들어 가는 것도, 땅에 묻히는 것도 모두 다른 사람의 손에서 이루어진다. 수의에는 주머니가 없다. 그것을 입은 사람은 무언가를 주머니에 넣을 수도 없고, 넣어야 할 것도 없기 때문이다. 그가 살아생전 알수도 있었을 절대자의 존재를 알지 못하고 삶의 끝을 맞았다고 한다면, 그것은 참으로 슬프고도 무서운 일이다.

피조물이 조물주와 동등하게 될 수 없음을 아담과 하와가 깨달았을 땐 이미 많은 것을 잃었다. 이 세상이 누군가에 의해 만들어졌고, 그 누군가에 의해 운행되고 있다는 것을 아무 대가 없이, 또 잃어지는 것 없이 깨닫게 된다면 그 얼마나 어메이징한 일인가.

> "내가 땅의 기초를 놓을 때에 네가 어디 있었느냐
> 네가 깨달아 알았거든 말할지니라
> 누가 그것의 도량법을 정하였는지,
> 누가 그 줄을 그것의 위에 띄웠는지 네가 아느냐"
>
> (욥기 38:4-5)

세상을 뒤집다
. . . .
삼손 어지럼증(두훈)

"은철이 잡아!"

"손에 들고 있는 거 뺏어!"

"은철아, 그거 줘!"

나는 손에 송곳 같은 꼬챙이를 들고 무지막지하게 휘두르고 있었다. 내 사방으로 전도사님과 교회학교 선생님들이 빙 둘러서, 행여나 찔릴까 조심하며 긴장 가운데 다가오는 중이었다. 초등학교 5학년, 여름성경학교 오후 시간, 풍선 터트리기 게임이 있었고, 내가 첫 번째 주자였다. 손수건으로 눈을 가린 채 손에 꼬챙이를 쥐고, 몇 미터 앞에 있는 풍선을 터트리는 경기였다. 나는 '출발' 소리와 함께 그 꼬챙이를 무시무시하게 휘두르며 앞으로 나아갔고, 앞에서 풍선을 들고 서 있던 선생님은 사색이 되어서 '은철이 잡으라!'고 외쳤던 모양이었다. 이 작은 소동

뒤에 내 뒤의 두 번째 주자부터는 풍선을 손으로 터트리는 방식으로 바꾸게 되었다. 재밌는 여름성경학교 한때의 기억이다.

눈을 가리고 움직여도 넘어지지 않는 것은 다른 평형 감각기관들이 보상을 해주고 있기 때문이다. 우리가 서서 중심을 잡기 위해서는 눈의 시각, 인체 말단부의 체감각, 그리고 귀 전정기관의 평형감각이 서로 보조적으로 어우러져야 한다. 이 세 가지 중에서 한 가지에 문제가 생기더라도 남은 감각이 서로 보상을 하며 중심을 잡을 수 있다. 하지만 두 가지 이상이 망가지면 우리는 제대로 설 수가 없다. 실례로, 균형을 담당하는 귀의 전정기관에 문제가 생긴 사람은 밤에 컴컴한 곳에서는 걷지 못하고 휘청거리게 된다. 시각이 보상을 못 해주기 때문이다. 만약 낮시간에 어지러워 중심을 잡기가 힘들다면, 전정기관 이상과 함께 안진(안구떨림)이 동반되어 이 역시 시각이 보조를 못 해주기 때문이다. 옆에서 부축하고 팔을 잡아 주어야만 걸을 수 있게 된다. 이외에도 눈을 뜬 상태에서 어지러워 균형을 못 잡는 다른 경우로는 미주신경성 실신, 전정 신경염, 또는 소뇌 등의 중추신경 이상도 의심해 볼 수 있고, 그 외 다른 여러 요인을 밑에 다시 소개하려 한다.

누군가는 삼손이 성경 어딘가 나오는 힘센 한 사람쯤으로 알고 있을 수도 있겠지만, 삼손은 기드온, 사무엘과 같은, 왕이 세워지기 전 이스라엘을 이끌었던 사사였다. 삼손은 넘치는 힘을 주체할 수 없었다. 한밤중에 자다가도 벌떡 일어나 성의 문짝과 기둥을 뽑아 어깨에 메고 산 꼭대기로 올라가야 직성이 풀릴 정도였다. 적어도 들릴라를 만나기 전까지는 말이다. 블레셋 사람들에게 매수된 들릴라는 삼손의 힘의 원천을 알아내서 그 사람들에게 고했고, 삼손은 블레셋 사람들에게 잡혀 눈이 뽑히고, 옥에 갇혀 큰 맷돌을 돌리는 참담한 신세가 되었다.

> "블레셋 사람들이 그를 붙잡아 그의 눈을 빼고 끌고 가사
> 에 내려가 놋 줄로 매고 그에게 옥에서 맷돌을 돌리게 하
> 였더라" (사사기 16:21)

더는 앞을 볼 수 없어도 연자방아 맷돌을 돌리고, 이후에 자신을 그렇게 만들고 조롱한 그들에게 복수할 수 있었던 것은 다른 평형 감각기관이 살아 있었기 때문이다.

> "그들의 마음이 즐거울 때에 이르되 삼손을 불러다가 우
> 리를 위하여 재주를 부리게 하자 하고 옥에서 삼손을 불
> 러내매 삼손이 그들을 위하여 재주를 부리니라 그들이
> 삼손을 두 기둥 사이에 세웠더니" (사사기 16:25)

살아가면서 우리의 사지가 멀쩡하지만, 아무것도 할 수 없게 만드는 것이 있다. 바로 어지럼증이다. 두통만큼이나 삶을 고달프게 만든다. 이 어지럼증은 생리성과 병리성으로 나뉜다. 생리적 어지러움은 흔히 일상에서 겪을 수 있는 어지러운 현상으로, 버스나 배, 놀이기구 등을 탈 때, 잠을 제대로 못 잤거나 오래 앉아 있다가 일어날 때, 무더운 날씨, 음주 후 등에 느끼는 어지럼증이다. 하지만 병적 어지러움, 즉 병리성

어지럼증은 질환으로 인해 어지러운 증상이 발생하는 것으로 주의해서 살펴야 한다. 그 종류에는 귀에서 원인이 되는 말초성 어지럼증과 뇌에서 어지럼의 원인이 있는 중추성 어지럼증이 있고, 그 외 빈혈, 심부전, 협심증, 저혈압, 고혈압, 고지혈, 저혈당, 우울증 초기, 요독증, 천식, 경추질환, 이뇨제나 혈관 확장제 등의 약물 부작용, 감기 등의 감염, 두부 외상 등으로 오는 기타 어지럼증이 있다. 여기서 귀의 원인으로 오는 말초성 어지럼을 살펴보면, 대표적으로 이석증과 메니에르가 있다. 둘 다 참기 힘든 어지러움과 구토 증세를 동반한다. 차이점이 있다면, 메니에르는 귓속의 내림프액이 과다하여 발생하는 것으로 귀가 잘 안 들리거나 먹먹한 느낌이 동반된다. 이석증은 귀의 이석이 제자리를 이탈하여 발생하는 것으로 특정 방향으로 고개를 돌릴 때 어지럼이 발생한다. 둘 다 다행히도 림프액이 정상 수치로 돌아오고, 이석이 서서히 녹아 없어지면서 메니에르나 이석증 대부분은 자연 치료가 된다. 그러나 치유되는 그 기간에 참기 힘든 증상이 지속되므로, 증상을 줄이는 약이나 이석 치환술 등을 통해 증상을 완화한다. 또한, 일부의 사람에서는 자연 치유가 안 되고 악성 어지럼증으로 이어질 수 있으므로, 어지러운 증상이 계속될 때는 참지 말고 전문의를 찾아 치료 방안을 모색해야 한다.

한의학에서는 눈이 아찔하고 침침해지는 목현(目眩)과 머리가 어지러운 두훈(头晕)을 합쳐 현훈(眩晕)이라 칭하고 있다. 대부분 이 두 증상이 같이 나타나기 때문이다. 한나라 때의 장중경은 현훈의 제일의 원인은 담음(痰饮: 노폐물)이라 하였다. 한편, 〈황제내경 영추편〉에서는 뇌수가 부족하면 현훈과 이명이 생기고, 〈황제내경 소문편〉에서는 풍으로 인한 현기증은 모두 간 때문이라 하였다. 종합해 보면, 어지럼증은 비장과 신장, 간장의 기능 실조에서 기인하는 것이다. 세부적으로 살펴보면, 이석증은 기혈의 부족과 간, 신장의 음허에서, 메니에르는 담음과 어혈이 쌓여 순환이 막혀서 일어난다고 할 수 있다. 따라서 각 원인에 따라 천마, 구등, 황금, 황기, 인삼, 치자, 용담초, 시호, 백출, 적약, 백작, 도인, 천궁, 구기자, 용안육, 숙지황, 산수유, 하수오, 상심, 명당삼, 토사자 등을 방제한다. (각 약재는 용법과 용량이 다르므로 전문 한의사와 상담 후 사용 바랍니다.)

메니에르에 좋은 식품으로는 담을 없애고 습을 제거하여 이뇨에 도움을 주는 것으로 율무, 팥, 녹두, 자고(慈菇), 발제(荸荠), 무, 동과, 토란, 토마토, 수박, 산사(山楂), 연잎 등이며, 이석증에는 뼈를 강화하고 체력을 증진하는 식품이 도움되는데 우유, 달걀, 살코기, 굴, 멸치, 뱅어, 조개, 새우, 열무, 두부, 콩, 아몬드, 깨, 귤, 배추, 냉이, 취나물, 당근, 김, 미역, 당근, 목이버섯, 시금치, 돼지 간, 대추, 연자, 꿀 등이 있다.

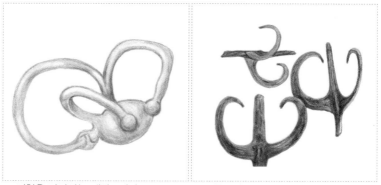

▲ 평형을 담당하는 세반고리관   ▲ 구등

구등(钩藤)은 열을 내리고 간을 진정시키는 약재로, 진정작용과 혈전 생성을 억제하는 약리작용을 한다. 간의 양기가 위로 올라 생기는 어지럼증과 머리가 터질듯한 두통에 이용된다. 〈본초강목〉에서 머리가 어지럽고 눈앞이 캄캄해질 때 사용한다고 하였다. (주의 고혈압 환자가 복용 시, 심박동이 느려지고, 오히려 어지럼과 피부발진이 생길 수 있으니 주의한다.)

▲ 어질어질 지끈지끈   ▲ 케모마일

케모마일은 양감국(洋甘菊)이라 불리는 국화과 식물이다. 들국화와 효능은 비슷하고 색깔은 다르다. 들국화는 노란색 꽃잎이고 케모마일은 흰색 꽃잎이다. 케모마일은 스트레스를 내리고 간의 화를 진정시켜 현훈에 효과가 있으며, 불면증, 두통, 편두통, 이명 등에도 효능을 나타낸다.

그럼 삼손에게 무엇으로 대접할까?

준비한 것 천마차, 두유, 산약 사골 곰탕, 우각, 슬립온, 산책로, 카디건

• **천마차:** 천마(天麻)는 입동에서 청명 절기 사이에 수확한 것을 동마

(冬麻)라 하여 우수한 품질로 친다. 천마의 효능은 풍을 그치게 하고 간의 화를 내린다. 실증과 허증의 구분 없이 어지럼과 두통에 사용되며, 사지가 저리거나 통증이 있을 때도 사용되는 약재이다. (**주의** 경우에 따라서 복용시 두드러기가 발생할 수 있고, 삶거나 갈아서 직접 많은 양(40g 이상)을 먹을 경우, 급성 신부전이 오거나 실신을 할 수도 있다. 그러므로 그 용량을 지켜야 하는데, 탕약으로 끓일 경우 3~9g(1회분)을 사용하고, 분말로 섭취할 경우 1.5g(1회분)을 넘지 않는다. <본초강목>에서는 장복할 경우 피부에 붉은 자반이 생긴다 하였으며, 혈허무풍(血虛无风)인 사람은 복용을 금지하였다.)

•두유: 콩은 필수 아미노산과 각종 미네랄이 풍부한 식품이다.

•산약 사골 곰탕: 우골은 폐와 신장을 이롭게 하고 골수와 정혈을 더하게 한다. 여기에 산약(山药 참마라고도 일컬음)을 더해 끓이면 효과가 더해진다. 산약은 신장기능에 도움을 주고 정을 더하며, 비장을 강건하게 하고 각종 허증에 이용되는 약재이다.

•우각: 황소 뿔인 우각은 열을 내리고 해독하는 효능이 있는데, 여기서는 복용하려는 것이 아니라, 두피 경혈 마사지용으로 사용하려 한다. 소뿔이 아니더라도 손에 쥐기 좋고 부드럽게 다듬어진 두피용 경락 마사지기, 지압 기구 등이 시중에 잘 나와 있다. 얼굴과 머리에는 임맥과 독맥, 그리고 12 경혈 가운데 여섯 개의 양경이 모두 지나고 있다. TV를 시청할 때나, 잠깐잠깐 짬이 날 때 두피를 마사

지해 준다. 어지럼증이 생긴 후 문지르지 말고, 어지럽기 전에 미리 미리 풀어 준다. (**주의** 두피에 상처가 생기지 않도록 날카롭지 않은 기구를 사용하여, 적당한 힘을 주어 부드럽게 문지른다.)

• **슬립온**: 슬립온은 스니커즈나 캔버스화 등등의 굽 낮은 신발의 한 종류이다. 뒷굽이 높은 하이힐이나 깔창이 두꺼운 신발은 발의 감각을 감쇠시키므로, 어지럼을 자주 느끼는 사람이 오래 걸어야 할 경우, 높은 굽의 신발을 신는 것은 주의가 필요하다. 고무소재의 얇고 평평한 쿠션 신발이 좋으므로 슬립온을 준비했다.

• **산책로**: 세상이 뒤집히는 어지럼증이 있을때는 움직이는 것 자체가 불가능하다. 이때는 눈을 감고 침대에 누워 안정을 취하고, 시끄러운 소음이나 밝은 빛을 차단하고 안정을 취한다. 하지만 약간의 어지럼증으로 오랜 기간 활동을 하지 않으면, 어지럼증이 만성화될 가능성이 있다. 우리 몸은 인체 내부나 외부 환경의 변화가 오면 그에 대처해 적응해 나가는 능력이 있다. 따라서 약간의 어지럼은 쉬기보다는 균형감각을 회복할 수 있도록 재활이 중요하다. 대단한 재활운동이 아니라 '걷기'만으로도 충분히 가능하다.

• **카디건**: 보통 어지럼증은 사계절 중 일교차가 심한 이른 봄과 늦은 가을에 자주 발생한다. 이 시기에는 몸의 체온을 잘 유지할 수 있도록 겉옷을 따로 한 벌 챙기는 것도 예방차원에서 좋다.

"그들이 이리저리 구르며 취한 자같이 비틀거리니
그들의 모든 지각이 혼돈속에 빠지는도다
이에 그들이 그들의 고통 때문에 여호와께 부르짖으매
그가 그들의 고통에서 그들을 인도하여 내시고
광풍을 고요하게 하사 물결도 잔잔하게 하시는도다"

(시편 107:27-29)

삼손의 마지막 울부짖음은 성경으로 대할 때마다 그의 통한의 감정이 고스란히 전해져 온다. '이번 한 번만 나를 강하게 하여 주소서.'라고 간구하는 삼손의 마지막 외침은 우리 모두에게도 닥칠 수 있는 상황이다. 친구든, 가족이든, 건강이든 잃고 난 다음에야 뼈저리게 소중함을 느끼게 된다. 특히 건강과 관련해서는 감사함을 모르고 하루하루 살아간다. 나 역시 병에 걸려 끙끙 앓아눕기 전까지는, 마치 내 세상인 듯 의기충천하다가 탈이 난 후에야 한없이 연약한 존재임을 깨닫고 겸손의 사람으로 변한다. 매일 아무 생각 없이 보는 대소변조차도 무릎 꿇고 감사하여야 할 내용임을 여러 차례 몸소 느끼고 있다. 가족, 건강, 내가 가진 것들, 잃어 갈 것이 더 많이 남은 앞으로의 날들 동안에, 지금 내 곁에 있을때 그 소중한 가치를 아는 마음이 삼손을 통해서 가슴속에 깊이 새겨지기를 소망한다.

네 마음이 교만하여 네 하나님 여호와를 잊어버릴까 염려하노라
여호와는 너를 애굽 땅 종 되었던 집에서 이끌어 내시고

(신명기 8:14)

엄마가 되기까지

한나 불임(다낭성 난소 증후군)

"따 따라 따라 따~"

알람이 울렸다. 전날 밤, 분명 좋아하는 노래로 골라 설정을 해 놓았는데, 새벽에 듣는 순간 짜증으로 변했다. 앞으로 두 달간은 멀리, 북경 끝자락에 있는 서원 병원 부인과로 실습을 나가기 때문에, 평소보다 한 시간 더 일찍 일어나야 했다.

아침에 눈을 뜨는 것, 눈이 떠 지는 것, 숨을 쉬고 심장이 뛰는 것, 감사한 일이다. 알람 소리에 일어나고 거울 속의 나를 보고, 가방을 챙겨 들고 신발을 신고, 걸어나가 버스를 기다리는 것, 모두 감사한 일이다. 친구들을 만나고 밥을 먹고, 커피 한잔 하며 담소를 나누는 것 역시 감사한 일이다. 하루의 소소한 일상들이 모두 감사의 제목들이다.

그러나 언제부터인지 이 익숙해져 버린 제목들은, 원래 그랬고 앞으로도 쭉 변함없을 거란 생각, 아니 그런 인식조차 하지 않으며, 너무나 당연한 듯 익숙하게 감사를 잊고 살아가고 있다. 결혼하면 아이가 생기고 달이 차 가면서 아이가 자라나고, 새 생명이 태어나는 이 엄청난 일도 당연하게 이루어져 갈 것으로 생각한다. 만약 그렇게 모든 것이 자연스럽게 흘러 가고 있다면, 그때가 진정 감사할 때이다.

한나는 아이를 간절히 원했지만, 임신이 되지 않았다. 그 불임의 원인은 그녀의 남편에게 있지 않았다. 남편 엘가나는 또 다른 처에게서 이미 자녀들이 있었기 때문이다. 다행스러운 것은 엘가나는 속이 깊고 자상한 남편이었다. 그는 아내 한나의 그 마음을 살펴 위로하고, 다독거렸다. 하지만 무자한 여인의 심정은 그리 간단치가 않았는지, 한나는 괴로운 마음에 눈물 마를 날이 없었다.

"그 남편 엘가나가 그에게 이르되 한나여 어찌하여 울며 어찌하여 먹지 아니하며 어찌하여 그대의 마음이 슬프냐 내가 그대에게 열 아들보다 낫지 아니하냐 하니라"

(사무엘상 1:8)

불임 진단은 부부가 정상적인 관계에서 1년 간 임신되지 않을 때 진단한다. 한 번도 임신 되지 않았던 1차성 불임과 임신은 되어도 습관적으로 자연 유산을 반복하는 2차성 불임으로 나뉜다. 여성 불임의 원인은 여성 생식기 구간별로 나눌 수 있다. 난소에서부터 배란 장애가 있거나, 배란은 되는데 수정체가 타고 내려오는 난관이나 그 주변 복막에 이상이 있거나, 잘 타고 내려와서 착상되어야 할 자궁에 이상이 있거나, 혹은 자궁경관에 이상이 있어 애초에 정자가 접근을 못 하는 경우 등이다. 그 원인을 찾아 치료하여 불임을 극복한다. 때론 여러 상황을 종합해 보고 난 후, 인공수정이나 시험관아기로 임신을 시도할 수도 있다.

(참고) *인공수정 시술: 남자의 정액을 받아서 건강한 정자만을 골라, 관을 통해 정액을 자궁 안으로 주입하는 시술. *시험관아기 시술: 각자에게서 난자와 정자를 채취하여 체외 배양관에서 수정시키고, 2~5일간 더 배양한 후에 수정체를 자궁 내에 착상시키는 시술)

여자는 태어날 때, 이미 400만 개 정도의 원시 난포를 가지고 태어난 다고 한다. 사춘기를 지나면서 40만 개 정도가 남게 되고, 초경을 시작하여 폐경이 오기 전까지 여자는 일생동안 400여 개의 난자를 배란한다. 매월 난소에서 하나의 난자가 성숙 되어 배란이 된다. 하지만 하나의 난포가 난자로 성숙하여 배란 되는 것이 아니고, 여러 개의 난포가 함께 자라다가 하나만 남기고 나머지는 퇴화한다. 한 마리의 건강한 정자가 살아남아 임신에 성공하듯, 여인의 몸에서도 하나의 건강한 난자를 솎아내는 것이다. 이 과정에 문제가 생겨 불임의 원인이 되는 것이 '다낭성 난소 증후군'이다. 다낭성 난소 증후군은 말 그대로 하나의 난자가 아닌, 여러 개의 난자가 자라나다가 미성숙한 채로 난소 가장자리에 자리하고 배란이 이루어지지 않는 배란 장애이다. 그래서 월경이 없거나 생리주기가 길어지거나 불규칙하고, 생리량도 많지 않다. 주로 과체중인 여성에게 나타나는데, 대사장애로 인해 발생 되는 배란장애이다. 다낭성 난소 증후군의 치료는 먼저, 생리 주기를 되찾는 약물과 함께 대사장애를 일으킨 비만, 고지혈, 당뇨 등을 함께 치료해야 한다.

한의학에서는, 다낭성 난소 증후군의 원인은 신장이 약해지고 담습이 쌓여 기혈운행을 막은 경우와, 간경락에 습열이 내성하고 어혈이 생긴 경우로 보고 그에 맞는 적절한 방제를 쓰고 있다. 각종 불임에 사용되는 편방 약재로는 백지(난소낭종 불임), 계지(다낭성 불임), 대혈등(수란관 염증성 불임), 어성초(수란관 폐쇄성 불임), 향부(간기울체 불임), 녹용(자궁냉증 불임), 육종용(자궁냉증 불임), 두충(습관성 유산) 등이 이용되며, 남성 불임의 편방 약재로는 토사자, 용안육, 구기자 등이 쓰인다. (각 약재는 용법, 용량이 다르므로 전문 한의사와 상담 후 사용바랍니다.) 자궁을 건강하게 지키는 식품으로는 단호박, 다시마, 양배추, 쑥, 냉이, 배추, 상추, 연근, 목이버섯, 표고버섯, 콩, 검정콩, 검정깨, 호두, 오디, 부추, 시금치, 대추, 아보카도, 오렌지, 귤, 인삼, 살코기, 생선류 등이다.

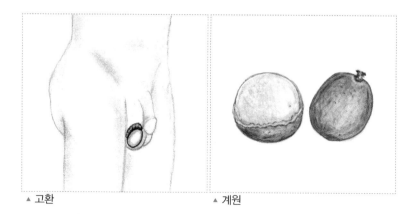

▲ 고환   ▲ 계원

계원(桂圓)의 과육을 말린 것을 용안육(龙眼肉)이라 하는데, 심장과 비장의 기운을 돕고, 혈을 생성하며 마음을 편안하게 하는 약재이다. 노년의 체력저하나 산후, 병후에 기운을 회복할 때에도 사용한다. 남성 불임증에 효과적이라는 임상 연구 보고가 있다. 〈경주본초〉에서는 용안육이 산후 부종에도 쓰인다고 소개한다.

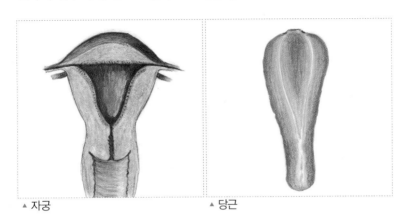

▲ 자궁   ▲ 당근

당근에는 베타카로틴 외에 알파카로틴이 풍부한데, 이는 종양 세포를 억제하고 DNA의 변이를 막는다. 또한, 비타민A와 엽산, 곡피소(槲皮素 퀘르세틴)는 자궁과 심장, 심혈관의 건강을 지켜준다. (**참고** 채소나 과일, 음식을 통해서 영양분을 섭취하는 것 외에 비타민 제제나 미네랄 제제를 추가로 보충할 때에는 과다 복용으로 인한 부작용이 생기지 않도록 섭취량에 주의한다.)

그럼, 한나에게 무엇으로 대접할까?
준비한 것 계지차, 아보카도 샐러드, 닭죽, 방석, 면 속옷, 운동화, 기도실

• **계지차:** 계지(桂枝)는 풍한(风寒) 감기의 약재로 쓰인다. 육계나무의 가

지이며, 그 껍질은 우리가 잘 알고 있는 계피이다. 계지는 여성의 자궁내막증, 다낭성 불임증, 만성 골반통 등에도 약효가 있다. (주의 열성 약재이므로 몸에 열이 있거나 이미 임신했거나, 월경량이 과다한 사람은 복용을 주의한다.)

• 아보카도 샐러드: 아보카도는 삼림의 우유로 불릴 만큼, 각종 영양소가 풍부하다. 위를 튼튼히 하고, 심혈관과 간 기능을 보호하며, 생리 불순에도 좋다.

• 닭죽: 닭고기는 따뜻한 성질의 고기로 신장과 비장의 기능을 돕고, 기혈을 생성시킨다. 빈혈이나 월경 불순에 도움이 되는 식품으로, 닭죽에 대추나 부추를 넣으면 효과가 늘어난다.

• 방석: 자궁은 한기, 냉기에 영향을 많이 받는 여성 장기이다. 따라서 여성은 차가운 곳에 오래 앉아 있거나 찬 음식, 찬 음료는 되도록 피해야 한다.

• 면 속옷: 꽉 끼는 옷은 혈액순환을 방해하여 자궁 환경을 좋지 않게 하므로, 임신계획이 없다 하더라도 평소에 타이트한 옷보다는 여유 있는 옷이 여성 건강에 좋다. 속옷은 통풍이 잘되고 자극도 적은 면제품이 좋다.

• 운동화: 과체중, 저체중 모두 불임의 원인이 될 수 있다. 균형 잡힌

식사와 적당한 운동이 임신의 가능성을 높인다. 과하지 않게 하루 30분 정도가 적당하다.

• **기도실**: 불임, 난임의 원인이 차라리 원인 불명이면 좋으련만, 남자나 여자 어느 한 쪽의 문제라는 진단이 나오면, 그 당사자는 엄청난 스트레스와 함께 밀려오는 부담감은 이루 말할 수 없게 된다. 임신이 되기 전까지는 이 스트레스와 부담감으로부터 벗어날 방법이 없다. 피할 수 없는 스트레스라면 내려놓을 수 있는 방법이 있다. 하나님께 기도하며 매달리는 것이다. 들어 주시고 안 주시고는 이제 하나님 손에 달렸으니, 나의 근심과 염려는 하나님께 맡겨드리면 된다. 임신을 위해 내가 할 수 있는 노력은 하여야 하겠지만, 스트레스는 더 이상 받지 말자.

"네 집 안방에 있는 네 아내는 결실한 포도나무 같으며 네 식탁에 둘러 앉은 자식들은 어린 감람나무 같으리로다"

(시편 128:3)

한나는 아이에 대한 소망이 날로 커져만 갔다. 절실했던 그녀는 간절한 마음으로 하나님께 매달리게 되었다. 어찌나 애끓게 기도를 했던지, 그 모습을 지켜보던 제사장은 한나가 술에 취해 횡설수설하는 줄로 착각하고, 술을 끊으라고 핀잔을 주었을 정도였다. 만약 잘 짜인 기도가 응답이 잘 이루어지는 기도라면, 잘 작성된 기도문을 줄줄 읽어 내려가

는 능변가의 기도는 응답받는 기도의 표본이 될 것이다. 다행히도 하나
님께서는 잘 포장된 상자를 보시는 것이 아니라 그 안에 담고 있는 내
용물을 보신다. 그렇게 정신없이 매달린 결과로, 한나는 이스라엘의 대
선지자인 사무엘을 낳았고, 또 이후에 삼남이녀의 자녀를 더 얻게 되었
다.(삼상2:21)

기도로 구하는 것은 인간의 영역이고, 들으시고 응답하시는 것은 하
나님의 영역이다. 기도는 문지르면 되는 요술램프도 아니고, 두드리면
나오는 요술방망이도 아니다. 현금인출기에서 돈을 뽑듯, 수학공식에
대입하면 정답이 나오듯, 기도는 곧 응답이라는 등식은 성립되지 않는
다. 그러나 쉬지 않고 간구하고 간절히 기도하면, 내가 알지 못했던 다
른 방법으로 응답해 주심을 믿어야 한다.

나는 간절히 매달려 기도한 적이 언제였던가, 기억해 보면, 크고 작은
일들로 하나님께 구했고, 구할 때마다 응답해 주셨고, 곤경에 처했을
때는 빠져나갈 길도 주셨다. 지난 삶 속에서 하나님의 신실하셨던 것과
오늘 날까지 오래 참으심을, 매일 매일 절감하며 살아 가고 있다.

> "너희가 내게 부르짖으며 내게 와서 기도하면
> 내가 너희들의 기도를 들을 것이요
> 너희가 온 마음으로 나를 구하면
> 나를 찾을 것이요 나를 만나리라"
>
> (예레미야 29:12-13)

내 머릿속 지우개
· · · · · · · · · · · · · · · · · · · ·

사울 치매

"아부지."

"응."

"억수로 이상해예, 달이 자꾸 나만 따라와예."

아버지와 초등학교 운동장에서 축구를 하다가 해가 기울어 집으로 향하는 길이었다. 달은 어느덧 산 위에 덩그러니 떠 있었다. 잡고 가던 아버지의 손을 놓고 그 자리에 섰다.

"아부지는 계속 가봐예." "달이 여기 멈추쓰예! 아부지한테는 안 따라 가지예?"

갓 초등학교에 입학했던 나에게, 아버지는 과학적으로 그럴듯하게 설명하려 애쓰지 않으셨다.

"달이 은철이를 좋아하나 보다."

지금 나는 그때 아버지의 나이가 되어 있고, 아버지는 여전히 내 옆에 계신다. 몸은 나이 들어가지만, 기억들은 언제나 그 자리에 머물러 있다. 펼치면 변함없이 나오는 그 아른한 추억의 방울들, 만약 그 방울 방울들이 어느 순간 하나하나씩 부서지고 사라져 버린다면, 그보다 더 슬픈 일이 있을까.

국제 질병 분류(ICD)에 따르면, 이 세상에는 만여 개에 달하는 질병들이 있다. 모든 질환이 제각기 힘들도 아프겠지만, 치매만큼 슬프게 하는 것도 없다. 치매는 가족의 가슴을 참으로 시리게 한다.

사울 왕은 자신이 수족으로 삼을 만큼 아꼈던 다윗을 알아보지 못했다. 그 얘기를 해보자. 한 때, 사울 왕이 정신이 오락가락하여 괴로워할 때, 신하들이 다윗을 데려왔다. 다윗에게 수금을 연주하게 해서 사울 왕에게 든 악귀를 물리칠 요량이었다. 결과는 성공이었다. 사울 왕은 다윗을 맘에 들어 했고, 다윗의 아버지 이새에게 신하를 보내어, 다윗을 궁에 머무르게 하려는 자기 뜻을 전했다. 그리하여 다윗은 궁에서 지내며 사울의 옆에서 호위무사를 하게 되었다. 그때에는, 블레셋과의 잦은 전쟁이 있었고, 블레셋의 유명한 장수 골리앗은 사울 왕의 근심이 되었다. 도저히 이길 방도가 없어 낙담하던 그때에, 다윗이 골리앗을 죽이고 그 머리를 손에 들고서 사울 왕 앞에 섰다. 그때 사울은 마치 다윗과 첫대면하는 것처럼 알아보지 못했고, 어느 가문인지 누구의 아들인지 물었다.

"사울이 그에게 묻되 소년이여 누구의 아들이냐 하니 다
윗이 대답하되 나는 주의 종 베들레헴 사람 이새의 아들
이니이다 하니라" (삼상 17:58)

성경의 두 번의 만남의 시간 순서가 어느 것이 먼저였든지 간에, 이새
의 아들 다윗을 몰라본 결과는 마찬가지이다. 사울 왕은 각종 전투를
치르는 가운데 하나님의 법도와 말씀을 따르기보다 자신의 판단대로
하였고, 결국 하나님의 영이 사울 왕에게서 떠나고 악령이 그의 정신을
혼란하게 하였다.

치매는 기억이나 판단, 인지하는 능력이 장애를 일으키는 하나의 증
상을 나타내는 것으로, 치매를 일으키는 원인 질환은 여러 가지가 있
다. 그 중 대표적인 것이 알츠하이머로 불리는 노인성 치매, 그리고 혈
관성 치매이다. 노인성 치매는 뇌세포가 점점 죽어 가면서 뇌 자체가 위
축되어 가는 것이고, 혈관성 치매는 뇌경색, 뇌출혈 등으로 뇌혈관이
막히거나 터져서 뇌손상을 가져와 생기는 것이다. 이 혈관성 치매는 그
원인 질환이 고혈압, 고지혈, 고혈당 등으로 비교적 뚜렷하기 때문에 평
소 생활 습관을 바르게 가지면서 정상 수치를 유지하도록 유의하면 된
다. 하지만 알츠하이머인 노인성 치매는 평균 15년 정도 걸쳐서 서서히
진행되기 때문에, 뚜렷한 증상도 없을뿐더러, 발병 후엔 치료도 어려운
것이 현실이다. 알츠하이머의 특징은 최근의 일부터 기억을 잃어 가고,
예전 일은 비교적 잘 기억한다. 이 때문에 가족들도 단순히 건망증이
라 여겨 방관하기 쉽다. 초기에는 단순한 기억력의 문제에서, 점차 진행

되어 가면서 방향감각이 떨어져 길을 잘 찾지 못하고, 계산하는 것이나 이해하는 게 더뎌진다. 치매가 더 악화하면, 성격의 변화가 와서, 불안, 우울해 하고 난폭하게 변하기도 하고, 운동장애로 행동도 부자연스러워 진다.

〈본초비요〉에서는 '사람의 기억은 다 뇌에 있으니, 아이가 잘 잊는 것은 뇌가 아직 다 채워지지 않았기 때문이요, 노인이 잘 잊는 것은 뇌가 점점 비워져 가기 때문이다.' 라고 하였다. 한의학에서 치매의 원인은 수해부족(뇌와 골수를 자양 하는 진액 부족), 비신양허(비장과 신장이 약해짐), 담탁조규(몸속 노폐물들이 소통의 통로를 막는 것), 어혈조락(엉긴 피가 기혈순환을 방해하는 것) 으로 보고 그에 맞는 방제를 썼다. 편방 약재로는 인삼, 산약, 영지, 음양곽, 대추, 용안육, 원지, 창포, 핵도, 천문동, 익지인, 산조인, 자오가, 육계, 하수오, 선모, 토사자, 두충, 구기자 등이 쓰인다. (각 약재는 용법, 용량이 다르므로 전문 한의사와 상담 후 사용바랍니다.) 뇌 건강에 도움이 되는 식품으로는 브로콜리, 블루베리, 호두, 파, 양배추, 올리브 오일, 등푸른 생선, 녹황색 잎채소, 양질의 단백질 등이다.

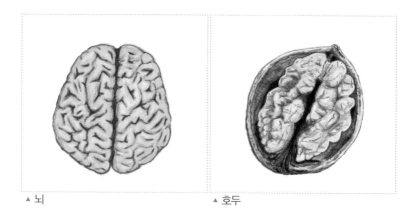

▲ 뇌　　　　　　　　▲ 호두

호두는 〈본초강목〉에서 기를 보충하고 혈을 만들며, 담을 삭히고 마른 곳을 축인다고 소개된다. 혈관 건강과 뇌 기능에 도움을 주는 식품으로 정평이 나 있다. (**주의** 노란 가래가 있고 기침을 하거나, 묽은 대변을 보는 사람은 섭취에 주의한다.)

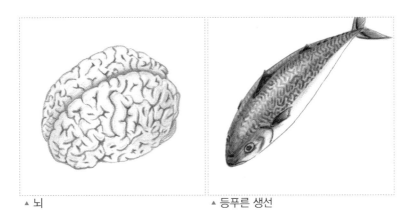

▲ 뇌   ▲ 등푸른 생선

등푸른 생선은 불포화 지방산인 오메가 3를 다량 함유하고 있는데, 이는 혈액과 혈관을 건강하도록 도와주어서 뇌경색, 심혈관계 질환 등을 예방한다. 한의학에서는 등푸른 생선은 기를 더하여 주는 보기(補氣)식품이며, 체력약화로 인한 허한 기침에도 효과가 있다고 되어 있다. (**참고** 오메가3 지방산은 중성지방의 수치를 낮추는데 도움이 되며, 저밀도 콜레스테롤(LDL)의 수치를 낮추는데는 오메가9이 효과적이므로, 자신의 상태에 맞춰 섭취하는 것이 좋다. 오메가 지방산을 보조제로 섭취할 경우, 과다 복용시 소화기계에 부작용이 발생할 수 있으므로 하루 권장량 1000mg보다 너무 과하지 않도록 한다.)

그럼, 사울에게 무엇으로 대접할까?

<u>준비한 것 커피, 율무차, 파전, 고등어 반찬, 쇠고기국, 장기판, 인삼차,</u>

<u>색종이, 메모 수첩, 학원 등록, 껌 씹기와 걷기</u>

• <u>커피</u>: 커피는 집중력을 높이고, 기억력을 향상하고 커피의 폴리페놀 성분이 항산화 작용을 하여 치매 예방효과가 있다는 연구발표가 있다. 하지만, 커피의 효용은 아직까지 약이 되는지 독이 되는지 득실의 논란이 많아서, 블루스곡인지 댄스곡인지 어느 장단에 맞춰 춤을 추어야 할지 갈피를 잡기 힘들다. 커피를 좋아하는 사람의 입장에서는, 커피를 마시면서도 몸을 망가뜨린다는 죄책감의 압박에서 벗어나, 몸에 좋다는 타당성을 확보하여 담대하게 마시고 싶은데, 누구 하나 시원하게 결론 지어 주지를 않는다. 그러나 한가지 확실한 것은 아무리 몸에 좋은 것일지라도 과하면 해가 된다는 것이다. 행여 커피가 어디에 효력이 있다 한들, 과하면 부작용이 생긴다. 커피를 많이 마실 수 있는 동기 부여할 근거를 애써 찾지 말고, 하루 권고량에 맞춰 즐기면 되겠다. 카페인은 성인기준 하루 400mg으로 원두커피 2~3잔 분량이지만, 카페인에 반응하는 개인의 민감도가 다르므로 스스로 조절하는 것이 중요하다.

• <u>율무차</u>: 〈변증기문〉에는 비·위장의 손상으로 담습이 체내에 쌓여 치매에 이른다고 하였다. 율무는 비·위장을 튼튼히 하며, 담습을 제거하는 데 도움을 준다.

• <u>파전</u>: 파는 혈액 순환과 혈관의 탄력에 도움을 주고, 노인의 치매

를 예방하며, 대뇌의 활동을 향상해 정신 노동자에게도 좋은 식품
이다.

• <u>고등어 요리</u>: 꽁치나 고등어 등의 등푸른 생선은 혈관 건강을 지키고
뇌세포를 만드는 성분이 함유되어 있어서 두뇌에 영양을 공급하며,
뇌세포를 활성화시킨다. 생선 요리를 만들어 그 냄새가 진동할 때,
만약 60대 이상 나이의 연령에서 냄새를 잘 못 맡고 후각기능이 갑
자기 떨어졌다면, 알츠하이머 등의 퇴행성 뇌질환을 의심해보고 검
진을 받아 보아야 한다.

• <u>쇠고기국</u>: 노년에 신경써야 할 영양소 중의 하나는 양질의 단백질이
다. 단백질이 부족하면 몸의 대사작용에 문제가 생기고, 뇌기능이
떨어지며 건망증이 잘 생긴다. 뇌세포를 포함한 몸의 세포들이 단
백질로 구성되기 때문이다. 면역세포도 역시 단백질로 구성되므로
단백질이 부족하지 않도록 동물성 단백질, 식물성 단백질을 골고루
섭취한다.

• <u>장기판</u>: 뇌 기능을 유지하기 위해서는 고른 영양섭취와 함께, 뇌의
활동도 틈틈이 해야 한다. 뇌를 자극하고 머리를 사용하는 놀이로
는 장기나 오목, 바둑, 카드놀이 등이 있다.

• <u>인삼차</u>: 장기를 두며 인삼차도 한 잔 내드리려 한다. 인삼의 진세노
사이드 성분은 기억력을 회복시키고, 치매를 예방한다.

• **색종이**: 손가락을 사용하고, 손가락 끝을 자극하면 뇌도 함께 반응하여서 치매를 예방하는 방법이 된다. 종이 학, 종이 거북이, 종이 별 등을 접는 방법을 기억해 내서 접는 것도 뇌 활동의 한 방법이 된다. 종이학 천마리의 낭만은 사라진 지 오래되었지만, 낭만이 아닌 건강 차원에서 접어본다.

• **메모 수첩**: 평소에 메모하는 습관을 지니고 어디서든 글을 쓰게 되면, 머리와 손을 사용하기 때문에, 여러모로 뇌에 좋은 점이 많은 습관이다.

• **학원 등록**: 은퇴를 하고 나면, 하루의 일상들이 특별할 것 없는, 쳇바퀴를 도는 시간으로 채워진다. 이때에는 뇌의 기능이 축소될 수밖에 없다. 따라서 뇌 기능이 떨어지지 않게 유지해주는 것이 중요한데, 정신적 자극을 주는 방법이 있다. 가장 좋은 방법은 새로운 것을 배우는 것이다. 외국어, 컴퓨터, 악기, 취미생활 관련 등등 지금까지 포기하거나 미루어 두었던 배움을 시작하여 뇌를 새롭게 훈련한다.

• **껌 씹기와 걷기**: 걷는다는 것은 단순한 동작으로 보이지만, 사지와 연결된 경락이 뇌를 돌아 뇌세포를 자극하고, 뇌척수액의 흐름을 좋게하여 뇌기능을 활성화한다. 바른 자세로 걷는 것은 틀어진 척추를 바로 맞춰가는 과정이기도 하다. 그리고 어금니를 부딪히는 것은 뇌신경에 자극을 주어 기억력과 뇌 활동력을 높인다. 따라서 사

랑니(서양에서는 지혜이)가 날 때 통증없이 똑바로 자란다면 뽑지 말아야 하며, 노년까지 치아 손실이 없도록 치아 관리에 각별히 신경써야 한다. (주의 껌은 무설탕 껌이 치아 건강에 좋으며, 턱관절에 무리가 가지 않도록 장시간 씹지 않는다. 입은 다물고 씹어야 진액 손실이 적고, 뛰면서 껌을 씹으면 혀를 씹을 수도 있으므로 주의한다.)

**"내가 주의 법도들을 영원히 잊지 아니하오니
주께서 이것들 때문에 나를 살게 하심이니이다"**

(시편 119:93)

사울 왕이 잠시 기억을 놓쳤든, 사람을 몰라보았든, 그것은 전혀 중요한 문제가 아니었다. 어느 순간부터 하나님의 규례, 하나님의 말씀을 잊고 살아가게 된 사울 왕은, 선지자 사무엘에게서 '순종이 제사보다 낫고 듣는 것이 수양의 기름보다 낫다.' 라는 충고를 듣게 되었다. 결국, 하나님께서 사울 왕을 버리시는 결과를 가져왔다.(삼상15:26)

나 또한, 정신없이 지내다가 중요한 약속, 잊지 말아야 할 날을 지나쳐 버려서 난감했던 기억들이 있다. 하지만 그것들 역시 인생에서 중요한 것이 아니다. 언제부터였는지 기억 상실증에 걸린 사람처럼, 치매가 깊어가는 환자처럼, 예수님과의 첫사랑, 은혜로 마음이 뜨거웠던 기억, 눈물로 무릎 꿇고 매달렸던 과거, 묵상하며 감동 받았던 하나님의 말씀들을 하나 둘 서서히 잊으며 살아간다. 책상 서랍 속의 더는 꺼내보지 않는 빛바랜 사진들처럼, 어떤 내용이었는지도 희미해져 버린 한쪽 구석에 끼어있는 옛 편지들처럼, 그렇게 하나님 나라에 대한 열정들을 조금씩 잊으며 살아가고 있다.

하늘에서 단비가 내려도 대야가 엎어져 있으면 빗물이 받아지지 않는다. 마음이 하늘로 향해 있어야 위로부터 오는 은혜가 고이고 넘쳐 흐른다. 메말라가는 내 기억의 땅, 말라 흩날리는 기억의 분진들, 작게나마 깨달음이 있는 이 시간, 하나님께서 부어주시는 은혜의 비로 촉촉이 젖어들기를 기도한다. 그리고 다시 한 번 마음속으로 소망한다. 나의 대뇌 피질 세포들이 언제까지나 마르지 않고 시들지 않기를, 그럼에도 불구하고 나의 뇌세포가 모두 죽고 마지막 단 한 개가 남겨진다면, 그 한 개의 뇌세포까지라도 우리 주 예수 그리스도를 기억하고 있기를 말이다.

"내가 옛날을 기억하고 주의 모든 행하신 것을 읊조리며
주의 손이 행하는 일을 생각하고 주를 향하여 손을 펴고
내 영혼이 마른 땅같이 주를 사모하나이다"

(시편 143:5-6)

한여름 밤의 추억

다윗 노인성 허쇠

"최은철"

"이병! 최! 은! 철!"

일직사관의 호출이 있었다.

뜨거웠던 8월의 어느 날, 외박증을 손에 쥔 채 위병소를 나섰다. 아버지의 면회, 군입대 후 처음 받아 본 외박증이었지만, 마음이 무거웠다. 외할아버지께서 간경변으로 투병하시며 힘든 나날을 보내고 계셨다. 서울로 오셔서 치료를 받으시다가, 입원해 계시던 병원에서 할 수 있는 치료는 다 받으셨던가 보다. 군대 가서 비어 있는 내 방에 머무르고 계신 중이었다. 집에 도착했다. 그렇게 깔끔하고 올곧던 분은 어디로 가시고, 눈은 움푹 패고 뼈만 남은 모습의 할아버지가 나지막이, 미소 지으며 반겨 주셨다.

"우리 은철이 왔나… 힘들제…"

중병으로 누워있는 자신보다, 작대기 하나 단 이등병 손자가 더 애처로워 보이셨나 보다.

"네, 할아버지, 저 제대하는 것도 보셔야죠…"

"허허, 암, 그래야제."

하루 저녁이 지났다. 다음 날 오전 부대 복귀전, 인사를 드리려 방문을 조심스레 살며시 열었다. 할아버지는 무엇이 그렇게 힘드셨는지, 입을 벌리신 채 가쁜 숨을 몰아쉬며 깊이 주무시고 계셨다.

이것이 마지막 만남이란 걸 직감할 수 있었다. 눈물이 그렁그렁한 채로 큰절을 올렸다.

'할아버지… 보고 싶을 거예요…'

다윗왕은 아름답고 화려한 시절을 보냈다. 용감했고 거침도 없었다. 양을 치던 목동 시절엔, 사자와 곰도 쳐 죽일 정도로 용맹했다. 하지만 예상밖으로, 그는 우락부락한 외모가 아닌, 뜻밖에 귀공자의 얼굴을 가지고 있었다. 요즘 시대라면, 드라마 남자 주인공처럼 말이다.

> "그의 빛이 붉고 눈이 빼어나고 얼굴이 아름답더니"
>
> (사무엘상 16:12)

또 그는 시인 겸 작곡가였다. 시편 150여 편의 시 중에서 70여 편이 다윗의 시이고, 각종 악기를 능숙하게 연주했다. 때론, 연극배우도 울고 갈 만큼 실감 나는 연기로 모든 사람을 깜빡 속인 일도 있었다. 물론 목숨이 걸린 일이었기는 했지만, 이 얘기는 다윗이 사울 왕을 피해 도망하던 때다. 다윗의 명성이 날로 높아지자, 사울 왕은 자신의 왕권에 위협을 느끼고 다윗을 죽이기로 마음을 정하였다. 그러던 때, 도망하던 다윗이 가드땅에 숨어들었는데, 가드는 골리앗의 고향이었다. 그곳 관리들은 자신들의 장수 골리앗을 때려죽인 다윗을 알아보고서 그를 붙잡아 가드왕 아기스에게 끌고 갔다. 그 절박한 상황에서 다윗은 처절한 연기로 자신의 목숨을 건질 수 있었다.

> "그들 앞에서 그의 행동을 변하여 미친 체하고 대문짝에 그적거리며 침을 수염에 흘리매 아기스가 그의 신하에게 이르되 너희도 보거니와 이 사람이 미치광이로다 어찌하여 그를 내게로 데려왔느냐 내게 미치광이가 부족하여서 너희가 이 자를 데려다가 내 앞에서 미친 짓을 하게 하느냐 이 자가 어찌 내 집에 들어 오겠느냐 하니라"
>
> (사무엘상 21:13-15)

다윗은 하나님만을 바라보고 사람들의 눈을 의식하지 않았다는 것도 그의 또 다른 아름다움이다. 왕이 된 이후에도 그런 다윗의 모습은 변함이 없었다. 사람들은 왕이 경망스럽다고 수군거렸지만, 다윗왕은 예배할 때에 하나님 앞에서 진심으로 기뻐하며 춤을 추었다.(삼하6:14-16)

세월이 흘렀다. 한여름밤의 추억처럼 그 아름답던 젊은 시절은 지나가고, 이제는 약해진 모습만 남았다.

"다윗 왕이 나이가 많아 늙으니 이불을 덮어도 따뜻하지
아니한지라" (열왕기상 1:1)

누구나 공평하게 늙어 간다. 젊은 날이 화려했든 초라했든, 추억할 것
이 많든 적든, 모두에게 노화가 온다. 이 늙음은 먼 훗날의 얘기가 아니
라 지금도 진행되고 있다. 이 진행을 막지는 못하지만, 늦추고 싶은 것
은 모두의 마음이다. 키가 자라는 것이 질환이 아닌 것처럼, 기능이 떨
어지는 것 또한 질환이 아닌, 생장장노(生長壯老)의 한 과정일 뿐이다.

한의학에서는 인체의 생장, 발육, 노쇠는 장부의 기능, 경락, 기혈의
성쇠와 밀접하다고 보았다. 기혈의 부족은 경락의 운행이 순조롭지 못
하여 장부의 기능이 떨어지게 되고, 음양의 평형이 깨지며 노쇠가 진행
된다. 한의학에서 항노화에 중점을 두는 장부로는, 선천의 근본인 신장
과 후천의 근본이 되는 비장이다. '닳은 것은 메꾸고 적어진 것은 보태
는' 만성 피로의 치료방법과 같은 방법으로 노화를 늦춘다. 항노화의 편
방 약재로는 인삼, 황기, 영지, 음양곽, 자오가, 당귀, 오미자, 황정, 구
기자, 산수유, 산약, 상심, 육종용, 하수오, 삼칠, 여정자, 당삼, 홍경천
등이 쓰인다. (각 약재는 용법, 용량이 다르므로 전문 한의사와 상담 후 사용
바랍니다.) 노년의 건강식품으로는 항산화 작용을 하는 비타민C와 면역,
혈관 건강을 돕는 비타민E, 대사를 원활히 하게 도와주는 미네랄 등인
데, 토마토, 파프리카, 브로콜리, 단호박, 고구마, 근대, 시금치, 잣, 밤,
검정깨, 꿀, 대추, 부추, 귤, 딸기, 바나나, 키위, 블루베리, 아몬드, 우
유, 요거트, 올리브유, 연어 등이다.

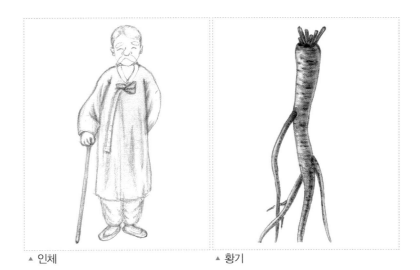

▲ 인체   ▲ 황기

　황기(黄芪)는 방제에서 가장 기본적으로 쓰이는 약재로, 폐와 비장에 작용하여 기허로 인한 증상들을 치료한다. 장기간 체력저하와 오랜 기침 등에 쓰인다. 항피로와 항노화에 효과가 있으며, 현대의 연구에서 황기는 심장의 수축력을 높이고 관상동맥혈관을 확장해 심장근육의 혈액순환을 돕는다고 한다. (주의 귀갑(龜甲)은 황기의 약효를 감쇠시키므로 함께 사용하지 않는다.)

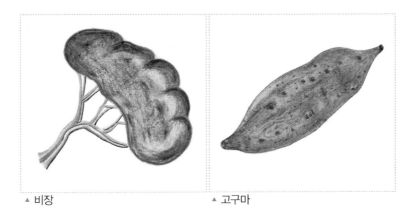

▲ 비장   ▲ 고구마

고구마는 알칼리성 식품으로 비타민A, 비타민B, 비타민C, 연산(烟酸 나이아신), 록원산(綠原酸 클로로겐산) 등을 함유한 건강식품이다. 〈본초강목〉에 신장의 음을 더하고 비·위장을 튼튼히 하며, 기력을 회복하게 한다고 기록되어 있다. 〈금저전습록〉에는 남성의 유정과 전립선 증상, 여성의 빈혈과 월경불순에 이용된다고 기록되어 있다. (주의 까맣게 변하거나 흑반을 가지고 있는 고구마는 삶거나 조리하여도 병독의 독소가 남아 있어서, 발열, 구토, 설사 등을 일으킬 수 있으므로 섭취금지.)

그럼, 다윗에게 무엇으로 대접할까?
준비한 것 식혜, 고구마 맛탕, 오색 밥상, 삼계탕, 황태찜, 봉왕장, 뮤지컬 공연, 동네 공원

• **식혜:** 식혜의 원료인 엿기름은 〈천금방〉에서는 허해서 냉해진 것을 치료하고 기력을 보충한다고 소개한다. 몸이 찬 다윗왕에게 식혜는 보양 음료이다. 식혜 외에도, 대추와 생강을 끓인 물에 꿀을 더하면 비·위장을 보강하고 신진대사를 증강하는 좋은 차가 된다.

• **고구마 맛탕:** 고구마는 질병을 예방하고 장수하게 하는 '장수소질(長壽少疾)' 식품으로 불린다. 맛탕에 설탕보다는 꿀을 더하면 더욱 좋겠다.

• **오색 밥상:** 각종 과일과 채소가 가지는 고유의 색깔은 그들만의 파이토케미컬을 함유하여, 인체내에서 항산화, 항노화의 유효한 성분

으로 작용한다. 식탁이 단조로운 색깔들로 이루어져 있다면, 빨간색, 녹색, 검은색, 노란색, 흰색, 보라색의 다양한 식품으로 골고루 채워, 건강한 식단으로 노화를 늦추고 활력을 높인다.

- **삼계탕**: 삼계탕은 대표적 보양 음식으로, 닭고기와 인삼, 대추, 찹쌀, 때에 따라 황기나 오가피가 들어가기도 한다. 문헌에 의하면 닭고기는 비장을 따뜻하게 보호하며, 기혈을 생성시키고 신장의 정을 더한다고 하였다.

- **황태찜**: 단백질은 육류나 어류, 그리고 식물성 단백질로 섭취할 수 있는데, 여러 종류의 단백질을 골고루 섭취하는 것이 중요하다. 단백질이 부족하면 몸의 대사가 원활하지 않아 피로감이 올라가고, 피부 재생능력은 떨어지며 노화가 빨리 진행된다. 따라서 단백질을 부족하지 않게 섭취해야 한다. 하지만, 과다 섭취 시에도 역시 문제가 발생하므로 일일 섭취량을 지켜야 한다. 그러나 식품마다 단백질 함량이 다르고 섭취량을 계산하면서 먹기가 사실상 쉽지 않다. 스스로 부족하지고 과하지도 않게 잘 챙겨 먹는 것이 중요하다.

- **봉왕장**: 봉왕장(蜂王漿)은 여왕벌의 먹이가 되는 물질로, 로열젤리를 가리킨다. 봉왕장은 많은 생리활성 물질을 가지고 있어서 그에 따라 여러가지 효능을 가지는데, 그중 하나는 노화의 억제로 알려져 있다. (**주의** 알레르기, 저혈당, 저혈압, 간기능 이상, 대장기능 이상 등이 있는 사람은 섭취하지 않는 것이 좋다.)

- **뮤지컬 공연**: 집과 가까운 구민회관이나 소극장에 뮤지컬이나 코미디, 개그, 노래 공연이 있는지 알아보고, 티켓을 준비하려 한다. 재미난 공연을 보며 손뼉을 많이 치면 말초 혈액 순환에 도움이 되고, 일소일소(一笑一少) 하게 될 것이다.

- **동네 공원**: 요즘은 가까운 동네 공원에도 여러 운동기구가 갖추어져 있는 곳이 많다. 나이가 들어감에 따라 기초 체력운동은 물론, 적당한 근력운동과 함께 평형감각을 키울 수 있는 운동, 스트레칭이 되는 운동을 골고루 해주어야 한다. 그런 면에서 체력단련기구가 갖춰진 공원은 여러 가지 운동을 할 수 있어 건강을 관리하기에 좋다. 유산소 운동으로 기본적인 체력을 유지하는 것도 중요하고, 그에 더하여 근력을 약간 강화하면 노년의 삶의 질을 높일 수 있다.

"늙은 자에게는 지혜가 있고
장수하는 자에게는 명철이 있느니라"

(욥기 12:12)

다윗왕이 오시면 묻고 싶은 것이 있다. '골리앗이 얼마나 어마어마 했는지'도 궁금하긴 하지만, 그것보다는 더 알고 싶은 것이 있다. 도망자 신세가 되어 낯선 땅에서 '미친척'하며 목숨을 부지했던 때의 심정이다. 그렇게 치욕스럽게, 가까스로 죽을 위기를 모면한 후에도 시를 지었다. 그때 지은 시가 '시편 34편'인 찬양 시이다. 어떻게 그런 상황에서도 찬송이 나올 수가 있는 것인지, 신세를 한탄하거나 하나님께 하소연하는 글들을 늘어놓았을 법도 한데 말이다.

중국으로 유학을 떠난 첫해, 집에서 TV를 보다가 적잖은 충격을 받은 적이 있었다. 물류배송회사의 TV 광고였다. 광고내용은 배달 기사가 물류 트럭으로 배달을 가던 중, 교통체증에 막혀 오도 가도 못하던 상황이 펼쳐진다. 그 때 길옆에 한 자전거가 세워져 있는 것을 발견했다. 이 뒷얘기는 설명하지 않아도 눈치챌 것이다. 광고는 그 회사가 고객과의 약속을 지키기 위해 최선을 다한다는 메시지를 전하고 싶었겠지만, 목적 달성을 위해 절도를 하든 불법을 저지르든 수단을 가리지 않겠다는 내용을 아무 거리낌 없이 하고 있었다. 그 당시 그 광고 하나뿐만이 아니었다. 어느 사람이 콜라를 사서 나오는데, 다른 한 사람이 그 콜라를 보고는 마시고 싶다는 욕망으로 뛰어가서 빼앗아 달아난다. 또 다른 사람이 또 뺏고, 또 뺏고, 광고는 그 콜라가 엄청나게 맛있다는 내용을 전달하고 싶었겠지만, 남의 것을 강탈하는 그런 종류의 광고를 아무렇지 않게 만들고, 심의가 통과되고, TV에서 방송을 할 수 있다는 것에 놀라움을 감출 수 없었다. 그들의 내면에 깔린 생각, 사회 전반에 퍼져 있는 가치관이 '과정이야 어떻든 결과만 좋으면 된다.'라는 것이란 걸 알고 몸서리가 쳐졌었다.

하나님의 일, 교회 일을 하다가 난관에 부딪히고 곤경에 처하게 되는 경우도 있다. 그것을 처리하는 수단과 방법이 올바르지 않다면, 또는 선교와 관련된 사업들을 하면서 편법이나 비리를 통해 특혜를 받는다고 한다면, 그 과정을 하나님께서 놀랍게 인도하셨다고, 하나님의 은혜로 잘 마무리 되었다고 말할 수 있겠는가? 옳지 않은 방법으로 하나님의 일을 해야 할 만큼, 하나님은 궁색한 분이 아니시다. 다윗은 자신을 죽이려 하는 사울을 죽일 기회가 여러 번 있었으나 여호와의 기름 부음 받은 자를 칠 수 없다는 말을 하며 옳지 않은 일을 택하지 않았다.(삼상 24:6, 26:9,삼하1:14)

하나님을 향한 다윗의 그 마음은 참으로 느껴보고 싶고, 깨우쳐 알고 싶고, 나도 갖고 싶은 마음이다. 다윗의 믿음의 크기는, 여호와께 나아가는 예배의 마음은 얼마나 클까, 이번에 기회가 된다면 그가 지은 '시편 23편'을 다윗의 목소리로 듣고 싶다.

> **"여호와는 나의 목자시니 내게 부족함이 없으리로다**
> **그가 나를 푸른 풀밭에 누이시며**
> **쉴 만한 물 가로 인도하시는도다"**
>
> (시편 23:1-2)

모르면 물어야지

"좀 깎아주시면 안 돼요?"

"완전히 싸게 내놓은 거라서, 다른 걸 많이 챙겨 드릴께요."

중국으로 유학을 떠나기 전, 이제 더는 필요 없게 된 인라인스케이트와 그 장비들을 판매하려고 인터넷 장터에 올려놓았었다. 하나씩 판매하기 번거로워서 한꺼번에 싸게 올려놓았다. 가격이 싸기는 했는지, 올린 지 반나절도 안 지나서 팔렸다. 장비 가격을 하나하나 따져보니, 적지 않은 돈을 인라인에 투자했었다. 씁쓸한 마음이 들었다. 인생을 살면서 이렇듯 무엇인가를 정리를 해야 할 때가 온다. 영원히 누릴 것 같이 지니고 있지만 내려놓아야 할 때가 분명히 있다. 아무튼, 그 당시 인라인 동호회에서 '아트 최'란 이름으로 활동했었다. 그때 동호회 카페에 올린 인라인 장비에 관한 글이다.

아트 최의 레이싱 입문기

제가 레이싱에 입문한 지… 한… 어쨌든,

행여나 하는 마음에 조언을 드립니다.

피트니스 시절(바퀴 네 개짜리 긴 부츠의 보통 인라인) 땐 장비 따위는 눈에 들어오지 않습니다. 바퀴 네 개나 다섯 개나 뭐가 다른지도 모르고, 레이싱 부츠가 얼마나 비싼지도 모르죠. 나만 재밌으면 그만이니까요. 그러나 시간이 조금만 흘러 재밌는 단계를 떠나 즐기는 단계가 되면 멋을 알게 됩니다. 레이싱 부츠도 사고 헬멧도 사고, 슈트도 사고… 제가 주제로 삼고 싶은 것은 슈트입니다. 요것의 특성은 몸에 딱 달라붙는 거라 마음의 준비를 하고 입어야 합니다. 제가 항상 궁금했던 건 그 안에 입는 속옷이었습니다.

'안 입었을 리는 없을 테고…', '그냥 속옷은 자국이 많이 날 건데… 다들 안 나네…' '분명 뭔가 다른 게 있을 거야!'란 생각을 했지요.

그러다 대형마트에 가서 결국 그것을 하나 구매했습니다. 끈팬티, 일명 T팬티. 그리고 디데이로 삼은 날, 입고 나갔지요. 아무도 그것을 입었는지 몰랐겠지요. 노란색으로 통일한 장비들, 놀라는 회원들, 흡족했습니다. 그러나 로드를 따라 나섰는데, 그놈의 끈이 절, 제대로 힘들게 하더군요. 중간에 파고들어 어찌나 비벼 대던지… 그 날 회식시간에 조용히 물었습니다.

"○○님은 레이싱 할 때 안 아파요?"

"어디요?"

"뒤쪽…항문 사이…"

"…………"

다들 그거 입고 타는 줄 알았습니다. 안 물은 제가 잘못이죠. 더 가관인 것은 운동하고 집에 가서 빨래통에 내놓지도 못했다는 겁니다. 그것의 모양새를 보시면 알겠지만, 어머니께 보이기엔… 그 밤에 혼자 욕실에서 그거 빨던 생각 하면…

그냥 평상시 입던 거 입고 슈트 입어도 된답니다. 이상, 아트최의 레이싱 입문기였습니다.

"너는 마음을 다하여 여호와를 신뢰하고
네 명철을 의지하지 말라 너는 범사에 그를 인정하라
그리하면 네 길을 지도하시리라"

(잠언 3:5-6)

오리지날 황제

솔로몬 통풍

"엉엉엉."

뚝방 길에서 대여섯살로 보이는 남자 꼬마가 서럽게 울고 있었다. 그 날은 고등학교 전국 모의고사 성적표가 나온 날이었다. 개탄스러운 점수에 성적표를 갈기갈기 찢어 개천에 뿌리고 올라오는 길이었다.

"꼬마야, 왜 울어?"

"집을 못 찾겠어요, 엉엉."

"집을 왜 못 찾겠어? 이 근처 살아?"

"오늘 이사 왔는데, 엉엉, 어떻게 가는지 모르겠어요, 엉엉"

"내가 찾아 줄게."

"형이 우리 집 알아요?"

"어, 내가 여기 오래 살아서 다 알아."

이 말에 안심을 한 모양이다. 손을 내밀자 꼬마는 울음을 그치고 내 손을 꼭 잡았다. 동네 한 바퀴를 돌 요량으로 주택가로 들어섰다.

나도 어릴 적 딱 이 꼬마만 했을 때, 똑같은 경험이 있었다. 일곱 살 무렵, 부산 감천동에서 반여동으로 이사 갔던 첫날, 하필, 그 '마성의 피리 부는 사나이', 소독차를 맞닥뜨리고 말았다. 그 시절, 소독차만 보면 아이들은 무엇에 홀린 듯이, 본능적으로 그 꽁무니를 쫓았다. 아이들은 거의 예외 없고, 간혹 다 큰 형들도 흥분하여 '마성의 연기 부는 소독차'와 함께 뛰고 달렸다. 그 날, 이삿짐을 내리는 그 낯선 동네 골목에서, 소독차의 붕 하는 소리와 내뿜는 흰 연기를 발견하고는 나 역시 함성을 지르며 그 대열에 합류했다. 미친 듯이 소리를 지르며 달리다가, 어느 순간 '아차' 싶어 멈춰 섰다. 그리고 천천히 연기가 걷히면서 나에겐 서서히 공포가 엄습했다. 바라보이는 곳은 내가 전혀 알지 못하는 엉뚱한 낯선 동네 풍경이었다. 동서남북을 '뺑' 둘러보고, 이제 난 미아 신분이 되었다는 현실을 직감하는 순간, 울음이 터지고 말았다.

"어어어어엉엉"

"꼬마야, 니 와 우노, 니 길 이자뿟나?" 중학생쯤 되어 보이는 빡빡머리 형이 다가와 물었다.

"오늘 이사 왔는데, 우딘지 모르게쓰예."

"울지 마라, 금방 찾을끼라, 따라 온나."

그 형의 손을 잡고 걸으니 안도감이 들면서 울음이 멈춰졌다. 골목길 얼마를 돌아 나가니 멀찍이 이삿짐이 쌓여 있는 집을 발견하고는, 감격스러워 내달렸던 기억이 난다.

지금 이 꼬마도 뚝방 너머에 뭐가 있는지 궁금해 올라와 걷다가 길을 잃은 모양이다. 동네를 얼마나 걸었을까, 꼬마를 찾아 나선 그 가족들을 만나게 되었고, '길잃은 아이 집 찾기' 에피소드는 잘 마무리되었다.

길을 잃는 것은 비단 아이들의 일만은 아니다. 머리와 지혜와 생각이 자란 어른이 되었지만, 그 살아가는 인생길에서 길을 잃고 방황할 때가 적지 않다.

솔로몬은 하나님께 지혜를 구했다. 그 받은 지혜로 인해 부와 명예는 덤으로 따라오게 되었다. 열두지파를 통합시켜 하나의 왕국을 이루었고, 지혜로 통치한 나라는 더욱 번영을 누렸다. 다른 나라의 왕들이 그 지혜를 배우러 솔로몬을 찾았다. 그리고 솔로몬은 주변 나라의 공물을 받는 왕 중의 왕, 황제가 되었던 것이다. 솔로몬은 황제답게 궁전에서 매일매일 갖은 요리와 기름진 음식들을 풍족하게 즐겼다. 그 궁에서 소비하는 하루 식사분은 어마어마했다.

> "살진 소가 열 마리요 초장의 소가 스무 마리요 양이 백 마리이며 그 외에 수사슴과 노루와 암사슴과 살진 새들이었더라" (열왕기상 4:23)

현대의 질병 중에는 '황제병'이라 불리는 질환이 있다. 나폴레옹과 알렉산더 등의 황제들이 걸렸던 병이라 그렇게 일컬어지기도 하는 듯하다. 바로 '통풍'이다. 육식과 과식, 과음 등으로 인해 혈중 요산 농도가 높아져 오는 병이니 황제병이라 할 만하다. (예외적으로 인체 내 요산 분해 효소가 결핍되어 오기도 한다). 과도한 육식이나 음주로 인해 피 속에 요산 농도가 올라가고 관절 안에 요산 결정이 생겨 발생하는 질환이다. 그 요산 결정이 관절 염증을 유발한다. 병 대부분이 그렇듯, 통풍도 초기엔 증상이 없이 요산만 축적되는 시기가 있다. 그러다가 엄지발가락, 발등, 복숭아뼈, 뒤꿈치 등에 통증이 간헐적으로 나타나다가 결국 관절의 변형을 가져온다. 〈외태비요〉라는 문헌에서는 통풍의 고통을 '호랑이가 물어뜯는 것같이 아프다.' 해서 '백호병'이라고도 칭하였다.

그러나 황제 솔로몬은 지혜의 왕답다. 매일 엄청난 양의 고기와 음식을 즐기면서도 황제병 '통풍'을 피해갔다. 혹시 성경에 그의 병에 관한 기록을 안 한 것일까? 성경에는 왕들의 많은 정보를 기록하고 있다. 유대의 6대 왕 아사에 관한 기록에는 발에 병이 있었다고 기록되어 있다. 만약, 이름을 만천하에 떨친 황제 솔로몬에게 병이 있었다면, 단연코 기록 안 했을 리가 없다. 그렇다면, 통풍을 피해 간 솔로몬의 숨겨진 '비방'은 무엇이었을까? 솔로몬의 지혜의 서신 '잠언'을 보면 잘 알 수 있다.

> "술을 즐겨하는 자들과 고기를 탐하는 자들과도 더불어
> 사귀지 말라" (잠언 23:20)

한의학에서는 통풍을 풍, 한, 습, 열의 나쁜 기가 경락과 기혈의 운행을 막아서 생긴다고 하였다. 치료의 원리는 한 문장으로 명료하게 제시

하고 있다. '혈을 돌게 하면 풍은 스스로 소멸 되며, 양의 기를 더하면 음의 엉김이 흩어지며, 기가 충족되면 마비가 사라진다.' 이다. 편방 약재로는 계지, 갈근, 토복령, 독활, 방풍, 강활, 백지, 고본, 목천료자 등이 쓰인다. (각 약재는 용법과 용량이 다르므로 전문 한의사와 상담 후 사용 바랍니다.) 통풍의 식이 요법은 통풍에 좋은 음식을 골라 먹으려 하기보다는, 통풍에 안 좋은 음식을 걸러내고 먹는 방법이 좋다. 그것이 통풍으로 인해서 본인이나 가족이 음식에 대한 스트레스를 덜 받는 방법이다. 통풍에 피해야 할 식품은 육류, 내장, 마른 새우, 멸치, 등푸른 생선, 홍합, 술, 액상 과당 주스 등인데, 퓨린이 많이 함유된 식재료들이다.

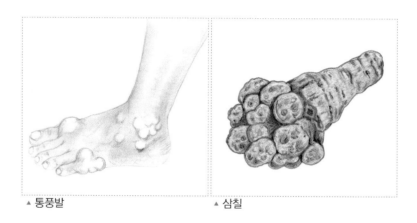

▲ 통풍발   ▲ 삼칠

삼칠(三七)은 지혈 약재로, 어혈을 풀고 통증을 멎게 하는 효능이 있다. 〈본초강목〉에는 몸에 엉기고 맺혀 통증을 일으키는 데 사용한다고 기록되어있다. 임상 연구결과 진통, 소염, 고지혈증에도 효과가 있는 것으로 발표되었다. (주의 임신부는 복용금지.)

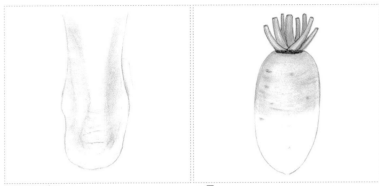

▲ 통풍 염증 　　　　　　　　▲ 무

　무는 알칼리성 식품으로, 통풍에 좋은 식품으로 알려졌다. 무는 간에서 분비되는 효소의 분비를 활성화해, 틀어진 퓨린대사를 교정하고 혈액 속 요산농도의 평형 및 분해, 그리고 체외 배출을 돕는다. 또한, 통풍 발작 부분의 염증을 가라앉히고 요산결석의 형성을 막는다고 한다. 그 외 식체나 편두통, 이질, 기침에도 효과가 있다.

　그럼, 솔로몬에게 무엇으로 대접할까?

준비한 것 칡즙, 열무 비빔면, 김치 볶음밥과 깍두기, 족욕과 생강즙, 물 주전자, 자전거 공원

• **칡즙**: 칡은 근육통에 효과가 있으며, 임상 연구 결과, 통풍성 관절염증에도 효능이 있음이 밝혀졌다. (**주의** ① 몸이 허하고 차가운 사람은 섭취금지. ② 위장이 차고 구토증세가 있는 사람은 섭취에 주의. ③ 간 질환자는 칡즙을 장복할 경우 간에 부담을 가중시키므로 주의한다.)

• **열무 비빔면**: 간식으로 국수나 냉면은 별미이지만, 그것들에 쓰이는 국물은 멸칫국물이나 고기 육수이므로, 퓨린 농도가 높아 통풍 환자는 피해야 한다. 대신에 국물이 없는 열무 비빔면으로 준비했다. 열무는 알칼리성 식품으로 칼로리가 낮고 비타민도 풍부하다.

• **김치 볶음밥과 깍두기**: 통풍 식단은 고단백 고칼로리를 피하고 과식하지 않는 것이다. 무는 관절을 이롭게 하고 통풍의 염증에 효과가 있다.

• **족욕과 생강즙**: 통풍은 노폐물인 요산이 체내에 쌓인 것이므로, 신진대사, 기혈 순환을 도와서 노폐물 배출을 원활히 하는 방법이 도움된다. 족욕 물에 생강을 더하거나, 수건에 생강즙을 적셔 마사지하면 더욱 좋다.

• **물 주전자**: 통풍의 예방은 물을 부족하지 않게 마시는 것이다. 요산은 대·소변을 통해서 체외로 배출되므로 물을 충분히 마신다.

• **자전거 공원**: 체중의 증가는 통풍의 위험성을 올리므로, 적절한 체중을 유지하는 것이 중요하다. 통풍 환자들도 규칙적인 운동을 통해 체중을 조절해야 하는데, 발가락이나 발, 무릎에 무리가 가지 않는 운동이 적절하다. 수영도 좋으며, 솔로몬과는 공원에서 자전거를 탈 계획이다. 적정 체중을 유지하는 것은 통풍의 기본적인 예방법이다.

"너희 중에 누구든지 지혜가 부족하거든
모든 사람에게 후히 주시고
꾸짖지 아니하시는 하나님께 구하라 그리하면 주시리라"

(야고보서 1:5)

우리 몸에서 마땅히 흘러야 할 곳이 막혀버리면 때론 치명상을 입는다. 뇌경색, 심근경색, 폐색전, 장폐색, 기도(气道)폐쇄 등이 발생했을 때, 막힌 곳에 빠른 조치를 취하지 않으면 생명을 잃거나 큰 후유증을 남기게 된다. 흔히, 기도(祈禱)는 호흡이고 하나님과의 소통이라 말한다. 나는 무릎꿇어 간절히 기도한 적이 언제였던가. 호흡을 하지 못하면 죽을 수 밖에 없는데, 어쩐 일인지 나는 숨쉬지 않고도 잘 살고 있었다. 어느 새벽, 나는 깨달았다. 나는 인공 호흡기를 달고 있었다. 아버지 어머니의 기도가 나의 호흡을 대신하고 있었다. 하지만, 언제까지나 다른 누군가의 기도로 연명해 나갈 수는 없다. 스스로 기도의 호흡을 하며 영의 양식을 먹고, 하나님과 소통하면서 한 걸음씩 삶의 길을 내디뎌가야 한다.

혹, 인생길에서 길을 잘못 들었을 때도, 길을 잃었을 때도 있기 마련이다. 막막함으로 더는 앞으로 나가지 못하고 제자리에 주저앉을 때가 많다. 그러한 때 가장 좋은 방법은, 왔던 길을 거슬러 올라가 잘못 들어선 곳에서 다시 시작하는 것이다. 가장 안 좋은 상황은 틀린 길을 계속 가는 것일 것이다. 솔로몬의 지혜는 그 지혜가 갈 길을 잃었다. 하나님을 아는 지혜에서 탐심과 부와 권세를 쫓는 지혜로 왜곡되어 다른 길로 나아 갔다. 결국, 솔로몬은 하나님의 진노 아래 놓이게 되고 말았다.(왕상11:9)

'하나님 아버지, 저에게 솔로몬 왕 같은 큰 지혜는 없지만, 나아갈 길을 잃은 것은 아닌지, 딴 길로 가고 있는 것은 아닌지 판단할 정도의 분별력은 허락하여 주옵소서. 그리고 그것을 분별했을 때, 돌이킬 수 있는 결단력과 정결한 마음을 허락하여 주옵소서. 남들보다 더 빠른 길로 가는 꾀가 아닌, 올바른 길로 가는 슬기로움을 더 사모하게 하여 주옵소서. 예수님 이름으로 기도드립니다. 아멘.'

"스스로 지혜 있다 하나 어리석게 되어
썩어지지 아니하는 하나님의 영광을
썩어질 사람과 새와 짐승과 기어다니는 동물 모양의
우상으로 바꾸었느니라"

(로마서 1:22-23)

입이 바짝바짝
· · · · · · · · · · · · ·

나단 구강 건조증

"엄마, 상 받아 왔어요~"

"무슨 상 받았어?"

"교내 발명품 대회요"

매번 상장을 놓아두는 책장 밑 서랍을 열었다. 상장을 포개어 올려
두려다, 이상한 것을 발견했다.

"엄마, 상장들 모서리가 찢어져 있어요?!"

"호호, 그게 말이지…"

어머니께서 웃으시며 말씀하셨다. 상장이 빳빳해서 이 쑤시기에 좋다
하셨다. 사실 우리 형제들은 학교에서 상을 많이 받아 와서 집에 상장
들이 넘쳐 났다. 형은 공부 쪽으로, 동생은 문학 쪽으로, 나는 예능 쪽

으로 상장을 많이 타왔다. 난 지금 나의 어머니를, 자식들 상장으로 이를 쑤시는 교양 없는 아주머니로 만들면서, 우리 형제가 우수했다는 것을 은근슬쩍 자랑하고 있다. 아무튼, 상을 받았다는 소식을 전하는 것은 기분이 좋다. 그런가 하면, 전하기 힘든 소식, 하고 싶지 않은 심부름도 있다.

나단은 하나님의 말씀을 전달하는 선지자 역할을 하고 있었다. 그러나 대부분 경고와 책망의 메시지를 전해야 했기에, 매번 입이 바짝 바싹 말랐을 것은 분명하다. 한 나라의 왕에게 직언하고, 죄를 지적하는 것은 껄끄러운 것을 넘어서, 하기 두려운 일이다.

> "나단이 다윗에게 이르되 당신이 그 사람이라, 이 일로 말미암아 여호와의 원수가 크게 비방할 거리를 얻게 하였으니 당신이 낳은 아이가 반드시 죽으리이다 하고 나단이 자기 집으로 돌아가니라" (삼하 12:7-15中)

우리 몸은 위기 상황이나 위험한 상태에 놓이게 되면, 신장의 부신 피질에서 호르몬을 분비한다. 스트레스 상황에서 방어작용을 위한 스트레스 호르몬을 분비하는 것이다. 그 호르몬은 근육으로 혈액이 몰리게 하고, 몸 전체가 긴장하며 동공이 확대되고, 심장 박동이 빨라지면서, 공격을 하든 도망을 가든 그 상황에 유효 적절히 대처하게 한다. 나아가, 소화나 하고 있을 때가 아니라고 판단하여 소화액과 침의 분비가 멈추고 소화기관의 기능은 저하된다. 그런 이유로 스트레스를 받는 상황에서는 소화도 안 되고, 입은 바짝 마르게 된다. 이러한 스트레스를 지속해서 받게 된다면 신체 여러 군데에서 문제를 일으키는데, 그중 하나는 입속 건강과도 연관된다.

구강 건강을 이야기할 때 흔히 치아와 잇몸을 떠올리는데, 그에 더하여 '침'도 밀접한 관련이 있다. 침은 음식물 소화를 돕는 기능 외에도 입안에서 유해물질이 쌓이지 않게 씻어내고 세정작용을 하며, 세균 등에 대하여 방어작용도 한다. 침샘에서 계속해서 침이 분비되면서 입속을 마르지 않게 하고 입안을 씻어내고 있다. 성인은 하루 1~1.5L의 침을 분비한다고 한다. 이 침의 분비가 부족해서 입안이 건조해지면, 찌꺼기가 잘 씻기지 않고 세균의 번식이 쉬워져 충치와 잇몸질환을 유발한다. 구강 건조가 심한 경우에는 목소리도 안 나올 정도로 입이 말라서, 대인관계에도 문제가 생긴다. 현대의학에서는 구강 건조증을 일으키는 원인으로 약물 부작용에 의한 것이나, 침샘에 염증이 있는 경우나, 스트레스로 인해 침 분비에 문제가 생긴 것 등으로 보고 있다. 이외에도 다른 질병으로 인해서도 구강 건조증이 올 수 있다. 당뇨병, 폐결핵, 갑상샘 항진, 만성 인후염, 빈혈, 쇼그렌 증후군 등으로 인해서도 생길 수 있으므로 입안 건조 증상이 장기간 지속되면 정확한 원인을 찾기 위해 검진이 필요하다.

한의학에서는 입이 마르는 것을 조증(燥症)중의 하나로 여겼는데, 조증의 원인은 ① 외부의 건조한 기, 혹은 온열한 기가 인체 내로 침습해 진액을 소모했거나, ② 스트레스 등으로 내부 장기에서 생긴 화가 인체의 음액을 고갈시켰거나, ③ 비·위장의 기능이 쇠퇴하여 진액의 형성이 감소하거나, ④ 오랜 병으로 진액을 손상해 일어난다고 하였다. 입안에는 세 쌍의 침샘이 있다. 이 세 쌍의 침샘 중 귀밑샘은 맑은 액체로 비장에서 만들어 내며, 턱밑샘, 혀밑샘은 끈끈한 점액성으로 신장에서 주관한다. 치료의 세 가지 원칙은 '신장은 수장(水藏)으로 진액을 주관한다.', '폐는 수도(水道)를 총괄한다.', '비장은 진액을 운송한다.'의 이론에 기초하여 신장, 폐, 비장의 기능을 돕고, 화, 습, 어혈 등을 없애는 치료법을 쓴다. 약재로는 산약, 구기자, 하수오, 상심, 검실, 연자, 인삼, 용안육, 백출, 복령, 택사, 맥동, 생지황, 창출, 승마, 시호, 저령, 백합 등을 배합하여 사용한다. (각 약재는 용법, 용량이 다르므로 전문 한의사와 상담 후 사용바랍니다.) 입속 건강을 도와주는 식품으로는 샐러리, 연근, 다시마, 김, 당근, 호박, 밤, 귤, 옥수수, 목이버섯, 검정깨, 검정쌀, 검정콩, 꿀, 콩꼬투리 등과 섬유질이 많은 녹황색 채소이다.

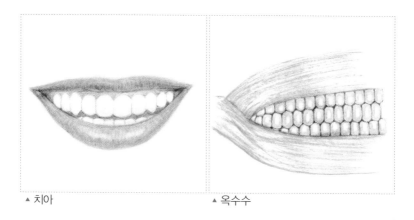

▲ 치아   ▲ 옥수수

옥수수는 신장의 기능을 돕는 식품으로, 신장은 뼈와 치아를 구성하고 수액 대사를 조절하는 장기이다. 그리고 옥수수에 함유된 비타민E는 혈관 벽을 보호하고, 혈압을 강하시킨다. 섬유질이 풍부해 씹는 과정에서 다작하게 해서, 침 분비량을 많게 한다. 또한, 옥수수에 함유된 목질소(木质素 리그닌)는 대식세포의 활동력을 높여 항암작용에 도움을 준다. 민간에서는 이뇨와 청열해독, 떨어진 비·위장의 기를 보충하는 데 이용되었다.

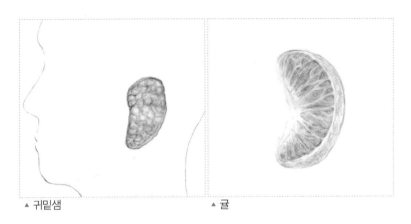

▲ 귀밑샘   ▲ 귤

귤은 갈증을 해소하고 진액을 생성시키는 기능이 있으며, 위장의 음이 부족할 때도 효능이 있다. 또한, 새콤한 과일은 침샘을 자극하여 침샘 기능을 올려주는 역할도 한다. 그러나, 과일에는 수분의 함량이 가장 많기는 하나, 과당을 비롯해 각종 무기물, 유기산, 미네랄이 포함되어 있어서 많이 섭취하게 되면 신장에 부담을 줄 수 있으므로, 역시 적당히 지혜롭게 먹는 것이 좋다.

그럼, 나단에게 무엇으로 대접할까?
준비한 것 생강 레몬 꿀차, 오리구이, 대추, 배, 치실, 무설탕 껌, 가는 소금

•**생강 레몬 꿀차**: 비타민C가 부족하면 잇몸출혈이 일어나며, 철분흡

수 장애가 나타나고 빈혈로 입이 마를 수 있다. 비타민C가 풍부한 레몬과 함께 생강과 꿀을 더하여 음용 한다. 꿀은 예로부터 입이 건조한 것을 풀어주고, 음액을 생성시키는 식품으로 이용되었다. 생강은 비장과 위장의 한기를 따뜻하게 하여 위 기능을 도와주며, 치통의 치료에도 사용되었다.

- **오리구이**: 오리는 물에서 생활하는 가금류로, 오리고기는 폐와 위, 신장으로 귀경하고 오장의 음액을 자윤한다. 몸에 열로 인해 진액이 마른 사람에게 좋으며, 입안이 건조하고 마른기침을 할 때에도 약재로 이용되었다. (**주의** 오리고기는 차가운 성질로, 설사하는 사람은 섭취하지 않는 것이 좋다.)

- **대추**: 대추는 비장의 기를 더해준다. 대추를 먹고 난 다음 입안에 남는 대추씨를 뱉지 않고 10~15분간 입안에 머금는다. 〈본초강목〉에서 대추씨는 해독기능과 궤양을 다스린다고 소개한다. 이시진(李時珍 중국 명나라의 의학자. 본초강목의 저자)은 대추씨를 입에 머금고 있으면 입안에 침을 돌게 하고, 인후를 좋게 한다고 하였다. (**주의** 대추씨의 날카로운 부분에 찔리지 않도록 조심하고, 삼키지 않도록 주의한다.)

- **배**: 배는 입안과 혀가 마르는 것을 해소하고, 폐를 자윤하여 마른기침을 멎게 한다. 열을 내리고 진액을 보충하는 효능이 있다.

- **치실**: 입안이 건조하면 충치가 잘 생기고 잇몸질환의 우려가 크다.

구강 건조증이 있는 사람은 특히 입안의 위생에 신경 써야 하는데, 치실의 사용이 필요하다. 양치질로는 이와 이 사이의 찌꺼기와 균막이 제거되지 않는다. 치실을 사용할 때 잇몸에서 피가 나는 경우는 치실 때문이 아니라, 이미 잇몸에 염증이 있어서 출혈이 나는 것이다. 심각한 잇몸질환이 없는 한, 여러 날 동안 지속해서 치실을 사용하면 염증 원인이 제거되고 출혈도 없어진다.

• **무설탕 껌**: 무엇인가를 씹는다는 것은 침 분비량을 늘어나게 한다. 입안이 건조할 때는 무설탕 껌을 씹는다. 식간에 간식을 먹었거나, 양치할 여건이 안될 때, 무설탕 껌을 씹는것은 입속 건강에 도움이 된다.

• **가는 소금**: 소금으로 양치하는 사람들도 적지 않은데, 이때에는 잇몸이나 치아표면에 상처가 나지 않도록 굵은 소금이 아닌 '가는' 소금을 사용한다. 그러나 굳이 양치가 아니더라도 소금물로 입가심하는 것만으로도 여러 좋은 효과를 거둘 수 있다. 잠들기 전에 양치질 대신 소금물로 입가심하면 입속 건강을 챙길 수 있다. 소금은 살충, 해독, 청열작용을 해서 옛 문헌에는 치통과 잇몸 출혈에 약용하였다고 기록된다.

🌿

**"풀은 마르고 꽃은 시드나
우리 하나님의 말씀은 영원히 서리라 하라"**

(이사야 40:8)

🌿

선지자였던 나단도 사람인지라 왕 앞에서 달콤한 말, 듣기에 좋은 소리를 하는 것이 여러모로 편하고 좋았을 것이다. 그랬기에 나단은 성전 건축을 고민하는 다윗에게 '하나님이 왕과 함께 계시니 마음에 좋을 대로 하라.'고 그를 거들었다. 그러나 바로 그날 밤에 하나님의 말씀이 나단에게 임하였다. 나단은 하나님께 들은바대로 다시금 다윗왕에게 그 내용을 고하였다. 잘못된 판단을 했으면 되돌리면 된다. 나는 어긋난 것임을, 고쳐야 함을 알면서도 판단만 서 있을 뿐 실행하지 않고 있다. '만입이 내게 있으면 그 입 다 가지고 내 구주 주신 은총을 늘 찬송하겠네.' 라는 찬송가가 있다. 나는 천 개도, 백 개도 열 개도 아닌, 단 한 개의 입으로도 온전히 찬양하는데 사용하지 못한다. 방금 전 찬양을 드리던 입으로도, 조금만 수틀리면 쌍욕을 퍼붓기를 주저하지 않는다.

나이가 들어가면서 좀 너그러워져 가나 싶었지만, 욕만 더 찰져 갈 뿐이다. 내 마음에 다른 사람을 포용할 넉넉함이 없기 때문일까. 좀 전까지 찬양하고 기도하던 입으로 다른 사람을 향해 욕설도 하고, 비판하며, 무시하는 말들도 하고, 참으로 기괴한 일이 아닐 수 없다. 화평케 하는 자는 복이 있어서, 하나님 아들이라 일컬음을 받을 것이라고 예수님께서 말씀하셨건만, 나는 어떤 일컬음을 받으려고 내 입에서 자꾸 이 괴이한 현상들이 일어나는지, 하루라도 빨리 바로 잡아야 할 텐데, 나도 나단 선지자에게 호되게 꾸지람이라도 들어야 할 모양이다.

"한 입에서 찬송과 저주가 나오는도다
내 형제들아 이것이 마땅치 아니하니라
샘이 한 구멍으로 어찌 단 물과 쓴 물을 내겠느냐"

(야고보서 3:10-11)

한국인의 화병

엘리야 우울증, 공황 장애

"고생했어요."

"수고했다."

교회 행사를 마치고 인사를 나누었다. 잘 마무리된 듯하다. 집으로 돌아와 셔츠 단추를 풀었다. 불현듯, 맥이 풀리고 왠지 모를 공허함에 휩싸였다. 수련회, 혹은 교회행사를 마친 후에 오는 이런 느낌은, 매번 느끼는 감정은 아니지만, 그렇다고 낯선 감정도 아니다. 그 근원이 어디 인지, 어디서부터 올라오는 것인지. 우울과 슬픔의 감정, 그 개체의 특성은 무엇인지, 아마도 면역결핍을 일으키는 병원체, 내몸에서 항체를 만들어 낼 수 없는 항원인가 보다. 인플루엔자처럼 매번 그 조합을 달리 하며 변이를 일으키지 않고서야, 맞닥뜨릴 때마다 사람을 이처럼 무기 력하게 만들지는 않을 테니까 말이다.

바울 사도는 아시아 지역인 갈라디아, 데살로니가, 고린도 지역을 두루 다니며 복음을 전했다. 가는 곳마다 변화가 일어나고, 교회가 세워지며, 역사가 일어났다. 그가 그렇게 힘있게 아시아 전도여행을 마치고 성령충만으로 집으로 돌아왔지만, 자리에 누우며, 피곤하고 고단한 삶이라고 고백을 하며 이렇게 되뇌었다. '아, 심신이 지치는구나, 이런 감정에서 어찌하면 벗어 날 수 있을까.'(롬7:24)

　엘리야는 큰일을 겪은 후 우울증까지 오게 되었다. 그 큰일엔 이세벨이 있었다. 이세벨은 희대의 악녀다. 악녀도 이런 악녀는 다시는 없을 것이다. 그녀의 악행 소개는 접어 두고, 이세벨과 엘리야의 싸움은 이렇게 시작되었다. 엘리야는 이세벨의 보호아래 있던 이교도 바알 선지자 450명을 한데 모아놓고 칼로 베어 처단했다. 이에 이세벨은 '넌 내가 죽인다.'며 엄포를 놓았고, 그 한마디에 엘리야는 그 길로 도망하여 아무도 보이지 않는 광야로 숨어 들어갔다. 그리고 로뎀나무 아래 주저앉았다. 물, 불, 바람도 일으키는 선지자 엘리야였건만, 한마디 말에 공포에 질려 허겁지겁 도망하다가 어느 순간, 지쳐서 자포자기의 심정이 되어 버리고 말았다.

> "자기 자신은 광야로 들어가 하룻길쯤 가서 한 로뎀 나무 아래에 앉아서 자기가 죽기를 원하여 이르되 여호와여 넉넉하오니 지금 내 생명을 거두시옵소서 나는 내 조상들보다 낫지 못하니이다 하고" (열왕기상 19:4)

엘리야는 전형적인 우울증의 증상들을 연속적으로 보여 주고 있었다. 우울한 감정을 느끼고, 식욕 부진과 수면 패턴 장애, 외부로부터의 기피증상, 의욕 상실 등이 모두 나타났다.

> "엘리야가 그곳 굴에 들어가 거기서 머물더니 여호와의 말씀이 그에게 임하여 이르시되 엘리야야 네가 어찌하여 여기 있느냐" (열왕기상 19:9)

우울증은 공황 장애와는 다르다. 불안장애 중 하나인 공황 장애는 특별한 이유 없이, 불안해할 필요가 없는 상황에서도 불안해하고 공포를 느낀다. 과도한 걱정을 하며 죽음에 대한 공포를 느낀다. 반면, 우울증은 죽기를 두려워하지 않고 죽음을 떠올리며 삶을 포기한다. 이것이 공황 장애와 우울증의 차이점이다. 하지만, 공황 장애 또한 우울증으로 발전할 가능성이 있고, 사회생활에 지장이 있는 만큼 적절한 치료가 필요하다.

일시적인 우울한 감정은 시간이 지나면 괜찮아진다. 하지만 병적 우울증은 뇌 호르몬 분비에 이상이 온 것으로, 신경 전달 물질의 활성도가 떨어졌기 때문에, 반드시 약물치료가 병행되어야 한다. '내 마음이 나약해서.' '스스로 이겨 내야지.'라는 생각으로 지내다가는 심각한 상황까지 이를 수 있다. 우울증은 '기분 전환이나 여행 처방'이 필요한 때가 아니라 '의사의 처방'이 필요한 때이다.

한의학에서는 화병이 우울증으로 발전하는 관계를 장부와 연계하여 잘 설명하고 있다. 스트레스나 화는 간의 소설기능(疏泻机能: 각종 물질을 분산하고 조절하는 기능)을 실조 시켜, 기의 울체를 만들어 '기울'이 생긴다. '기울'로 인해 간의 화가 타올라 '화울'이 생기고, 간의 '화울'은 비장을 억눌러 비의 운화기능(运化机能: 각종 물질을 분배하고 흡수하는 기능)을 떨어뜨려, 체내에 습담이 쌓이고 '담울'이 생긴다. 이 '기울', '화울', '담울' 세 가지 울증이 심장에 부담을 주고 정신을 혼란 시켜 '우울증'으로 발전한다.

〈황제내경영추〉에서는 '슬픔, 걱정은 심장을 요동케 하고, 요동한 심장은 오장육부를 뒤흔든다.' 라고 하였다. 이처럼 감정과 장부는 서로 영향을 주고받는다. 한의학에서 우울증의 치료는 '간을 소통시켜 울을 풀고, 기를 바로 세워 정신을 올바로 잡는다.'에 둔다. 편방 약재로는 계지, 감초, 대추, 자오가, 산조인, 봉밀, 합환피, 용안육, 백합, 맥동, 오미자, 영지 등이 쓰인다. (각 약재는 용법, 용량이 다르므로 전문 한의사와 상담 후 사용 바랍니다.)

우리 몸에서 마그네슘이 부족하면 기분 변화, 과민 반응, 불안, 초조, 우울 등의 감정을 유발한다고 한다. 천연 진정제로 불리는 마그네슘이 풍부한 식품으로는, 견과류, 해조류, 호박씨, 깨, 현미, 콩, 새우, 멸치 등이다. 또한, 비타민B는 인체의 각종 대사에 관여하며, 결핍 시에는 우울증이나 치매, 정신 질환을 유발할 수 있다. 비타민B가 풍부한 식품으로는 동물의 간이나 내장, 돼지고기, 닭고기, 생선, 조개, 배추, 시금치, 상추, 아스파라거스, 수박, 느타리버섯, 현미, 완두, 땅콩, 달걀, 우유 등이 있다.

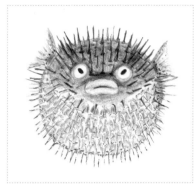
▲ 가시돋힌 성난 마음

▲ 자오가

자오가(刺五加 가시오가피)는 비장과 신장을 돌보고 마음을 안정시킨다. 불면증, 건망증, 신경쇠약 등에 이용되는 약재이다. 또한, 신장의 허쇠로 인한 요통과 무릎 통증에 이용된다.

▲ 까맣게 타버린 마음

▲ 다크초콜릿

다크초콜릿의 카카오 성분은 스트레스를 완화하고 우울감정 해소에 도움이 된다. 또한, 카카오 열매는 혈관 긴장을 억제해 혈압 강하 작용을 한다. 다크초콜릿이 아닌 일반 초콜릿은 당분이 높은데, 당분 과다 섭취는 구강건강을 해칠뿐 아니라 각종 대사질환을 일으킬 수 있으므로 습관적 당분섭취는 주의한다. 다크초콜릿은 카카오 함량이 50% 이상 함유된 것을 선택한다.

그럼, 엘리야에게 무엇으로 대접할까?

<u>**준비한 것**</u> 진피차, 바나나, 순대국, 붓글씨와 성경책, 노래방, 날 이름 선포

- <u>**진피차**</u>: 굴껍질은 가슴에 막힌 기를 풀어 주고 소통시키며, 비장의 기를 더해 습담을 제거하는 데 도움을 준다.

- <u>**바나나**</u>: 바나나에 함유된 마그네슘, 칼륨, 트립토판은 스트레스와 우울증 해소에 도움이 된다.

- <u>**순댓국**</u>: 순댓국은 비타민B군의 급원음식으로 제격이다. 순댓국에는 들깨와 부추를 첨가해서 먹는다. 들깨는 혈액의 순환을 돕고 통증을 멎게 하는 효능을 가지고 있다. 부추는 대표적 보양식품으로 〈본초경소〉에는 가슴에 막힌 기를 내려주는 효능이 있다고 소개된다.

- <u>**붓글씨와 성경책**</u>: 화를 내리고 스트레스를 푸는 방법으로는 크게 종교활동, 체육활동, 예술활동이 있는데, 그중 예술활동과 종교활동을 복합적으로 할 수 있는 것이 붓글씨 쓰기이다. 고린도전서 13장을 묵상하면서 붓글씨로 천천히 써 내려가다 보면, 성경이 말하는 그 사랑에 나의 미움과 화는 사라져 있을 것이다. 엘리야가 쓰신 '사랑'의 붓글씨를 표구해서 거실에 걸어 놓고, 우울할 때 읽어보면

좋을 것 같다.

- 노래방: 동네 노래방에 들러 노래 몇 곡 뽑아 볼 예정이다. 화가 나
  는 일이 있으면, 주변 사람이나 하늘에 대고 소리 지르지 말고, 마
  이크에다 대고 소리를 지르자. 엘리야의 노래 점수는 몇 점?

- 날 이름 선포: 우리가 하는 말에는 위엄과 권세가 있다. 아담이 창조
  된 모든 생물들에 이름을 붙이고 그들을 다스렸던 것처럼, 오늘 우
  리는 우리에게 주어진 날들에 이름을 붙이고 다스릴 수 있다. '오
  늘은 즐거운 날이야', '오늘은 행복한 날이야' 라고 이름하면 그 날
  은 우리에게 그러한 날이 된다. '오늘은 피곤한 날이네, 짜증나는
  날이구나' 하면 그 날 하루는 그렇게 지난다. 나 자신에게, 그리고
  내 주위 사람들에게 '오늘은 좋은 날이야' 라고 선포하자.

"여호와여 내가 고통중에 있사오니
내게 은혜를 베푸소서
내가 근심 때문에 눈과 영혼과 몸이 쇠하였나이다"

(시편 31:9)

엘리야는 대예언자였다. 한국 교회와 교인을 향해, 이 세대를 향해,
어떤 예언의 말씀을 하시지 않을까. 혹, 나의 현재와 미래에 대해 어떤
획기적인 처방의 말씀 또한 해주시지는 않으실까? 그러나 엘리야는 하

나님 말씀의 대언자였을 뿐, 그는 우리와 똑같은 사람이다.(약5:7) 우리는 어떤 미래를 보고 싶어서 누군가를 찾아가 운세를 보고, 무엇이 불안해서 점을 치려 하는가. 만약 어떤 이가 평탄한 미래를 위해서 점을 보고, 그 운세가 운 좋게 들어맞았다면, 그 사람의 인생은 더는 평탄치 않을지도 모른다. 무슨 일을 하든지 불안감으로 인해 점을 치고, 그 점을 맹신하고, 거기에 정신을 쏟아 인생을 허비할지도 모른다. 모든 예언은 이미 성경에 있고 예수 그리스도로 이루어졌으며, 그 마지막 때가 이루어져 가고 있다. 예수님을 등지고 서있으면 보이는 것은 나의 불안정한 그림자뿐이지만, 예수님을 바라보고 서있으면 주님이 주시는 많은 것들을 볼 수 있다. 성경의 구약과 신약이 나의 현재와 미래를 살리는 가장 좋은 명약이다. 그럼에도, 성경책이 방안 어디에 놓여있는지도 모르는 나는 무식한 것인가, 용감한 것인가.

"내 영혼아 네가 어찌하여 낙심하며
어찌하여 내 속에서 불안해 하는가
너는 하나님께 소망을 두라
그가 나타나 도우심으로 말미암아
내 하나님을 여전히 찬송하리로다"

(시편 43:5)

예나 지금이나

엘리사 탈모

"행님아!"

"행님아!!"

"그 아저씨 따라가믄 안된다. 행님아!"

"가지 마라. 행님아!"

창문 너머 멀찍이 내려다보이는 곳에서, 형이 낯선 남자의 손에 이끌려 어디론가 가고 있었다. 형이 이렇게 가버리면 다신 돌아오지 못할 것 같았다. 목이 찢어져라 소리치며 울부짖었다. 갓 초등학교 1학년에 들어간 형은, 나 한번 보고 그 아저씨 한번 보고 주저주저하며 엉거주춤 걸었다. 얼마나 소리를 질렀을까, 형은 시야에서 이내 사라졌고, 난 형을 영영 잃었다는 슬픔에, 방바닥에 실신한 듯 쓰러져 있었다. 얼마 지난 후, 형은 입에 온통 아이스크림을 묻힌 채 나타났고, 곧 내 손에도 아이스크림콘이 들려졌다. 그 수상쩍었던 아저씨는 아버지를 만나러 온 손님이었다. 자신이 유괴범으로 몰렸던 것을 분풀이라도 하듯, 나를 똑같이 흉내 내며 놀려댔다. "행님아, 행님아."

'흉내 내든지 말든지, 이거 억수로 맛있네…' 형이 돌아왔다는 안도감에, 마음도 녹고 아이스크림도 녹아내렸다. 그 꼬마 형은 이제, 잃어가는 머리카락을 아쉬워하며 탈모 걱정을 하는 나이가 되어 있다. 그리고 여전히 나의 소중한 형의 자리를 지키고 있다.

건들지 말아야 할 것은 잠자는 사자의 콧털 만이 아니다. 탈모 환자의 머리카락은 농담으로라도 건드리면 안 된다. 엘리사도 탈모로 인한 스트레스가 이만저만이 아니었나 보다. 그렇지 않고서야 순식간에 그렇게 사납게 변하진 않았을 것이다. 하나님의 예언의 말씀을 전하며 능력과 이적을 베풀고 길을 가던 그가, 분노를 발한 것은 그 머리숱 때문이었다. 동네 꼬마들이 '대머리'라고 놀리며 깔깔댄 것이 그토록 무서운 결과를 가져왔다. 42명이나 되는 아이들이 찢겨 죽임을 당했다.

> "엘리사가 거기서 벧엘로 올라가더니 그가 길에서 올라갈 때에 작은 아이들이 성읍에서 나와 그를 조롱하여 이르되 대머리여 올라가라 대머리여 올라가라 하는지라 엘리사가 뒤로 돌이켜 그들을 보고 여호와의 이름으로 저주하매 곧 수풀에서 암곰 둘이 나와서 아이들 중의 사십이 명을 찢었더라" (열왕기하 2:23-24)

탈모는 중년 남성들만의 고민이 아니다. 젊은 청년이나 여성에서도 탈모가 올 수 있다. 이때는 고민 정도가 아닌 공포로 다가온다. 머리카락은 미용의 기능뿐만 아니라 두피를 보호하는 기능이 있다. 하루에 0.3mm 정도 자라므로 한 달이면 약 1cm가 자라게 된다. 총 10만 가닥 정도 되는 머리카락은 각각 나고 빠지는 주기가 달라서 하루 50가닥 정도는 자연적으로 빠진다. 하지만 하루 100가닥 이상 빠지면 탈모를 의심할 수 있다. 그렇게 수북이 빠져 있는 한 줌의 머리카락에 우리의 한숨도 늘어만 간다.

한의학에서 '모발은 혈의 남음.'이라 하였다. 모발은 혈액 사용의 우선순위에서 제일 마지막이라는 뜻이다. 즉, 남는 혈액이 없으면 모발도 없다. 이것은 신장의 기능과 관련된 것으로 설명한다. 신장은 정(精)과 혈(血)을 주관하고 머리카락의 생장은 정과 혈에 의존하기때문에 신장 정기(精气)의 성쇠가 모발에서 표현된다는 뜻이다. 두피영양을 하고 모발 관리에 신경 써도, 결국 탈모는 몸 안의 정과 혈의 성쇠에 달려 있다. 낮에 활동할 때는 혈액이 근육과 장기에 몰려 있다가, 밤에 수면을 취할 때에 혈액이 퍼져 머리카락은 밤 시간에 잘 자라게 된다. 그러므로 충분한 수면 또한 모발 관리에 중요한 것이 된다. 모발 관리는 결국 '혈액' 관리와 같은 말인데, 빈혈이나 심한 다이어트는 혈이 모자라게 되어 탈모의 원인이 된다. 심한 스트레스는 화열(火热)이 혈을 들끓게 하고 혈을 말려서 탈모를 일으킨다. 또한, 늦은 야식이나 밤 시간의 활동은 장기에 여전히 혈액이 몰려 있게 되어 혈액이 두피와 모낭에 영양 할 시간이 부족해지고, 그러한 습관은 혈액을 맑게 유지하지 못해 탈모로 이어진다. 흡연과 음주는 혈액 속에 독소를 만들어 내고, 열을 발생시켜 혈이 뭉치게 하고, 그 어혈(瘀血)이 혈액순환을 방해해서 탈모로 이어진다. 하나 더 덧붙이면, 샴푸 할 때 주의점이다. 비누나 샴푸에는 계면 활성제, 즉 표면 활성제가 들어간다. 이 성분은 기름때와 피부 사이를 화학적으로 갈라놓는 역할을 하며 때가 씻겨 나가게 되는 원리이다. 그런데 두피 맨 바깥 부분은 각질층인데 지질 성분을 함유하고 있다. 그래서 수분이 증발하는 것을 막고, 외부 해로운 물질이 피부 안으로 침투하는 것을 막아 준다. 그런데 이 각질층이 지질 성분이므로 샴푸나 비누로 과도하게 씻겨 내면, 피부는 스스로 보호하기 위해 각질층과 피지를 더 많이 만들어 내고, 이러한 상태가 오래 반복되면 그로 인해 각질과 피지가 더 많아져 일으키는 지루성 피부염이 생긴다. 이것은 모공을 막아 탈모로 이어질 수도 있는 원인이 된다. 따라서 샴푸 시 두피를 과도하게 문지르지 말고 머리카락의 기름과 먼지 등이 씻겨갈 정도로 하고 두피는 마사지하듯 적당히 문지른다. 그리고 머리를 헹굴 때는 샴푸나 비누의 화학성분이 남아 있지 않도록 깨끗이 헹구어야 한다. 이것은 두피뿐 아니라 몸의 다른 피부에서도 마찬가지이다.

한의학에서 탈모의 치료 원리로는 ① 신장을 보강하고, ② 혈을 생성시켜 풍을 없애고, ③ 비장을 도와 습을 제거하며, ④ 혈을 생동시켜 어혈을 푸는 방제를 쓴다. 편방 약재로는 측백엽, 숙지황, 하수오, 황정, 여정자, 흑지마, 상심 등이 있다. (각 약재는 용법, 용량이 다르므로 전문 한의사와 상담 후 사용바랍니다.) 식품으로는 비타민, 미네랄이 풍부한 신선한 채소와 과일 등인데, 시금치, 파슬리, 취나물, 당근, 상추, 양배추,

고구마, 부추, 호두, 무, 검정콩, 검정깨, 미역, 다시마, 바나나, 우유 등
이 도움이 된다.

▲ 두발   ▲ 솔잎

솔잎은 눈을 맑게 하고 마음을 안정시킨다. 〈본초강목〉에서는 오장을
편안하게 하고 모발을 나게 한다고 소개되어 있다. <mark>주의</mark> 도시나 길가에
있는 소나무 잎은 오랜 시간 공해에 노출되어 있었기 때문에 섭취하지 않는 것
이 좋다.)

▲ 흑발   ▲ 흑지마

흑지마(黑芝麻 검정깨)는 신장과 간을 보강하여 정혈을 더한다. 〈정주본

초〉에는 머리카락을 나게 하며 백발을 검게 한다고 쓰여 있다. **참고** 중국에서 배운 **진짜 가짜 검정깨 구별법**: ① 검정깨 중에서 반으로 쪼개져 있는 것을 찾아서, 그 단면이 흰색이면 진짜이고 검은색이면 물들인 가짜이다. ② 젖은 손이나 물수건으로 표면을 문질러 보아서 색이 안 빠지면 진짜이고 색이 빠지면 가짜이다. ③ 소량 섭취해 보면 알 수 있다. 진짜는 고소한 깨맛이 나지만, 염색된 가짜 검정깨는 씁쓰름하거나 이상한 화공 약품 기름맛이 난다.)

그럼, 엘리사에게 무엇으로 대접할까?

준비한 것 우유, 솔잎차, 호두과자, 닭볶음탕, 전망대

- **우유**: 우유는 백색 혈액이라 불릴 만큼 각종 영양 성분이 풍부하여 자칫 부족해지기 쉬운 영양소 섭취에 좋은 식품이다. 또한, 색안산(色氨酸 트립토판)을 함유하여 밤에 숙면을 유도한다.

- **솔잎차**: 솔잎은 차로 마시려면 떫다. 전날에 하루 물에 담가 놓거나, 끓일 때 20분이상 끓이면 떫은맛이 줄어든다. 레몬이나 꿀을 더하면 좋은 맛의 솔잎차를 즐길 수 있다.

- **호두과자**: 간식으로 호두과자를 준비했다. 호두는 신장의 양기를 더하고, 폐를 따뜻하게 한다. 〈개보본초〉에서는 피부를 윤기나게 하고 머리를 까맣게 하는 보양식품으로 소개하고 있다.

- **닭볶음탕**(닭도리탕): 탈모 예방은 필수 영양소가 부족하지 않게 고르게

영양을 섭취하는 것에서부터 시작한다. 지나친 육식 위주의 식사는 남성호르몬 농도를 증가시켜 탈모를 유발한다. 그러므로 단백질은 고단백의 살코기나 식물성 단백에서 골고루 얻는다. 닭 껍질은 벗겨내서 기름기의 섭취를 줄인다. 단, 한의학에서 매운맛은 기와 진액을 소모하고 열풍을 생성시켜 모발을 마르게 한다고 하였다. 너무 맵지 않게 조리하는 것이 좋겠다.

• **전망대**: 높은 곳에 올라 탁 트인 전망이나, 멀리 내다 볼 수 있는 곳을 둘러 볼 계획이다. 우리는 모니터를 보고, 스마트폰을 내려놓지 않아, 어깨 근육이 경직되어 있고, 목이 뻣뻣해져 있다. 그래서 목과 어깨 주위 혈액 순환이 원활하지 않고 머리가 무겁다. 이는 두피 혈행에 좋지 않고 탈모의 한 원인이 될 수 있다. 가까운 앞만 보고 살아온 시간을 잠깐 멈춘다. 잠시나마 멀리 내다보며, 굳어있던 목도 풀고 마음의 여유도 잠시 가져 볼까 한다.

"너희의 단장은 머리를 꾸미고 금을 차고
아름다운 옷을 입는 외모로 하지 말고
오직 마음에 숨은 사람을 온유하고
안정한 심령의 썩지 아니할 것으로 하라
이는 하나님 앞에 값진 것이니라"
(베드로전서 3:3-4)

엘리사는 나병 환자의 병도 고치고, 죽은 아이도 살리는 놀라운 이적을 보였지만, 정작 자신에게 있어서는 머리카락 한 올 조차도 살리지 못했다. 그 이유는, 그의 능력이 자기 스스로 부리는 것이 아니라, 하나님에게서 나오는 것이기 때문이다. 하나님의 능력은 자신의 욕심을 위해 쓸 수 없다. 나에게 주신 몫은 전부 내 것이 아니라, 내 주변 이웃의 몫도 포함되어 있다. 베풀고 나누어 주라고 더 얹어 주신 몫이다. 내가 갖춘 능력이 크든 작든, 조그만 능력이라도 이것은 하나님께로부터 나오는 것이란 생각을 하고 있다면, 누구든 스스로 뽐내는 일은 없을 것이다. 사람들의 관심은 손에 가진 것에 있고, 예수님의 관심은 손으로 주는 데에 있다. 우리는 누가 얼마나 소유했느냐에 눈과 귀를 기울이지만, 하나님께서는 소유한 것을 어떻게 사용하느냐를 지켜보신다. 내가 소유한 것들이 하나님께 받은 것임을 인정한다면 선한 마음으로 베풀며 살아가야 하는데, 그런데 난 왜 이리도 때로는 주는 것이 아깝고, 때로는 주면서도 이것저것 뽐내고 싶은 마음이 많은 것인가. 어찌나 남들에게 으스대고 싶은 마음으로 가득 차 있는지, 도대체 앞으로 늙어서 뭐가 되려고 이러는지 도무지 모르겠다.

"네 하나님 여호와께서 네게 주신 땅 어느 성읍에서든지
가난한 형제가 너와 함께 거주하거든
그 가난한 형제에게 네 마음을 완악하게 하지 말며
네 손을 움켜 쥐지 말고 반드시 네 손을 그에게 펴서
그에게 필요한 대로 쓸 것을 넉넉히 꾸어주라"

(신명기 15:7-8)

앰블럼 이야기

"너 그거 알아?"

"뭐?"

"세계보건기구 마크가 왜 뱀인지?"

"아는데, 넌 몰랐어?"

"어, 어제 알았어, 성경 이야기인 거."

기독교인이었던 중국인 친구 쉬치는 이 사실이 매우 흥미로웠는지, 들뜬 목소리로 내게 물어왔다.

세계 보건 기구(World Health Organization)는 유행성 질병이나 전염병 등에 대해, 국가와 국가가 협력하여 대책을 세우고, 의료분야와 그에 따른 각종 연구 등을 지원하는 국제단체이다. 이 단체의 마크는 막대기 끝에 뱀이 꽈리를 틀고 올라가 혀를 날름거리고 있다. 이 뱀과 세계 의료 보건 위생이 무슨 관련이 있길래, 흉측하게 뱀을 걸어 놓은 것일까? 혹, 뱀독은 위험하니 특별히 더 경계하라는 의미인가?

그 기원은 이스라엘이 이집트를 탈출하던 때로 거슬러 올라간다. 모세의 인도 아래 도망하여 광야를 지나는 그 길은 고단하고 힘들었다. 지칠 대로 지친 백성들은 지도자 모세에게 불평하는 것도 모자라, 하나님을 원망하는 소리를 쏟아내었고, 그 불만은 극에 달했다. 이때에 하나님께서 극약 처방을 내리셨다. 광야에 뱀을 풀어 물려 죽게 하셨다. 하지만 살 길도 주셨다. 하나님을 대적하면 살 수 없음을 깨닫게 하심과 동시에, 하나님을 믿으면 살 수 있음을 알게 하려 하셨다. 모세에게 명하여 놋으로 뱀을 만들고, 그것을 장대에 달아 높이 세워두라 하셨다. 그리고 뱀에 물린 자는 그 장대에 걸린 뱀을 바라보면 살게 될 것이라고 말씀하셨다. 믿음으로 그 놋뱀을 바라본 자는 생명을 건질 수 있었다. 하지만 죽어가면서도 고개 한번 들어 쳐다보면 살게 되는데도, 그 믿음이 없어 죽어 간 사람도 많았다.(고전10: 9)

하나님의 구원, 하나님의 약속을 믿고 의지하면 생명을 얻고, 불신하고 하찮게 여기고 자신의 지혜로 판단하면 죽을 수밖에 없다. 이것이 뱀이 세계보건기구(WHO)의 마크가 된 기원이다. 믿음으로 하나님께 순종하고 의지하면 생명을 얻을 수 있다는 내용이다. 비기독교인 입장에서는, 세계적 기구에서 비과학적이고 종교적인 내용을 빌리는 것이 탐탁지 않을 수도 있다. 하지만 생명을 살리는 것은 의학, 과학이 아니라 하나님이시며, 뱀에서 치유의 능력이 나오는 것이 아니라, 하나님을 믿을 때에 하나님의 손에서 나오는 것이란 것을 잘 보여주고 있다.

세계보건기구(WHO)에서 중점을 두는 것은 유행성 질병과 전염병이다. 눈에 보이지도 않는 지독히도 작은 세균과 바이러스로 오늘도 셀 수 없이 많은 사람이 고통을 받고 있으며, 이 지구 상에서 죽어가고 있다. 이처럼 연약한 존재일 뿐인 사람들은 여전히 의학의 발전이, 과학의 미래가 우리를 병에서 구원할 것이라 믿고 있다. 이 작은 미생물의 공격에도 속수무책으로 죽어 가는 현실 속에서, 우리 인간이 얼마나 나약한 존재인지 깨닫고 신앙을 가지는 것도 하나님의 은혜고 내 삶의 복이다.

> "하나님의 어리석음이 사람보다 지혜롭고
> 하나님의 약하심이 사람보다 강하니라"
> (고린도전서 1:25)

생명 연장의 꿈

히스기야 암

"몇 호실이지?"

"안쪽 병실인 거 같은데요?"

조용하던 병원 복도가 울음소리로 가득해졌다. 일주일이 멀다 하고
울음소리가 나는 곳은 중일병원 국제치료부였다. 치료를 국제적 수준으
로 한다거나 외국의사들이 대거 협진하기 때문에 국제치료부가 아니고,
외국인들이 입원하기 좋게 특화된 환경을 갖춘 곳이었다. 병원 안에서
가장 좋은 시설과 가장 비싼 입원비를 받았던 곳이다. 하지만 외국인보
다는 대부분 돈 많은 중국인들이 입원하였고, 환자들 중 대다수가 암환
자였다. 자궁경부암에서 간암, 폐암에 이르기까지 암의 종류도 다양했
다. 최고의 입원 시설에서 비싼 값을 치르며 치료를 받았지만, 그들 중
다수는 안타깝게도 죽음을 피하지는 못했다.

죽음에 이르는 병은 다양하다. 급성 감염에서부터 만성 질환에 이르기까지, 생명을 위협하는 질병의 종류는 여러 가지다. 그렇다면 히스기야 왕이 죽음에 이를뻔 한 그 병은 무엇이었을까?

"그때에 히스기야가 병들어 죽게 되매 아모스의 아들 선지자 이사야가 그에게 나아와서 이르되 여호와의 말씀이 너는 집을 정리하라 네가 죽고 살지 못하리라 하셨나이다" (열왕기하 20:1)

히스기야 왕은 이사야 선지자로부터 얼마 남지 않은 생을 잘 마무리하라는 시한부 선고를 받았다. 하지만 히스기야 왕은 간절히 기도했고, 하나님께서 응답하심으로 15년의 생명을 더 연장할 수 있었다. 그럼, 죽을 뻔했던 히스기야의 병은 무엇이었을까, 암은 아니었을까?

"이사야가 이르되 무화과 반죽을 가져오라 하매 무리가 가져다가 그 상처에 놓으니 나으니라" (열왕기하 20:7)

여러 암 중에서 겉으로 드러나는 암은 피부암, 구강암, 진행된 유방암 정도이다. 피부암은 그 종류에 따라 궤양이나 사마귀 모양, 혹은 반점처럼 보이기도 한다. 오늘 현재까지 질병 중 가장 큰 사망 원인은 암이다. 암은 왜 생기는 것일까? 우리 몸속에는 매일 세포들이 생장, 분열, 소멸하며 새로운 세포로 바뀌며 생명을 유지해 나간다. 끊임없이 세포 분열이 일어나며, 손상되었거나 수명이 다한 세포는 소멸하고 새로운 세포로 바뀌게 된다. 오늘의 내 몸은 어제의 내 몸이 아닌 것이다. 그 수많은 과정에서 잘못된 세포, 변이된 세포도 생겨나지만, 우리의 면역체계가 돌연 변이된 암세포를 제거한다. 우리가 암에 걸리지 않는 것은 암세포가 없기 때문이 아니라, 생겨난 암세포를 몸속 면역체계가 잘 단속하고 있기 때문이다. 그러나 암을 유발하는 환경이나 물질에 지속해서 노출되고 자극을 받으면, 몸 속 면역체계가 한계에 봉착해 작동에 문제가 생기기 시작한다. 그때부터 암세포는 때를 기다렸다는 듯 생존하며 끊임없이 분열을 시작한다. 초기 암세포는 분열만 하다가, 증식을 위해 혈관을 생성하면서부터는 암은 급격히 성장하게 되고, 주변 장기를 파고들고 다른 장기로도 옮겨 간다.

그렇다면 발암 물질과 발암 환경은 무엇일까?

세계보건기구(WHO) 산하기관에서는 발암물질을 1~4등급으로 분류하였는데, 1등급은 '단연코', '무조건' 암을 유발하는 물질이라는 뜻이고, 2등급은 '어쩌면', '혹시' 발암 가능성이 있다는 뜻이며, 3~4등급은 발암물질로 분류하기 어렵다는 의미이다. 1등급으로 분류된 '확실한' 발암 물질을 살펴보면, 벤조피렌, 벤젠, 포름알데히드, 아플라톡신, 아세트알데히드 등이다. 이것들은 이름만 생소하게 들릴 뿐, 우리 생활 속에 깊숙이 밀접하게 관련이 있는 것들이다. 또, 담배, 석면, 방사선, 자외선, B형 간염 바이러스, C형 간염 바이러스, 인유두종 바이러스, 헬리코박터균 등 모두 70여종에 이르는 것들이 1등급으로 분류되어 있다. 그런데 여기 70여 종 중에는 10여 종의 항암제도 포함되어 있다. 항암

치료제가 발암 물질로 분류되어 있는 것에 의아함을 가질 수도 있고, 의아함을 넘어 충격도 받을 수 있겠지만, 사실이다. 암을 죽이지만 또 다른 암을 유발할 수도 있다는 것이다. 그럼에도 불구하고, 항암치료에 사용하는 것은 다른 대안이 없기때문에 사용한다. 사실, 100% 득만 있는 약은 없다. 하다못해 소화제나 감기약도 부작용이 있지만, 실보다 득이 커서 사용하는 것이다. 해를 줄이는 것이 의학과 과학이 나아가고 있는 방향이며, 표적 항암 치료제의 개발 등등 부작용을 줄이려는 노력은 계속 이어지고 있다.

한의학에서 암의 발생은 외부로부터 발암 물질의 침투, 정서적 스트레스, 음식 조절의 실조, 오랜 병으로 인한 정기의 손상 등에서 비롯된다고 보았다. '암'이란 한자어 癌은 송나라 〈위제보서〉에 처음 등장한다. 그 한자어 속에 암의 특성이 잘 나타나고 있다. 세 개의 입(品) (한자로 세 개를 겹쳐쓰면 무수히 많다는 뜻)을 가진 괴물이 산(山)만큼 커져가는 병(广)이라는 의미이다. 이 암의 치료의 원칙으로 내세운 것은 '정기(正気)를 키워 사기(邪気 나쁜기)를 몰아낸다' 인데, 정기는 '면역'을 뜻하고, 사기는 '암'을 뜻한다. 편방 약재로는 금은화, 토복령, 복령, 의이인, 목단피, 강황, 울금, 동충하초, 천화분, 삼칠, 당귀, 인삼, 황기, 영지 등이 쓰인다. (각 약재는 용법, 용량이 다르므로 전문 한의사와 상담 후 사용바랍니다.) 면역 체계에 도움이 되는 식품으로는 생강, 양파, 콩, 브로콜리, 부추, 쑥, 호박, 마늘, 고구마, 버섯, 녹차, 귤, 오렌지, 토마토, 참외, 복숭아, 사과, 포도, 배, 단감, 요거트, 닭고기, 쇠고기, 연어 등으로, 천연식품을 골고루 섭취하는 것이 좋다.

▲ 가족 사진   ▲ 각종 과일

피그말리온 효과(Pygmalion effect)는 병이 나을 것이라는 생각, 그리고
난 이겨 낼 수 있다는 긍정적 사고를 하는 것으로, 인체에 좋은 영향을
끼쳐 실제로 병을 이겨내는 데 효과가 있다는 이론이다. 가족은 병을
이겨낼 힘을 준다. 그리고 각종 과일을 섭취하며 '나는 건강한 모습으로
회복되어 갈 것이다.' 라는 기대를 마음속에 가진다.

▲ 친구 사진   ▲ 각종 채소

플라시보 효과(Placebo effect)는 '이것을 먹으면 병이 나을 것이다.'란 믿
음을 가지면 실제 심리적인 효과를 나타내서 병이 호전되는 현상이다.

나의 마음을 유쾌하게 하는 친구들과 나의 몸을 상쾌하게 하는 채소들은 내 몸의 안팎으로 좋은 상태를 만들 것이라는 확신을 가진다. 이러한 마음가짐으로 주변 사람들도 만나고 싱싱한 채소들도 거르지 않는다.

그럼, 히스기야에게 무엇으로 대접할까?

준비한 것 홍삼차, 샐러드, 영양 돌솥비빔밥, 사진관, 등산복, 긍정적 시선

- **홍삼차:** 홍삼은 인삼을 여러 단계의 가공을 거쳐 만든 것으로, 그 과정에서 인삼에서는 적은 생리활성 물질이 다량 생성된다. 그중에서 진세노사이드-RH2와 파낙시트리올은 암세포 생장을 억제하는 작용을 하며, 말톨은 항산화 작용을 하는 것으로 알려졌다. (**주의** 아담 이야기에서 소개된 인삼 복용 시의 주의사항과 동일함.)

- **샐러드:** 채소와 과일은 비타민과 미네랄 외에도, 각각 자신들의 생리 활성 물질인 '파이토 케미컬'을 지니고 있어서, 적당량을 골고루 섭취하면 인체에 이로운 활성 물질이 된다. 샐러드에 토마토, 올리브유, 아몬드, 호두, 블루베리 등의 잘 알려진 건강 장수 식품을 적극 추가하여 먹는다.

- **영양 돌솥비빔밥:** 영양 비빔밥에는 검은콩, 밤, 대추, 인삼, 은행, 잣, 양송이, 당근, 시금치, 콩나물, 무, 쇠고기, 달걀 등에 참기름 몇 방울과 약간의 고추장이 더해진다. 글로만 읽어도 건강해지는 느낌이다.

•**사진관**: 사랑하는 가족사진, 유쾌한 친구들 사진을 액자에 넣어 잘 보이는 곳에 걸 수 있도록 만들어 드리려 한다. 몸에 좋은 것을 먹는 것만큼이나, 심리적으로 '피그말리온 효과'와 '플라시보 효과'를 얻을 수 있다. 히스기야 왕은 아버지 아하스와 아들 므낫세, 친구로는 이사야 선지자와 미가 선지자가 있다.

•**등산복**: 등산의 좋은 점은 여러 가지이다. 첫 번째는, 걷기로 전신 운동이 되어 기초체력이 증진된다. 두 번째로 산에 오르며 심호흡을 하게 되는데, 심호흡은 부교감 신경을 도와 스트레스를 해소한다. 세 번째는 나무들 사이로 들어오는 햇빛을 받으면, 떨어진 면역력을 회복시킨다. 네 번째, 숲 속 나무가 뿜는 천연 항균물질인 '피톤치드'와 '음이온'은 우리 몸에서 받아들이게 되면, 인체의 생리 활성을 높인다.

•**긍정적 시선**: 인생에서 고난이나 위기가 닥쳤을 때 '빨간불이 켜졌다.'는 표현을 쓰기도 한다. 하지만 신호등의 빨간불이 끝을 의미하지는 않는다. 잠시 멈췄다 가는 신호일 뿐, 계속해서 원하는 목적지까지 잘 나아갈 수 있다. 건강의 적신호가 켜졌을 때, 절망하거나 조급해하지 말고 파란불로 변하는 시간까지 긍정적인 생각으로 기다리면 된다. 주변의 사람들은 그런 낙관적인 시선으로 환자를 대해주면 되는 것이다.

*"내가 진실로 진실로 너희에게 이르노니 내 말을 듣고
또 나 보내신 이를 믿는 자는 영생을 얻었고
심판에 이르지 아니하나니 사망에서 생명으로 옮겼느니라"*

(요한복음 5:24)

의학적 의미의 사망이란 심폐기능이 멈춘 것을 말한다. 뇌의 기능이 전체 혹은 일부가 멈췄을 때는, 뇌사상태, 식물인간 상태라고 하며 사망이라고 하지 않는다. 즉, 어떠한 운동기능과 반사기능도 없고 어떠한 정신적 사고도 하지 못하지만, 심장이 뛰고 있으면 살아 있다고 하는 것이다. **참고** **식물인간 상태와 뇌사상태의 차이점:** 식물인간 상태는 전신이 식물처럼 움직이지 못하고 의식상태가 정지되어 있지만, 자가 호흡과 소화, 심장박동은 이루어진다. 희박하게나마 의식을 회복하는 경우도 있다. 따라서 식물인간 상태 환자의 장기이식은 법으로 금지되어 있다. 반면, 뇌사상태는 대뇌는 물론 호흡을 담당하는 뇌간까지 기능을 멈춘 상태로, 자발적 호흡을 할 수 없기때문에 인공호흡기를 사용하여야만 심장박동을 유지할 수 있다. 의학적 뇌사 판정을 받은 환자는 다시 의식을 회복할 가능성이 없으므로 법적으로 장기이식이 허용된다.)

심정지가 일어나지 않은 이상, 우리는 생명이 있다. 하지만 예수 그리스도를 믿지않는 삶을 살아간다면, 의학적 의미의 사망선고만 내려지지 않았을 뿐, 죽은 것과 같다. 우리에게 의학적 사망선고, 더는 의식적 사고를 할 수 없는 뇌사상태와 식물인간 상태 판정이 내려지기 전까지의

이 제한된 시간이 우리가 영원한 생명을 얻을 한정된 기회의 시간이다. 혹, 의학의 힘을 빌려 생명이 연장되었다고 한들, 영원한 생명을 얻지 못한다면 그 늘어난 몇 년이 무슨 의미가 있겠는가.

히스기야는 남유다의 몇 안 되는 좋은 왕 중의 한 명이었다. 그의 기도에는 어떤 특별한 것이 있었기에, 하나님의 마음을 움직일 수 있었을까? 하나님의 마음을 바꾼 기도에는 모세의 기도도 있었다. 모세의 기도는, 그것을 구하는 이유가 정연했고, 긍휼을 구하는 근거가 명확했다.(민14:13-20) 그렇다면 히스기야의 기도는 어떠했을까? 그의 기도에는 어떤 이유가 있기에 하나님의 생각을 돌이킬 수 있었던 것일까? 그것은 그의 삶이 보증된 기도였기 때문이다. '이번만 살려 주시면, 한 번 더 기회를 주시면 앞으로 잘 할게요.' 가 아니고, '지금까지 잘 해왔던 것을 살펴 주시사…' 였다.

나는 하나님께 과연, '살펴보시고' 란 기도를 올릴 수 있는 삶의 내역이 얼마나 있는가. 오늘날까지의 나의 삶의 내용으로 감히, 히스기야 같은 기도를 드릴 수 있을까. 지금도, '앞으로 잘하겠습니다.' 로 점철되는 나의 기도가 부끄럽기만 하다.

> "여호와여 구하오니 내가 진실과 전심으로
> 주 앞에 행하며 주께서 보시기에 선하게 행한 것을
> 기억하옵소서 하고 히스기야가 심히 통곡하더라"
>
> (열왕기하 20:3)

사노라면

느헤미야 변비

"형님, 요즘 우리 딸래미 때문에 속상해 죽겠어요."

"뭔 일이야?"

저녁 느즈막이 아는 동생에게 전화가 왔다. 맘이 상한 듯 평상시와 다른, 가라앉은 목소리였다. 아이를 혼냈다고 했다.

"애가 똥을 안 싸요."

"몇 살 됐지?"

"네 살인데요, 똥을 지리면서도 안 싸고 참고 있어요."

호탕한 성격이라 웬만한 일은 대수롭지 않게 여기는 녀석인데, 자식 똥 누는 문제는 대수였나 보다. 나는 어렸을 적, 어머니께 '오늘은 뚱뚱한 똥을 쌌어요.', '오늘은 매운 똥을 쌌어요.', '오늘은 팍 깨진 똥을 쌌어요'라는 표현으로 배변의 고통을 알리곤 했었다.

한의학에서는 어린아이의 생리특징을 이렇게 설명하고 있다. '장부가 아직 미성숙하고 그 기와 형체가 충만하지 않으며, 음과 양이 미숙한 상태로 양기가 충만하다.' 라고 하였다. 아이들은 양기가 가득하여 온종일 뛰어다니며, 열이 쉽게 발생한다. 소아의 장기 중 폐가 가장 여린 장기로 쉽게 외부 환경에 영향을 받아 쉽게 감기에 걸리고, 소화 기관은 박약하여 변비나 설사가 잘 오게 된다. 이처럼 아이의 오장 육부는 발육되어가는 과정, 미완성된 단계이므로, 10세 이하의 어린아이에게는 변비약은 물론, 성인 약이나 무분별한 한약재를 함부로 먹여서는 안 된다. 아무튼, 배변은 어린아이나 어른을 막론하고, 평생을 두고 치러야 하는, 평범한 일상이 될 수도, 전쟁이 될 수도 있는 중요한 문제이다.

느헤미야는 포로 신분임에도 불구하고, 아닥사스다 1세의 신임을 얻어 왕궁에서 술을 관장하는 관원이 되었다. 왕의 마실 술과 음식들을 점검하고, 왕의 곁에서 수발을 드는 왕 최측근의 신분으로, 전적으로 왕의 신임을 받는 자만이 얻을 수 있는 최고위 관리직이었다. 그러던 중 머나먼 조국 땅의 고향 소식을 전해 듣게 되었다. 동포들이 고난을 겪고, 예루살렘 성이 무너져 황폐해져 버렸다는 소식이었다. 그리하여 느헤미야는 슬피 울며 금식 기도를 시작했다.

> "왕이 내게 이르시되 네가 병이 없거늘 어찌하여 얼굴에
> 수심이 있느냐 이는 필연 네 마음에 근심이 있음이로다
> 하더라 그때에 내가 크게 두려워하여" (느헤미야 2:1)

변비는 일주일 동안 배변 횟수가 두 번 이하인 경우로 정의한다. 그러나 횟수는 두 번을 초과한다 해도, 배변 시 과도하게 힘을 줘야 하거나, 변이 돌덩이같이 딱딱하거나, 배변 후에도 잔여감이 있을 때에도 또한 변비라 한다.

한의학에서 변비가 발생하는 원인은 첫 번째로, 장에 열을 발생시키는 음식 즉, 술이나 기름진 음식, 단 음식 등을 과하게 섭취했을 때라고 하였다. 왕이 마실 술을 관리하는 관원장인 느헤미야는 일의 특성상 첫 번째 원인을 피할 수 없었다. 변비의 두 번째 원인은 정서가 상하였을 때, 즉, 근심, 염려가 과도하면 기가 울체되고 밑으로 내려주는 기가 실조되어 대변이 단단하게 굳어진다고 하였다. 느헤미야는 고향 소식을 접하고 큰 슬픔에 잠겨 여러 날을 애통하며 보냈다. 한의학에서 말하는 변비의 세 번째 원인으로는, 체력이 저하되고 허약해졌을 때라 하였다. 병후, 산후, 영양 부족 등은 기혈의 부족을 가져오고 장운동이 저하되어 변비가 된다. 느헤미야는 금식기도를 하며 기력을 잃어 가고 있었다. 네 번째 변비 유발 요인은, 감기 등 외부로부터 병원체가 들어 와서 몸의 열을 발생시키고 진액을 소모해 발생시키는 것이다. 이러한 변비의 치료 원칙은 각 원인에 맞는 하제를 방제하여 변을 통하게 한다. 편방 약재로는 우방자, 지모, 결명자, 연교, 생지황, 현삼, 대황, 노회, 동규자, 봉밀, 육종용, 핵도인, 상심, 흑지마 등이 있다. (각 약재는 용법, 용량이 다르므로 전문 한의사와 상담 후 사용바랍니다.) 변비에 도움이 되는 식품은, 변 재료가 되는 식이섬유 식품과 장의 소화 운동을 돕는 식품들이다. 고구마, 시금치, 가지, 연근, 무, 다시마, 미역, 현미, 옥수수, 땅콩,

호두, 무화과, 매실, 파인애플, 사과, 키위 등이 변비 예방에 도움을 줄 수 있다.

▲ 변비   ▲ 상심

상심(桑葚 오디)은 찬 성질이며 폐, 간, 신장, 대장으로 귀경한다. 주 치료로 간과 신장의 음액이 허해져오는 어지럼과 이명, 수면장애 등에 이용되고 있다. 또한, 음과 혈을 더해 주고 진액을 생성시켜, 대장의 열로 인한 변비에 이용된다. 그 외 피부를 윤기나게 하고, 눈을 맑게 하며, 머리를 검게 하는 효능도 가지고 있다. (주의 대변이 무른 사람은 섭취하지 않는 것이 좋고, 어린이는 한꺼번에 많은 양을 섭취하면 안 된다.)

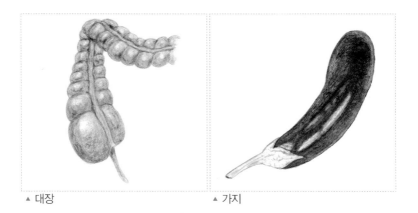

▲ 대장   ▲ 가지

가지는 식이 섬유와 수분이 풍부하여 대장의 열을 내린다. 차가운 성질로 열성 변비에 좋다. (**주의** ① 가지는 생것으로 먹으면 좋지 않다. ② 수확이 늦어서 너무 익은 가지는 속에 씨가 자라서 용규소(龙葵素 솔라닌)라는 독성을 함유해 두통, 어지럼증을 유발할 수 있으므로 주의한다. **참고** 푸르스름하게 변한 감자, 녹색을 띄는 덜익은 토마토에도 용규소가 함유되어 있는데, 이 독소는 열에 강하여 조리해도 분해되지 않으므로, 감자의 푸른 부분은 깨끗이 도려내어 조리하고, 토마토는 완전히 붉게 익은 것을 섭취한다.)

그럼, 느헤미야에게 무엇으로 대접할까?

준비한 것 치커리차, 물 주전자, 찐 옥수수, 사토당 주스, 샤브샤브, 요거트, 화마인, 복타, 발 받침대

- **치커리차:** 치커리는 국거(菊苣)라 칭하는데, 황달과 위통, 부종 등의 치료에 쓰이며, 그 뿌리를 이용한다. 치커리의 땅속 줄기에 함유된 국분(菊粉 이눌린) 성분은 장의 기능을 정상으로 회복해 변비를 개선한다. 이 성분은 물에 잘 녹으므로 차로 이용해서 섭취할 수 있다. 국분은 우엉의 뿌리에도 많이 함유되어 있다.

- **물 주전자:** 변비 예방과 개선을 위해서는 물의 섭취가 충분해야 한다. 만약 변비 개선을 위해 섬유질 섭취를 많이 하면서도 물의 섭취가 충분치 않을 경우, 오히려 변비를 가중시킬 수 있다. 그러므로 하루 2L 정도의 물을 마시며, 채소, 과일 등의 식이섬유를 섭취한다.

- **찐 옥수수**: 간식으로 옥수수를 쪘다. 옥수수는 불포화 지방산이 함유되어 지질대사에 도움을 주고, 식이 섬유도 많아 변비를 개선한다.

- **사토당 주스**: 사과 한 개, 토마토 한 개, 당근 한 개를 갈아서 아침에 한 잔씩 마시면 변비 개선에 좋다. 플레인 요구르트를 더해서 마시면 더욱 좋다. 계절에 구애받지 않고 어디에서나 쉽게 구할 수 있는 식품이다. (**참고** 토마토와 당근을 익혀서 주스로 만들 경우, 영양 성분과 식이섬유의 흡수율을 높일 수 있다.)

- **샤브샤브**: 식사는 샤브샤브 집으로 예약했다. 채소류, 해조류, 고기류, 해산물, 과일류 등을 고루 섭취할 수 있다. 단, 채소에 포함된 미네랄 성분은 물에 녹는 성질이 있어 채소를 너무 푹 삶으면 미네랄을 도둑맞으므로, 데쳐 먹는 느낌으로 적당히 익힌다.

- **요거트**: 식사로 섭취한 식이섬유에 요거트를 더하면, 유산균이 장까지 잘 가서, 배변 활동에 도움을 줄 것이다.

- **화마인**: 화마인(火麻仁)은 대마의 씨를 일컫는 것으로, 햄프씨드(Hamp seed)란 이름으로도 잘 알려져 있다. 화마인은 노년이나 산후, 병후의 진액부족으로 인한 변비에 이용되는 약재이다. 혈압을 내리고 혈중 지질 농도의 상승을 억제하는 약리작용도 가지고 있다. (**주의** 화마인을 많이 섭취할 경우 오심, 구토, 설사, 사지저림 등의 중독증상이 나타날 수 있으므로, 용량은 10g내외로 섭취한다.)

- **복타**: 이것은 직접 대접해 드릴 수는 없고, 권해 드리려 한다. 복타는 스스로 자신의 배를 주먹으로 '톡톡톡톡' 때리는 것인데, 장에 자극되고, 배에 힘이 들어가서 장운동에 도움된다. 변비에는 윗몸 일으키기 등 복근 운동이 도움이 되지만, 평소 복근 운동을 따로 하지 않는 사람은 걸을 때나 쉴 때, 복타 운동이라도 기억하여 실천하면 좋다. (`주의` 과한 욕심으로 심하게 때리지 않는다.)

- **발 받침대**: 변비가 있으면 배변 시간이 점점 길어진다. 나중엔 그 시간을 보내려고 아예 책이나 잡지, 휴대폰을 들고 들어간다. 하지만 오래 앉아 있으면, 치질이 발생할 위험성도 올라갈 수 있으므로 배변 시간은 길지 않게 하고, 과도한 힘을 주지 않는다. 변기 앞에 발 받침대를 놓고 발을 올리면 배변에 도움을 준다. 단, 너무 높지 않게 한다.

"또한 모든 것을 해로 여김은 내 주 그리스도 예수를
아는 지식이 가장 고상하기 때문이라
내가 그를 위하여 모든 것을 잃어버리고
배설물로 여김은 그리스도를 얻고"

(빌립보서 3:8)

하나님께서는 사람을 통해 일하신다. 또한, 그 사람에게 다른 사람을 붙여서도 일하신다. 느헤미야가 고국 유다를 가야 했을 때, 하나님은 느헤미야가 그 먼 곳까지 안전하게 갈 수 있도록 왕을 통해서 여건을 만드셨다. 왕은 느헤미야가 여러 작은 나라들을 통과할 때 거침이 없도록 통행증을 써 주었으며, 삼림 감독에게 명하여 예루살렘 성벽 재건에 필요한 물품들을 제공토록 했고, 군대를 파견해 느헤미야를 호위하도록 했다.

지금, 세계 곳곳에는 우리나라의 많은 유학생이 나가서 공부하고 있다. 그 길이 자의였든지 타의였든지, 자신의 인생을 풀어나가는 방법으로 유학을 택했고, 그 시간을 타지에서 보내고 있다. 유학생들 가운데에는 느헤미야처럼, 우리나라와 우리 민족과 하나님 나라를 위해 기도하고 헌신하는 청년이 분명히 있을 것이다. 그를 통해서, 또 그가 만나는 사람들을 통해서, 이 땅에 어떤 크고 놀라운 변화의 역사가 쓰일지, 한국의 느헤미야 보기를 꿈꾸어 본다.

"주의 권능의 날에 주의 백성이 거룩한 옷을 입고
즐거이 헌신하니 새벽 이슬같은
주의 청년들이 주께 나오는도다"

(시편 110:3)

아, 옛날이여

욥 노인성 우울증(무드셀라 증후군)

"지금 잠깐 나올래?"

"아니, 쉴래. 피곤해…"

"다른 친구들도 너 볼라고 기다리고 있어."

"진짜 안 나갈래, 다음에."

"그러지 말고 잠깐 얼굴만 보여주고 가."

고등학교 축제기간, 여자 친구의 전화를 받고 '나와라, 안 나간다.' 실랑이 중이었다. 이미 다른 '일일 찻집'에 다녀온 터라 집에서 쉬고 싶었다. 무슨 탤런트, 영화배우도 아니고 거짓말처럼 들리겠지만, 사실이었다. 나에게도 그런 시절이 있었다고 으쓱거리고 싶어서 이 글을 쓰고 있다. 하지만, '내가 예전엔 말이야.'로 시작하는 과거 얘기는, 지금은 별 볼 일 없음을 자기 스스로 인지하고 인정하는 마음이 들어 있다. '내가 예전엔 말이야.'를 늘어놓으며 떨어진 자존감을 올려보려는 것이지만, 아무도 알아주는 사람이 없다는 것이 더 씁쓸하게 만든다.

욥의 삶은 한 나라의 왕도 부럽지 않았다.

> "그의 소유물은 양이 칠천 마리요 낙타가 삼천 마리요 소가 오백 겨리요 암나귀가 오백 마리이며 종도 많이 있었으니 이 사람은 동방 사람 중에 가장 훌륭한 자라"(욥기 1:3)

욥의 이야기에 앞서 의학용어로 사용되는 '증후군'이란 단어 설명을 잠깐 해보자면, 증후군이란, 신체적 증상 혹은 행동 유형, 성격적 특성 등이 동일 환자군에서 공통으로 나타날 때, 그 병적 증후를 '증후군'이라 일컫는다. 대사 증후군, 생리전 증후군, 손목 터널 증후군, 하지불안 증후군 등등 신체적 증상의 증후군과 피터팬 증후군, 신데렐라 증후군, 리플리 증후군, 파랑새 증후군 등 정신적 증상 등의 여러 증후군이 있다. 그 중, '므두셀라 증후군'으로 욥의 이야기를 소개해 보려 한다. 므두셀라 증후군은 아름다운 과거만을 기억하려 하고 과거로 돌아가고 싶은 간절함을 느끼는 것이다. 좋은 추억을 가지는 것은 문제가 없지만, 이 증후군의 문제는 현실 도피에 있다. 현재의 나를 부정하고 과거의 것들에 대한 상실감을 느끼고 미래로 나아가는 것을 방해한다. 과거에 매여 주저앉게 하고 우울증으로 발전할 가능성이 있게 된다. 성경 속의 므두셀라의 이름이 이 증후군에 붙은 이유는 인류 역사상 가장 오래 산 인물이기에, 그만큼 추억할 일도 많았을 것이기 때문이라 생각한다.

'청년은 미래를 꿈꾸고, 중년은 현재를 생각하고, 노년은 과거를 추억한다.' 추억하는 것은 문젯거리가 아니지만, 과거에 갇혀서 노인성 우울증으로 이어질 수 있다는 것이 문제이다. 만약 안팎으로 안 좋은 상황이 겹쳐오게 되면, 회복할 체력은 약하고 상심은 더 커지게 되어 우울감이 밀려온다. 노인성 우울증은 각종 상실을 경험하고 건강은 점점 약해지는 데에서 오게 된다.

욥은 가지고 있던 재산, 자식, 건강을 차례대로 잃었다. 그럼에도 하나님을 원망하지도, 평정심을 잃지도 않았다. 적어도 욥의 세 친구가 위로차 방문하기 전까지는 말이다. 세 친구가 찾아오면서 분위기는 급변했다. 우리는 남들 잘 된 얘기를 들을 때는 표면상으로는 축하하지만, 속으로는 배가 아플 때가 있다. 남 안된 얘기는 표면상 위로를 하지만, 속으로는 위로하는 입장에 서 있는 자신에게 묘한 카타르시스를 느끼는, 악한 본성을 가진 인간이다. 욥의 세 친구 엘리바스, 빌닷, 소발도 그랬다. 처음 모습은 위로하고 슬픔을 나누지만, 그것도 잠시, 그 감춰진 본성이 드러나면서 위로가 핀잔으로 바뀌고, 조언이 훈계로 변하기 시작했다. 엘리바스는 욥의 고난을 '인과응보'라 했고, 빌닷은 '자업자득'이라 했다. 그러면서 욥에게 "네 시작은 미약하였으나 네 나중은 창대하리라."라는 말을 덧붙였다. 흔히 알고 있는 이 성경의 말씀은 하나님께서 욥에게 하신 말씀이 아니고, 빌닷이 은근히 욥을 내려다보며 건넨 비꼬는 말이었다. 이어 소발은 한술 더 떠 욥을 '벌레 같은 사람 구더기 인생.'이라고 마지막 한 방을 날렸다. 의인이라 일컬어지는 욥도 처음엔 좋게좋게 얘기하고 인정하는 분위기였으나, 듣다 듣다 참을 수 없어서 받아치기 시작했다.

> "너희가 내 마음을 괴롭히며 말로 나를 짓부수기를 어느
> 때까지 하겠느냐 너희가 열 번이나 나를 학대하고도 부끄
> 러워 아니하는구나 비록 내게 허물이 있다 할지라도 그
> 허물이 내게만 있느냐" (욥기 19:2-3)

한의학에서 폐는 호흡을 담당하고 온몸의 기를 주관한다. 또한, 혈액과 진액의 오르고 내림, 들어오고 나감을 조절한다. 폐를 교장(娇脏)이라 칭하는데, 이는 외부의 영향을 가장 잘 받는 연약한 장기이기 때문이다. 폐가 어떤 종류의 나쁜 환경에 노출되었는지에 따라 풍한속폐, 한사객폐, 담습조폐, 풍열범폐, 열사옹폐, 조사범폐 등등 여러 가지의 진단이 나오게 된다. 특히, 노년기에는 폐기허(肺气虚)가 쉽게 나타난다. 외부 온도가 부적절하거나, 오랜 기침으로 기를 소모하거나, 오랜 슬픔, 피로가 누적된 것 등등으로 나타나는데, 그 증상으로는 힘이 없는 기침을 하며, 호흡이 짧고 목소리에 힘이 없으며, 얼굴에 윤기가 없고 몸에 기운이 없다. 치료는 약해지고 손상된 폐의 기와 폐의 음을 회복시키고, 폐의 허로 인해 야기된 심장, 신장, 비장의 손실도 함께 보충한다. 편방 약재로 폐기허에는 인삼, 황기, 백출, 갈근, 계지, 건강, 당귀가 쓰이며, 폐음허(肺阴虚)에는 산약, 맥동, 사삼, 백합, 생지황 등을 사용한다. (각 약재는 용법, 용량이 다르므로 전문 한의사와 상담 후 사용바랍니다.) 폐와 대장에 좋은 식품으로는 고구마, 브로콜리, 시금치, 파래, 김, 사과, 배, 대추, 키위, 꿀, 청국장, 요거트 등이 있다.

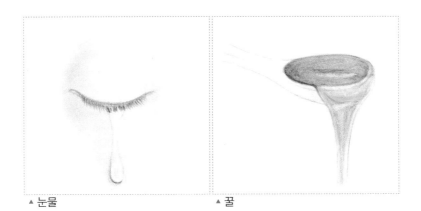

▲ 눈물   ▲ 꿀

　꿀은 기를 보충하는 약재 중 하나로, 진액을 생성하며, 비·위장을 이롭게 한다. 떨어진 저항력을 다시 올려 유지시키며, 〈신농본초경〉에는 오장을 편안하게 하는 식품으로 소개되고 있는데, 또한 두렵고, 놀라고, 괴롭고, 마음이 요동칠 때 두루 쓰인다고 하였다. (주의 ① 속이 더부룩하거나 팽만감이 있을 때는 섭취 주의. ② 만 1세 이하의 소아는 섭취를 금지한다. 영아는 소화기관과 면역기관이 약하기 때문에 꿀의 채취와 유통과정에서 세균이 침습했을 수도 있으며, 꿀벌이 꽃가루를 거두는 과정에서 독성이 있는 꽃가루가 포함되어 있다면 영아는 탈이 날 수 있다.)

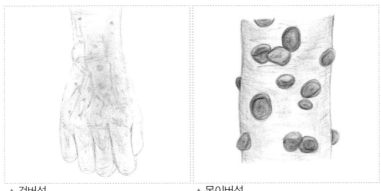

▲ 검버섯   ▲ 목이버섯

목이버섯과 은이버섯(흰목이버섯)은 폐와 비·위장의 기를 더하고, 진액 생성에 도움을 주어 피부를 윤기나게 한다. 노년의 만성 기관지염, 기미에 효과가 있다고 알려졌다. 목이버섯은 여기에 더하여 〈본초강목〉에는 얼굴의 검버섯을 사라지게 하는 것으로도 소개되어 있다. (**참고** 중국 신문 보도에 의하면, 생것의 목이버섯에는 포르피린이라는 물질이 함유되어 있는데, 이를 섭취하면 때에 따라 피하조직에 쌓여 햇빛과 반응하면서 일광 두드러기와 발진, 가려움 등을 일으킬 수 있다. 그런데 포르피린은 햇빛에 건조하는 과정에서 분해되므로, 목이버섯을 섭취하려면 먼저 건조한 후, 필요할 때에 물에 불려 살짝 데친 후 사용한다.)

그럼, 욥에게 무엇으로 대접할까?
준비한 것 녹차, 올리브 오일 샐러드, 장어 덮밥, 배즙, 크라슐라 오바타, 문화센터, 카메라

• 녹차: 중국임상연구 보고서에 의하면 녹차는 항노화, 피로 해소, 질병의 억제, 뇌 활성화 등 노년기에 좋은 효능을 가지고 있는 차로 소개한다.

• 올리브 오일 샐러드: 건강 관련 기사에서 건강 장수 식품을 소개할 때, 빠지지 않고 등장하는 것 중의 하나가 바로 올리브 오일이다. 잘 알려진 효능은 항노화, 항산화 작용이며 피부 노화도 예방한다고 알려진다. 올리브유는 다른 식용유와는 달리, 조리하지 않고 직접 부어 먹을 수 있다. 6가지 색깔의 각종 과일과 채소에 올리브

오일을 드레싱해서 꾸준히 먹으면 몸의 해독과 함께 몸속의 염증수 치도 내릴 수 있다

- **장어 덮밥**: 장어는 강장식품으로 노년의 뇌기능 감퇴를 억제해 치매를 예방하고, 시력감퇴를 막는다. 또, 정력을 증강하고, 기력이 쇠하였을 때 피로 회복에 효과가 있는 식품이다.

- **배즙**: 배는 폐를 이롭게 하며, 기관지 점막을 보호하고 담을 제거해 기침을 가라앉힌다. 칼륨이 많아 고혈압에도 좋다고 알려졌다. (주의: 당뇨 환자, 신부전 환자는 과일즙의 하루 섭취량에 주의해야 한다.)

- **크라슐라 오바타**: 다육식물의 일종이다. 먹으려고 소개하는 것이 아니다. 몸이 약해지면 마음도 약해지고 삶의 활력도 떨어진다. 이러한 때 반려 동물이 도움을 준다. 하지만 생명을 거두는 일은 간단치가 않다. 동물 종류를 키우기가 만만치 않다면, 대안으로 식물도 동물만큼은 아닐지라도 마음의 위안을 주고, 기쁨을 줄 수 있다. 크라슐라 오바타는 잎이 통통하고 사시사철 푸르며, 물을 한 달에 한 번만 줄 정도로 손도 많이 가지 않는다. 행여나 겨울철 실외에 두었다가 얼어 죽게 하는 일만 없다면, 언제나 푸름을 선물 받을 수 있다.

- **문화센터**: 노인성 우울증은 직장을 은퇴하고, 핵가족화로 자녀들과 따로 살고, 건강도 약해지면서 이런저런 상실감에서 오게 된다. 문

화 센터나 구민회관에는 여러 가지 취미활동이나 배움의 교실이 열려 있다. 새로운 사람들과 친목할 시간을 가지고, 새로운 취미의 재발견으로 기쁨을 누릴 수 있다. 지난 세월 접어 두고 펼치지 못했던 특기가 있다면, 다시 도전하며 그 완숙의 행복을 누려 본다. 배움엔 끝이 없고, 꿈은 이루어지며, 신체는 나이가 들었지만 젊음의 활력은 지금도 되찾을 수 있다.

• 카메라: 희게 센 머리와 패인 주름살에 사진 찍는 것을 기피하는 것은 당연한 마음이다. 하지만 현재의 그런 모습에 소심해지지 말고, 더 활짝 웃으며 자신있게 사진을 찍는다. 오늘이 내게 남은 생애 중에 가장 젊은 날이기 때문이다.

🍃

**"젊은 자의 영화는 그의 힘이요
늙은 자의 아름다움은 백발이니라"**

(잠언 20:29)

🍃

욥은 노아, 다니엘과 함께 하나님께서 인정한 대표 의인 세 사람 중 한 명이었다. 그는 많은 것을 가졌을 때 교만하지도 않았고, 모든 것을 잃었을 때 비관하지도 않았다. '주신 이도 여호와시요, 거두신 이도 여호와시라'고 찬송을 드렸다.

수가성의 그녀는 과거의 남편이 다섯이었다. 이웃 사람들은 그녀를 조롱하고 멸시했다. 그렇다는 것을 알기 때문에, 그녀는 물을 길어 갈 때도 사람들이 물 뜨러 오지 않는 땡볕, 아무도 없는 한낮에 갈 수밖에 없었다. 그때에 우물가에서 예수님을 만났다. 예수님을 만난 이후로는, 그녀는 더는 위축되지도 숨지도 않았다. 세상 사람들을 향해 오히려 '와 보라'고 외친다. 그녀 안에 예수님을 담았기에 더 이상 주눅이 든 옛사람이 아닌, 새 소망이 있는 새 사람으로 변한 것이다.

가끔 나 자신이 보잘것없고, 초라해 보일 때가 있다. 언제 이리 주름살은 늘어난 건지, 머리숱은 언제 이리 줄어든 건지, 얼굴살을 끌어올려 보기도 하고, 머리카락을 쓸어 내려보기도 한다. 내가 위축돼 보이는 것은 거울 속의 나를 보고, 그 안에 담고 있는, 내 안에 계신 예수님을 보지 못했기 때문은 아닐까? 초라함을 덮으려고 '내가 예전엔 말이야.'라는 말로 나를 세우려고 하지 말고, 또, 남을 지적하고 평가하거나 남을 깎아 내림으로 나를 올리려고도 하지 말고, 다른 사람들을 올려 주고, 내 안의 예수님을 올려 드릴 때, 오히려 주변 사람이 나를 올려 줄 것이다. 이제 '와보라.'라고 외칠 수 있는 것은, 내 안의 자신감 때문이 아니라, 내 안에 예수님을 담고 있기 때문이다.

100년이란 시간은 긴 세월인가 잠깐 지나는 시간인가, 10, 20, 30, 40, 이렇게 나이가 들어가는 걸 10단위로 세어보면 백 년이란 시간은 엄청나게 긴 시간은 아닌듯하다. 오늘 태어난 아기가 건강의 복을 받아 백 살을 사는 경우를 빼고는, 백 년 후에는 지금 존재하는 이 시대의 사람 대부분은 존재하지 않는다. 그땐 새로운 사람들로 모두 채워져 있을 세상이다. 그렇게 생각해보면 오늘 네 것, 내 것 나누고, 남보다 좀 더 차지하려고 다투는 것이 어리석고도 허무하게 느껴진다. 저번 주에 구매한 로또 복권이 20억 원이 넘는 일등으로 당첨되어 내일 그 금액을 찾으러 간다. 그런데 얼마 전에 나한테서 돈 백만 원을 빌려 간 친구에게 당최 연락되질 않는다. 돈을 떼어 먹힐 것 같아 오늘 밤도 잠이 안 오고 한숨 쉬며 뒤척이고 있다. 과연 이런 사람이 있을까? 엄청나게 큰 것을 소유하게 되면, 작은 것들을 가볍게 넘길 수 있는 여유는 덤으로 갖게 된다. 우리는 천국의 영생이라는, 로또 따위와는 비교도 할 수 없는 어마어마한 것을 받아 놓고 있다. 곧 그 엄청난 기쁨을 누릴 것이기에, 하늘나라를 생각하면 오늘 이 땅에서 사소한 것들은 나를 우울하게 만들지 못하며, 낙담하게 하지 못할 것이다. 또 저 천국을 생각하면 나이 들어 간다는 생각으로 낙심하면서 거울 앞에 붙잡혀 있지도 않을 것이다. 죽음조차도 그것이 끝을 의미하지 않기에, 삶에서 일어나는 크고 작은 일들에 웃어 넘길 수 있는 여유를 갖게 될 것이다.

> "하나님이여 내가 늙어 백발이 될 때에도
> 나를 버리지 마시며 내가 주의 힘을 후대에 전하고
> 주의 능력을 장래의 모든 사람에게 전하기까지
> 나를 버리지 마소서"
>
> (시편 71:18)

내 허리가 아픈 이유

이사야 요통(디스크, 협착증)

"구부릴 때 아파요? 뒤로 젖힐 때 아파요?"

"다 아픈 거 같은데요…"

"그럼, 계단 올라갈 때 아파요? 내려갈 때 아파요?"

"그건 잘 모르겠는데요"

"아픈지는 얼마나 됐죠?"

"엊그제 재채기 하는데 갑자기 허리가…"

이 환자는 단순 근육통이라 침 놔주고, 쉬면 곧 괜찮아질 거라 일렀다. 허리는 양치질하다가 헛구역질 한 번에도 아파질 수 있는, 몸의 중심임에도 불구하고 생각보다 약한 곳이다.

이사야는 예언의 선지자이다. 선지자로 부름 받아 하나님께 받은 예언의 말씀을 전하며, 장차 일어날 사태를 경고하고 회개를 촉구했다. 타이르고 권면하는 것이 아닌 심판에 대한 경고였다. 언제나 그랬듯이 하나님께서 선지자를 보내시는 목적은 심판하심에 있지 않고 구원하심에 있다. 경고의 메시지가 곧 구원의 메시지인 것이다. 이사야는 하나님으로부터 3년간 맨몸과 맨발로 다니라는 명령을 받았다. 그 후 이사야는 3년간을 예언의 메시지를 몸소 보이기 위해 헐벗은 채 다녔다. 그러던 중 바벨론의 멸망의 환상을 보았는데, 그 광경이 너무 두렵고 무서워서 심장은 요동쳤고 허리는 끊어질 것 같은 고통을 느꼈다.

> "이러므로 나의 요통이 심하여 해산이 임박한 여인의 고통 같은 고통이 나를 엄습하였으므로 내가 괴로워서 듣지 못하며 놀라서 보지 못하도다" (이사야 21:3)

허리가 아프다고 다 디스크는 아니다. 허리가 아픈 이유는 여러 가지가 있다. 척추 문제, 척추를 둘러싸고 있는 근육이나 인대 문제, 내장 기관의 문제로 인한 연관통, 여성의 경우 생식기관과 관련된 문제 등으로 요통이 생길 수 있다. 허리는 약간만 불편해도 많이 곤욕스럽다. 앉아도 아프고 일어서도 아프고, 쉬어도 아프고 누워도 아프다면, 아픈 허리는 일상의 근간을 흔든다. 허리가 몸의 근간이기 때문이다. 허리의 통증은 대부분 약한 허리의 근육에서 시작된다. 허리를 지탱하는 복근과 척추기립근이 약해진 상태로 세월이 오래 지나면, 척추 디스크에 부담을 주어 척추 질환으로 진행한다. 그렇게 약해진 허리 디스크는 또 척추 후관절에 부담을 가중시키고, 뼈에 무리가 가해지면서 뼈 돌기가 생겨 척추관 협착증이 오게 된다. 이처럼 허리의 근육 문제가 디스크 문제로 발전하는 것인 만큼, 허리 근육을 건강하게 유지하는 것이 허리 척추 건강을 지키는 첫 번째 방법이다. 그러나 허리 운동은 고사하고 잘못된 자세로 오래 앉아 있게 되면, 힘이 한쪽으로 가해지며 허리 디스크가 탈출하는 요인이 된다. 바른 자세는 운동을 게을리하는 사람이 허리의 건강을 지키는 최소한의 방법이다.

　한의학에서는 요통의 원인을 첫 번째로 외부의 해로운 요소들이 침습한 결과라 하였다. 습한 곳에서 자거나, 땀 흘린 후 바람을 맞거나, 옷이 너무 얇아 한기가 들어 오거나, 비를 맞고 몸이 냉해지는 등등의 풍, 한, 습에 외감되어 온다고 하였다. 두 번째는 내상이 원인으로 병후에 체력이 약해지거나, 산후에 조리가 부적절하거나, 신장에 영양이 부족하여 신의 정기가 손상되었을 때 요통이 온다고 하였다. 세 번째는 외상이 원인으로 무거운 물건을 들거나, 허리를 과도하게 비틀거나, 외부 충격으로 기혈운행이 막혀서 온다고 하였다. 그리하여 제시한 요통의 예방 방법으로는 습한 곳에 오래 머무르지 않고, 땀 흘리거나 비에 젖은 후 마른 옷으로 갈아입고, 찬바람을 쐬지 않고 냉수보다 온수로 샤워하기를 권하고 있다. 요통에 쓰이는 편방 약재로는 마황, 독활, 상기생, 구척, 육계, 향부, 연호색, 우슬, 골쇄보, 백출, 자오가, 두충, 토사자, 동충하초 등이 있다. (각 약재는 용법, 용량이 다르므로 전문 한의사와 상담 후 사용바랍니다.) 신장건강에 도움이 되는 식품으로는 검정콩, 검정깨, 검정쌀, 호박, 은행, 호두, 연밥, 밤, 대추, 오디, 부추, 망고, 키위, 포도, 새우, 사골 등이다.

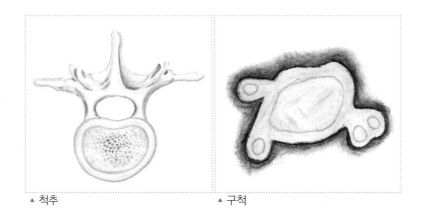

▲ 척추   ▲ 구척

구척(狗脊)은 간과 신장을 이롭게 하며, 근골을 강하게 하고, 시리고 아픈 허리를 치료하는 약재로 쓰이고 있다. 〈본초정의〉에서 구척은 척추를 견고히 하고 관절을 부드럽게 하는 약재로 소개되어 있다. (주의 신허(腎虛)로 인한 열이 있거나, 소변이 원활하지 않고 소변량이 적거나 황색인 사람은 섭취에 주의한다.)

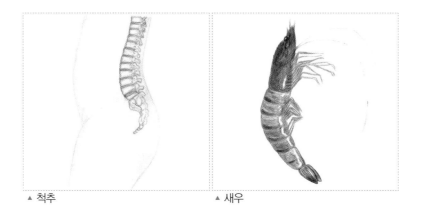

▲ 척추   ▲ 새우

새우는 신장의 양을 북돋아 주며 신장의 정을 채워 주고, 족소음신경의 경혈에 작용해 신체의 기둥을 강건하게 한다. 척추 근육의 강화에도 도움이 된다.

그럼, 이사야에게 무엇으로 대접할까?

준비한 것 검정콩차, 군밤, 새우 요리, 손수건, 수구혈

- **검정콩차:** 검정콩은 신장을 튼튼히 하고, 신장의 기운을 올려, 자한 (별로 한 것도 없는데 땀이 흐르는 것으로 신허, 신양허(腎陽虛)일 때의 증 상), 도한(도둑이 밤에 몰래 들어오듯, 잘 때 땀이 흐르는 것으로 신음허 (腎陰虛)일 때의 증상)에 좋다. 보리차, 옥수수차를 만들 듯, 검은콩을 마른 프라이팬에 볶은 다음, 필요시마다 물에 넣고 끓이면 된다.

- **군밤:** 밤은 신장에 좋고 허리를 튼튼히 한다. 특히, 신허요통(신장이 약해져서 오는 허리통증)에 좋다.

- **새우 요리:** 새우는 허리를 보강하는 효능 외에도, 산후 유즙 분비를 촉진하고, 신장이 약해서 오는 발기 부전에도 도움이 된다. 또한, 먼 나라를 여행 가서 시차 적응이 안 될 때 새우요리를 먹으면 증 상이 개선된다는 연구 결과도 있다. (주의 갑각류 알레르기가 있는 사 람은 게, 가재, 새우 등에 알레르기를 일으키는데, 해산물 알레르기는 성인 이 된 후에 갑자기 생기기도 한다.)

- **손수건:** 땀을 흘렸거나 몸이 젖었을 때, 바로바로 물기를 제거하도 록 손수건을 준비해 드릴 것이다.

• **수구혈**: 수구혈(水沟穴)은 인중 부분에 위치하는데, 이 혈 자리는 신장을 보호하고 허리를 튼튼히 하는 혈 자리이다. 이 자리는 용천혈만큼이나 침을 맞으면 기절할 정도로 아프다. 다행히 침을 맞는 것이 아니라 손가락 지압으로도 충분하다. 갑자기 허리 통증이 있을 때 눌러주면 효과가 있고, 평상시 눌러 주면 허리를 강화하는 효과가 있다. (***수구혈 위치**: 코와 입 사이 인중 부분을 삼등분 했을 때, 위에서 아래로 3분의 1지점이다.)

🍃

"그러므로 너희 마음의 허리를 동이고 근신하여
예수 그리스도께서 나타나실 때에
너희에게 가져다 주실 은혜를 온전히 바랄지어다"

(베드로전서 1:13)

🍃

"내가 누구를 보낼까?" 하는 하나님의 물음에 이사야 선지자는 주저없이 대답했다. "내가 여기 있사오니 나를 보내소서." 하나님께서는 스스로 원하는 마음을 찾으신다. 예수님께서도 언제나 물으셨다. 어쩌면 너무나 당연한 것처럼 들리는 질문도 묻고 또 물으셨다. 병자에게 "네가 낫고자 하느냐."고 물으셨으며, 소경에게 "네게 무엇을 하여 주기를 원하느냐."고 묻기도 하셨다. 이런 질문은 제자들에게도 역시나 있으셨다. "너희는 나를 누구라 하느냐." 특별히, 베드로에게는 이런 물음을 던지셨다. "네가 나를 사랑하느냐."

아주 오래전 읽었던 프랑스 작가 모파상의 단편소설 '목걸이'는 나에게 여러 가지 생각을 하게 하였다. 어느 가난했던 부부가 있었다. 하급관리였던 남편은 고위관리의 만찬에 초대받았고, 그의 부인은 파티에 입고 갈 옷이 없어 상심했다. 그녀의 남편은 모아둔 돈으로 드레스를 장만했다. 그러나 그 부인은 옷에 어울리는 액세서리가 없어 또 고민하게 되었다. 고심 끝에 그녀는 알고 지내던 친구를 찾아가 다이아몬드 목걸이를 빌리게 되었고, 한껏 멋도 내고 파티도 만족스럽게 끝이 났다. 하지만 집에 돌아온 그녀는 목걸이를 분실한 것을 알게 되었고, 그 목걸이를 사기 위해 집을 팔고 돈까지 빌려서 잃어버린 것과 같은 것을 사서 돌려주었다. 그 날 이후로 빚을 갚느라 쉬는 날도 없이 노동에 시달렸고, 그 비참한 세월을 10년이나 이어갔다. 어느덧 그 빚을 다 청산하고 공원을 거닐던 중, 그 목걸이의 주인이었던 친구를 만나게 되었다. 형편없이 찌들어 버린 자신을 보며 의아해 하던 친구에게 그녀는 지난 10년간 일어난 일들을 털어놓게 되었고, 그 친구는 충격적인 말을 하였다. 그 목걸이는 가짜 모조품이었다고 말이다. 우리는 여전히 진짜가 아닌 것을 위해 이 땅에서 고전하고 분투하며 살아가고 있는 것은 아닌가? 이 삶이 끝나면 소용없는 돈, 물질, 명예, 권력과 같은 가짜 모조품을 위해 아직도 애쓰고 있는 것은 아닌가? 예수님 외에 내 삶을 바꿀만한 가치가 있는 것이 무엇인가?

베드로에게 던지셨던 그 물음은 오늘 나에게도 하고 계신다.

"네가 나를 사랑하느냐."

> **"나를 사랑하는 자들이 나의 사랑을 입으며
> 나를 간절히 찾는 자가 나를 만날 것이니라"**
>
> (잠언 8:17)

연자 맷돌

"지금 일층에 와 있습니다."

"네. 금방 내려 갈게요."

늦겨울, 쌓인 눈이 꽁꽁 얼어가던 어느 이른 아침, 서울의 모 주공 아파트를 찾았다. 오래전, 자동차 검사 대행업체에서 단기 아르바이트를 한 적이 있었다. 바쁜 직장인, 혹은 어린 아이를 돌봐야 하는 가정주부들을 대신해서 자동차 정기 검사를 받아주는 일이었다. 고객들이 업체에 내는 대행비는 얼마인지 모르겠지만, 자동차 한 대를 검사해 주면 나는 6천 원 정도를 업체에서 받았다. 하루 대여섯대를 검사 대행할 수 있으니 그 당시, 아르바이트치고는 그리 나쁘지 않은 보수였다. 그 나름대로 근무 수칙이 있었는데, 첫 번째는 자동차를 가져가기 전에 먼저 고객과 함께 그 차를 둘러보며, 흠집이 있는 부분을 사전에 알리는 것이었다. 고객과의 마찰을 미리 방지하고, 나 같은 아르바이트생이 곤란한 상황을 당하지 않기 위해서다. 오늘 첫 고객의 차 열쇠를 받기 위해 아파트 아래에서 기다리고 있었다. 30대 후반으로 보이는 아주머니가 갓 난 아기를 안고 한겨울에 점퍼도 걸치지 않은 옷차림으로 주차장에

내려왔다. 자동차는 이미 단종된, 길에서도 찾아보기 힘들 정도로 오래
된 차종이었다. 더군다나 너무 낡고 닳아서, 흠집 있는 것을 낱낱이 검
사할 수도 없었고, 그렇게 확인하는 것이 의미도 없을 정도의 너절한 차
였다.

"추우신데 들어가세요, 검사하고 전화 드리겠습니다."

걱정과는 달리 시동은 걸렸다. 검사소를 다녀 오는 데는 문제 없을
것 같았다. 문제는 그 오래된 차가 아니라 그 아줌마였다. 검사를 마친
후, 자동차 키와 검사증을 전달하려고 일층 주차장에서 기다리고 있었
다. 그 아줌마가 성큼성큼 다가오더니, 다짜고짜 허리를 숙여 자동차 앞
범퍼 밑을 보는 것이었다. 왜 이러나 싶었다. 그리고 나서는 하는 말이,

"여기 원래 없던 기스가 생겼는데요?"

"네? 어디요?"

그 아줌마의 손가락은 여기저기 칠이 벗겨진 사이의 쌀 한 톨 만한
흠집을 가리키고 있었다. 더군다나 먼지가 덮여 있어서, 오늘 아침에 벗
겨진 상처가 아니란 것은 상식적으로도 알 수 있었다.

"먼지 쌓여 있는 거 보면, 이거 오늘 생긴 흠집이 아닌데요?"

"이 흠집은 원래 없었던 거에요!"

"매일 범퍼 밑의 흠집 개수를 세고 계시나 봐요?"

"흠집 생겼으니까 변상해 주세요!"

"네?"

아침에 그 아줌마 첫인상이 썩 좋지 않다고 느꼈었는데, 예상은 빗나가
지 않았다. 이미 이렇게 하려고 계획이나 한 듯, 얼굴에서 악이 보였다.

"차 주인이 남편분 아니신가요? 제가 전화해서 물어볼게요."

적어도 그 남편이 상식이 있는 사람이라면, 흠집투성이의 차에 쌀한 톨 만한, 그것도 내가 내지도 않은 흠집으로 트집을 잡지 않을 것이란 기대를 했다. 그리고 그 남편에게 전화해 사정을 쭉 이야기했다. 기대는 여지없이 무너졌다. 5만 원을 변상해 달란다. 부부가 함께 작심하고 있었던 듯 느껴졌다. 억울하고 기가 찼다. 업체 사장에게 전화했다. 사장은 어쨌거나 흠집을 기록하지 않은 나의 실수라 했다. 억울했다. '흠집 개수 다 세어 기록하려면 하루도 모자랄 정도로 썩은 차였다'라며 씩씩거리는 나에게 '가끔 이런 고객이 있으니 재수 없게 걸렸다'고 생각하란다.

'오늘이랑, 내일 아르바이트 공쳤네…'

돈을 건네고는 분을 삭이며 그 집 현관문을 돌아서다가, 어처구니 없는 것을 보게 되었다. 그 집 현관문에 교회 명패가 붙어 있었다.

오늘 나에게도 묻고 싶다. 나는 지난 삶 동안, 하나님의 영광을 가린 적은 없었는지. 내가 기독교인이라는 것을 아는 누군가에게 혹시 악하게 대해서, 그 사람들이 기독교인에 대하여 안 좋은 기억, 교회에 대한 악감정을 가지게 한 적은 없었는지 말이다.

> "누구든지 나를 믿는 이 작은 자 중 하나를 실족하게 하면
> 차라리 연자 맷돌이 그 목에 달려서
> 깊은 바다에 빠뜨려지는 것이 나으니라"
>
> (마태복음 18:6)

사는 게 사는 게 아니야

호세아 두통

"형, 나 건강검진 한번 받아보면 안 될까?"

"왜, 어디 안 좋아?"

"머리가 자꾸 아픈게 뇌종양인가 싶어서."

"쓸데없는 소리 한다!!"

20대 후반, 며칠 계속되는 잔 두통에 치명적인 병이 걸린 건 아닌지 덜컥 겁이 났다. 건강 염려증은 나이와는 상관없이 오는 증세인가 보다. 아무 의학 지식이 없던 그때, 며칠간의 두통으로, 스스로 최악의 상상을 하다가 급기야 군의관으로 복무하고 있던 형을 찾아갔었다. 지금 생각해보니 쓸데없는 걱정이었지만, 잦은 두통은 세상 좋은 것이 없게 만들 정도로 생활의 질을 형편없이 떨어뜨렸다.

호세아 선지자는 참으로 이상하고도 기이한 사명을 받았다. 아내를 얻어 결혼 생활을 하라는 명령이었는데, 그 아내로 삼을 여자는 평범하지 않은 여인이었다. 그 여인을 만나 혼인하는 순간부터 결혼 생활은 순탄치 않았다.

> "여호와께서 처음 호세아에게 말씀하실 때 여호와께서
> 호세아에게 이르시되 너는 가서 음란한 여자를 맞이하여
> 음란한 자식들을 낳으라 이 나라가 여호와를 떠나 크게
> 음란함이니라 하시니" (호세아 1:2)

호세아는 머리가 아팠다. 하나님의 명령을 행함에 있어, 자신의 의지와 상관없는 혼인을 하려니 마음의 부담은 이만저만이 아니었다. 아니나 다를까, 아내로 맞이한 이 특별한 여인 때문에 골치 아픈 날들이 이어졌다. 도망한 아내를 찾아내서 값을 치르고 다시 데려오는, 허망하고 어처구니없는 일들이 벌어졌다. 그러나 여기에 하나님의 섭리가 있었다. 처음 여인과의 만남은 하나님의 명령으로 어쩔 수 없었고, 그렇게 아내로 맞았지만, 시간이 갈수록 이 여인에게 연민을 느끼고 동정을 느끼고, 그러다가 끝까지 포기하지 않는 사랑으로 변했다. 호세아는 이 놓을 수 없는 사랑을 직접 체험함으로, 하나님이 백성들을 향한 같은 마음임을 전할 수 있게 되었다.

> "이스라엘아 네 하나님 여호와께로 돌아오라 네가 불의함
> 으로 말미암아 엎드러졌느니라" (호세아 14:1)

두통의 원인은 실로 다양하다. 삼백여 가지가 넘는 원인으로 두통을 일으킨다고 하는데, 이 중에서 질환으로 인해 유발되는 2차성 두통은 위험한 상황인 때가 많다. 발열과 구토를 동반한 두통이거나(뇌수막염), 아침에 일어날 때 두통이 있으면서 구역질 없이 확 쏟아내는 구토를 할 때(뇌종양), 지금까지 경험하지 못했던 극심한 두통이었거나(지주막하 출혈), 안구 통증과 함께 구토를 동반한 두통(급성 녹내장) 등일 때에는, 참지 말고 바로 의료기관을 찾아야 한다. 그 외 스트레스나 긴장, 뇌혈관의 수축이나 확장으로 인해 생기는 1차성 두통은 누구나 경험하고 있다. 두통이라서 머리의 문제를 생각하지만, 사실 두통을 유발하는 부위는 뇌혈관이나 뇌수막은 물론이고, 부비동이나 턱관절, 목 근육, 어깨 근육으로부터도 다양하게 발생한다. 이런 1차성 두통은 편두통, 긴장성 두통, 군발 두통 등으로 나뉜다. 편두통은 욱신거리는 박동성을 가진 통증이 특징인데, 주로 구역과 구토를 동반하며, 긴장성 두통은 스트레스나 피로, 머리 주변 근육의 긴장으로 인해 조이듯 아픈 두통이 특징이며, 군발 두통은 눈 뒤, 눈 위, 관자놀이 부위 등이 아프다.

한의학에서는 '불통즉통(不通則痛)'이라 하여 막히면 곧 통증이 생기고, '통즉불통(通則不痛)'이라 하여 통하게 하면 통증이 없어진다고 하였다. 두통이 어떠한 원인에 의해 발생했는지에 따라서 두통의 원인을 외감(外感)과 내상(內傷)으로 나누고, 외감과 내상은 또 몇 가지들로 나뉘어 그에 따른 치료법을 쓰고 있다. 특별히 '상한론'에서는 긴장성 두통을 부위별로 나누었는데, 태양두통(뒷통수, 목덜미), 양명두통(앞이마, 눈주위), 소양두통(양옆 관자놀이 부위), 궐음두통(정수리 부위)으로 구분하여 그 치료를 달리하고 있다. 태양두통에는 천궁, 양명두통에는 백지, 소양두통에는 시호, 궐음두통에는 오수유를 대표 약재로 해서 방제한다. (각 약재는 용법, 용량이 다르므로 전문 한의사와 상담 후 사용바랍니다.) 두통 예방에 좋은 식품으로는 귤, 호박씨, 두릅, 샐러리, 취나물, 시금치, 구기자, 모시잎, 산약, 감자, 참깨, 달걀, 아몬드, 미역, 다시마, 굴, 바지락, 멸치, 등푸른 생선 등으로 철분, 칼륨, 마그네슘, 아연 등 미네랄이 풍부한 식품들이다. 미네랄이 결핍되었을 때의 증상은 두통과 피로감, 근육 뭉침 등이 있다. 그리고 초콜릿이나 치즈 등등, 자신이 예민하게 반응하여 두통을 유발하는 식품이 있는지를 살펴보고, 그런 음식을 피하는 것도 중요하다.

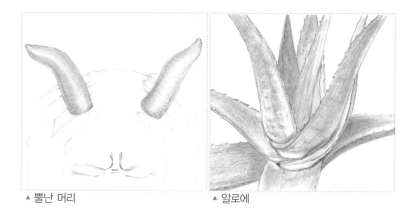

▲ 뿔난 머리　　　　　　　　　▲ 알로에

알로에는 차고 쓴 성질로, 설하약(瀉下藥)중에 공하약(攻下藥)의 약재로 이용되며 '노회(芦薈)'라는 약명으로 불린다. 간을 진정시키고, 열성 변비, 간의 화로 인한 두통 등에 이용되며, 진정작용, 진통작용을 한다. (주의 비·위장이 허약한 사람과 임신부는 복용을 금지한다.)

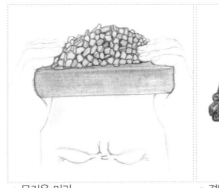

▲ 무거운 머리　　　　　▲ 결명자

결명자(決明子)는 열을 내리고 눈을 맑게 하는 약재로, 눈이 부시고 눈물이 많이 흐르거나 눈이 어둡고 흐릿할 때 사용되며, 간의 화로 인한 두통과 어지럼증에 효능이 있다. (주의 기가 허하고 변이 무른 사람은 섭취에 주의한다.)

그럼, 호세야에게 무엇으로 대접할까?

준비한 것 들국화차, 바지락 감자 수제비, 새드 무비, 바닷가 마을, 국화 베개

- **들국화차:** 들국화는 산국이라고도 칭하며, 중국에서는 야국화로 불리는 약재이다. 열을 내리고 해독하는 효능이 있다. 눈이 충혈되고 붓거나, 인후염, 두통, 경부 임파선염, 어지럼증 등에 사용되며, 외용으로는 습진 등에 이용되고 있다.

- **바지락 감자 수제비:** 칼륨, 칼슘, 마그네슘 등의 미네랄은 근육의 수축과 이완, 신경세포에 관여하는데, 미네랄 결핍과 두통 증상은 밀

접한 관련이 있다. 바지락에는 칼슘, 철분이 풍부하며, 감자에는 칼륨이 많이 함유되어 있다.

- **새드 무비**: 폐와 간은 서로 상극 관계(통제, 제어하는 관계)로, 폐의 기는 간의 기를 통제한다. 슬픔의 감정은 폐에 예속된 감정으로, 적당한 눈물을 흘리는 것은 폐의 기능을 올려서 간의 화를 내리는 결과를 낳는다. 따라서 스트레스가 쌓여만 간다면 속 시원히 눈물 한번 흘리는 것도 좋다. 그러나 눈물 흘릴 이유도 사정도 없다면, 한편의 새드 무비를 추천한다. 슬픈 영화로 스트레스 호르몬 수치를 낮출 수 있다.

- **바닷가 마을**: 양의학, 한의학 모두에서 두통과 스트레스는 불가분의 관계로 보고 있다. 스트레스를 풀어내는 방법은 여러 가지가 있겠지만, 이번에는 바닷가를 찾으려 한다. 파란 지붕, 주황 지붕들의 어촌마을이 고즈넉이 내려다보이고, 넓은 바다가 멀리 보이는 바닷가 마을의 중턱에서, 호세아 선지자와 차 한잔하며 가벼운 대화로 시간을 보낼 계획이다.

- **국화 베개**: 국화는 차로 마실 수도 있지만, 베개를 만들어 베고 자면 머리를 맑게 하고, 무거운 두통, 이명, 어지럼 등에도 효과가 있다. 또 은은한 국화 향이 마음을 편안하게 만들고 숙면을 취하게 한다. **참고** 국화를 그냥 말려서 베개를 만들면 벌레가 생길 수 있으므로, 증기로 찐 다음 그늘에서 건조한 후 사용한다. 베개 속 전체를 국화꽃으로

채우려면 상당량이 필요한데, 소량일 경우에는 국화를 삼베주머니에 넣고 기존의 베개 안에 별도로 넣으면 된다. 주의할 점은 국화의 가루 날림이 있을 수 있기 때문에 알레르기 환자는 피해야 한다. 곡물 베개와 마찬가지로 일주일에 한 번 햇볕에 말리고, 일 년에 한 번 내용물을 교체한다.)

"내 죄악이 내 머리에 넘쳐서 무거운 짐 같으니 내가 감당할 수 없나이다"

(시편 38:4)

식탁에서 어른들은 언제나 아이들에게 골고루 먹으라고, 그래야 튼튼하게 자란다고 말씀하신다. 굳이 영양학자가 아니더라도 골고루 먹어야 좋다는 것은 누구나 잘 알고 있다. 이는 육체의 양식뿐만이 아니라 영혼의 양식에서도 적용된다. 나에게는 '골라 읽는 성경' 구절이 있다. 내 귀에 달콤한, 듣기 좋은 위로의 말씀, 가끔 한두 번쯤은 죄를 저질러도 변치 않을 하나님의 무한한 사랑에 대한 구절로만 편식하여 말씀의 양식으로 삼는다. 창세기를 필두로 시편, 이사야를 거쳐 신약에 이르기까지 내 맘에 꼭 맞는 말씀들이 곳곳에 자리하고 있다. 호세아서에도 물론 있다. '내가 어찌 너를 놓겠느냐, 내가 어찌 너를 버리겠느냐.' 이 말씀은 내가 범죄의 길에 발을 들여 놓아도 내치지 않으실 것 같은, 끝까지 사랑해 주실 것 같은 안도와 위로를 받게 한다. 난 오늘도 하나님의 무한 사랑의 말씀을 스스로 위안 삼아 죄를 반복하고 있다. 그러나 먹기 쉬운 것만 먹고 달콤한 음식만 찾으면 우리 몸은 먼저 경고의 메시지를 보낸다. 그 경고를 무시하고 계속 입맛에 좋을 대로만 가려서 먹는다면, 언젠가는 돌이키기 힘든 질병의 진단이 내려질 수도 있다. 위로의 말씀, 그리고 심판과 경고의 말씀을 섞어 균형식을 해야 하는 이유다.

소, 낙타, 사슴 등의 동물을 반추(反芻)동물이라 한다. 여러 개의 위를 가지고 있어서 먹은 풀을 저장해 놓았다가 다시 입으로 끌어올려 되새김을 하며, 질긴 풀을 소화하고 양분을 흡수한다. 사람은 반추동물이 아니지만, 말씀의 양식을 되새김질하는, 말씀을 반추하는 내가 된다면 얼마나 복된 사람이 될까. 부드럽고 먹기 쉬운 유동식 말씀, 씹고 곱씹고를 반복해야 하는 먹기 힘든 섬유질 말씀, 모두 내 영혼을 강건하게 만들 말씀들이다. 여러 번 되씹으면 질긴 칡에서 단맛이 우러나듯, 주일에 들은 설교 말씀, 묵상하며 읽은 말씀 구절들을 되새기다 보면, 삶에서 느껴지는 쓴 시간이 단맛으로 변해감을 느끼지 않을까.

"주의 말씀의 맛이 내게 어찌 그리 단지요
내 입에 꿀보다 더 다니이다"

(시편 119:103)

과유불급
· · · · · · · · · ·

요나 알레르기

"그렇게 직활강하시면 어떡합니까!!"

"직활강을 하려고 한 게 아니라, 꺽는 걸 못해서요."

스키장에서 형이 어느 낯선 남자에게 질타를 받고 있었다.

형이 레지던트로 있던 어느 해 겨울, 스키에 푹 빠져 버렸다. 동료들 스키타는 데에 한 번 따라 나섰다가 재미 들린 모양이었다. 어쩌다 쉬는 날이면 낮이고 밤이고 스키장으로 향했고, 나는 어부지리로 형의 럭셔리한 취미의 수혜를 입었다. 대학생이었던 나는 스키복에 스키 장비가 한꺼번에 생겼고, 매번 비용을 형이 다 대주어서 나는 몸만 따라 나서면 되었다. 그 당시는 사실, 둘 다 스키를 체계적으로 배운 적이 없었고, 눈밭을 데굴데굴 뒹굴며 내려와도 신이 나는 무적의 왕 초급자들이었다. 나에게 고급 스포츠인 스키를 타게 해주는 이 고마운 형이, 낯선 사람의 훈계를 받고 있는 것이 아닌가. 이 광경을 발견하고 눈에 불이 났다. 부랴부랴 쏜살같이 가고 싶은 마음은 앞섰지만, 스키 왕 초짜이다 보니 엉거주춤 씩씩거리며 갔다.

"형, 뭔 일이야?"

그 사람이 자초지종을 늘어놓았다. 얘기인즉슨, 그 사람은 'S'자로 우아하게 회전하며 내려오는데, 갑자기 형이 'I'자로 총알같이 스쳐 내려가는 바람에, 부딪힐 뻔하여 많이 놀랐다는 것이었다. 충분히 화낼만했다. 하지만 팔은 안으로 굽는다. 나는 굳이 하지 않아도 될 말과 행동으로 일을 크게 만들어 버렸다.

"잘 타는 사람도 있고 못 타는 사람도 있는 거지, 잘 타는 사람이 피해 가면 되는 거 아뇨!!!"

그리고 몇 마디 오가다가, 급기야 서로 흥분하는 상태까지 가게 되었다. 방금전 상황까지는, 형이 죄송하다고 사과하였고 그 사람도 그 정도 따졌으면 됐거니 하고 돌아가려던 참이었다. 굳이 내가 나서서 눈 위에서 모두가 열나는 상황을 만들고 있었다.

굳이 과민하게 대처하지 않아도 될 것에 지나치게 예민하게 반응하여 일을 크게 만드는 사람을 '트러블 메이커'라고 한다. 안 벌어지면 좋을 불필요한 일을 만드는 이런 상황은 우리 몸 안에서도 일어나는데, 그것을 과민 반응, 예민 반응, 알레르기 반응이라 한다. 겨울이 추위를 더하면 더할수록 봄은 더 반갑게 다가온다. 하지만 봄이 마냥 기다려지지만은 않는, 봄이 달갑지 않은 사람들이 있다. 알레르기 질환은 실내외 환경이나 계절이 바뀔 때, 그리고 스트레스를 받는 상황에서 예민하게 반응하여 이상 반응이 나타난다.

고요한 바다, 잔잔히 떠 있던 배가 사달이 난 것은 요나 때문이었다. 요나는 하나님의 명령이 싫어 몰래 배를 타고 도망하였다. 하나님께서는 요나를 깨우치게 하시려고 거센 풍랑을 주셨고, 요나 하나로 인해 배가 파선할 상황에 이르렀다. 배에 탄 모든 사람이 고통을 당하였고, 요나가 배에서 던져진 이후에 모든 것이 평화로워졌다. 요나가 화근이었고, 요나가 없어지니 모든 것이 정상으로 돌아왔다.

알레르기 반응은 그 원인이 되는 물질이 있기 마련이다. 하지만 다른 사람들은 이상 반응하지 않는 것들에 민감하게 반응하는 것이 문제이다. 어떤 외부 물질에 과하게 항원-항체 반응을 하는 것은 물론, 또한 자기조직에 이상 반응을 하는 '자가 알레르기'도 있다. 이런 알레르기 질환의 대표적인 것이 알레르기 비염, 천식, 아토피이다. 그 외 두드러기, 습진, 건선, 원형탈모, 류마티스, 루푸스, 크론병, 베체트병, 쇼그렌 증후군, 1형 당뇨, 만성 갑상선염 등등, 백여 가지의 수많은 병이 면역 체계가 이상 작동하는 것에서 오는 것들로 알려져있다.

그중 두드러기는 담마진이라 일컫는다. 한의에서는 은진(癮疹)이라 하였는데, 은밀히 있다가 수시로 발작적으로 일으키기 때문이다. 이 두드러기에는 음식 두드러기, 약물 두드러기, 한랭 두드러기, 접촉성 두드러기, 콜린성 두드러기, 일광(햇빛) 두드러기 등 여러 가지가 있다. 두드러기가 심한 경우, 가슴이 답답해지고 호흡에도 영향을 주어 생명까지도 위협할 수 있다. 요나는 햇빛에 쐬고 나서 정신을 못차릴 정도로 몸에 이상 반응이 와서 견딜 수 없었다. (물론 장시간 햇빛에 노출되었던 터라면 열사병을 의심해 볼 수도 있다.)

"해가 뜰 때에 하나님이 뜨거운 동풍을 예비하셨고 해는 요나의 머리를 쪼이매 요나가 혼미하여 스스로 죽기를 구하여 이르되 사는 것보다 죽는 것이 내게 나으니이다 하니라"(요나 4:8)

현대 의학에서 알레르기 질환은 유전적 성향이 강한 것으로 보고 있으며, 그런 사람이 촉발 역할을 하는 물질이나 환경에 노출되었을 때 유발한다고 하였다. 그래서 해답은 촉발 상황을 피하면 되는 것으로 간단할 것 같지만, 세상에는 수많은 물질과 식품, 식품 첨가물들이 있고, 어떤 것이 나에게 알레르기를 일으키는지 경험적으로 알아가는 것은 한계가 있다. 또한, 공기 중에 떠다니는 미세먼지, 황사, 매연, 꽃가루를 완전히 차단하기란 쉽지가 않다.

한의학에서는 폐, 대장, 피부, 코는 서로 밀접하게 상관되어 운행된다고 하였다. 서로 유기적으로 연관되어 영향을 주고 받는다. 폐의 기를 소모하는 환경이나 대장의 기능이 떨어지게 되면, 면역체계에 이상이 생기고, 코, 기관지, 피부에도 문제가 발생한다. 치료는 현대의학과 마찬가지이다. 우선 원인 물질을 멀리하고, 풍, 한, 서, 습, 조, 화, 담, 음 등의 사기(邪气)를 제거하여, 발발한 신체 증상을 가라앉히는 대증치료를 한다. 이에 더하여 폐를 비롯한 각 장부의 기를 더해주는 방법을 쓰고 있다. 폐의 기와 폐의 음액을 더하는 편방약재로는 인삼, 황기, 당삼, 태자삼, 사삼, 백출, 황정, 옥죽, 오미자, 백합, 맥동 등이 있다. (각 약재는 용법, 용량이 다르므로 전문 한의사와 상담 후 사용바랍니다.) 식품으로는 목이버섯, 은이버섯, 꿀, 무, 배, 생강, 쑥, 곰취, 대추, 포도, 은행, 양배추, 당근, 시금치, 브로콜리, 밤, 배추, 서미(西米) 등이 폐를 이롭게 한다.

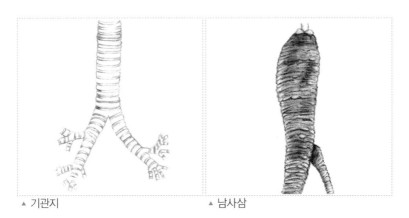

▲ 기관지   ▲ 남사삼

남사삼(南沙参 더덕)은 면역 조절 기능이 있으며 폐의 음을 더하고 폐를 깨끗하게 한다. 또한, 진액을 생성시키고 위장을 이롭게 한다. (**주의** ① 여로(藜芦)와 함께 복용 금지. ② 더덕에 알레르기 반응하는 사람도 있으니 섭취 시 주의한다.)

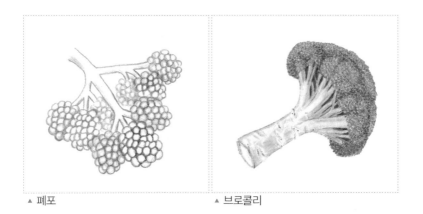

▲ 폐포   ▲ 브로콜리

브로콜리는 폐의 기관지와 폐포에 붙어 있는 세균이나 유해 물질들을 씻어 내는 역할을 하는 설포라판이 함유되어 있고, 피부암 예방에도 도움이 된다. (**주의** 아스피린 약물 알레르기가 있는 사람은 브로콜리 성분 중의 살리실산이 천식을 악화시킬 수 있으므로 섭취를 금지한다.)

그럼, 요나에게 무엇으로 대접할까?

준비한 것 오미자차, 구아바잎차, 달래 된장국, 채소 과일 샐러드, 동치미, 물통, 마스크, 다이어리

- **오미자차**: 오미자는 진액을 생성시키고 폐 기능을 강화해서 잦은 기침, 천식에 효과가 있다. (**주의** 초기 감기의 기침에는 복용하지 않는 것이 좋다.)

- **구아바잎차**: 구아바는 중국명으로 번석류(蕃石榴)라 칭하는데, 그 잎을 약용으로 이용한다. 잎에는 천연 항히스타민 성분이 함유되어있어서, 코 점막내 염증을 가라앉힌다. 급·만성 장염, 당뇨병, 고혈압 등에도 이용되고 있다.

- **달래 된장국**: 달래는 비타민A, 비타민C, 그리고 유황성분이 많은데, 임상 연구에 따르면 유황성분은 천식에 효능이 있으며, 외용으로 피부병, 습진, 탈모 등에도 효과가 있다고 보고하고 있다.

- **채소 과일 샐러드**: 인체내 알레르기반응과 면역반응 등의 메카니즘

은 대장의 활동과 연관되어 있다. 세포건강을 유지하고, 대장 운동과 대장내의 환경을 좋게 하기 위하여 채소와 과일은 하루 최소 400g이상은 섭취하여야 한다. (주의) 채소나 과일을 까서 썰어놓고 용기에 담아 판매하는 제품은 갈색으로 변하는 현상을 막기 위해 아황산나트륨을 첨가하는데, 이 물질은 사람에 따라 알레르기 반응을 일으킬 수 있으므로, 천식 등의 호흡기 질환자는 깐과일, 깐채소 제품 섭취시 주의한다.)

• 동치미: 동치미의 주재료는 무이다. 무와 함께 여러 채소를 넣고, 경우에 따라 과일도 들어간다. 동치미에는 대장 건강에 좋은 유산균이 듬뿍 들어 있으며, 또한 무에는 개자감(芥子苷 시니글린) 성분이 함유되어 있는데, 이는 인체 점막 내의 점액 분비를 촉진해 이물질 배출에 도움을 준다.

• 마스크: 폐는 찬 기운과 건조한 공기에 취약하다. 따라서 몸을 따뜻하게 유지하고 겨울철의 찬 공기나 가을철의 건조한 공기, 봄철의 황사, 꽃가루 등의 대기환경일 때는 그러한 공기가 폐로 직접 들어가지 않도록 마스크를 착용한다. 또한, 코는 외부 공기의 온도와 습도를 조절하는 기능을 가지므로, 평상시 입이 아닌 코로 숨을 쉬는 습관을 들인다.

• 물통: 알레르기 반응은 외부로부터 들어온 물질을 배출시키려는 몸의 작용이므로, 순환작용과 배출 작용을 하는 물을 하루 2리터 정도로 마셔주는 것이 좋다.

• 다이어리: 내가 무엇을 먹었고 어떤 음식에 과민 반응을 하는지 알기 위해서는 식단표를 적어 두는 것이 좋다. 식사 시간도 함께 기록하여, 저녁 식사 후 다음 아침 식사까지 12시간 공복을 유지하도록 노력한다. 장에 충분한 휴식시간을 주어서, 장의 방어벽이 허물어지지 않고 소화기관이 건강한 상태를 유지하게 하기 위해서다.

"너희는 인생을 의지하지 말라 그의 호흡은 코에 있나니
셈할 가치가 어디 있느냐"

(이사야 2:22)

요나 선지자가 '다시스'로 도망하려고 마음먹고 있었을 때, '마침' 다시스로 가는 배가 있었다. '때마침'이란 단어는 나같이 변명을 일삼는 사람에게 유용하게 쓰인다. 마음이 흔들리는 상황에 있을 때, 회피 혹은 선택 사이에서 핑곗거리로 삼기 좋기 때문이다. 마침 공교롭게 휩쓸려 넘어갔을 뿐, 일부러 하려는 의도는 없었다라는 방패막이로 삼는다. 바람이 갈대를 흔드는 것이 아니라, 갈대가 바람에 흔들리는 것이다. 바위는 바람에 흔들리지 않는다. 세상의 유혹이 나를 흔드는 것이 아니라, 내가 세상의 유혹에 흔들려서 이리저리 휩쓸리는 것이다. 사실, 나의 일탈은 '때마침'의 경우를 넘어 굳이 '때를 맞춰' 하기 원하는 것을 하고 만다. 그러다 핑곗거리가 생기면 '옳지.' 하며 하나님 배반하기를 반복하고 있다.

해외에 머물며 닭을 키운 적이 있었다. 산란장의 환경이 열악하고 각

종 항생제에 노출되어 있다는 보도를 본 적이 있어서, 직접 싱싱한 달걀을 얻고자 마당 한쪽에 닭장을 만들고, 병아리를 사와 키우기 시작했다. 병아리가 무럭무럭 자라더니 튼실한 꼬꼬 아줌마 닭이 되었고, 곧, 초란을 얻는 기쁨을 누렸다. 달걀 껍질이 단단하고, 노른자도 얼마나 탱글하고 봉긋하던지, 건강을 먹는 기분이었다. 그러나 얼마 지나지 않아 뭐가 잘못된 건지, 그 닭은 자기가 낳은 알을 깨서 홀랑 먹어 버렸다. 하루, 이틀, 참고 또 참고, 며칠이 지나도록 달라지지 않았다. 나에게 있어서 이제 그 닭은 모이만 축내는 쓸모없는 생명체일 뿐이었다. 내가 닭을 기르는 목적이 달걀이거늘, 그 달걀을 주지 않고 스스로 취해버리니 더 이상 그 닭을 살려둘 목적이 없어졌다. 통닭으로 할까, 백숙으로 할까, 이런저런 생각을 하다가, 불현듯 한 가지 생각이 스치고 지나갔다. 이 조그만 닭에게도 존재 이유가 무엇이냐고 묻는 내가, 정작, 이 땅에서 내가 살아가는 이유에 대해서는 묻지도 따지지도 않았다. 좋은 열매를 맺지 못하는 나무는 찍혀 불살라질 것이라 예수님께서 말씀하셨는데, 오늘도 하나님께서는 열매 없는 나를 향해 오래 참고 계신다는 생각이 들었다. 그 닭은 나에게 귀한 깨달음을 준 고마운 닭이었다.

때마침 요나 선지자가 오신다. 때가 늦기 전에 삶의 항해에서 항로를 이탈하지는 않았는지, 뱃머리를 돌려야 하는 일은 없는지, 폭풍우가 치기 전에 돌아봐야 한다.

> **"하나님이여 주는 나의 우매함을 아시오니
> 나의 죄가 주 앞에서 숨김이 없나이다"**
>
> (시편 69:5)

심령이 가난한 자는 복이 있나니

세례요한 빈혈

"오빠, 생일 축하해요~"

"형님, 생일 축하합니다"

북경으로 유학 후, 처음으로 외국에서 맞는 생일이었다. 30여 명의 같은 과 동생들이 함께 모여 생일을 축하해 주었다. 그때는 입학 후 첫 학기여서 누구의 생일이 중요한 것이 아니라, 모일 건수를 만드는 것이 중요했던 때였던 듯하다. 이듬해 돌아온 생일에서는 열댓 명의 동생들이 나의 생일을 축하하기 위해 모였다. 세 번째 맞는 생일에서는 여섯 명의 동생들이 갈빗집에서 나의 생일을 함께 했다. 다른 새로운 인간관계 집단을 만들지 않은 이상, 갈수록 내 주위 사람들이 줄어 갔다. 둥글지 않은 나의 모난 성격 때문이었겠지만, 해가 갈수록 생일상은 작아졌다. 지금 생각해 보니, 그 남은 여섯 명은 내 곁에 있어준 성격 좋은 동생들이었다. 아무튼 사람이 많든 적든, 그로 인해 씁쓸하든 그렇지않든, 그 생일의 주인공이 나인 것은 변함이 없다.

언제부턴가 성탄절에 예수님은 쏙 빠지고, 그 자리에 산타클로스와 루돌프, 캐럴과 반짝거리는 트리, 크리스마스 선물들이 대신하여 간다. 정작 사람들 사이에서 그날의 주인공인 예수님은 뒤로한 채, 그들만의 크리스마스를 보내고 있다.

세례요한은 오직 예수님을 외쳤다. 오직 예수였다. 그런 그는 광야에서 머물며 메뚜기와 꿀을 주식으로 삼고 앞으로 오실 예수님을 예비하고 있었다.

> "이 요한은 낙타털 옷을 입고 허리에 가죽 띠를 띠고 음식은 메뚜기와 석청이었더라" (마태복음 3:4)

메뚜기 등의 식용 곤충에는 단백질, 미네랄이 함유되어 있고, 꿀은 건강식품이기는 하지만, 5대 영양소가 턱없이 부족해서, 오랜 시간 주식으로 삼기에는 부적절하다. '심령이 가난한 자는 복이 있나니 천국이 그들의 것임이요.'(마5:3), '혈액이 가난한 자는 빈혈이 있나니 그 원인이 있을 것임이다.' 빈혈은 단독적인 병이 아닌, 여러 질환에서 나타나는 하나의 징후이다. 예로, 당뇨, 고혈압, 신부전 같은 만성 질환에 의해서 빈혈이 올 수도 있고, 위장 궤양이나 염증성 질환, 악성 종양, 몸 속에 만성 출혈이 있을 때도 빈혈이 동반될 수 있다. 빈혈은 종류에 따라, 철분이 결핍되어 오는 철분 결핍성 빈혈, 적혈구가 그 수명을 다 채우지 못하고 파괴되어 오는 용혈성 빈혈, 골수의 기능 저하로 혈액 성분을 만들어 내지 못하는 재생 불량성 빈혈, 비타민B12나 엽산의 부족으로 생기는 거대 적아구성 빈혈 등으로 나뉜다. 이 중, 철분 결핍성 빈혈이 가장 많아서, 조사에 의하면 전체 빈혈의 80~90%를 차지한다고 한다.

생리적 특성상 철분 결핍성 빈혈은 여성에게서 많이 나타난다. 하지만 남성이 철분 결핍성 빈혈 진단을 받았다면 몸 어디선가 출혈성 질환(위십이지장 궤양, 치질 등의 항문질환, 궤양성 대장질환, 각종 소화기암 등등)이 있는 것은 아닌지 검진을 받아야 한다. 그런데 빈혈 진단을 받지 아니한 상태에서 철분 보충 목적이나, 빈혈 예방 차원에서 철분제를 복용하면 안 된다. 이는 오히려 몸속 장기에 문제를 일으켜서 소화 불량이나 변비를 비롯해 철분이 과다하게 축적되면, 심장과 신장, 간에 무리를 주게 된다. 빈혈 진단을 받은 경우라면, 치료를 위해 철분제를 복용하는데, 이때 커피나 홍차 등 카페인 음료를 삼가야 한다. 철분 흡수를 방해하기 때문이다. 바꿔 말하면, 카페인 음료는 철분이나 칼슘의 흡수를 방해한다는 의미로, 따라서 빈혈 환자가 아니더라도 평소 과하게 마시면 좋지 않다.

한의학에서는, 빈혈은 혈허(血虛)의 의미이다. 비장, 신장, 혹은 심장의 약화로 혈을 생화하지 못하는 것을 원인으로 보았다. 혈허의 증상으로는 심장이 두근거리거나 쉽게 숨이 차고, 건망증이 생기고, 얼굴이 푸석푸석하거나 창백하고, 쉽게 피로해진다고 설명한다. 그 치료법으로 양심(養心), 건비(健脾), 보혈(補血)을 삼고 있다. 편방 약재로는 잠사(철분 결핍성 빈혈), 당삼(신성 빈혈), 대추(재생 불량성 빈혈), 아교(출혈성 빈혈) 등이 쓰이고 있다. (각 약재는 용법, 용량이 다르므로 전문 한의사와 상담 후 사용 바랍니다.) 빈혈 예방에 도움이 되는 식품으로는 굴, 조개, 소간, 쇠고기, 달걀, 우유, 땅콩, 강낭콩, 시금치, 연근, 솔잎, 상추, 보리, 현미, 건포도, 양배추, 바나나, 오렌지, 자두, 귤, 토마토, 미역, 톳, 버섯 등이다.

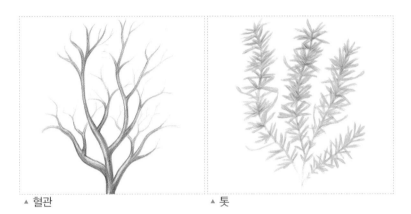

▲ 혈관   ▲ 톳

톳은 철분, 칼슘이 풍부하여, 철분 결핍성 빈혈에 좋은 식품이다. 또한, 혈전 생성을 억제하고, 혈중 저밀도 콜레스테롤의 농도를 낮춘다. 아동의 발육을 촉진하고 노화를 늦추는 식품으로 전해진다. (주의 비·위장이 약하고 차가운 사람은 섭취금지.)

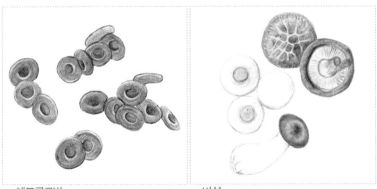

▲ 헤모글로빈   ▲ 버섯

구리는 인체 내 철분의 흡수와 이동에 사용되는 미네랄이다. 따라서 구리 결핍 시에도 빈혈이 올 수 있다. 버섯에는 18종의 아미노산과 구리, 아연, 마그네슘 등의 각종 미네랄이 함유되어 있다. (주의 전 세계에 식용 가능한 버섯은 1,000종이 넘는다고 한다. 하지만 독을 품고 있어서 먹을 수 없는 독버섯도 셀 수 없이 많다. 혹 산행 시 익숙한 버섯을 발견했을지라도 채취, 복용하지 말고 시중에서 판매되고 있는 버섯으로 안전하게 섭취한다.)

그럼, 세례요한에게 무엇으로 대접할까?
준비한 것 사귤당 주스, 순대, 비프 스테이크, 어촌마을 여행, 사물탕

• 사귤당 주스: 사과 한 개, 귤 한 개, 당근 한 개를 갈아서 하루 두세 번 마시면 혈액을 증가시켜 빈혈에 효과적이다.

• 순대: 간식으로 순대를 준비했다. 돼지고기와 동물의 내장에는 비타민B군이 풍부하여 빈혈을 예방한다.

• 비프 스테이크: 식사는 스테이크 전문점에서 하려 한다. 쇠고기에는 철분, 비타민B12, 엽산이 풍부하고, 스테이크에 함께 나오는 양송이 수프와 통밀빵, 샐러드 등도 좋은 건강식품이다.

• 어촌마을 여행: 해산물에는 철분과 비타민, 미네랄이 많아 철분 결핍성 빈혈 예방에 좋다. 가벼운 활동도 하고 산지에서 신선한 해물을 섭취할 수 있다. 혹시 갯벌 체험의 기회가 있더라도 '체험 삶의

현장'처럼 무리하게 힘을 쓰면 안 된다. 빈혈 환자는 과한 운동을 할 경우 체력이 떨어지고 신장기능의 저하가 오므로, 무리하지 않는 적당한 운동, 걷기 등으로 기초체력을 유지하는 게 좋다. 또한, 빈혈 환자는 기립성 저혈압이 빈번히 올 수 있으므로 앉아 있다가 일어날 때는 몸을 천천히 움직이고, 한 자세로 오래 서 있는 것도 피해야 한다.

• **사물탕:** 사물탕(四物湯)은 가장 기본으로 쓰이는 보혈약(補血藥) 방제이다. 우골탕이나 다른 사골들과 함께 탕으로 끓여서 섭취할 수도 있다. 백작, 당귀, 숙지황, 천궁을 각 10g(1인분)씩 넣고 끓이면 된다. (**주의** 습이 많아 몸이 무겁고 대변이 무른 사람은 사물탕 섭취금지.)

✿

"네가 말하기를 나는 부자라 부요하여 부족한 것이 없다 하나
네 곤고한 것과 가련한 것과 가난한 것과
눈 먼 것과 벌거벗은 것을 알지 못하는도다"

(요한계시록 3:17)

✿

많은 사람이 세례요한을 선지자로 여겨, 그에게 세례를 받으려고 사방에서 몰려들었다. 심지어 메시아가 아닐까 하고 기대하는 사람들도 있었다. 그리하여 급기야 그를 따르는 제자들도 생겨났다. 하지만 그는 분명하게 '나는 예수 그리스도를 전하는 것뿐이며, 그의 신발 끈 풀기도 부족한 사람.'이라고 말했다. 세례요한은 그렇게 자신을 지극히 낮추었

고, 예수님께서는 세례요한을 이 세상에서 가장 큰 자로 높여 주셨다.(마 11:11)

　나는 어디서건 대접 받기를 원했다. 나는 아직도 여전히 누군가로부터 무시 받는 듯한 느낌을 약간만 받아도 수틀리기 일쑤다. 자긍의 속성은 도대체 무엇이길래, 내 몸 안에서 일정 이상의 정도를 넘어서게 되면 불필요한 증상들을 발생시키고, 홍(红)종(肿)열(热)통(痛)을 일으키는 자가면역질환의 염증 반응처럼, 자긍심은 더하면 더할수록 교만, 거만, 오만, 자만의 부산물을 만들어 내고, 이것들은 결국 나 자신과 내 주위를 힘들게 하는 병터로 남는다. 한두 번 부작용을 겪어본 것도 아닌데, 왜 이리 그 수치를 올려서 스스로 내 몸을 망가뜨리는 것일까. 사람들 앞에서 겸손해지고 나를 낮추는 것은 왜 이리도 힘든 것인지, 교만한 내가 세례요한을 통해 작은 깨우침이라도 얻을 수 있을지, 그를 만나 보아야 하겠다.

"주 앞에서 낮추라 그리하면 주께서 너희를 높이시리라"

(야고보서 4:10)

길 터주기 힘드네

누가 치질

"어디 보러 오셨어요?"

"네?"

예상치 못한 질문에 순간 당황했다.

어느 겨울, 독서실에 앉아 있다가 항문을 내리누르는 고통에 더는 참고 앉아 있을 수가 없었다. 치질이었다. 잠바를 걸쳐 입고 근처 항문외과를 찾았다. 그때 간호사가 나에게 물은 질문이었다. 순간 정적이 흘렀고 나는 잠깐 생각에 빠졌다.

'항문외과에 항문 보러 오지 뭘 보러 오나…'

질문하는 것이 오히려 이상스러웠다. 당혹스러워 뭐라 답할까 순간적으로 고민하였지만, '항문'과 '똥구멍' 둘 사이에서 하나를 고르는 것은 크게 어렵지 않았다.

"항문요!"

검사 결과, 약 복용만으로 통증을 가라앉히고, 별다른 조치를 하지 않아도 되는 초기 상태였다. 그 정도 상태가 나를 극한의 고통으로 몰아갔다는 게 의아했고, 그처럼 간단히 고통에서 벗어 날 수 있었다는 것은 더 놀라웠다. 그간 참아 왔던 것이 바보같이 느껴졌다. 비단 나뿐만이 아니라, 참고 참다가 오히려 병을 키우는 사람들도 허다하게 많을 법하다.

누가는 고향인 안디옥에서 의학을 공부했고, 후에 바울과 동행하며 복음 전파 사역에 동참했고 누가복음을 기록했다.

> "사랑을 받는 의사 누가와 또 데마가 너희에게 문안하느니라" (골로새서 4:14)

치질은 수험생이나 연구원, 사무원 등등 오래 앉아 있거나 오래 서 있는 사람에게서 많이 나타난다. 또한, 임신과 출산, 다이어트, 과음이나 과로 등으로 나타나기도 한다. 이 같은 치질 유발 요인으로 인해 치핵 조직으로 혈액이 쏠리면서 울혈현상을 일으킨다. 그래서 혈관이 확장되고, 치핵 조직이 늘어나게 되어 통증과 출혈이 일어난다. 그런데 치질은 하나의 진단명이 아니다. 치열과 치루, 치핵을 통틀어서 칭하는 것으로, 항문과 하부 직장의 혈관과 그 조직에 문제가 생기는 질환을 통칭한다. 그중에 치핵 환자가 가장 많으며, 통증만 크지 않으면 참고 살아가는 사람들이 대부분이다. 하지만 그럭저럭 별 탈 없이 잠잠하던 항문이 참을 수 없을 정도의 급성 통증을 일으키는 때가 있는데, 혈관성 외치핵과 치열이다. 치열은 항문 내벽 점막이 찢어져 출혈과 통증을 일으키는 것으로, 변을 볼 때마다 찢어지는 고통과 함께 피로 물든 변기를 보게 되기 때문에, 화장실 가기가 두렵고 긴장되게 한다. 길 터주는 것이 얼마나 힘이 드는 것인지 처절하게 느끼게 된다. 그 고통이 두려워서 변을 참다가 변비가 악화하기도 한다. 변비는 배변 시 복압을 올려서 치질을 더욱 악화시키는 원인이 되어, 악순환의 고리에 갇히게 된다. 이렇게 항문이 찢어지고 아물고를 반복하면서 조직 결절이 생기고, 항문은 좁아진다. 이렇게 변성된 조직의 한 쪽 점막이 늘어지면서 외치핵이 생긴다. 외치핵은 시한폭탄과 같아서, 과로나 과음 등 어떤 발화 요인이 있을 때, 급작스럽게 부어오르며 단단해진다. 그렇게 정맥류를 만드는 혈관성 외치핵은 발발하게 되면 엄청난 고통을 가져온다.

한의학에서 말하는 치질의 원인을 살펴보면, 첫 번째 장부의 기력이 약해져서 온다. 두 번째는 음식을 절제하지 못해서 온다. 세 번째, 변비가 있을 때 온다. 네 번째는 오랜 설사를 했을 때 온다. 다섯 번째는 오래 서있거나 앉아 있을 때 온다. 여섯 번째 임신이나 월경 불순이 있을 때 온다. 일곱 번째 과도한 성생활이나 남자의 경우에 지연 사정하거나 사정을 참았을 때 온다. 여덟 번째, 감정이 상하거나 스트레스를 받았을 때 온다. 아홉 번째 유전적 성향이 있을 때 온다고 하였다. 치료의 원칙으로는 혈액 순환을 도와 어혈을 없애고, 대장의 습열을 제거하고, 출혈이 있을 때는 지혈하는 방제를 쓴다. 편방 약재로는 형개, 백지, 국화, 승마, 갈근, 목적, 담죽엽, 황금, 용담, 삼칠, 오매, 괴각 등이 쓰인다. (각 약재는 용법, 용량이 다르므로 전문 한의사와 상담 후 사용 바랍니다.)
대장 항문건강에 도움을 주는 식품으로는 가지, 호박, 부추, 공심채, 깻잎, 시금치, 당근, 미역, 고구마, 죽순, 녹두, 무화과, 대추, 땅콩, 호두, 꿀, 팥, 검정깨, 목이버섯, 복숭아, 사과, 배 등이다.

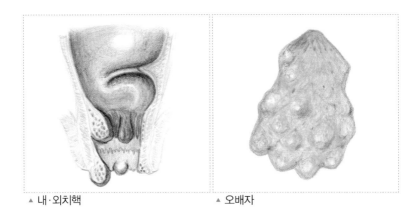

▲ 내·외치핵 　　　　　　　　▲ 오배자

오배자(五倍子)는 옻나무과에 속하는 붉나무의 열매에 벌레가 기생하며 이상 발육한 것으로, 혈변, 탈항, 치핵, 치열 등의 치질 치료에 쓰이고 있다. (주의 습열성 이질, 설사 중인 사람은 복용을 금지한다.)

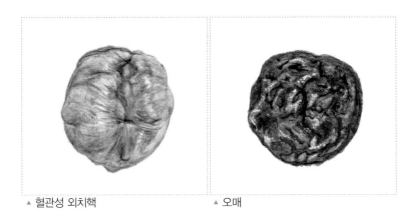

▲ 혈관성 외치핵 　　　　　　　▲ 오매

오매(烏梅)는 오랜 설사에 쓰이는 약재이며, 혈변이나 외치핵, 치루 등에 효과가 있다. 〈신농본초경〉에는 검푸른 외치핵을 치료한다고 기록되어 있다. (**주의** 오매는 수렴작용을 하므로 몸에 열이 있는 사람은 섭취에 주의한다.)

그럼, 누가에게 무엇으로 대접할까?

준비한 것 꿀차, 복숭아, 자두, 추어탕, 비데, 좌욕과 황국화, 도너츠 쿠션, 수영장

- **꿀차**: 꿀은 통증을 가라앉히고 해독하는 효능이 있으며, 장이 건조한 변비에 효과가 있다. (**주의** 욥 이야기에서의 꿀 주의사항 참조.)

- **복숭아, 자두**: 자두는 소화를 돕고 대장 운동을 촉진해서 대변을 배출시킨다. 복숭아는 이에 더하여 치질을 치료한다고 〈장본초〉에 소개되어 있기도 하다.

- **추어탕**: 미꾸라지는 신장과 비장을 튼튼히 하고 습을 제거해 설사를 멎게 하며, 치질을 치료한다.

- **비데**: 마른 휴지는 피부에 상처를 줄 수 있고, 완전히 닦이지 않은 변은 항문을 자극해 항문 질환을 악화시킨다. 따라서 비데를 사용하여 청결을 유지한다. 비데를 사용할 때 주의할 점은, 치핵 주변의 혈관이나 점막을 과도하게 자극하면 좋지 않으므로, 수압은 세지

않게 하고, 따뜻한 온수로 맞춰 놓는다. 그리고 화장실에 오래 앉아 있는 습관은 복압을 올려 치질을 악화시키므로, 화장실에 있는 책이나 잡지는 치우고, 스마트폰은 잠시 놓아 둔다.

• **좌욕과 황국화**: 좌욕은 항문주위 혈행에 도움이 된다. 좌욕시 황색 국화를 10분간 끓인 물을 더해서 좌욕하면 효과가 훨씬 올라간다. 황국화는 청열해독하며 특히, 염증성 외치핵에 효과가 있다. 치질 환자는 하루에 두 번, 아침저녁 15분씩 좌욕한다.

• **도너츠 쿠션**: 도너츠 모양의 쿠션은 항문 주변 치핵에 과도한 압력이 가해지지 않게 완충해 준다. 하지만 쿠션을 사용했을지라도 오래 앉아 있는 것은 혈행에 좋지 않으므로, 자주 일어나서 걷거나 움직여 준다.

• **수영장**: 치질을 악화시키지 않고 할 수 있는 운동 중의 하나가 수영이다. 수영은 장이 아래로 쏠리지 않고 수평으로 누워서 할 수 있는 전신 운동으로, 혈액 순환을 좋게 하고 몸속 노폐물 배출을 돕는 유산소 운동이다. 참고로, 치질 환자가 피해야 할 활동은 등산, 자전거 타기, 서서 역기 들기 등이다. 무거운 배낭을 메고 가파른 산을 오르는 것은 복압을 올리고 치질을 악화시킨다. 서서 무거운 역기를 드는 것도 같은 이치이다. 자전거 타기는 항문과 항문 주변 조직에 과도한 압박이 가해져서 좋지 않다.

"내 아들아 또 이것들로부터 경계를 받으라
많은 책들을 짓는 것은 끝이 없고
많이 공부하는 것은 몸을 피곤하게 하느니라"

(전도서 12:12)

누가는 참 의사다. 그의 '의사 정신'은 공관복음서 가운데 누가 복음서에만 등장하는 '선한 사마리아인'을 보면 알 수 있다. 사도 바울은 그에 대해서 '사랑받는 의사 누가'라고 소개하고 있다.

예나 지금이나 의료인을 가장한 사이비 의술을 하는 사람들이 있다. 또한, 의사이지만 사이비 의료인과 다를 바 없는 의사들도 있다. 환자의 괴로움을 이해하고 그들의 고통을 줄이기 위해 애쓰는 것이 아닌, 환자의 긴박함을 이용하여 그들에게서 무엇인가를 얻어 내고자 하는 마음을 품은 채, 환자와 그 가족들을 대하는 사람들이다. 그 사이비 의료인들의 특징은 자기만이 알고 있는 치료방법이 있으며, 그 비법이 되는 약의 성분이나 재료는 비방이라 하여 알려주지 않고, 그것을 통해 큰 이익을 취하려 한다. 과연 이 세상에 그 사람 혼자만 아는 비방이 있을까. 절박한 환자와 그 가족들을 상대로 금전적 이익을 추구하려는 사람들은 앞으로도 없어지지는 않을 것이다. 의술에 상술이 더해지면, 그 안에 의덕(医德)은 사라지고 눈앞의 이득만 쫓게 된다. 환자가 질병의 아픔 외에 또 다른 마음의 상처를 받지 않도록, 사이비 의료인을 지혜롭게 잘 판별하고 구별하는 것이 필요하겠다. 좋은 의사의 3대 조건은 3H(Head, Hand, Heart) 즉, 뛰어난 판단력, 정교한 손놀림, 따뜻한 가

습이다.

누가가 사랑을 받은 데는 치료를 잘하였던 것에 더하여 환자를 진심으로 대했기 때문일 것이다. 치료를 잘하는 의사에게는 환자들이 붐비며 찾기는 하겠지만, 사랑까지는 하지 않는다. 사랑받는 의사 누가는 치료를 함에도 환자의 입장에서 마음을 헤아려, 고통을 최소한으로 줄이기 위해 애쓰고 고민했을 것이다. 역시나 누가는 정이 많고 배려심이 많았다. 모두가 사도 바울을 떠나 버렸을 때에도 누가는 혼자 끝까지 바울의 곁에 남아 그를 도왔다.(딤후4:10-11)

사랑받는 의사, 사랑받는 교사, 사랑받는 직장상사, 사랑받는 학생, 사랑받는 남편, 사랑받는 아내, 사랑받는 목사, 사랑받는 성도, 나는 과연 사람들에게 사랑을 받고 있는 그 누구인가? 또한, 사랑을 받을 만한 그 누구인가?

**"새 계명을 너희에게 주노니 서로 사랑하라
내가 너희를 사랑한 것같이 너희도 서로 사랑하라"**

(요한복음 13:34)

소리와 소음 사이

"틱틱틱틱!" "틱틱틱틱!"

고등학교를 졸업하자마자, 벼르고 벼러왔던 드럼 학원에 등록했다.

고3 수험생 시절, 독서실에서 상상만 해왔던 밴드의 중심, 그 드럼을 치는 핏줄 선 팔뚝과 페달을 밟아 내리는 성난 허벅지, 땀방울과 함께 튀어 나오는 드럼 비트. "캬."하고 탄성이 절로 나오는, '역시, 악기 중의 악기는 드럼이지…'

상상해 오던 꿈을 이루는 순간이었다. 하지만 상상과는 달리 현실은 무척 무료하고 지루했다. 드럼이 아닌 고무판을 앞에 두고, 그저 두드리기만 할 뿐, 묵언의 수행과도 같은 시간이 하루하루 이어질 뿐이었다. 그렇게 두 달이 흘렀다. 어느 순간부터 나는 이곳에 앉아있는 목적을 잃어버리고, 멍을 때리며 고무판을 때리고 있었다. 그러던 어느 날, 드럼 선생님의 호출이 있었다. 드럼 세트에 앉아 보라는 것이었다. 생각지도 못한 급작스런 신분 상승에 콧구멍이 벌렁거리고 흥분되기 시작했다. "쿵꾸따쿵, 쿵꾸따쿵." 기본 박자만 그저 칠 뿐인데도 드럼 박자가 어찌나 짝짝 달라붙던지, 곧 드럼의 신이 될 것만 같은 느낌이 들었다. 그러나 그 기분도 잠시, 또다시 긴 연단의 시간이 시작되었다. 소림사의 제자가 된 것 마냥, 박자 하나 달랑 던져지고 일주일이 방치되었다. 빨리 진행될 줄로만 알았던 진도는 더디기 그지없었다. 새로운 박자를 치고 싶은 조바심이 곧 울화로 바뀌어 버렸고, 심사가 뒤틀리기 시작했다. '진도를 질질 끄는 건, 수강생을 오래 붙잡아 두고 돈 벌기 위한 시간 끌기' 작전이란 생각이 드는순간, 드럼을 치는 것이 아니라, 드럼을 폭행하기 시작했다. 북이 먼저 찢어질까 심벌이 먼저 뚫어질까 때리다 보니, 소리의 다름을 감지한 드럼 선생님이 연주실로 들어왔다.

"뭔 일 있어요? 불만 있으면 말로 해요"

나도 이미 감정이 상할 대로 상해서, 더는 그를 나의 스승으로 모실 수 없었다. '드럼 학원이 이 세상에 하나밖에 없나…' 그 학원을 박차고 나와 며칠 후, 물어물어 당시 유명했던 헤비메탈그룹 밴드 합주실을 찾아갔다. "후와!" 드럼 때깔부터 달랐다. 한 세트에 천만 원짜리라 했다. "후와!" 드럼 개인 레슨을 받기로 하고 다음 날, 드디어 새 출발을 하려나 싶었는데, 난 모양만 다른 또 다른 고무판 앞에 앉아 있었다. '어라?!, 이게 아닌데…'.

나는 언제나, 과정보다는 빠른 결과를 원했다. 과정은 되도록 빨리 간단하게, 그러나 결과는 뽐낼만하게 화려하기를 원했다. 체력단련에서도 마찬가지였다. 근육을 단련해야겠다는 생각이 갑자기 들었던 그 어느 날, 터미네이터를 상상하며 역기를 무리하게 들어대다가, 열흘 동안 팔을 못 쓰게 된 적도 있었다. 방송에서 뭐가 좋다 하면 삼시 세끼에 먹으며 빠른 결과를 얻으려는 짧았던 생각들. 지금에 와서 깨달은 것은, 스포츠, 악기, 다이어트, 건강, 어느 하나도 올바른 과정 없이 한 번에 뜻하는 바를 이룰 수 없다는 것이다. 과정과 과정이 이어져서 목적하는 곳에 다다를 수 있다는 것을 깨닫고 나서는 조바심도, 탈 나는 것도 조금은 줄어들게 되었다.

밴드 악기 중에는 베이스 기타가 있다. 이 베이스는 낮은 음역대를 연주하는 악기로, 멜로디 악기와 리듬 악기를 모두 어우르며 연주한다. 말 그대로 음악의 베이스, 즉 바탕이 되는 것이다. 이 베이스 기타의 소리는 잘 드러나지는 않지만, 만약 이 소리가 없다면 그 전자밴드 음악은 공중에서 각자의 악기 소리가 중심 없이 떠다니며 날리는 꼴이 된다. 그런데 이 베이스 기타 연주의 핵심은 기교가 아니라 기본이다. 어떤 음들을 얼마나 현란하게 치느냐보다 어느 박자로 언제 쉬어주느냐가 더 중요하다. 정확한 박자에 끊고, 또 정확한 길이로 쉬고 난 후, 다음 음으로 들어가야 베이스의 묘미가 살아난다.

우리가 건강한 삶을 이어가기 위해서는 내달리기만 해서는 안 된다. 마땅히 주어져야 할 쉼이 있어야 우리 몸이 중심을 잡고 제 역할을 해 나갈 수 있다. 음표와 쉼표가 함께 조화를 이루어야 아름다운 음악이 완성되는 것처럼, 적당한 운동과 적절한 휴식은 우리 몸을 불협화음 없이 균형을 이루며, 아름다운 선율로 인생의 노래를 만들어가게 할 것이다.

> **"이미 그의 안식에 들어간 자는 하나님이 자기의 일을 쉬심과 같이 그도 자기의 일을 쉬느니라"**
>
> (히브리서 4:10)

수고하고 무거운 짐진 자들아

야고보 오십견

"최은철 씨, 오늘은 금천구 ○○동 ○○번지로 가세요."

"저 혼자요?"

"거기 가면, 한 사람이 기다리고 있을 겁니다."

군대 영장을 받은 후, 입대를 기다리며 어떠한 계획도, 어떠한 생각도 무의미한 그 시절, 막노동하고 있을 때였다. 새벽에 용역 사무소에서 대기하다가 소장의 지시에 따라 각 현장으로 가는 방식이었다. 오늘은 혼자 가라는 말에, 작업복이 든 가방을 들고 툴레툴레 홀로 나섰다. 도착해서 만난 사람은 정화조 설치 전문가. 오늘 작업은 망가진 플라스틱 정화조, 그러니까 깨진 똥통을 새것으로 바꾸는 작업이었다. 내가 할 일은 그 사람이 설치할 수 있도록, 똥 범벅이 된 정화조를 혼자서 파내는 작업이었다.

'이런 망할 놈의 소장… 내가 나이가 제일 어리고, 어리숙하다고 여기로 보낸 거 아냐?'

깨진 정화조 사이로 똥물, 오줌물이 흘러나와 흙과 함께 똥뻘을 이루고 있었고, 나에게 주어진 것은 달랑 삽 하나뿐이었다. 작업이 시작되었다. 냄새는 얼마 지나지 않아 코에 마비가 와서 더는 느낌이 없었지만, 얼굴로 튀어 흘러내리는 것은 흙물인지 똥물인지, 그 찝찝한 느낌은 끝나기까지 끝난 게 아니었다.

코를 막고 지나가는 사람들의 찡그린 얼굴을 보며, 내 탓이 아님에도 왠지 내 잘못인거 같아 그저 죄송한 마음으로 연신 삽질을 해댔다. 하루가 빨리 지나길 바랄 뿐이었다. 어느덧 해가 뉘엿뉘엿, 종일 팠음에도 결국 다 파내지 못했다.

"저기, 내일 하루 더 나오실 수 있나요? 소장한테는 전화해 놓을 테니, 내일은 여기로 바로 오세요"

"네??"

어리고 어리숙한 나는 거절하지 못했다. 그렇게 나는, 정화조 퇴거 전문가가 되어가고 있었다.

야고보는 어부였다. 거센 파도를 헤치며 노를 저어, 배를 대고 그물을 던졌다. 고기가 가득 담긴 날은 콧노래를 부르며 그물을 끌어 올렸다. 그물이 찢어질 만큼 물고기가 잡히는 날엔, 그의 어깨 근육도 조금씩 찢어져 가고 있었을 것이다. 그러던 그가 가업을 버리고 예수님을 따라 나섰다.

"거기서 더 가시다가 다른 두 형제 곧 세베대의 아들 야고보와 그의 형제 요한이 그의 아버지 세베대와 함께 배에서 그물 깁는 것을 보시고 부르시니 그들이 곧 배와 아버지를 버려 두고 예수를 따르니라" (마태복음 4:21-22)

세상을 다 가질 것 같은, 엄청난 자리에 오를 것 같은 꿈같은 3년을 보냈다. 그러나 모든 것이 허망할 뿐이었다. 메시아라고 믿고 따랐던 예수님은 십자가에서 숨을 거두셨고, 그는 다시 본업으로 돌아가 그물을 걷어 올리고 있었다. 그때, 부활하신 예수님을 만나고 온전한 전도자로서 삶을 시작했다. 바다를 향해 어깨에 그물을 메고 나아가는 것이 아닌, 복음을 들고 세상을 향해 나아갔다.

젊은 시절은 무리한 노동이나 어깨 근육의 과도한 사용에도 혈액 순환도 잘 되고, 작은 손상에도 쉽게 회복된다. 그러나 그렇게 세월이 지나면서, 염증이 왔던 부위나 손상되었던 부분이 수축하면서 굳어져 가고, 유착되어 움직이기가 불편해진다. 그 시기가 오십 세 전후라서 오십견(이하 견주염)이란 별명이 붙었다. 오십견 혹은 동결견이라고도 하는 이 견주염(견관절 주위염, 또는 유착성 관절낭염)이외에도, 어깨에 자주 오는 다른 질환들이 있다. 회전근개 손상(어깨충돌 증후군)과 회전근개 파열 등의 어깨 관절을 둘러 있는 힘줄에 생기는 질환, 그리고 칼슘성분이 힘줄 조직에 이상생착되어 염증을 일으키는 석회화 건염 등이 있다. 각각 발생 부위와 증상의 차이는 있지만, 공통으로 어깨가 '아프다'와 생활이 '불편하다' 이다. 그래서 모두 견주염이라 여기며 지내기도 하는데, 견주염은 시간이 어느 정도(6개월~1년) 지나면 자연적으로 치유되지만, 어떤 사람은 시간이 오래 지나도 잘 낫지 않는다. 그 이유는 단순 견주염이 아니라, 회전근개 질환, 석회화 건염 등이 함께 복합적으로 온 경우이기 때문이다. 견주염을 치료하면서 회전근개 질환, 석회화 건염까지 동시에 개선되지 않는다. 각각의 질환 종류에 따라 치료방법도 달라진다. 치료는 각각 진행된 정도에 따라 생활 속 스트레칭부터 물리치료, 약물, 주사치료, 수술 등등 다양한 방법을 취하고 있다. 그러나 급성기를 지난 이후에는 어깨질환은 공통으로 적당한 운동과 스트레칭이 기본적인 치료방법이 된다.

한의학에서는 견주염을 루견풍(漏肩风), 견응증(肩凝症), 동결견(冻结肩) 등으로 표현하는데, 그 원인은 ① 과로로 인한 손상이 있었거나, ② 간과 신장, 기혈의 허약으로 혈액이 근육과 힘줄을 자양하지 못했거나, ③ 풍, 한, 습 등의 사기(邪气)가 어깨에 들어가 일으킨다고 하였다. 주 치료법으로는 추나, 안마 등의 물리치료와 함께 침구치료, 약물치료 등이 병행되지만, 본인 스스로 하는 어깨 단련법도 중요하다. 치료 원칙은 기혈을 보충하고, 간과 신장을 이롭게 하고, 경락을 따뜻하게 하며, 풍과 습을 제하는 방법을 쓴다. 편방 약재로는 갈근, 백작, 상지, 단삼, 구기자, 모과, 당귀, 방풍, 황기 등이 쓰인다. (각 약재는 용법, 용량이 다르므로 전문 한의사와 상담 후 사용바랍니다.) 식품으로는 토마토, 케일, 샐러리, 아스파라거스, 솔잎, 녹차, 율무, 양배추, 검정콩, 검정깨, 올리브 오일, 견과류 등이 관절 건강에 도움이 된다.

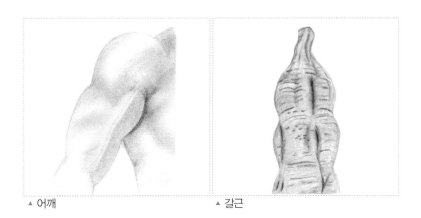

▲ 어깨　　　　　　　　　　　　　　▲ 갈근

　갈근(葛根 칡)은 진액을 생성시키고 뭉친 근육을 풀어 주며, 목디스크, 오십견, 관절염에 효과가 있다. 또한, 체표의 열을 내리고, 갈증을 해소하며 비장의 약함에서 오는 설사에도 효능이 있다. (**주의** ① 몸이 허하고 차가운 사람은 섭취금지. ② 위장이 차고 구토증세가 있는 사람은 섭취에 주의. ③ 간 질환자는 칡즙을 장복할 경우 간에 부담을 가중시키므로 주의한다.)

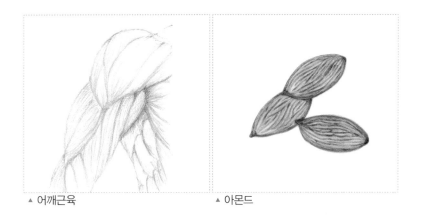

▲ 어깨근육　　　　　　　　　　　　▲ 아몬드

　아몬드는 행인이라고 하는데, 단맛이 나는 첨행인(甜杏仁sweet almond)과 쓴맛이 나는 고행인(苦杏仁bitter almond)으로 나뉜다. 우리가 흔히 먹는 아몬드는 첨행인이며, 고행인은 약간의 청산 독성을 포함하고 있는데, 기침, 천식 등의 약재로 쓰인다. 첨행인은 비타민E, 불포화 지방산, 양질의 단백질과 각종 미네랄을 포함한 건강식품으로, 진액을 생성시키며 소염 작용도 가지고 있다. 하지만 첨행인 역시 고행인에 있는 독성의 1/3 정도를 함유하고 있으므로, 과량(하루 50알 이상)을 섭취하면 안된다.

그럼, 야고보에게 무엇으로 대접할까?
준비한 것 진피차, 깨강정, 갈비찜, 수건, 찜질팩, 두 손

- **진피차:** 귤껍질은 담 결린 곳, 뭉친 곳을 풀어 주고, 비장을 튼튼히 해서 습을 제거하고, 기를 소통시킨다.

- **깨강정:** 깨는 혈을 더하고 진액을 생성시키며 간을 이롭게 한다. 특히 검정깨는 〈신농본초경〉에 기력을 더하고 근육을 자라게 하며, 뇌와 골수를 채운다고 하였다.

- **갈비찜:** 단백질은 몸을 구성하는 필수 영양소이다. 야고보 사도와 함께 할 음식으로 갈비찜을 준비했다. 함께 들어가는 은행, 밤, 대추 등도 근력에 도움을 주는 식품이다. 그러나 너무 기름진 음식은 비장의 기능을 방해해 기혈을 막고 습이 쌓여, 관절 염증 증상이 가중된다. 기름지지 않게 살코기 위주로 해서 갈비찜을 하려 한다.

• <u>수건</u>: 뭉치고 굳은 어깨 관절은 스스로 조금씩 풀어 주는 것이 중요하다. 벽을 이용해 팔을 뻗어 올리거나, 수건을 이용해 스트레칭을 한다.

• <u>찜질팩</u>: 어깨관련 질환들은 밤에 더욱 아프다. 수면 시에는 움직이지 않아서 굳게 되고, 수면 시에는 체온이 떨어져 통증이 가중된다. 그래서 자고 일어나면 아프고 뻣뻣해서 팔을 쓰기가 힘들다. 이때, 온찜질이나 온욕 샤워를 하면 어깨가 풀려 활동하기가 수월해진다. (주의 ① 화상에 주의. ② 이미 회전근개가 파열된 환자는 찜질보다는 정확한 검진이 필요함.)

• <u>두 손</u>: 뭉치고 아픈 어깨를 풀어주는 데는 마사지가 많은 도움이 된다. 야고보를 위해 이 두 손을 준비했다.

🌿

**"수고하고 무거운 짐 진 자들아
다 내게로 오라 내가 너희를 쉬게 하리라"**

(마태복음 11:28)

🌿

예수님을 만나고, 야고보는 세상의 욕심도 냈었다. 예수님께서 유대인의 왕이 되시면 그 후광을 업고 높은 지위를 얻을 것이라 기대도 했었다. 하지만 부활의 예수님을 만나고, 참된 신앙을 가지게 된 그는, 누구보다 열심히 그리스도 예수의 복음을 전파하였고, 열두 제자 중 첫

번째 순교자가 되었다.(행12:2)

어깨를 포함한 우리 인체 골격은 뼈에 힘줄(腱)이 붙고, 그것에 골격
근(筋)이 연결되어 뼈를 움직이고, 그리고 살(肌肉)이 덮여 그 안에 신경
과 혈관이 통과하며 양분과 신호를 전달하고, 뼈와 뼈를 연결하는 관절
부위는 인대(靭帶)와 관절액, 관절낭에 싸여 각종 운동을 할 수있게 한
다. 이 모든 조직의 기본단위는 세포이다. 그리스도인 하나하나는 세포
다. 세포들이 모여 소모임을 이루고, 소모임들이 서로 연합하여 교회를
움직이고 사명을 감당한다. 그런데 세포는 신경세포, 골세포, 근육세포,
혈액세포 등등으로 나뉘지만, 어느 세포가 더 중요하고 덜 중요하다고
나눌 수는 없다. 각각의 역할이 다를 뿐이다. 교회에서 어느 교인이 더
중요하냐, 누가 더 높으냐는 생각 자체가 무의미한 것이다. 세포가 모인
기관들이 제 역할을 하며 서로 조화를 이뤄 갈 때, 머리가 내리는 신호
대로 몸이 별 탈 없이 움직여 갈 것이다.

교회의 머리 되시는 예수그리스도, 그 속의 나. 나의 어깨에는 지금,
무엇을 짊어지고, 누구를 위하여, 어디로 나아가고 있는지, 이 글을 쓰
고 있는 이 밤, 전등 불빛 아래에서 곰곰이 묵상해 본다.

"우리가 살아도 주를 위하여 살고 죽어도 주를 위하여 죽나니
그러므로 사나 죽으나 우리가 주의 것이로다"

(로마서 14:8)

A형 남자

사도 요한 저혈압

"오빠 A형이죠?"

결정하는 시간이 좀 길어졌다고, 내게 들어 온 질문이었다.

"혈액형 말하는 거야? 아니면 성격 말하는 거야?"

"혈액형요"

"A형이긴 한데, 너 내가 소심하다고 말하려고 그러는 거지? 소심한

게 아니고 세심한 거야"

"소심하긴, A형 맞네, 크크크"

그 날, 집에 돌아와 사전에서 '소심'과 '세심'을 찾아 그 차이를 알아보

았다. '소심'은 '대담하지 못하고 조심성이 지나치게 많다' 이고 '세심'은

'작은 일에도 꼼꼼하게 주의를 기울여 빈틈이 없다.' 였다. 이게 무엇인

가, 이것은 같은 것을 어떻게 바라보느냐, 어떻게 표현하느냐의 주관적

시각의 차이만 느껴질 뿐이었다. 마치, 내가 하면 세심한 것이고 남이 하면 소심한 것인, 내가 하면 알뜰한 것이고 남이 하면 인색한 것인, 내가 하면 주장이 뚜렷한 것이고 남이 하면 고집이 쎈 것인, 그런 종류로밖에 느껴지지 않았다. '다음에 다시 만나서 이렇게 쏘아붙이면, 받아치지 못하겠지?' 하고 머릿속에 하나씩 정리를 하고 있었다. 역시 난, 소심했다.

사도 요한은 세심한 남자였다. 섬세했다. 그가 집필한 요한복음과 요한1, 2, 3서, 요한계시록을 보면 잘 나타나 있다. 마태, 마가, 누가는 '오병이어'의 기적을 기록할 때 물고기 두 마리와 떡 다섯 개에 주목하고 기록에 담았지만, 요한은 그것을 내어 놓은 어린아이의 손길도 기억했다.

> "여기 한 아이가 있어 보리떡 다섯 개와 물고기 두 마리를 가지고 있나이다" (요한복음 6:9中)

그의 세심함은 다른 곳에서도 나타난다. 예수님께서 부활하신 후, 물고기를 잡고 있는 제자들에게 나타나셨다. 요한복음에는 그때 베드로가 잡은 물고기가 백쉰세 마리인 것까지도 기록하고 있다. 또한, 요한계시록은 그가 본 계시의 환상들을 마치 카메라가 훑고 내려가듯, 생생하고 세밀하게 묘사해 놓았다.

한의학에서는 비장, 위장, 입과 입술, 사지(四肢), 살(肌肉), 사려와 고민의 감정은 서로 연관되어 있다고 설명한다. 비장은 후천의 근본이라 하여 기와 혈을 만드는 원천이다. 음식을 받아들여 소화, 흡수하고 전신에 공급한다. 또 혈을 감싸 밖으로 빠지지 않게 통솔한다. 그러나 고민, 사려가 지나치면 비장이 상하게 되고 그 기능에 영향을 끼친다. 기혈의 생성이 부족하여 통섭(统摄)기능(혈을 거느리고 감싸는 기능)이 감퇴하고 혈이 부족하게 된다. 결국, 고민을 많이 하는 소심 혹은 세심한 사람이 비장이 약해지고 저혈압이 될 수가 있다.

보통 저혈압의 진단 표준은 혈압이 90/60mmHg 이하일 때로 보고 있다. 저혈압은 몸속에 출혈, 설사, 지나친 땀 등 체액이나 혈액량이 줄어든 경우나 몸속 염증, 감염, 알레르기 등의 요인에 의해서 나타나기도 한다. 혹, 저혈압이 고혈압보다 위험하다고 잘못 인식되기도 하는데, 중환자에서 저혈압으로 인한 쇼크로 많이 사망하기 때문에 생긴 오해이다. 하지만 고혈압이 저혈압보다 훨씬 심각한 증후로 심장, 신장, 뇌에 악영향을 끼친다. 반면에 저혈압은 특별한 증상이 나타나지 않을 경우, 치료 없이 고른 영양과 적절한 운동으로 체력을 증진하며 바로 잡아간다. 그러나 저혈압으로 인한 증상들이 심한 경우, 예를 들면, 어지럼증이나 눈앞이 깜깜해지고, 손발에 힘이 빠지거나 식은땀과 가슴 두근거림이 심할 때는, 혹 다른 원인에 의한 증후는 아닌지 검진을 통해 원인을 찾고 치료를 해야 한다.

한의학에서 저혈압의 원인은 과로, 과도한 고민, 편향된 음식섭취 등이 비장과 심장을 손상해 기허, 혈허가 된 것으로 보고 있다. 기와 혈은 서로 영향을 주고 받는 관계이다. 기는 혈에 의해 생성되고 혈 속에 존재하며, 혈은 기의 추동작용과 통섭작용에 의해 순환한다. 그러므로 저혈압의 치료는 기와 혈을 함께 보충하고 비·위장을 보강하는 것으로 한다. 편방 약재로는 육계, 산수유, 당삼, 산약, 황기, 당귀, 여정자, 백출, 인삼, 녹용, 맥문동, 용안육, 아교, 황정 등이 있다. (각 약재는 용법, 용량이 다르므로 전문 한의사와 상담 후 사용바랍니다.) 식품으로는 포도, 여지, 꿀, 밤, 호두, 고구마, 목이버섯, 표고버섯, 양배추, 연근, 당근, 시금치, 검정콩, 검정쌀, 검정깨, 닭고기, 쇠고기, 돼지고기, 미꾸라지, 장어 등이 도움이 된다.

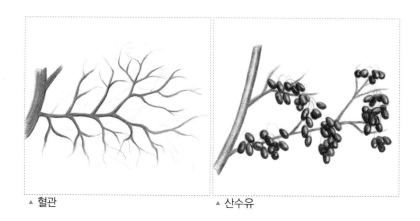

▲ 혈관   ▲ 산수유

　산수유(山茱萸)는 간과 신장의 기능을 돕고 심장을 튼튼히 하여 저혈압을 개선하며, 혈전 생성을 억제한다. 이명, 현훈, 당뇨에도 효과가 있다. 또, 정과 골수를 더하고 음경을 단단히 한다고 알려졌고, 빈뇨, 야간뇨에도 효과가 있다. 탕약으로 할 경우 용량은 5~10g을 사용한다. (주의 몸의 습열로 인하여 소변이 개운치 않거나 배뇨 곤란이 있는 사람은 섭취 주의.)

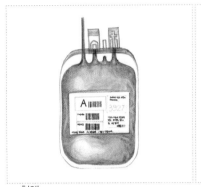

▲ 혈액

▲ 포도즙

포도의 폴리페놀 성분은 혈관 벽을 튼튼히 하고, 기혈을 보충하며 진액을 생성시키고, 골격을 강건하게 한다. (**주의** ① 포도에는 다량의 과당이 함유되어 있어, 당뇨병 환자나 혈당이 높은 사람은 섭취금지. ② 배가 차고 설사를 하는 사람은 포도가 설사를 더 악화시킬 수 있으므로 섭취 시 주의. ③ 고혈압약, 우울증약, 부정맥약들 중의 일부 종류에서 포도즙이 부작용을 일으킬 수 있으므로 약을 먹는 환자는 의사와 상담을 요함.)

그럼, 사도 요한에게 무엇으로 대접할까?

준비한 것 둥굴레차, 건포도 샐러드, 닭갈비, 라선조, 동물원

• **둥굴레차**: 둥굴레(황정, 옥죽)는 기와 음을 생성시키고 비장을 튼튼히 하여 저혈압 치료에 효과가 있다.

• **건포도 샐러드**: 건포도의 장점은 포도가 제철이 아닐 때에도 쉽게 먹을 수 있다는 점이다. 빵이나 샐러드, 요거트에 간편하게 더해서

먹으면 포도의 좋은 효능을 일 년 내내 섭취할 수 있다.

• 닭갈비: 닭갈비는 저혈압 개선에 도움이 되는 식품인 닭고기, 고구마, 양배추 등의 재료들을 골고루 해서 만드는 음식이다.

• 라선조: 라선조(螺旋藻 스피룰리나)는 남조류의 일종으로, 조혈 원료가 되는 비타민과 무기질, 단백질이 풍부하여 '녹색혈액'이라 불린다. 심혈관계 질환, 빈혈, 혈압조절 등의 보조제로 이용되고 있다.

• 동물원: 동물들은 본능에 의해서 살아간다. 동물도 감정이 있긴 하지만, 복잡하지 않다. 사람이 동물처럼 단순하게 살아갈 순 없지만, 다양하고 신기한 동물들을 보면서 잠시나마 복잡한 생각의 고리들을 끊어 낼 수 있다. 그 고리는, 생각을 많이 하면 할수록 비장이 약해지고 약해진 비장 때문에 또 생각이 많아지는, 악순환의 고리다.

"너희는 마음에 근심하지 말라
하나님을 믿으니 또 나를 믿으라"

(요한복음 14:1)

사도 요한은 정이 많았다. 예수님께서 결박되어 끌려가실 때, 베드로는 멀찍이서 눈치를 보며 여차하면 도망할 채비를 했지만, 사도 요한은 예수님을 쫓아 끌려가시는 곳까지 따라 들어갈 정도였다. 십자가 아래에서는, 제자 중에 홀로 예수님의 마지막을 지켰고, 그때 예수님으로부터 어머니를 보살펴 달라는 부탁을 받았다. 그는 '사랑의 사도'로 칭해질 만큼, 요한1서를 보면 온통 '사랑'으로 채워져 있다.

살아간다는 것, 나이가 들어간다는 것은 비움의 과정이다. 노화의 과정은 기와 혈, 진액들이 몸 안에서 서서히 말라가는 과정이다. 생수통의 뚜껑을 열어놓으면 그 물이 위에서 아래로 조금씩 말라가면서 줄어가듯이, 사람도 마찬가지로 위에서부터 아래로 서서히 진액이 말라가며 그 증상들이 표현된다. 머리가 가늘어지면서 빠지게 되고, 귀에서 이명이 들리고, 눈이 침침하면서 뻑뻑해지고, 입과 목구멍이 마르고, 폐가 건조해지면서 마른기침이 나고, 맨 마지막 선천의 근본이라 불리는 신장까지 내려가 음액이 고갈되면 그 생을 다하는 것이다. 인생은 덜어내고 줄어드는 과정인데, 난 그 비워나가는 공간에 욕심으로 채워 넣고, 그 차지 않는 욕심으로 인해 또 필요없는 고민까지 더하여 담아 놓는다.

삶의 과정이 비워지는 과정이다. 그 비워져 가는 곳에 사랑으로 대신 채워 넣어 간다면, 내 생애 마지막 모습은 사랑만으로 가득한 예수님의 모습으로 변해 있을 것이다.

"사랑하는 자들아 우리가 서로 사랑하자
사랑은 하나님께 속한 것이니 사랑하는 자마다
하나님으로부터 나서 하나님을 알고 사랑하지 아니하는 자는
하나님을 알지 못하나니 이는 하나님은 사랑이심이라"

(요한1서 4:7-8)

간 때문이야

베드로 분노 조절 장애

"네, 또 한 명 뽑아 보도록 하겠습니다."

"최은철 어린이~" "최. 은. 철. 어린이. 어디에 있나요?"

전국 아동 미술 대회가 오전 중에 끝났다. 점심 후, 넓디넓은 광장에 전국에서 모여든 아이들이 벌떼처럼 엄청나게 모여 있었다. 어린이들을 위한 2부 행사가 열렸고, 나는 광장 맨 뒤, 소나무 그늘 아래 자리를 잡고 앉아 있었다. 서수남, 하청일 아저씨가 노래를 부르고, 중간중간에 행운권을 추첨했다. 뽑힌 어린이와 간단한 인터뷰를 하고 선물도 주는 순서였다. 두 번째 곡이 끝나고 두 번째 행운권 추첨에서 내 이름이 불렸다.

"부산 반여 국민학교 최은철 어린이~"

"야! 니 이름 부른다 아이가!"

함께 온, 그러나 그 날 처음 본 같은 학교 녀석이 내 명찰을 보며, 자기가 더 흥분해서 소리를 지르며 방방 뛰었다.

"쉿! 조용히 해라마! 나 안나갈끼다!"

"와 그라노, 니 부른다, 퍼뜩 나가라마!"

나는 그 많은 사람 앞에 서서 말하는 것이 너무 창피할 것 같은 직감이 들었다. 도저히 나갈 수가 없었다. 빨리 다음 어린이를 뽑기를 바라며 숨죽이고 있었다.

그런데 그 녀석이 소리를 지르기 시작했다.

"최은철 어린이 여기 이쓰요! 여기 이쓰요!"

하지만 그 큰 광장에서 그 소리가 앞에까지 들릴 리는 없었다.

"우씨! 내가 안나갈끼라고! 말해따 아이가!!" 그 녀석의 얼굴을 주먹으로 날렸다.

푸른 5월, 신나는 서수남, 하청일의 노래가 흘러나오는 광장 한쪽에선, 초등 2학년 두 학생이 엉겨 붙어 먼지 나게 뒹굴고 있었다. 지금에 와서, 내 인생의 한 번이었을 수도 있는 행운을 그렇게 소심하게 날려서 아쉽고, 나에게 갑자기 봉변을 당한 그 친구에게도 미안하다.

예수님의 열두 제자 중에 성격이 불같고 급하다 하여 '우뢰의 아들'이란 별명을 가진 두 제자가 있었다. 요한과 야고보이다. 그러나 이 두 사람도 욱하는 것으로는 베드로에겐 어림도 없다. 베드로는 첫 번째로 부름받은 제자다. 중요한 순간마다 예수님과 함께 했지만, 유독 감정에 치우치고 즉흥적이었다. 충동적으로 바다 위를 걸어가다 소리를 질렀을 때도 있었고, 칼을 빼서 사람의 귀를 잘라 버렸을 때도 있었다. 뒷일은 모두 예수님 몫이었다.

> "이에 시몬 베드로가 칼을 가졌는데 그것을 빼어 대제사장의 종을 쳐서 오른편 귀를 베어버리니 그 종의 이름은 말고라" (요한복음 18:10)

한의학의 관점에서 보면 이런 화는 다 간 때문이다. 〈잡병원류서촉〉이란 책에는 '노를 다스리기 어렵다. 오직 간을 균형 있게 조절하여야 노를 다스릴 수 있다.'라고 기록하고 있다. 분노하고 화내고, 성내는 것은 간에 속한 감정이다. 간이 상하면 쉽게 화를 내고, 또 반대로 화낼 일이 생겨 분노하게 되면 그만큼 간이 손상된다. 여기서 짚고넘어 갈 것은 '화를 참으면 병 된다.'는 말을 '화가 나면 참지 말고, 화를 내버리라.'는 것으로 잘못 해석하면 문제가 된다는 것이다. '화를 내는 것'이 아니라 '화를 풀어야 하는 것'으로 이해해야 한다. 그렇지 않고 화를 내게 되면, 앞에서 설명하였듯이 간 손상이 온다. 간 손상이 가중되면 이후에는 작은 자극에도 쉽게 화를 내게 된다. 결국엔 화를 내는 것이 습관적이 될 만큼 쉽게 화를 내게 된다. 사람이 더욱 공격적으로 바뀌고, 어느 순간 몸 안에 화로 가득 차게 된다. 그렇게 쉽게 화가 나는 모습에 스스로 놀라게 된다. 이것을 우리는 '분노 조절 장애'라 부른다.

오장의 상극관계에 따라, 간의 화는 비장의 기운을 억눌러 비장의 주기능인 운화기능을 떨어뜨리게 된다. 그래서 습이 체내에 몰리고 쉽게 피곤해 하며 무기력해 진다.

"베드로에게 말씀하시되 시몬아 자느냐 네가 한 시간도 깨어 있을 수 없더냐, 마음에는 원이로되 육신이 약하도 다 하시고" (마가복음 14:37-38中)

한의학에서는 간의 특성을 '간의 기와 간의 양은 항상 남아돌고, 간의 음과 간의 혈은 항상 부족하다.'로 설명하였다. 그리하여 상한 간을 치료하는 법으로 간의 화와 열을 내리고, 간의 음과 혈을 보충하고, 간의 기를 소통시키며, 덧붙여 비장의 기를 함께 북돋는 방법을 취하고 있다. 간화, 간염에 쓰이는 편방 약재로는 계지, 하고초, 황금, 용담, 연교, 포공영, 토복령, 생지황, 적작, 자초, 인진, 모과, 치자, 복령, 저령, 지부자, 울금, 강황, 목향, 삼칠, 오매, 구기자, 백출, 소회향 등이 쓰인다. (각 약재는 용법, 용량이 다르므로 전문 한의사와 상담 후 사용 바랍니다.) 간에 좋은 식품으로는 상추, 부추, 배추, 양배추, 시금치, 브로콜리, 목이버섯, 양파, 마늘, 모리화, 깨, 콩, 호두, 메밀, 당근, 연근, 무, 감자, 호박, 오이, 토마토, 귤, 블루베리, 파인애플, 자두, 딸기, 포도, 복숭아, 두부, 생선, 미역, 달걀, 우유 등이다. 그러나 이미 간경화가 진행되어 있다면 단백질 섭취는 주의해야 한다.

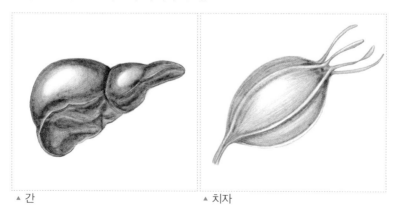

▲ 간　　　　　　　　　　　▲ 치자

치자(梔子)는 간과 담낭의 습열을 제거하고, 황달의 치료에 쓰이고 있다. (주의 차가운 성질의 약재로, 비·위장 기능이 떨어져서 설사하는 사람은 복용금지.)

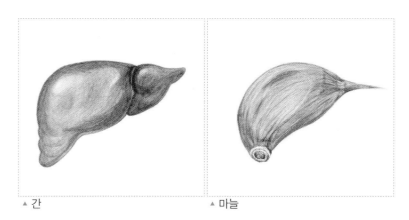

▲ 간   ▲ 마늘

마늘은 해독, 살충, 유행성 전염병 예방의 기능을 가지고 있다. 마늘의 잘 알려진 항염, 항암, 항산화, 항노화의 약리작용 이외에, 간을 보호하는 효능도 가지고 있다. (주의 ① 음이 허하여 몸에 열이 오르는 사람은 섭취에 주의. ② 눈 질환이 있거나 구강 질환이 있는 사람은 섭취 주의. ③ 심혈관 질환 환자가 관련 약물을 복용 중인 경우에는 마늘즙이 약물의 약효를 변화시키므로 주치의와 상의 후 복용해야 한다. 참고 음허증상: 현기증이나 이명이 나타나며, 불면증이나 건망증이 심해지고, 무릎과 허리가 아리며, 초조하여 손과 발에 열이 나며, 입이 마르고 목이 건조해지며, 수면 중에 땀을 흘리며, 매일 같은 시간대에 열이 난다.)

그럼, 베드로에게 무엇으로 대접할까?
준비한 것 모리화차, 국화차, 생강 절편, 오이소박이, 생선 정식, 섬 여행

- **모리화차, 국화차**: 모리화나 국화는 간의 열을 내리고 간을 편하게 한다.

- **생강 절편**: 생강을 차로 우려 마시기 불편할 때는 절편을 만들어 먹는 방법도 간편하다. 생강 절편은 항염, 항균 작용과 함께 간을 보호하고 쓸개를 이롭게 한다. (**주의** 위염 초기나 위궤양 환자는 위에 자극이 되므로 먹지 않는 것이 좋다.)

- **오이소박이**: 한국의 전통 김치 중 하나로, 간에 좋은 부추, 오이, 양파, 마늘, 파 등을 재료로 하여 만든, 맛이 오묘한 별미 음식이다.

- **생선 정식**: 단백질의 섭취는 간세포 재생에 도움을 준다. 육류, 생선, 콩, 두부, 달걀, 우유 등에서 단백질을 얻을 수 있다. 하지만 소금에 절인 생선은 염분이 높으므로 주의한다.

- **섬 여행**: 오장에 속한 각 색깔은 그 장부의 기운을 돋게 하고, 또 항진된 것은 가라 앉히는 항상성에 도움을 준다. 푸른색은 간의 색이다. 파란색, 녹색을 보는 것만으로도 간을 편안하게 하고 마음의 안정을 얻을 수 있다. 우리나라는 삼면이 바다이고, 삼 천여 개의 크고 작은 섬들이 있다. 하늘도 푸르고 바다도 푸르고 나무도 푸른 그곳은 간이 휴식하기에 제격이다. (**참고** 간- 푸른색, 심장- 붉은색, 비장- 노란색, 폐- 흰색, 신장- 검은색)

"어리석은 자는 자기의 노를 다 드러내어도
지혜로운 자는 그것을 억제하느니라"

(잠언 29:11)

베드로는 예수님을 참으로 좋아하고 따랐다. 궁에서 예수님과 영화를 누리며 사는 삶을 꿈꾸었지만, 산속에서 초막을 짓고 살아도 예수님과 함께라면 더 바랄 것이 없겠다고도 생각했다. 그렇게 이생에서의 삶만을 생각하던 베드로는 부활의 주님을 만난 후에는, 죽음 이후의 미래, 저 천국을 바라보는 눈을 가지게 되었다. 나도 잘 알고 있다. 내 안에 산 소망이 있고, 이후에는 저 천국도 예비 되어 있고, 이 땅의 것들은 바람에 날리는 먼지와 같다는 것을. 하지만 썩어 없어질 이 땅의 것들이 너무 매력적이라서, 오늘이고 내일이고 어쨌든 살면서 필요하기에, 천국 생활은 이 생을 마감하고 난 후라서, 그것이 내가 이 땅의 것을 쫓아가며 때론 힘들게, 때론 조바심으로 '내가' 복음서를 성경에 추가하여 내가 좋을 대로 살아가고 있는 이유다. 만약 우선순위가 이생의 것이 아닌 내생의 것으로 바뀔 수만 있다면, 삶에서 오는 바둥거림이 많이 줄어들 것 같기는 하다.

"우리는 그의 약속대로 의가 있는 곳인
새 하늘과 새 땅을 바라보도다"

(베드로후서 3:13)

고맙다 뽕나무야

. . . .

삭개오 성조숙증, 저신장

"자꾸 왜 따라와!"

"내가 뭘 따라가!"

꼭 모양새가 여자 꽁무니를 쫓아가는 남자애로 보였긴 했다. 하지만 내가 갈 길을 기분 나쁘게 그 여자애가 먼저 간 것뿐이었다. 오늘, 6학년 우리 반으로 전학 온 여자애다. 짧은 머리에 눈이 동그랗고 키가 큰, 똘똘하게 보이는 애였다. 어느 골목에서 꺾어 가겠거니 하고 따라가다 보니 그 여자애가 오해하기에 이른 것이다. 곰곰이 생각할수록 부아가 나서, 빠른 걸음으로 휙 하고 그 여자애를 지나쳐 앞서 갔다. '흑흑흑, 이 정도면 자존심은 지킨 거다.' 앞서서 가다 보니 자꾸 뒤가 신경 쓰여 뒤를 힐끔거리며 집으로 갔다. 그런데 현관 입구까지 여자애가 따라오고 있었다. 분명 내가 앞서 갔으니 이젠 그 애가 따라온 거다.

"왜 따라와?"

"내가 뭘 따라가?"

"너 여기 살아?"

"어제 여기 3층으로 이사 왔는데?"

그 날 이후로, 나보다 키가 컸던 그 여자애와 동네를 누비고 다녔다.

삭개오는 키가 작았다. 살아가다가 키가 작아 불편할 때도 있었을 것이다. 하지만 예수님께서 지나가시는 이번만큼은 키가 작아서 불편한 것이 아니라 불행해 질 것 같았다. 그래서 기를 쓰고 뽕나무에 올랐다.

> "예수께서 여리고로 들어 지나가시더라 삭개오라 이름하는 자가 있으니 세리장이요 또한 부자라 저가 예수께서 어떠한 사람인가 하여 보고자 하되 키가 작고 사람이 많아 할 수 없어 앞으로 달려가 보기 위하여 뽕나무에 올라가니 이는 예수께서 그리로 지나가시게 됨이러라"
>
> (누가복음 19:1-4)

키가 큰 것은 내가 잘해서도 아니요, 키가 작은 것은 내가 못나서도 아니다. 그렇기에 키가 크다고 우쭐해 할 것도 없고, 키가 작다고 주눅이 들 것도 없다. 그러나 현실은 그렇지 않다는 것이 문제다. 키가 작은 것보다는 큰 것이 나은 것은 두말할 필요가 없다. 그래서 할 수만 있다면 1센티라도 더 크기를 원한다. 외모를 중요시하는 이 사회에서 작은 키를 크게 만들려는 노력은 어찌 보면 당연하다.

저신장은 선천적 요인과 후천적 요인들 안에서 다양한 원인이 있다. 그 원인 중 하나는 아이러니하게도 성장 과속으로 인한 저신장이다. '성조숙증'이라고 불리는 이 증후는 남들보다 먼저 훌쩍 커 버리지만, 성의 조숙이 빨리 와서 성장도 일찍 멈추게 된다. 결국, 최종적으로는 키가 남들보다 작아진다. 성조숙증은 진성과 가성, 특발성으로 나뉘는데, 대부분은 원인을 모르는 특발성에 속한다. 특발성의 원인으로 추측되는 것은 소아비만과 환경호르몬의 영향이다. 비만이 되면 지방세포에서 성호르몬 분비를 촉진하는 신호물질을 분비해 사춘기가 일찍 시작한다고 알려졌다. 또한, 환경호르몬은 호르몬도 아닌 것이 호르몬 흉내를 내며 몸속에서 내분비계를 교란시키는 물질로서, 식품 첨가물, 집안 곳곳에 있는 화학제품에 존재한다. 성조숙증은 과학의 발전으로 인해 움직이는 활동이 줄어들고, 먹을 것이 넘쳐나는 풍족한 사회에 살면서, 영양과다와 환경호르몬 등에 노출된 현대인의 병이다.

한의학 문헌에는 발육이 느린 증후로 오지(五遲), 오연(五軟)에 대하여 기록되어있다. 이것들은 성장이 더딘 것으로, 성장 발육에 빠른 성조숙증과는 다르다. 오지, 오연은 대부분 허약한 것이 원인이므로 보법을 써서 치료한다. 한의학에서 성조숙증은 '천계(天癸: 현재의 성호르몬)'와 연관된 것으로, 정상 시기보다 앞서 천계가 이르렀다고 보고 있다. 그 원인은 음이 허하여 화가 왕성해진 것(음허화왕 陰虛火旺)과, 간이 울체되어 화가 생긴 것(간울화화 肝郁化火)으로 나누고, 그 치료원칙은 음을 더해 화열을 내리고 간의 막힌 것을 소통시키며, 간화를 없애는 것으로 삼았다.

여기서 뽕나무를 살펴보자. 그 잎은 '상엽'이라 하여 열을 내리고 간을 진정시키는 작용을 하며, 가지는 '상지'라 하여 인체의 진액을 더하며 관절을 부드럽게 한다. 그 열매는 '상심'이라 하여 음과 혈을 더하는데, 특히 간의 음을 보충하는 약재이며, 뿌리의 껍질은 '상백피'라 하여 간의 화를 없애며 고혈압 치료에도 쓰인다. 또 뽕나무에 기생하는 식물을 '상기생'이라 하는데 신장과 간을 돕고 골격을 튼튼히 하는 약재로 이용된다. 이처럼 모두 음, 혈, 진액을 더하여 열을 내리고 각 장부의 기능을 도와 성조숙증의 여러 적응증을 개선하는 방제에 쓰이고 있다. 성장기에 좋은 식품으로는 수곡정미의 정이 되는 곡류, 살코기와 두부, 생선 등의 단백질, 신장과 간에 좋은 채소와 과일류, 미네랄이 풍부한 해산물과 해조류 등등으로, 여러 가지 균형 잡힌 식사가 중요하다. 하지만 성조숙증을 유발하는 음식을 줄이는 것이 더욱 중요하다. 인스턴트 식품(식품첨가물 많음), 튀긴 음식(트랜스 지방 함량 높음), 수입 과일(방부제 등 약품 처리), 제철 과일이 아닌 것(방부제 등의 약품 처리), 과일이나 채소가 지나치게 큰 것(성장촉진제 사용), 지나치게 짙은색의 녹색 채소(질소 비료 과다) 등은 피하는 것이 좋다.

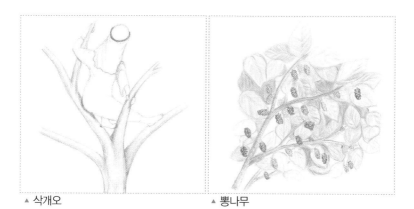

▲ 삭개오　　　　　▲ 뽕나무

뽕나무는 부위에 따라, 상엽, 상지, 상심, 상백피, 상기생 등으로 나뉘어 한 나무에서 여러 다양한 약재로 이용되고 있다.

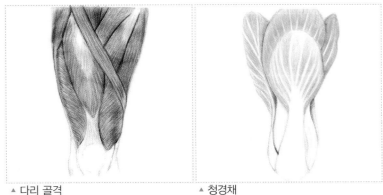

▲ 다리 골격   ▲ 청경채

청경채는 중국에서 널리 먹는 채소로, 칼슘이 풍부해서 성장기의 골격 발육에 도움이 된다고 알려졌다.

그럼, 삭개오에게 무엇으로 대접할까?
준비한 것 보리차, 우유, 전통 한정식, 농구공, 줄넘기, 커튼

- 보리차: 성장기 청소년은 양기가 충만하여 열이 넘친다. 체액, 진액이 부족해지지 않도록 물을 충분히 마신다. 보리차는 몸의 열을 제하고, 비·위장을 튼튼히 한다.

- 우유: 우유는 앞선 내용에서 소개하였듯 '백색 혈액'이라 불릴 만큼 각종 영양소가 풍부하다. 성장기에 필요한 영양분의 보충이 쉽고, 기혈 부족, 영양 불균형에 좋은 식품이다.

- **전통 한정식**: 한국의 전통 식사는 섬유질이 많고 지방이 적은 식단으로, 서구식 식사보다 소아비만과 성조숙증의 위험도를 감소시킬 수 있다. 소시지나 햄 대신 된장국, 나물, 생선 등의 자연식 밥상은 상상만으로도 내 몸이 좋아할 것 같은 기분이 든다.

- **농구공, 줄넘기**: 농구를 했더니 키가 컸다는 사람도 있고, 키 크기 위해 농구를 했다는 사람도 있다. 어찌 됐건, 농구나 줄넘기는 성장판을 자극하는 운동이다. 한쪽으로 편향된 운동이 아닌 전신운동이기 때문에 성장기에 좋은 운동이다. 단, 성장판에 무리가 가지 않도록 과하지 않게 운동한다. 그리고 근육을 키우는 운동보다는 몸이 유연해지도록 스트레칭이 되는 운동이 성장에 더 효과적인데, 체조나 수영, 철봉 매달리기, 단거리 달리기 등이 도움이 된다.

- **커튼**: 멜라토닌은 생체 내 수면 유도 호르몬으로, 2차 성징을 늦추는 기능도 가지고 있다. 멜라토닌 수치가 낮으면 빠른 사춘기의 시작을 가져온다. 이 멜라토닌은 암흑처럼 어두울 때 잘 분비된다. 따라서 야간에도 빛 공해에 시달리는 도시에서는 커튼으로 빛을 완전히 차단하고 숙면을 취하는 것이 성장에 도움이 된다.

"여호와께서 사무엘에게 이르시되 그의 용모와 키를 보지 말라 내가 이미 그를 버렸노라 내가 보는 것은 사람과 같지 아니하니 사람은 외모를 보거니와 나 여호와는 중심을 보느니라 하시더라"

(사무엘상 16:7)

키도 돈으로 해결하려는 세상이 되었다. 많은 재산을 물려 주는 것보다 큰 키를 물려 주는 것이 그 아이의 인생에 더 유익하다고 생각하는 부모들은, 성장 호르몬 치료를 위해 비싼 값을 지불하기도 한다. 자녀의 키를 걱정하는 부모의 그런 애타는 마음보다 더 절실하게, 성장기에 있는 본인들은 더욱 속이 타고 근심할 수밖에 없다. 행여나 성장판이 닫히지는 않았는지, 키를 더 키울 수는 있는 것인지, 그렇다면 얼마나 더 키울 수 있는지, 마음이 온통 그 생각뿐이다. 키 크는 것은 때가 있고 그것을 놓치면 더는 기회가 오지 않기에, 그래서 부모나 자녀 모두 키 성장에 심혈을 기울인다. 하지만 키를 키우려는 노력만큼 그 아이의 자존감을 키워 주는 것도 중요하다. 키 작은 삭개오가 세무과장이 되고 부자가 된 것은 높이 살 만하다. 하지만 더 본받을 것은 그가 창피함을 무릅쓰고 뽕나무에 오른 것이다. 그것은 남이 어떻게 자신을 보든지 본인의 인생을 과감히 헤쳐나가려는 자신감이 있었기에 가능했다. 그리하여 그는 예수님을 만났고, 그로 인해 본인은 물론 그의 가족들도 복음을 받고 구원에 이를 수 있었다. 내 주변에도 키는 작지만, 주변을 밝게 하고 긍정 에너지를 나눠 주는 친구들이 있다. 주위 사람들은 그의 작은 키 안에 더 큰 것이 있다는 걸 알게 되고, 작은 키는 그를 작아보이게 만들지 않았다.

예전 해부학 시간에 내 앞에 놓인 뼈들을 보았다. 그때 느꼈던 것은 다리가 길든 짧든 그저 한 뼘 차이일 뿐이고, 이처럼 생명이 끝난 후에는 다리의 길고 짧음은 아무런 의미가 없다는 것이었다. 긴 다리로 살았든, 조금 덜 긴 다리로 살았든 이 땅의 삶이 끝이 오는 것은 하나님께서 정하신 것이다. 그 깨달음으로 키 성장에 버금가게 신앙의 성장도 또한 간절히 바래야 함을 알았지만, 그저 단발적 깨달음에 그쳤다. 더 이상 키를 키울 수 없는 나이가 된 지금, 신앙은 여전히 자라날 수 있지만, 신앙을 키우려는 노력은 또 여전히 이루어지지 않고 있다. 육아 일기는 아이가 깡충깡충 뛰어다니고 띄엄띄엄 말하기 전까지만 쓰인다. 아이는 키가 자라고 생각이 늘어나면서 스스로 그림일기도 그리고 해나가야 할 것들을 하나씩 배워 나간다. 나의 신앙의 육아 일기는 언제 마칠 수 있을까? 언제까지 다 자라지 못한 젖먹이처럼 옹알거리며 아장거리기만 할 것인가? 스스로 만들어가는 신앙의 다이어리를 가져야 할 때가 이미 지났는데도 말이다.

"때가 오래 되었으므로 너희가 마땅히 선생이 되었을 터인데
너희가 다시 하나님의 말씀의 초보에 대하여
누구에게서 가르침을 받아야 할 처지이니
단단한 음식은 못 먹고 젖이나 먹어야 할 자가 되었도다
이는 젖을 먹는 자마다 어린 아이니
의의 말씀을 경험하지 못한 자요

(히브리서 5:12-13)

똑같아 보여도 똑같은 게 아니야

"치사한 놈, 내가 아니꼽고 더러워서 안 만진다"

기분이 언짢았다. 학교 끝나고 뚝방길로 해서 집으로 터벅터벅 걷고 있었다. 다 그 녀석 때문이다. 학교에는 반마다 공부를 잘 하든, 말을 잘 듣든, 혹은 집이 좀 잘 살든, 선생님이 예뻐하는 아이가 한 명씩은 있기 마련이다. 우리 반에도 있다. 그 녀석은 돈있는 집 자제라고 확신하고 있다. 학교 행사가 있는 날이면 우리 반 아이들에게 빵이며 노트, 연필을 돌리곤 했다. 5월 환경미화 심사가 다가오고 있었다. 4학년 우리 반 교실에도 단장이 한창이었다. 그 녀석이 어떤 멋진 물건을 가지고 와서 우리 반 교실을 밝혀 줄지 기대하고 있었다. 그런데 오늘 그 녀석이 조그마한 화분 하나를 들고 왔을 뿐이었다. 고작 그거라는 실망도 잠시, 그 화분의 식물은 움직이는 살아 있는 생명체였다. 모든 식물이 살아 있긴 하지만, 사람이 잎을 만지면 싹하고 잎을 닫아 버리는 여간 신통방통한 물건이 아니었다. 내 눈에도 그랬지만 모든 반 아이들도 그게 그렇게 신기했던지, 쉬는 시간만 되면 너나 할 것 없이 초롱초롱한 눈망울로 화분 둘레에 모여들었다. 왁자지껄 돌아가며 그 잎을 건드리기 바빴다. 그러다가 그 녀석이 폭탄선언을 했다. 그 나무가 힘들 수도 있으니 자기가 만지라고 허락하는 사람만 만지라는 것이었다.

'이런... 난 아직 건드려 보지도 못 했는데…'

오후 수업이 끝나고 쉬는 시간에, 그 녀석에게 살며시 다가가 자존심을 무릅쓰고 입을 열었다.

"나 한 번만 만져 봐도 돼?"

"안 돼."

굴욕스럽게 한 번에 거절 당했다. '하, 안 된단다.' 집으로 돌아 오는 이 뚝방길, 오후 내내 분하고 자존심이 상했다. 돌멩이를 걸어차며 씩씩거리며 걷고 있는데, 내 눈을 의심할 만한 놀라운 광경이 눈앞에 펼쳐졌다. 그 화분의 신통방통한 식물과 똑같이 생긴 것이 뚝방길 버드나무 옆 귀퉁이에 풀과 섞여 자라고 있었다.

'이 귀한 것이 여기 이렇게 있어도 되나?'

누가 볼세라, 천종 산삼을 캐는 심정으로 조심스레 파냈다. 옆에 굴러다니는 과자 봉지를 주워서 거기에 옮겨 담았다. 이때까지 이 식물이 전혀 미동도 하지 않는것이 이상했지만, 얘도 갑자기 놀라고 당황스러워서 그럴 것으로 생각했다. 돌멩이를 걸어차며 걷던 내가 어느덧 휘파람을 불며 집으로 돌아오고 있었다. 나중에 학교에 들고 가서 그 녀석 보란 듯이 교실 창가에 놓을 생각을 하니 웃음이 절로 났다. 다시 종이컵에 조심스레 옮겨 담아 창틀에 올려놓았다. 햇빛이 부족할까, 물이 모자랄까, 애지중지 보살폈다. 하루가 지나고, 이틀이 지나고, 이 식물이파리를 아무리 만지고, 때리고, 타일러 보아도, 잎을 오므릴 기미조차

안보였다. 삼일 째 되던 날, 그 조그만 식물은 난데없이 끌려와서 그렇게 어느 낯선 집 창가에서 죽음을 맞이했다.

보기에는 같아 보여도 다른 것들이 있다. 약초처럼 보여도 독초일 수도 있고, 식용버섯처럼 보여도 독버섯일 수 있다. 똑같이 보여서 산나물인 줄 알고 먹었다가 큰 곤욕을 치르기도 한다. 같은 십자가를 세워 둔 교회이지만, 끝이 완전히 다른 이단 집단일 수도 있다. 한 교회 안에서도 똑같은 교인으로 보이지만, 양일 수도 있고 염소일 수도 있다. 예수님께서 그 날에 판단하실 것이다.

"주인이 이르되 가만 두라
가라지를 뽑다가 곡식까지 뽑을까 염려하노라
둘 다 추수 때까지 함께 자라게 두라
추수 때에 내가 추수꾼들에게 말하기를
가라지는 먼저 거두어 불사르게 단으로 묶고
곡식은 모아 내 곳간에 넣으라 하리라"

(마태복음 13:29-30)

병보다 더 큰 고통, 따돌림

혈루증 여인 자궁 근종

"은철아, 약국 가가지고 맨쓰할 때 배 아픈 약 달라케라."

어머니의 얼굴이 무척 안 좋아 보였다. 통증으로 많이 앓으시며 말씀하셨다. 초등학교 5학년, 수업이 끝난 이른 오후, 집으로 들어섰다. 방에서 어머니는 배를 움켜 잡으신 채 내가 오기까지 기다려셨나보다.

"무슨 약이라고요?"

"맨쓰할 때 배 아픈 약."

"맹쓰?"

"아니, 메엔쓰, 멘쓰라 카면 안다."

"메엔쓰으?"

약국이 있는 길 건너 저 너머의 시장까지, 이 처음 듣는 단어를 잊으면 큰일 난다는 생각에, 계속 되뇌며 걸었다. '멘쓰.' '멘쓰.' '멘쓰.'

하나님께서 남자에게 노동의 수고를 더하신 것처럼, 여자에게는 아이를 낳는 고통을 주셨다. 하지만 여자는 해산의 고통에 더하여 매달, 월경의 수고도 따른다. 폐경이 오기 전까지 여자는 매월 한 번씩 피의 유출이 있다. 매달 찾아오는 이 월경은 번거롭지만, 그러나 적당히 고생시키고 가주면 고마운 손님이다.

하나님의 율법에 피는 생명이 되는 정결한 것이지만, 몸 밖으로 유출되면 부정한 것으로 여겨졌다. 그래서 출혈이 있으면 몹시 까다로운 규율을 따라야만 했다. 피를 흘리는 본인은 물론이거니와 그를 만진 사람도 부정하게 되고, 심지어 그 사람이 누웠던 자리, 앉았던 자리도 부정한 것이라 여겨졌다. 그래서 정해진 규칙에 따라 부정을 털어내는 절차를 따라야 했다. 상황이 이렇다 보니 자궁 출혈이 있는 여인은 죄인아닌 죄인이 되어 사람들을 피할 수밖에 없었다. 이 혈루증 여인은 병을 고치려는 간절한 마음으로 의사란 의사는 다 찾아다니며 재산을 쏟아붓고 온갖 고생을 했지만, 허사였다. 그렇게 보낸 세월이 12년이나 되었고, 병은 나아 가기는커녕 더 심해져 가기만 했다.

> "열두해를 혈루증으로 앓아 온 한 여자가 있어 많은 의사에게 많은 괴로움을 받았고 가진 것도 다 허비하였으되 아무 효험이 없고 도리어 더 중하여졌던 차에"
>
> (마가복음 5:25-26)

이 긴 세월 동안 이 여인에게 고통을 준 자궁 출혈의 원인은 무엇이었을까?

자궁 출혈은 기능성 자궁 출혈과 기질성 자궁 출혈로 나뉜다. 기능성 자궁 출혈은 자궁 질환 없이, 스트레스나 환경의 변화, 호르몬 이상 등으로 출혈이 발생하는 것이며, 기질성 자궁 출혈은 자궁의 원인 질환, 즉 자궁 근종이나 자궁선근증, 암, 자궁 내막염 등으로 인해 출혈이 일어나는 것이다.

한의학에서는 '붕루'라는 부인과 질환이 있다. '붕'과 '루'의 증상을 합쳐 지칭하는 것으로, 출혈이 갑자기 급하게 쏟아지는 것을 '붕'이라 하고, 질 출혈이 조금씩, 지속해서 보이는 것을 '루'라 한다. 이 붕루는 무배란성 기능성 자궁 출혈에 속한다.

혈루증 여인은 기능성 자궁 출혈이 아닌 기질성 자궁 출혈로 보여진다. 비기능성 양성 종양의 하나인 자궁 근종으로 보이며, 근종의 위치는 자궁 경부 쪽에 생긴 근종일 가능성이 높다. 일반적 자궁 근종은 생리량의 증가, 종괴감, 약간의 생리통이 발생한다. 그중, 자궁경부 근종의 특징은 지속해서 출혈이 일어나며, 생리통이 심하다는 것이다. 혈루증 여인이 자궁 출혈은 참고 견딜 수도 있고, 숨길 수도 있었겠지만, 생리통은 그녀가 왜 그토록 많은 의원을 찾아 헤매야 했으며, 증상이 더 중하게 되었다는 데서 극심한 생리통을 당했음을 알 수 있다. 그러하던 때에, 이 여인은 그곳을 지나시는 예수님의 옷자락을 만지고 나서 혈루 근원이 말라 병이 나았다고 묘사하고 있다. 이 '혈루의 근원'이 자궁 근종이라 보아도 무리는 없을 것이다.

"예수의 소문을 듣고 무리 가운데 끼어 뒤로 와서 그의
옷에 손을 대니, 이에 그의 혈루 근원이 곧 마르매 병이
나은 줄을 몸에 깨달으니라" (마가복음 5:27, 29)

한의학에서 자궁 근종은 석가(石瘕)라 하여, 그 원인은 간, 비장, 신장
의 기능이 떨어져 기의 운행이 지체되고, 혈이 막혀서 습열이 아래로 몰
리고 엉겨서 생긴다고 하였다. 그리하여 자궁 근종의 치료법으로 자궁
을 따뜻하게 하고 기를 운행해 혈의 뭉친 곳을 풀어 주는 방법을 사용
한다. 반면, 기능성 자궁 출혈인 '붕루'의 원인을 살펴 보면 ① 혈열(血
热), ② 습열(湿热), ③ 기울(气郁), ④ 혈어(血瘀), ⑤ 비허(脾虚), ⑥ 신양허(肾
阳虚), ⑦ 신음허(肾阴虚)인데, 이것들을 현대의학에서 바라보는 원인인 ①
비만, ② 생활환경 변화, ③ 스트레스, ④ 피로, ⑤ 영양 불균형, ⑥ 호
르몬 이상, ⑦ 폐경 전후와 일 대 일로 맞추어 보면 일맥상통함을 볼 수
있다. 한의학에서의 붕루의 치료원칙으로는 먼저 출혈을 멈추게 하고,
그 다음 출혈의 원인을 찾아 바로잡고, 끝으로 그 원인이 다시 발생하
지 않도록 근본을 견실하게 다지는 방법을 취한다. 부인과 질환에 쓰이
는 편방 약재로는 계지, 형개, 시호, 승마, 황금, 황련, 생지황, 잠사, 상
기생, 녹용, 당삼, 우슬, 천궁, 오매, 석류피, 산수유 등이 있다. (각 약재
는 용법, 용량이 다르므로 전문 한의사와 상담 후 사용 바랍니다.) 자궁을 튼
튼히 하는 식품으로는 쑥, 냉이, 양배추, 시금치, 브로콜리, 부추, 버섯,
미역, 다시마, 배추, 미나리, 상추, 오디, 감귤, 목이버섯, 아보카도, 대
추, 인삼, 호두, 연근, 단호박, 콩, 달걀 그리고 닭고기 등의 살코기, 미
꾸라지 등을 포함한 생선류 등이다.

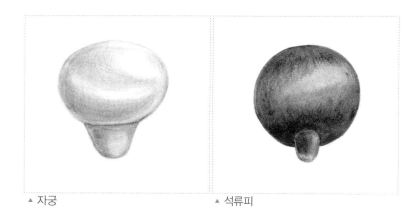

▲ 자궁   ▲ 석류피

석류피(石榴皮)는 출혈을 멈추게 하고, 붕루를 치료한다. 〈본초강목〉에는 탈항, 하혈, 대하(과도한 냉) 치료에 효능이 있다고 기록하고 있다.

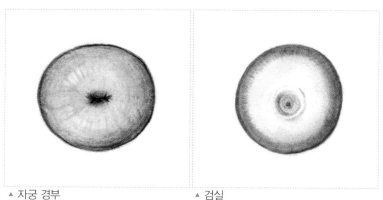

▲ 자궁 경부   ▲ 검실

검실(芡實 가시연밥)은 신장과 비장을 튼튼히 하며, 허증과 실증에 상관없이 모든 대하에 사용되는 약재이다. (**참고** 냉은 정상적인 생리현상의 질 분비물이다. 그러나 감염이나 호르몬 변화, 자궁경부나 질에 염증이 있으면 냉이 많아지는 대하증을 일으킨다. 염증을 일으키는 원인은 다양하므로 정확한 진단하에 원인치료를 받는 것이 좋다.)

그럼, 혈루증 여인에게 무엇으로 대접할까?

준비한 것 쑥차, 연근차, 과일 채소 샐러드, 쇠고기 미역국, 영화관

- **쑥차**: 쑥은 부인과의 여러 질병에 이용되는 약재로 출혈, 월경불순, 생리통, 태동불안 등에 쓰인다.

- **연근차**: 연근은 지혈작용을 함과 동시에 어혈을 발생시키지 않기 때문에, 토혈, 각혈, 뇨혈, 하혈, 붕루 등 각종 출혈증에 이용된다. 잦은 코피를 흘릴 때 연근을 차로 해서 마시면 효과가 있다는 임상연구 결과도 있다. 말린 연근을 마른 프라이팬에 노릇하게 볶은 다음, 차로 끓이면 된다.

- **과일 채소 샐러드**: 고지방 음식, 가공식품 등은 자궁수축을 지나치게 유발해 생리통을 가중시킨다. 신선한 과일과 채소를 하루에 기본적으로 한 접시씩을 먹으면 몸을 가볍게 유지할 수 있다.

- **쇠고기 미역국**: 만성 출혈은 기혈의 부족을 가져온다. 미역은 기혈의 보충에 도움이 되는데, 영양 결핍성 빈혈에 좋은 식품이다. 쇠고기 또한 기혈을 더하고 비·위장을 자양해서 지친 체력을 보강한다.

- **영화관**: ① 스트레스는 ② 기의 정체를 가져오고, 기가 정체되면 ③ 체액이 뭉쳐 ④ 담을 형성하여 ⑤ 기혈 순환장애가 생긴다. 기혈 순환장애는 ⑥ 어혈을 적체시키고, 곧 ⑦ 자궁근종 같은 덩어리가 생

긴다. ①번의 스트레스를 안 받고 살 수만 있으면 최고로 좋지만, 삶에서 스트레스는 뗄 수 없다. 이미 받은 스트레스는 ②번인 기가 정체되는 과정에서 더 진행되지 않도록, 막힌 기를 풀어주면 된다. 푸는 방법은 운동이나 예술, 종교활동 등등 자신이 가장 행복하게 시간을 보낼 수 있는 것을 하면 된다. 이 분께는 영화를 준비했다. 액션, 코미디, 로맨스 등등, 어떤 장르를 좋아하실지 모르니, 영화관에 가서 그분이 보고 싶어 하는 것을 보면 되겠다. 영화 한편이 얼마만큼의 스트레스를 풀어줄 수 있을지는 모르나, 함께 식사하고, 영화를 보고, 차를 마시는 일련의 과정을 통해 경감되기를 기대한다.

"예수께서 돌이켜 그를 보시며 이르시되 딸아 안심하라
네 믿음이 너를 구원하였다 하시니
여자가 그 즉시 구원을 받으니라"

(마태복음 9:22)

그녀는 지난 오랜 세월의 고통과 한을 풀었다. 더 이상 저주의 여인도 아니고, 멍든 가슴으로 살지 않아도 된다. 하지만, 그녀가 의학적 치료에만 만족하고, 오랜 고질병이 치유된 것에만 기뻐한다면 무슨 큰 의미가 있을까? 당장은 치유된 몸과 고통 없이 사는 삶이 행복하기는 하겠지만, 잠시 혹은 얼마간일 뿐, 영원한 것은 아니다. 그녀가 예수님을 스치기만이라도 간절히 원했던 이유는 역시나 병이 낫고자 하는 절박한 마음 때문이었다. 하지만 예수님께 의지한 그녀가 받게 된 것은 병 치유는 물론이거니와, 영원한 생명이었다. 예수님께서 이 땅에 오신 이유는 질병과 죽음으로부터 고통당하는 인류의 최종 '구원'을 이루시는 데 있다. 다행히도 우리가 구원을 받는 데는 조건이 없다. 만약, 천국가기 위해서 입장권을 사야만 한다면, 우리는 일생을 다 바쳐서라도 그 돈을 마련하려 앞뒤 안 가리고 매달릴 것이다. 만약, 대학 입학처럼 시험을 치뤄야 들어갈 수 있다면, 몇 수를 해야 합격할 수 있을까? 만약, 천국 시민을 외모로 뽑는다면, 나는 원서 접수 조차도 안된다. 천국을 가는 데 필요한 것은 돈도 지식도 경력도 외모도 아니고, 새 아파트를 분양받기 위해 갖춰야 하는 청약 조건도 없다. 그저 마음으로 믿고 입으로 시인만 하면 되는 것을, 이처럼 쉬운 것을 놓치면 통곡은 누구의 몫인가.

나 또한 그 여인처럼, 오늘도 예수님의 옷자락을 붙잡고 있다. 때론 나의 병이 낫고자, 때론 다른 이의 병을 낫게 하는 은사를 구하고자 매달리기도 한다. 그 이유가 무엇이든 간에, 예수님의 옷자락을 꼭쥐고 있는 이 손을 놓지 않는 한, 행여 구한 것을 얻지 못했다고 할지라도, 그가 약속하신 구원에 이르리란 것을 확신한다.

> "아들을 낳으리니 이름을 예수라 하라 이는 그가
> 자기 백성을 그들의 죄에서 구원할 자이심이라 하니라"
>
> (마태복음 1:21)

오해와 진실
· · · · · · · · · · · · · ·
마르다 고혈압

"넌 어느 나라 사람이야?"

중국 유학 시절, 처음 만나는 외국인들은 나에게 이 질문을 해 왔다. 으레 묻는 상투적인 질문이거나, 한국, 중국, 일본 중에서 잘 분간이 되질 않아 물어 오는 것이라 여겼다. 질문하는 이 외국인에게 어떻게 생각하고 있는지 궁금하기도 해서 되물어 보았다.

"어느 나라 사람인지 맞춰봐."

"태국?"

"아니."

"말레이시아?"

"아니야!"

"아하, 그럼, 인도네시아?"

빗나가도 계속 너무 빗나가기에 혈압이 올라서 처음 본 외국인에 버럭
했다.

"한국 사람처럼 안보여?"

"그렇게 안 보이는데?"

그 외국인은 보이는 대로 느끼는 대로 말한 것뿐 아무 잘못이 없었지
만, 나로서는 한국 사람이 한국 사람처럼 안 보인다는 것은 속상한 일
이었다. 외국에 나가면 각자 한 사람, 한 사람 한국을 대표한다는 생각
으로 행동하라는 말을 하기도 하는데, 나는 한국 사람처럼 안보이니 일
단 그런 부담에서 편하긴 하다. 그래도 난 여태껏 한국의 이미지를 실
추시키지 않기 위해 노력을 해왔다. 혹, 외국에서 경우에 어긋난 행동
을 했구나 느끼고 '아차' 싶을 땐, 큰 소리로 일본어나 중국어를 쓴다.
이것이 내가 애국하는 방법이다.

마르다와 마리아는 자매 사이다. 예수님께서 방문하셨던 날, 둘 다 열
심을 냈다. 언니 마르다는 상차림 준비에 열심이었고, 동생 마리아는 예
수님 말씀 듣기에 열심이었다. 형 만한 아우 없다고, 누가 보아도 동생
마리아가 밉상이다. 조금만 함께 거들어 주면 금방 준비가 끝나고 대접
해 드릴 수 있는데, 전혀 도와줄 기색도 없고 예수님 옆에 앉아있기만
하는 동생이 못마땅했다. 자기 혼자 바동거리며 준비하는 것이 버럭 화
가 났지만 삭히고 참고 하기를 여러번, 오르는 혈압에 더이상 두고 볼
수 없어 예수님께 고했다. 동생에게 직접 얘기하기 보다는 예수님께서
나의 수고를 알아 주시길 바라는 마음도 조금 있었기에 예수님께 말씀
드렸을 것이란 생각도 든다.

"그에게 마리아라 하는 동생이 있어 주의 발치에 앉아 그의 말씀을 듣더니 마르다는 준비하는 일이 많아 마음이 분주한지라 예수께 나아가 이르되 주여 내동생이 나 혼자 일하게 두는 것을 생각하지 아니하시나이까 그를 명하사 나를 도와 주라 하소서" (누가복음 10:39-40)

키워봐야 소용없는 것이 하나 있는데 그것은 바로 '혈압'이다. 고혈압은 원인을 모르는 본태성 고혈압과 원인 질환에 의해 발생하는 속발성 고혈압, 그리고 임신성 고혈압 등이 있다. 고혈압 환자의 대부분은 원인을 모르는 본태성 고혈압이 많다. 추측되는 원인으로는 음주, 흡연, 가족력, 짜게 먹는 식습관, 과체중, 혈관의 노화, 스트레스 등이다. 성격적으로 예민하거나, 혼자 끙끙 속 끓이다가 한 번에 쏟아 내고는 또 후회하는, 주변 사람들의 평가나 시선에 신경을 많이 쓰는 사람에서 혈압이 높은 경우가 많은데, 아마도 스트레스를 잘 받는 성격 때문이라 추측된다.

고혈압은 특별한 증세가 없어 조기 발견이 어렵고, 우연한 기회에 고혈압인 것을 알게 되어도 생활에 특별한 불편이 없어 소홀히 생각하는 경향이 많다. 그렇게 키워버린 고혈압의 결과는 심각하다. 온몸에 걸쳐 악영향을 가져오는데, 뇌출혈부터 뇌경색, 심부전, 협심증, 심근경색, 신부전, 단백뇨, 치매, 동맥류, 대동맥 박리 등등 대부분 생명을 위협하는 중증 질환들이다.

한의학에서의 고혈압의 원인은 간과 신장의 음이 허하여(간신음허 肝腎

阴虚), 담습이 각 통로 흐름을 방해하여(담습조락 痰湿阻络), 기가 허하고 피가 정체되어서(기허혈어 气虚血瘀) 오게 된다고 하였다. 치료는 그 원인을 치료하는 것을 원칙으로 하는데, 혈압을 내리는 편방 약재로는 갈근, 노근, 하고초, 황금, 황련, 목단피, 지골피, 방기, 상기생, 차전자, 산사, 대계, 상백피, 두충, 숙지황, 하수오 등이 있다. (각 약재는 용법, 용량이 다르므로 전문 한의사와 상담 후 사용바랍니다.) 칼륨섭취는 나트륨을 체외로 배출하기 때문에 고혈압 개선에 도움이 된다. 칼륨이 풍부한 식품으로는 김, 다시마, 미나리, 가지, 아욱, 시금치, 근대, 표고버섯, 애호박, 양파, 현미, 대두, 메밀, 토마토, 곶감, 배, 바나나, 참외, 복숭아, 수박, 키위, 포도, 자두, 옥수수수염, 둥굴레 등이다. 그러나, 당뇨, 고혈압 등으로 인한 만성 신부전 환자는 신장기능이 떨어져 칼륨이나 인 등의 배출이 원활하지 않고, 그로 인해 혈액에 칼륨의 농도가 올라가는 고칼륨혈증이 와서 부정맥이나 심장마비까지도 일으킬 수 있으므로 섭취를 제한한다.

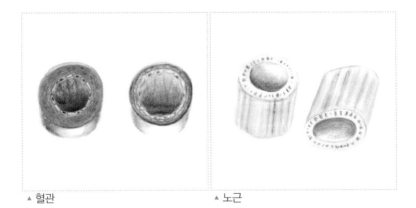

▲ 혈관　　　　　　　　　　▲ 노근

노근(芦根)은 달고 차가운 성질로, 화를 제거하고 열을 내리는 약재이

다. 진액을 생성해 갈증을 멈추게 하고, 혈압과 혈당을 낮춘다. (주의
비·위장이 약하고 찬 사람은 복용금지.)

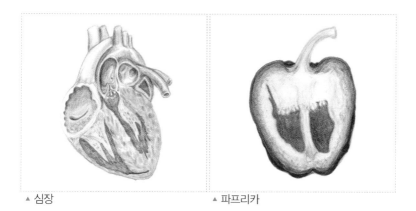

▲ 심장   ▲ 파프리카

파프리카는 비타민C와 비타민A가 풍부하여 항산화 작용이 뛰어나며
동맥경화를 예방한다.

그럼, 마르다에게 무엇으로 대접할까?
준비한 것 둥굴레차, 키위, 양파즙, 빈대떡, 메밀국수, 소구조, 혈압계,

　　　　체중계, 펜션

• 둥굴레차: 둥굴레(황정, 옥죽)는 혈관의 노화를 억제해 저혈압은 물론
　　고혈압, 관상동맥 질환과 고지혈, 고혈당 치료에도 효과가 있다.

• 키위: 키위의 효능은 잘 알려져 있는데, 그 중 하나는 혈압을 내리
　　는 것이다. 칼륨이 풍부하여 나트륨의 배출을 돕고, 비타민C가 풍
　　부하여 혈관 건강에 도움을 준다. 키위에 들어있는 미후도감(獼猴桃

鹼 액티니딘) 성분은 단백질의 소화를 돕는데, 이는 장을 편하게 하고 진정작용을 하여 잠을 잘 자도록 도와준다.

• **양파즙**: 양파의 곡피소(槲皮素 퀘르세틴) 성분은 혈류 개선에 효과가 있어서 혈압을 내린다. 그러나 즙은 즙일 뿐, 약물이 아니므로 보조제로 섭취하고 치료제로 생각하면 안된다. (**주의** ① 심혈관 질환 환자가 그와 관련된 약물을 복용 중인 경우, 양파즙이 약물의 약효를 변화시키므로 주치의와 상의 후 복용해야 한다. ② 신장 질환 환자는 칼륨 함량이 높은 즙 종류를 섭취하면 고칼륨혈증으로 쇼크를 발생할 수 있으므로 주의한다.)

• **빈대떡**: 빈대떡은 이름부터 궁금증을 자아낸다. 떡도 아닌데 떡이란 이름에다가, 빈대가 무슨 의미인지 모르겠다. 귀'빈'을 '대'접할 때 내놓는 것이라서 빈대라고 한 것은 아닌 듯 하다. 이름이야 어찌 됐건 그 재료들은 녹두가루, 숙주나물, 김치 등등이고 녹두가루와 숙주나물은 동맥경화 예방 효능이 있으니, 귀빈에게 대접한다고 해도 손색이 없다. (**참고** 빈대떡이나 비빔밥에 들어가는 고사리는 옛 문헌에서 독성을 말하고 있다. <식료본초>의 저자 맹선(孟诜 당대621年－公元713年)은 고사리는 다리에 힘이 빠지게 하고 정력을 감퇴시키며, 많이 섭취할 경우 머리카락이 빠지고 눈이 어두워진다고 하였다. 현대연구에서는 물에 끓이면 생고사리의 독성이 감소하므로, 조리하기 전에 먼저 데치고 물에 담가 두었다가 사용할 것을 주의시키고 있다.)

- **메밀국수**: 메밀은 달고 차가운 성질로, 위와 장에 적체된 것을 내려 주고, 혈압 강하의 효과도 가지고 있다.

- **소구조**: 소구조(小球藻)는 녹조류의 일종으로 원어명은 '클로렐라'이다. 알려진 효능으로는 혈압과 혈중 지질을 내리며, 간 해독 작용과 독소 배출 기능을 돕는다. 또한, 각종 비타민과 무기질을 함유하고 있기 때문에 철분 결핍성 빈혈을 개선할 목적으로 이용되기도 한다.

- **혈압계**: 고혈압 환자의 절반 이상이 자신이 고혈압인지 느끼지 못할 만큼 증상이 없는 경우가 대부분이므로, 정기적인 혈압체크가 중요하다. 수은 혈압계로 측정하면 정확하기는 하지만, 그에 따른 지식과 기술이 추가로 필요하다. 일반 가정용 혈압계를 사용하여도 무방하다.

- **체중계**: 적정 체중을 유지하는 것이 혈압 관리를 위해 중요하다. 체중을 몇 킬로만 줄여도 혈압이 떨어지는 것을 볼 수 있다. 규칙적인 운동으로 체중관리를 하면서, 콜레스테롤, 지방, 설탕류 섭취를 줄이고 과일, 채소, 잡곡, 생선류나 살코기 등을 섭취하고, 싱겁게 먹는 습관을 지닌다.

- **펜션**: 도시와 떨어진 숲 속 펜션을 예약했다. 도시는 각종 공해로 둘러싸여 있는데, 그중 하나는 소음공해이다. 하루쯤은 인공의 소음, 기계 소리에서 벗어나 풀벌레 소리, 새소리, 바람 소리, 나뭇잎

소리를 들으며 마음의 스트레스를 덜어내는 것도 좋을 듯하다.

🍃

**"아무 것도 염려하지 말고 다만 모든 일에 기도와 간구로
너희 구할 것을 감사함으로 하나님께 아뢰라
그리하면 모든 지각에 뛰어난 하나님의 평강이
그리스도 예수 안에서 너희 마음과 생각을 지키시리라"**

(빌립보서 4:6-7)

🍃

마르다가 준비하는 일에 열중하였다고 하여, 예수님의 말씀 듣는것에 관심이 없었다거나 뒷전이었다고는 할 수 없을 것이다. 누군가는 해야 할 일을 마르다의 성격상 자신이 했을 뿐이다. 또한, 예수님께서도 "마리아가 더 좋은 것을 택하였다."라고 말씀하셨을 뿐, 마르다가 틀렸다거나, 누가 옳고 그르다고 나누어 판단하지 않으셨다.

'미운 오리 새끼' 이야기는 새끼 오리들 틈에 끼어 놀림당하고 고통당하는 새끼 오리가 나중에 알고 보니 새끼 백조였고, 모든 오리가 부러워하는 백조가 된다는 이야기이다. 이 이야기는 자신이 새끼 오리와 같은 상황이라 느끼는 독자에게 어떤 마음을 심어줄까? 백조가 될 수 있다는 희망과 함께, 어쩌면 실현 불가능한 환상을 가져 현실을 부정하게 할지도 모른다. 지금은 내가 어찌어찌 하다 여기 끼여서 못나 보이고 대접을 못 받고 있지만, 곧 백조가 되어 모든 사람의 부러운 시선을 받는 날이 올 것이고, 그때 한번 두고 보자 하는 삐뚤어진 마음을 갖게 할

수도 있다. 오늘, 교인들이나 목회자들이나 개척교회들이나 큰 교회들 누군가는 백조를 꿈꿀지도 모른다. 또, 이미 백조가 되었지만, 백조들 가운데서 이젠 공작새가 되려고 부단히 애쓸지도 모른다. 내가 찬양인 도를 했을 때 수많은 사람이 은혜로 손을 들고, 내가 설교를 할 때 온 성도들이 감동 감명하고, 우리 교회가 날로 부흥하여 끝이 보이지 않는 주차장을 가지는, 이 환상은 하나님의 영광이라고 포장해 놓은, 그러나 사람들에게 보이고 싶은 나의 영광은 아닐까.

나는 교회 일들을 하며, 선교 일을 하며 내가 드러나길 원했다. 나의 수고를 남들이 알아 주길 원했다. 알아주지 않을 땐 서운한 마음을 감출 수가 없었다. 한참이 지나고 지금에 와서야 남들이 알아 주는 것, 남들의 시선과 평가, 그런 것들이 무슨 소용이며 무슨 필요가 있는지. 교회 일을 도대체 누구에게 보이려고 했었단 말인가. 백조가 되어 상을 못 받느니 차라리 오리가 되어 복을 받으련다.

"사람에게 보이려고 그들 앞에서
너희 의를 행하지 않도록 주의하라
그리하지 아니하면 하늘에 계신 너희 아버지께
상을 받지 못하느니라"

(마태복음 6:1)

꿈이야 생시야

· · · · · · · · · · · · · ·

유두고 수면 장애

"축하드립니다. 안녕히 가십시오!"

내무반 침상 끝에 모든 중대원이 정렬해 있었다. 나는 부대원들과 간단한 인사말로 차례차례 악수하며 부대 마지막 밤을 보내고 있었다.

"고생하셨습니다. 축하드립니다."

한 후임병이 악수하는 손에 몰래 뭔가를 쥐어주었다. 은으로 된 인식표와 군번줄이었다. 그 당시 만원도 안되는 이등병 월급으로 몇 달을 모아 산 듯했다.

"고맙다… 남은 기간 잘 있다가 제대해라."

마지막 사람과의 악수가 끝날 때는 '모포말이'라는 부대 전통이 있다. 전통이라기보다는 폐습이다. 모포를 제대 병장에 씌우면, 부대원들이 무작위로 밟고 때리는 것이다. 한마디로 그동안 당한 것에 대한 화풀이, 분풀이하는 것으로, 대물림되어 내려온 악습이었다. 오늘은 그것을 하지 않기로 서로 얘기를 끝냈다고 했다. 고마운 생각도 들고 '살았구나' 하고 안심도 되었다. 더군다나 세 녀석이 눈물을 흘리고 있었다. 군 생활을 나쁘게 한 것 같진 않았다. 내무반 침상 매트리스에서, 군대에서의 마지막 밤이 깊어 간다. 내일이면 집으로 돌아 갈 수 있다는 것이 꿈만 같다. 2년 전 훈련소 입소 첫날, 민머리를 하고 호루라기 소리에 발맞춰 걸어가던, 그 어리둥절하고 낯설었던 기억, 한 시간 앞조차도 예상이 안 되던 그 막막했던 시간, 논산 훈련소의 첫날밤은 하얗고 하얬다. 수많은 청춘이 한숨으로 밤새웠을 그 훈련소 내무반 침상위에, 이젠 내 차례가 되어 누워 있었다. 빛바랜 낡은 천정을 바라보며 빌고 또 빌었다. '시간은 눈 깜박하면 지나간다.' 했는데, 이 눈을 감았다가 떴을 때 시간이 한참 지나 있기를, 아니 훈련소만이라도 끝나 있기를, 바라고 또 바라며 그렇게 눈을 감고 뜨기를 몇 번을 했던지, 부질없고 말도 안 된다는 걸 알면서도 눈을 감고 또 뜨고, 주위를 살펴보면 여전히 낯선 내무반, 그리고 낡은 천장 아래 누워있는 나. 입대 첫날밤은 그렇게 뜬눈으로 새우고 있었다. 28개월이 지난 오늘 마지막 밤, 난 또 뜬눈으로 밤을 새고 있다. 한 녀석이 살며시 다가와 까만 봉지 하나를 내밀었다. 아까 주지 못했다며, 전기면도기였다.

유두고는 말씀을 사모했다. 신실한 청년이었다. 일을 마친 후 바울의 설교를 듣기 위해 강당을 찾았지만, 이미 사람들로 가득 차 있었다. 2층에도 마찬가지였고, 3층의 자리도 비집고 앉을 자리가 없이 꽉 차 있었다. 결국, 하는 수 없이 3층 창틀에 걸터앉았다가 일이 터지고 만 것이다.

> "유두고라 하는 청년이 창에 걸터 앉아 있다가 깊이 졸더니 바울이 강론하기를 더 오래 하매 졸음을 이기지 못하여 삼 층에서 떨어지거늘 일으켜보니 죽었는지라"
>
> (사도행전 20:9)

사실, 바울은 언변이 좋지 않아서 설교가 지루했다. 더군다나 강당을 찾은 사람들은 일을 마치고 와서 말씀을 듣는 중이었기에, 한밤중까지 이어지는 긴 설교는 졸음을 참기에 여간 힘든 게 아니었을 것이다.

> "그들의 말이 그의 편지들은 무게가 있고 힘이 있으나 그가 몸으로 대할 때는 약하고 그 말도 시원하지 않다 하니"
>
> (고린도후서 10:10)

사람은 하루 1/3시간을 수면으로 보낸다. 수면시간을 줄이면 더 많은 시간을 활동하며 하루가 더 길어지고 알차질 것 같지만 그렇지 않다. 오히려 나머지 2/3의 시간마저 영향을 받을 수 있다. 잠을 잔다는 것은 단순히 누워서 쉬는 것 그 이상의 의미가 있다. 자는 시간은 우리 몸 안에서 회복이 이루어지는 시간이다. 밤중에 침대에서 내가 잠을 청할 때, 집밖 여러 곳에서는 여전히 도시정비, 도로보수, 청소작업 등이 이루어지고, 병원, 경찰서, 소방서, 군부대 등도 깨어서 안전을 책임진다.

마찬가지로 침대 안 우리 몸속 상황도 똑같은 작업이 이루어지고 있다. 낮동안 손상된 세포를 점검, 보수하고 망가진 세포는 회수하여 청소, 소각한다. 각 장부를 흐르는 경락이 천천히 순환하며, 하루 동안 가동한 5장 6부의 소진된 기력을 회복하고 충전시킨다. 이때 수면 시간이 충분하지 못하거나, 수면의 질이 좋지 못하면, 몸의 회복 작업이 마무리 되지 못한 채 아침을 맞이하게 된다. 잠을 잤음에도 몸이 무겁고 힘든 이유다. 이렇게 안 좋은 수면상태가 여러 날 반복되면 만성 피로에 빠지고 몸은 쇠약해져 간다.

> "그러므로 여호와께서 그의 사랑하시는 자에게는 잠을 주시는도다" (시 127:2中)

수면 장애는 밤에 잠을 이루지 못하거나, 낮 동안 맑은 정신을 유지하지 못하는 것으로 곧, 정상적인 수면리듬이 깨진 상태를 말한다. 행여 밤 시간에 가지는 수면시간이 길다고 할지라도 수면의 질에 따라 낮동안의 각성이 결정된다. 잠을 충분히 자도 수면의 질이 좋지 못하면 낮동안 맑은 정신을 유지하기 어렵다. 수면의 질을 떨어뜨리는 한 요인으로 수면 중 호흡이 원활하지 않은 것이 있다. 코골이가 심한 사람은 세상모르고 깊게 잘 자는 것으로 보이지만, 사실은 잘 자지 못한 것이다. 코를 곤다는 것은 기도가 원활히 소통되지 않아서 살이 떨리면서 나오는 소리다. 산소가 부족한 상태가 되고, 부족한 산소로 인해 심장은 수면 중에도 박동수가 증가하고 부담이 가중된다. 따라서 '수면 무호흡증' 이라 불리는 코골이는 심혈관, 뇌혈관 질환의 위험성을 증가시키는데,

주로 과체중인 사람들에게서 많이 나타난다. 수면의 질을 떨어뜨리는 또 다른 요인으로는 도파민 분비 이상이나 철분결핍, 스트레스 등에서 오는 것으로 추측되는 '하지 불안 증후군'이 있다. 다리를 가만히 놓아 두면 견딜 수 없는 느낌 때문에, 움직이거나 주무르거나 뒤척여야 불편한 감각이 없어진다. 그래서 온전히 잠을 청할 수가 없어서 수면의 질을 떨어뜨리게 된다. 이처럼 수면 무호흡증이나 하지 불안 증후군, 그 외 만성 소화불량, 빈혈, 갱년기 장애, 약물남용, 죽상 동맥경화, 관절염이나 비염 등은 이차적 원인이 불면증을 일으키는 속발성 실면(续发性失眠. 2차성 불면증)이다. 그 원인을 알 수 없는 원발성 실면(原发性失眠.1차성 불면증)도 무수히 많은 사람이 겪고 있다.

한의학에서 불면증의 원인은 폭음 또는 폭식으로 인해 습이 정체되고 위장이 편안하지 않을 때, 스트레스나 억울한 마음이 있을 때, 노동이 과했을 때, 혹은 오랜 병으로 체력이 허약해졌을 때 등으로 보았다. 또한, 불면증은 심장과 기타 장기(간, 비장, 신장)와의 불화, 그리고 음양 조화가 깨진 것이 불면증과 유관함을 주목하고, 그 원인을 살펴 불면증 치료를 하였다. 불면증에 쓰이는 편방 약재로는 황련, 고삼, 복령, 죽려, 산조인, 송자인, 원지, 자오가, 영지, 당귀, 석창포, 용안육, 맥문동, 오미자, 연자 등이 있다. (각 약재는 용법, 용량이 다르므로 전문 한의사와 상담 후 사용 바랍니다.) 불면증에 도움이 되는 식품으로는 우유, 깨, 호두, 땅콩, 감자, 양배추, 파, 연근, 밀, 은이버섯, 상추, 바나나, 사과, 키위, 굴, 장어, 메추리알 등이다.

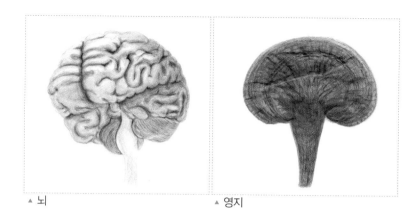

▲ 뇌   ▲ 영지

영지(灵芝)버섯은 심장의 혈을 보충하며, 심신을 안정시켜 불면증에 쓰이는 약재이다. 그 외, 심계항진이나 기침, 가래에도 효과가 있으며, 몸이 쇠약해졌을 때 이용한다. (**복용방법:** 영지는 쓴맛이지만 그 특유의 향이 있다. 잘게 잘라서 약한 불에 2시간 정도 끓인 다음 그 물에 꿀을 더하여 마시는 방법이 있다. 다른 방법으로는 닭고기나 오리고기, 돼지 족발, 사골 등에 영지 (10~20g) 와 기타 대추, 인삼, 구기자 등을 넣고 끓여 탕을 먹는다.)

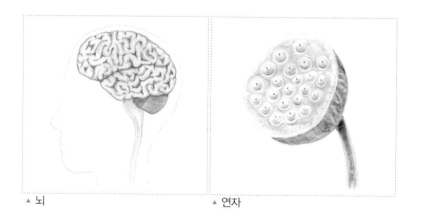

▲ 뇌   ▲ 연자

멜라토닌은 뇌의 송과선에서 분비되는 호르몬으로, 생체리듬을 조절하여 수면을 유발하고 수면리듬을 유지해준다. 연자(蓮子)는 불면증과 가슴 두근거림에 쓰이는 약재이다. 심장과 신장을 튼튼히 하고 두 장기의 균형을 맞춰서 심신을 편안히 한다. (**참고** 연방(연자가 들어있는 송이)은 붕루와 혈뇨, 치질로 인한 출혈에 쓰이는 약재이다.)

그럼, 유두고에게 무엇으로 대접할까?

준비한 것 과실초, 우유, 바나나, 호두과자, 수제비 만둣국, 축제, 라벤더, 발밑 쿠션

• **과실초**: 과일을 이용해 만든 발효식품이다. 마시는 식초는 어혈을 풀어주고 혈을 돌리며, 정장작용으로 속을 편하게 하고, 피로를 회복시켜 숙면을 돕는다. 시중에 판매되는 것은 단맛을 위해 당도 함량이 높으므로 혈당 관리에 주의해야 한다.

• **우유**: 간식으로 우유와 호두과자를 준비했다. 우유에는 멜라토닌 원료가 되는 트립토판이 풍부하다.

• **바나나**: 바나나에도 역시 우유에 들어있는 트립토판 성분을 함유하여 숙면에 도움을 준다. 그리고 바나나 속의 마그네슘, 칼륨 등의 미네랄 성분은 근육의 긴장을 풀어 편안한 잠을 유도한다.

• **호두과자**: 호두는 피곤을 풀어주고 간을 보호하며, 뇌세포를 자양

한다.

- **수제비 만둣국**: 수제비의 밀과 만두 속의 돼지고기, 양파, 파, 버섯, 양배추 등은 모두 불면증에 도움이 되는 식품이다.

- **축제**: 대한민국은 지역별로 또는, 계절별로 축제가 풍성히 열리는데, 음악, 예술, 지역 먹거리, 문화 축제 등 다양하다. 낮에 하는 가벼운 활동은 멜라토닌의 생성을 도와 밤의 수면을 유도한다.

- **라벤더**: 라벤더는 허브의 한 종류로 그 향기는 숙면에 도움을 준다. 코로 맡은 향기는 후각신경을 통해 대뇌 변연계로 전달되고 심신을 안정시킨다. 따라서 잠을 잘 자도록 방안에 라벤더를 놓아두면 좋다. 침실에 라벤더 화분을 놓기가 여의치 않을 때는 향주머니를 만들어 걸어 놓아도 된다. (**참고** 허브에는 여러가지 종류가 있는데 로즈마리나 페파민트의 향은 각성작용이 있어서 집중력을 높이는 효능이 있기 때문에 침실에 놓기보다는 거실이나 서재에 놓는 것이 좋다.)

- **발밑 쿠션**: 수면 시 발밑에 쿠션을 놓아 다리의 높이를 약간 올려주면 혈액순환을 도와서 숙면에 도움을 준다.

"내가 평안히 눕고 자기도 하리니
나를 안전히 살게 하시는 이는 오직 여호와이시니이다"

(시편 4:8)

청년 유두고가 바울의 설교시간에 졸다가 그렇게 떨어져 죽고 그게 끝이었다면, 오늘날 많은 목사님이 설교 말씀을 듣는 바른 자세를 강조하면서, 반협박용 예화로 두고두고 유두고를 사용했을 것이다. 다행히 바울은 예수님께서 주신 능력으로 그 청년을 다시 살렸고, 그로 인해 모든 성도가 위로를 받았다고 하였다. 위로를 받았다는 의미는 내가 믿고 있는 복음이 '참'임을 다시 한 번 깨닫고 새 '힘'을 얻었다는 뜻일 것이다. '더 큰 확신'을 가져 더 큰 핍박에도 견딜 수 있는 용기가 생겼다는 의미가 아닐까.

한때, 확신이 필요한 일이 있어서 백일 밤을 꼬박 기도하며 징표를 구한 적이 있었다. 그 징표는 유성이었다. 기도를 마치고 고개를 드는 순간, 그 밤하늘에 별똥별 하나만 떨어진다면 하나님께서 그 일을 허락해 주신다는 것으로 판단하겠다는 내용이었다. 백일 밤 동안 흔하다면 흔한 그 별똥별은 한 번도 떨어지지 않았고, 난 그 일을 포기하고 지금 잘 살아가고 있다. 표적을 구하고 확신하려 했던 것은 어느 소망에 대한 염원이었을 뿐, 예수그리스도에 대한 믿음 자체의 근본문제는 아니었다. 그러나 여기 또 다른 청년 디고데모는 믿음의 문제로 심각하게 고민에 빠졌다. 불안하고 다급했다. 하루라도 빨리 확신을 얻고자 했다. 그러지 않고서야 야심한 한밤중에 예수님을 찾는 걸음을 하지 않았을 것이다. 그는 예수님의 소문과 행적을 보니 메시아인 것 같은데, 그것에 대한 확신을 얻고 싶었다. 만일 따르지 않았는데 그가 메시아라면, 혹은 예수님을 따랐는데 만일 메시아가 아니라면… 차라리 속 시원히 예수님은 무어라 말씀하시는지 직접 듣고 싶었다. 그러나 예수님께서는 자신이 메시아라는 확답 대신, 사람이 거듭나야 하나님의 나라를 볼 수 있다는 말씀을 하셨다. 그것은 예수님이 메시아라 한들 사람이 거듭나지 않고서야 어찌 그 사실을 믿을 수 있겠느냐는 말씀이었다. 3년이란 시간 동안 함께 한 제자 조차도 부활의 주님을 믿지 못해 손가락을 넣어봐야 믿겠다고 한 것을 보면 잘 알 수 있다. 예수님께서 하신 말씀대로 보지 않고 믿는 자는 복된 사람이다. 우리는 거듭난 사람이고 복된 사람이다.

유두고 일화는 졸다가 떨어져 죽은 어처구니없는 사건이 아니라, 우리가 믿는 믿음이 미련하지도, 무모한 신앙도 아니라는 것을 보여주는, 죽음까지도 이기시는 예수님이란 걸 유두고를 통해 다시 한 번 확신하게 하는, 은혜의 현장이었다.

> "몸은 죽여도 영혼은 능히 죽이지 못하는 자들을
> 두려워하지 말고 오직 몸과 영혼을 능히 지옥에
> 멸하실 수 있는 이를 두려워하라"
>
> (마태복음 10:28)

물을 주었으되
· · · · · · · · · · · · · ·
아볼로 하지 정맥류

"슥슥슥슥."

"아버지 다리 아프세요?"

쇼파에서 조그만 나무토막으로 종아리와 허벅지를 문지르고 계셨다. 욥이 깨진 기와장으로 피부를 긁고 있던 모습만큼이나 애처롭게 느껴졌다.

"어떻게 불편하세요?"

"자꾸 땡기고 아프네…"

"어디 좀 볼게요."

허벅지 바깥쪽 통증은 좌골신경통 때문인지 의심되어, 언제부터 아프셨는지 여쭤 보았다. 그 옛날 60년대, 아버지께서 군복무하던 당시, 교회 간다는 이유로, 술 안 마신 다는 이유로, 못된 선임에게 엎드려 뻗쳐

한 채로 허벅지를 걷어차였다고 하셨다. 그 군홧발이 이토록 오랜 시간 아버지 허벅지에 병소로 남아 통증을 일으켰던 모양이다. 그 시절 군대에서는 신앙을 가지고, 신념을 지키는 것도 용기가 필요했던 때였나 보다. 아무튼, 허벅지는 그러했지만, 종아리는 살펴보니 하지 정맥류였다. 3, 4단계에 접어든 듯, 혈관이 튀어나오고 발에는 혈색소도 침착되어 있었다. 침을 놔드린다고 될 문제가 아니었다.

정맥류는 정맥 혈관 벽이 얇아지고 약해져서 혈관이 굽어지거나 늘어나서 혈액 순환 장애를 일으키는 것이다. 치질의 치핵도 정맥류의 일종이며, 위장의 밑부분, 식도벽, 고환 등의 곳곳에서 정맥류가 생기게 되는데, 가장 많이 발생하는 부위가 다리, 즉 하지의 정맥이다. 하지 정맥류의 원인은 유전적으로 혈관 벽이 약하거나, 오래 서서 일하는 직업을 가지고 있거나, 임신, 과체중 등으로 하지 정맥 내 압력이 올라가거나, 꽉 끼는 옷, 하이힐, 다리를 꼬고 앉는 습관 등으로 혈행이 순조롭지 못하여 발생하게 된다.

아볼로는 학자였으며, 예수 그리스도의 말씀을 가르치는 교사였다. 말솜씨가 뛰어났고, 가진 지식도 풍부해서 그를 따르는 사람들도 많았다.

> "알렉산드리아에서 난 아볼로라 하는 유대인이 에베소에 이르니 이 사람은 언변이 좋고 성경에 능통한 자라 그가 일찍이 주의 도를 배워 열심으로 예수에 관한 것을 자세히 말하며" (사도행전 18:24-25中)

오랜 시간 서 있는 것은 관절과 혈관에 부담을 줄 뿐만 아니라 근육도 약화된다. 이 지구는 엄청난 중력을 가지고 지구 중심으로 모든 것을 끌어당기고 있다. 다리의 혈액이 그 엄청난 중력의 힘을 거스르고 심장까지 올라가려면 혈관과 근육의 역할이 필요하다. 혈관이 수축과 이완을 하는 데 필요한 탄력을 가지고, 풍부한 근육이 혈관의 수축 이완을 돕고, 그에 더하여 정맥의 판막이 적절히 혈류의 역류를 제어해 줌으로 혈액이 심장까지 다다른다. 하지만 움직이지 않은 채 오래 서 있는 직업은 근육이 약해지고, 혈류 속도가 느려지면서 그로 인해 혈관 벽의 압력은 높아지고, 혈관이 늘어나거나 옆으로 굴곡이 일어난다. 그곳에 피가 정체되고 고이면서 정맥류가 발생하는 것이다. 따라서 하지 정맥류는 근육량이 적은 사람이 많이 발생하는데, 여자가 남자보다 많고, 압력을 많이 받는 과체중인 사람이 정상체중의 사람보다 발생빈도가 높다. 〈황제내경 소문〉에는 '상공치미병 불치기병(上工治未病 不治已病)'이라 하였는데, '뛰어난 의사는 병난 것을 치료하지 않고 병나기 전에 막는다.'는 뜻이다. 우리 모두 스스로 훌륭한 의사가 되어 하지 정맥류를 예방할 수 있다.

하지 정맥류의 첫 번째 예방법으로는 다리 근육을 보강하는 것이다. 그러나 서서 역기를 들거나, 선 채로 복압이 들어가는 근력 운동을 하면 하지 혈행을 방해하기 때문에 오히려 좋지 않으니 주의한다. 걷기나 달리기, 자전거 타기 등의 운동으로 다리 근력을 키우는 것으로 충분하다. 두 번째는 혈관 벽을 노화시키고 혈액의 질을 떨어뜨리는 흡연과 음주는 하지 않는다. 세 번째는 복부비만은 복압을 상승시키고 혈관에 스트레스를 주므로 적정 체중을 유지한다. 네 번째, 장시간 서 있는 일을 하는 사람은 짬짬이 발목을 돌리거나 발목 올리기 등으로 다리 근육을 수축, 이완시켜준다. 이는 혈액 순환을 도와 하지 정맥류의 발생 요인을 감소시킨다. 다섯 번째로 꽉 끼는 옷이나 하이힐 대신 편안한 옷과 신발을 착용한다. 여섯 번째로는 쉬는 시간에 앉거나 누워 있을 때, 보조의자나 쿠션을 이용하여 다리를 올려놓는다. 이는 다리 혈관에 가해지는 하중을 줄이고 정맥혈의 순환을 돕는 작용을 한다. 마지막 일곱 번째로 반신욕을 한다. 반신욕은 혈액 순환을 좋게 하여 정맥류를 예방한다. 하지만 이미 하지 정맥류가 있는 사람은 혈관이 더 늘어나거나 증상을 악화시킬 수 있으므로, 횟수를 줄이거나 시간을 10분 내외로 단축한다.

한의학에서 보는 정맥류의 원인은 혈관 벽을 약하게 타고났거나, 혈관의 노화 혹은 기혈 운행이 순조롭지 못해 어혈이 생겨 혈맥을 막는 것이라 하였다. 그리하여 '어혈불거 신혈불생(瘀血不去 新血不生 엉긴 피를 제거하지 않으면 새 피가 안 만들어진다.)'을 치료원칙으로 하여, 어혈을 없애고 새로운 혈을 만들고 기혈순환을 돕는 방제를 쓴다. 편방 약재로는 백지, 국화, 승마, 갈근, 황금, 용담, 삼칠, 오매 등이 있다. (각 약재는 용법, 용량이 다르므로 전문 한의사와 상담 후 사용 바랍니다.) 족욕 시에 어혈을 풀고 기혈순환을 돕는 약재를 족욕 물에 넣어 주면 좋은데, 대황, 산초, 생강, 홍화, 매괴화 등이 있다. 식품으로는 토마토, 양파, 마늘종, 죽순, 체리, 메밀, 단호박, 파프리카, 과일류, 해조류 등이 혈액순환과 혈관건강에 도움을 준다.

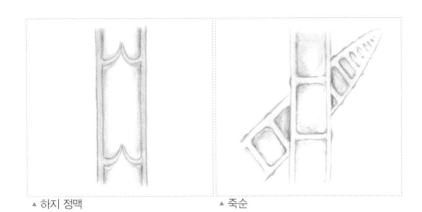

▲ 하지 정맥   ▲ 죽순

　죽순은 달고 차가운 성질의 식품으로, 기를 보충하고 열을 내리며, 담을 제거한다. 우후죽순(雨后竹笋)이란 말이 있듯이, 위로 솟는 힘이 대단하다. 고혈압, 고지혈, 고혈당 등의 혈관과 혈액 질환에 효과가 있다. 비·위장의 기능을 돕고, 비만과 습관성 변비를 가진 사람에게도 좋다고 알려져 있다. (**주의** 죽순은 찬 성질의 거친 섬유질을 함유하고 있어서 다량 섭취 주의.)

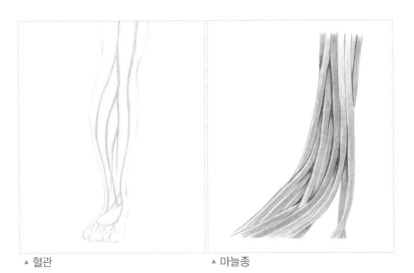

▲ 혈관   ▲ 마늘종

마늘종은 마늘과 마찬가지로 살균작용, 감염방지, 유행병 예방 등의 효능을 가진다. 또한, 혈관을 보호하고 동맥경화를 예방하여 혈관노화를 방지하며, 혈전생성을 억제한다.

그럼, 아볼로에게 무엇으로 대접할까?

준비한 것 국화차, 대추, 월남 쌈, 의료용 압박 스타킹, 발 베개

- **국화차**: 국화는 열을 내리고 혈관 건강을 지키며, 혈관 내 독소를 제거하고 기혈 운행을 도와 정맥류 예방에 도움이 된다. 노란색과 흰색의 국화는 서로 기능 면에서 약간의 차이는 있지만, 둘 다 무방하다.

- **대추**: 대추에 함유된 운향대(芸香甙 루틴) 성분은 혈관 벽을 튼튼히 한다. 또한, 대추는 천연 비타민제로도 불리는데, 조혈작용을 촉진해 빈혈도 예방한다.

- **월남 쌈**: 한국에 오신 손님에게 월남 쌈이 웬 말이냐 하겠지만, 월남 쌈은 깻잎, 파프리카, 토마토, 양파, 당근, 콩나물, 딸기, 파인애플 등을 함께 먹는 특색있는 음식으로, 다양한 채소와 과일을 섭취할 수 있어 혈관 건강에 좋다.

- **의료용 압박 스타킹**: 의료용 압박 스타킹은 일반 스타킹이나 레깅스와는 다르다. 단순히 꽉 조이는 것이 아니라, 부위별로 압력이 다르

게 설계되어 있어서, 혈액이 상향하는 것을 도와주는 의료용품이다. 아침에 다리가 붓기 전에 착용하고, 저녁에 벗는다.

• 발 베개: 수면 중일 때 다리를 심장보다 높게 해서 다리 정맥의 혈액 순환을 돕는다. 평소 휴식 중 소파에 앉아 있을 때에도 보조의자에다 발을 올려 무릎과 같은 높이로 쭉 펴서 평행을 유지하면, 혈행을 도와 하지 정맥류의 악화를 예방한다.

🍃

"두렵건데 마지막에 이르러 네 몸 네 육체가 쇠약할 때에
네가 한탄하여 말하기를 내가 어찌하여 훈계를 싫어하며
내 마음이 꾸지람을 가벼이 여기고
내 선생의 목소리를 청종하지 아니하며
나를 가르치는 이에게 귀를 기울이지 아니하였던고"

(잠언 5:11-13)

🍃

바울과 아볼로는 환상의 짝꿍이었다. 바울이 열정적으로 복음을 전하면, 아볼로는 뛰어난 언변으로 말씀을 가르치고 양육했다. 그런데, 논란은 사람들이 만들었다. 사람들이 그저 자기들끼리 '나는 바울파'니 '나는 아볼로파'니 하면서 파를 나누고 편을 갈랐다. 아볼로가 파당을 짓고 편을 가를 이유도 없었고, 그는 겸손한 성품으로 다른 사람들의 가르침도 존중하고, 귀를 기울여 자신의 것으로 받아들이기를 주저하지 않았다. 또한, 동역자들을 잘 도우며, 경쟁하려는 마음이나 높아지려는 마음 없이 그들과 잘 지냈다.

백혈병은 혈액에 병이 드는 것이다. 피가 하얗게 변해서 백혈병이 아니라, 백혈구 수가 급격히 늘어나는 질환이다. 백혈구가 인체의 방어와 면역을 담당하니 그 수가 늘어나면 좋은 것 아니겠느냐는 의문을 가질 수 있지만, 그 늘어나는 백혈구들은 자기 역할을 감당 못하는 비정상적이고 미성숙한 백혈구 세포들이다. 따라서 과다 증식되면 오히려 다른 혈액세포들의 기능을 방해한다. 군인들이 지키고 싸워야 할 전투지에 유치원생들이 바글바글 모여있는 것과 같다. 오래전부터 교회들은 대형화되어가고 있고, 교인들은 작은 교회를 떠나 큰 교회로 수평이동하고 있다. 그러나 커지는 교회 안에서 서로 연합하지 못하고 다투고 파당을 만들고, 지역사회에 좋은 영향력을 끼치지 못하는 모습도 보인다. 커지는 교회가 그 키가 자라나는 것이 아니라 살이 쪄가고 비대해지는 것이라면, 제 기능을 못하는 백혈구 수만 늘어가면서 교회가 생명을 전하는 역할이 멈춰져 있다면, 도려내야 하고 치료가 필요한 덩어리일 뿐이다.

나는 주의 일을 할 때, 다른 이의 의견을 따라가기보다는, 나에게 맞춰주고 따라와 주기를 원했다. 오늘, 아볼로 선생님을 대접하는 하루 동안, 나에게 부족한 겸손과 남을 존중하는 법을 배울 수 있으면 좋으련만, 지독히도 변하지 않는 나의 이 인격을 어찌하면 좋을까.

"아무 일에든지 다툼이나 허영으로 하지 말고
오직 겸손한 마음으로 각각 자기보다 남을 낫게 여기고"

(빌립보서 2:3)

욕심이 잉태한즉 죄를 낳고
죄가 장성한즉 사망을 낳느니라

"산울림이 부릅니다, 독백~"

"어두운 거리를 나 홀로 걷다가~ 밤하늘 바라보았소 오오오."

　문제의 발단은 산울림의 '독백'이란 노래였다. 초등학교 6학년 여름방학 그 해 8월, 할아버지 댁에 피서를 가서 며칠을 지내고, 곧 서울로 돌아갈 무렵이었다(부산에 살다가 초등학교 3학년 때 서울로 이사했다). 마당에서 작대기를 휘두르며 놀다가 푹푹 찌는 더위에 대청마루로 올라왔다. 요즘에야 TV를 켜면 종일 요란하게 나오지만, 그때는 오후 늦게나 '동해물과'로 시작해서, 늦은 밤에 '백두산이'로 방송이 종료되어 버리는 시절이었다. 그 외 시간은 '칙' 소리와 함께 '화면조정시간입니다.'라는 문구만 나올 뿐인, TV를 볼 수 있는 시간이 짧은 때였다. 그나마 무료함을 달래 주는 건 라디오 방송이었다. 그 날 오후, 무심코 들은 라디오에서 흘러나온 '독백'이란 노래는 초등 6학년의 감성을 저격했고, 그 노래에 매료되고 말았다. 하지만 그 당시는 좋아하는 노래를 다시 듣고 싶어도 쉬운 일이 아니었다. 음악사에 가서 레코드판이나 카세트테이프를 사서 듣는 방법이 있었고, 그렇지 않으면 라디오 앞에 죽치고 앉아서 언제 나올지 모르는 그 노래를 기다렸다가 녹음을 해서 듣는 방법이 있었다. 두 번째 방법이 좀 무모해 보이긴 하지만, 주머니에 돈이 없는 초등학생이 할 수 있는 최선의, 그렇게 나쁘지 않은 선택이었다. 그러던 중 마루 한쪽에서 삼촌의 것으로 보이는 '최신가요' 책을 발견했고, 그 속에서 '독백'이란 노래를 찾을 수 있었다. 뜻밖의 수확에 심장이 쿵쾅거렸다. 미스 코리아의 비키니 화보를 오려 내듯, 조심스레 찢고는 고이고이 접어 주머니에 넣었다.

서울로 돌아와서는 짬 나는 대로, 시간이 날 때마다 악보를 펼쳐 보며, 가사를 2절까지 열심히 외우는 중이었다. 다 외우게 되면 나에게도 곧 대표 애창곡이 생긴다는 생각에, 행복하면서도 마음이 조급해졌다. 막바지 가사 외우기에 너무 몰입했던 것일까, 몰래 꺼내보다가, 등 뒤의 형의 인기척을 알아채지 못했다. 중학생 형은 초등학생 동생이 몰래 훔쳐 보는 것이 무엇인지 몹시 궁금해했고, 난 내 주위에 이 노래를 외워 부를 수 있는 사람이 유일하게 나 혼자이기를 바랐다. 내 느낌에, 틀림없이 형이 이 노래에 욕심을 낼 것 같았다. 훔쳐 보는 걸 뺏으려는 중학생 형과 그걸 지키려는 초등학생 동생, 결과는 뻔했다. 힘으로는 버틸 재간이 없었다. 마지막으로 내가 취할 수 있는 방법은 갈기갈기 찢어 입에 넣는 것이었고, 실행에 옮겼다. 그 모습을 본 형은 더 흥분해서 날뛰었고, 내 얼굴이 눈물과 침과 종이 쪼가리로 범벅되기까지는 그리 오랜시간이 걸리지 않았다. 때마침, 어머니께서 시장을 보시고 돌아오셨다. 할렐루야, 사망에서 생명으로 옮겨지는 순간이었다.

지나고 나서 지금 생각해 보면, 그 악보, 그 노래가 뭐라고, 혼자 독차지하고 혼자 뽐내려 하고… 다 '피식'하고 웃고 말 것들을, 그땐 왜 그리 혼자만 가지려 하고 혼자 누리려 했는지, 헛웃음만 나오고 우스울 뿐이다. 나이가 든 지금, 난 어쩌면 또, 먼 훗날에 '피식'하고 웃고 말 것들을 여전히 혼자 독차지하려고 손에 움켜진 채 살아가고 있는 것은 아닌지, 행여 그러한 것들이 내 삶을 고단하게 만들고 있는 것은 아닌지, 조용히 '독백'해 본다.

> "오직 각 사람이 시험을 받는 것은
> 자기 욕심에 끌려 미혹됨이니"
>
> (야고보서 1:14)

마음이 비단결 비단 장사

루디아 경추 질환(디스크, 협착증)

"저는 아무것도 필요 없습니다. 물려 주실 거 있으면 은철이 다 주세요."

어느 저녁, 아버지, 그리고 형과 함께 거실에서 TV 뉴스를 보고 있었다. 그 뉴스 보도 가운데 형제간의 유산 싸움 내용이 나왔다. 그것을 보던 중에 형이 던진 한마디였다. 감동이 밀려왔다. 아버지가 물려 주실 재산이 없다는 걸 알고 그랬는지, 아니면 진짜 그런 마음이었는지는 중요치 않았다. 그렇게 말하는 형이 무지하게 멋져 보였다. 나에게는 형 말고도 누나 같은 여동생이 있다. 까불거리는 나와는 달리 진중하고 마음이 비단결이라 사람들은 대부분 누나로 오인하기도 한다. 그런 동생에게 나도 언젠가 오빠다운 멋진 면모를 보이고 싶었는데, 그 날 형에게서 힌트를 얻었다. 언젠가 기회가 오면 '형이 말한 것처럼 이 말을 해주면 되겠구나' 하고 염두에 두고 있었다. 어느날, 부모님, 그리고 여동생과 차를 타고 갈 일이 있었다. 대화 중에 우연히 다른 사람들의 재산 다툼 얘기가 나왔다. 기가 막힌 타이밍에 '이때다.' 싶었다.

"아버지, 저는 아무것도 필요 없습니다. 물려 주실 꺼 있으면 은형이 다 주세요"

속으로 '멋져부러.'를 외치며 가식적인 오빠 미소로 앞좌석에 앉아 있었다. 그런데 동생이 내 인생에 지워지지 않을 한마디를 하며 휴대폰을 내밀고 있었다.

"오빠, 그 얘기 다시 해 줄 수 있어? 녹음 좀 하게"

구두계약도 법적 효력이 있을지도 모른다는 느낌이 얼핏 드는 순간, 깜짝 놀라 뒤를 돌아보다가, 그 날 목에 담이 결렸다.

살다 보면 가끔은 목이 안 돌아가서, 온몸을 돌려서 뒤를 돌아봤던 경험은 모두 한두 번쯤은 있을 것이다. 그렇게 목이 불편해서 깁스한 것 같은 날은, 종일 부자연스럽고, 불편함이 이만저만이 아니다. 우리의 목은 머리를 지탱하며 요리조리 잘 움직일 수 있게 받쳐주고 있다. 성인의 머리 무게가 5kg 내외이니, 5kg의 물건을 직접 들어보면 목이 얼마나 힘쓰고 애쓰고 있는지 가늠할 수 있다. 다행히 목뼈는 'C'자 커브를 이루고 있어서, 머리의 하중을 탄력적으로 분산시킨다. 하지만 'C'자 목을 '1'자 목으로 만들어 쭉 내밀고 있는 순간부터는 목뼈가 아무리 견고하다 할지라도, 둘러싸고 있는 인대와 근육에 무리가 가고, 결국 목뼈에도 문제가 생기게 된다. 만약, 5kg(약11파운드)의 볼링공을 팔목을 펴서 앞으로나란히 자세로 들고 있으면 팔이 얼마나 피로할지는 상상만으로도 느낄 수 있다.

루디아는 '두아디라'라는 시에 사는 여인으로 자색 옷감, 비단을 팔았다. 두아디라와 빌립보를 오가며 장사를 하고 있었다.

"두아디라 시에 있는 자색 옷감 장사로서 하나님을 섬기는 루디아라 하는 한 여자가" (사도행전 16:14中)

루디아는 마음도 비단결이었다. 바울 일행이 빌립보에 머무르며 기도할 곳을 찾던 때에 루디아는 그들에게 강하게 권하여 자신의 집에 머무르게 하였다. 인사치레나 억지로가 아닌 마음에서 우러나오는 대접을 하였고, 그에 적잖은 감동을 받은 바울 일행은 이후, 감옥에서 풀려나 다른 지역으로 이동할 때에 루디아의 집을 방문하여 위로와 축복을 하고 떠난다.

흔히 마음을 비단결에 견주어 얘기하는 것은 비단이란 옷감이 곱고 아름답기 때문이었을 것이다. 비단은 서민들이 사용하는 천이 아닌 값비싼 옷감이므로, 주요 고객층은 왕족, 귀족, 부자들이었다. 행여 비단에 흠집이나 상한 곳은 없는지 꼼꼼하고 살피고, 세심하게 들여다 보아야 한다. 작업의 장소나 모양만 달라졌을 뿐, 예나 지금이나 직업병은 시대가 흘러가도 여전히 존재한다.

경추 질환은 요추 질환과 마찬가지로 추간판 탈출증(디스크)과 협착증이 있다. 역시 약해진 인대와 피로한 근육에서 시작한다. 근육과 인대에 부담을 주는 이유의 대부분은 목을 앞으로 쭉 내밀고 있는 '1'자 목,

일명 거북목이다. 결국, 목 뒤 근육들이 경직되어 일자목으로 변해, 목의 디스크를 누르는 힘이 가중되고, 인대와 관절도 손상을 입는다. 초기에는 목이 뻐근한 정도지만, 지속적 긴장 상태가 누적되면, 압박받은 디스크가 튀어나와 신경을 눌러 자극하고, 그래서 어깨와 팔까지 저리고 아픈 통증이 나타난다. 예방법은 간단하다. 잘못된 자세, 나쁜 습관을 알아차리고 바른 자세로 바꿔 주는 것이다. 장시간 컴퓨터 업무를 볼 때, 책을 읽을 때, 스마트폰을 사용할 때, 운전할 때 등등 우리는 많은 시간동안 알게 모르게 시선을 잡는 무엇인가에 빠져서 목을 빼고 있다. 그때 일자목인 자신을 빨리 발견하고 자세를 바로 잡아야 한다. 바른 자세는 목에만 좋은 것이 아니다. 목과 등과 허리는 같은 근육을 축으로 이루고 있기 때문에 올바른 자세가 바른 척추, 건강한 목과 허리를 만든다.

한의학에서 경추 질환은 비증(痺証)과 위증(痿証)의 범주에서 정의한다. 그 치료로 경락을 소통시키고, 기혈의 운행을 도와 습과 어혈을 제거하고 통증을 없애는 것으로 한다. 편방 약재로는 계지, 강활, 갈근, 천궁, 백지, 상지, 위령산, 계혈등, 백작, 당귀 등이 있다. (각 약재는 용법, 용량이 다르므로 전문 한의사와 상담 후 사용바랍니다.) 식품 중에서 손상된 인대와 근육에 영양분을 공급하고 혈액순환을 돕는 것들로는 미역, 깻잎, 목이버섯, 무, 완두, 대두, 흑두, 여주, 칡, 콩나물, 토마토, 케일, 양배추, 아스파라거스, 샐러리, 배, 복숭아, 사과, 우유, 생선 등이 있다. 혈행을 방해하는 기름진 음식과 찬 음식은 과하게 섭취하지 않는 것이 좋다.

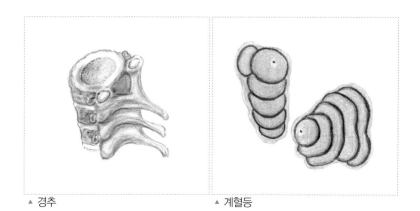

▲ 경추   ▲ 계혈등

계혈등(鸡血藤)은 근골을 주관하는 간과 신장에 작용하여, 혈액을 보충하고 순환시켜 근육을 풀어주어, 류마티스, 사지 저림, 마비 등에 사용되는 약재이다. (**주의** 몸에 음액이 허하여 열이 있는 사람은 섭취 주의. *음허증상: 베드로 이야기에서 마늘 참조.)

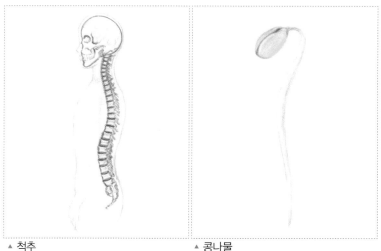

▲ 척추   ▲ 콩나물

콩나물은 중국 문헌에 의하면 염증을 억제하며 온몸이 무겁고 저릴 때, 근육과 뼈가 아플 때 효과가 있다고 전해진다. 인체 내 젖산 농도를 감소시켜 피로를 개선하고, 병원균에 대한 저항력을 높인다. 〈본초강목〉에서는 콩나물이 심장의 열을 내리고 몸을 바로 세우며, 주독과 열독을 푼다고 하였다.

그럼, 루디아에게 무엇으로 대접할까?

준비한 것 사과 계피차, 과일채소 꼬치, 콩나물 국밥, 독서대, 곡물 베개

- **사과 계피차**: 계피는 경락을 따뜻하게 하며 뭉친 근육을 풀어준다. 류마티스 관절의 통증에도 이용되는 약재이다. 계피차에 사과를 더하면 맛이 부드러워지고 사과의 영양성분도 더할수 있다. (**주의** 계피는 온성의 약재이므로 몸에 열이 있는 사람과, 임신부, 월경과다한 사람은 섭취에 주의한다.)

- **과일채소 꼬치**: 과일과 채소에 풍부한 각종 미네랄과 비타민 성분은 혈관과 신경세포를 구성하고 보호하는 역할을 한다. 골고루 챙겨 먹기가 쉽지 않으므로, 과일채소 꼬치를 만들어 놓고 간식 대용으로 편하게 먹을 수 있도록 준비했다.

- **콩나물 국밥**: 콩나물은 온몸이 무겁고 저릴 때, 근육통, 골통 등을 개선한다. 소염작용과 함께 혈관 벽에 콜레스테롤과 지방이 쌓이는 것을 방지하여 심혈관 질환을 예방한다.

- 독서대: 책을 읽다 보면, 고개가 꺾인 채로 머리를 내밀고 있을 때가 많다. 독서대를 이용하면 목이 꺾이는 각도를 줄일 수 있다.

- 곡물 베개: 사람이 하루 동안, 몸에 붙이고 가장 오래 사용하는 도구가 베개이다. 베개는 목 건강과 직결되는 수면도구로, 너무 높아도 안 되고, 너무 푹신해도 안 좋으며, 목과 머리 사이에 빈 공간이 있어서 붕 떠도 안 된다. 곡물로 만든 베개는 형태가 변형되면서도 지지력이 있어 머리와 목부분을 골고루 잘 받쳐준다. 팥, 좁쌀, 메밀, 녹두 등이 이용된다. (주의 ① 메밀이나 콩 종류의 음식에 알레르기가 있는 사람은 베개 등의 접촉만으로도 알레르기 반응이 일어날 수 있으므로 주의한다. ② 곡물 베개는 일주일에 한 번 햇빛에 건조하고, 일년에 한 번 내용물을 새것으로 교체한다.)

🍃

"미련한 자는 자기 행위를 바른 줄로 여기나 지혜로운 자는 권고를 듣느니라"

(잠언 12:15)

🍃

루디아는 그저 자기 근처를 지나가는 사람이었던 바울의 얘기에 귀를 기울였다. 그렇게 작은 관심으로 시작된 복음에 대한 호기심은 그녀의 마음속에 단순한 흥미를 넘어 더 깊이 알기를 원했다. 그렇게 시작된 믿음은 그녀의 가족에게 전해졌고 온 가족이 함께 구원에 이르렀다. 스쳐 듣고 지나쳐버렸다면 그렇게 끝나버렸을 그녀의 인생이었지만, 루디아는 말씀을 듣고 심령이 반응하는 사람이었다. 작은 마음의 끌림이 영생으로 이어졌다는 것은 왜 복음이 계속 전해져야 하는지를 잘 보여 준다.

목이 뻣뻣해지는 것처럼, 우리 몸 어딘가가 굳어 간다는 것은 심각한 징후이다. 간이 굳어가는 간경화, 동맥혈관이 굳어지는 동맥경화, 신경 이 굳어가는 다발성 경화증, 척추가 굳어지는 강직성 척추염, 폐가 섬유 화되며 굳어가는 폐섬유화 등등 어딘가 굳어가며 모두 치명적이거나 위 험해지는 상황들이다. 따라서 부드러움을 유지해야 하는 것이 우리 몸 이지만, 부드러워야 하는 것은 우리의 영혼도 마찬가지가 아닐까. 목을 세운 교만한 사람은 복음이 들어갈 수 없이 굳어져 있다. 그러나 이것 은 예수님을 믿지 않는 사람들만의 문제가 아니다. 나의 삶이 언제부턴 가 말씀에 감동하지도, 반응하지도 않는다. 설교를 들어도 무덤덤하고, 기도는 습관적이 되어간다. 몸 어딘가 경화가 오듯이, 나의 영혼이 조금 씩 굳어져 가고 있다. 나의 굳어가는 영혼 경화는 어디서 검진받고 어디 서 치료받을 수 있는 것인가. 루디아를 만나고 그녀에게서 듣는 지난 삶 의 간증이 나의 뻣뻣해진 마음을 예전으로 되돌려 줄 수 있을까?

"그들의 총명이 어두워지고 그들 가운데 있는 무지함과
그들의 마음이 굳어짐으로 말미암아
하나님의 생명에서 떠나 있도다"

(에베소서 4:18)

자手성가

브리스길라와 아굴라 손목 터널 증후군

"오빠 볼링 몇 쳐요?"

"어? 그게, 그래⋯ 어⋯ 그냥⋯"

갑자기 훅 들어온 후배의 질문에 대답하지 못했다. 사실 그때까지 볼링을 쳐본 적이 없어서, 몇 점을 치는지 알 수가 없었다. 군대 있던 그 몇 년간, 대한민국에 볼링 붐이 불더니 국민 스포츠가 되어 있었고, 갓 제대한 나는 볼링공을 그때까지 만져보지 못했었다. 그 당시 여기저기 뒤풀이 모임은 항상 볼링이었다. '후훗, 잘난 척하기 좋겠군⋯' 이런 생각이 들자마자 볼링 강습받을 장소를 알아보았다. 제법 큰 볼링장을 찾았고, 그곳에 강습하는 코치가 있었다. 경력을 보니 국가대표도 지낸 적이 있었다. '음⋯ 맘에 드는군⋯' 개인 레슨을 받기로 하고, 군대 가기 전 막노동으로 모아놓은 돈을 강습비로 쏟아 부었다. 매일 매일, 일 대일 레슨을 받으며 손목 비틀기를 반년, 이젠 나도 국가대표급은 아니어도 우리 동네 대표는 해도 될 경지에 올랐다. 공을 원하는 방향으로 꺾어서 보낼 수도 있었고, 이젠 잘난 척할 일만 남았다. 드디어 한 무리와 볼링장으로 향하던 그 날, 또 질문이 들어왔다.

"오빠, 볼링 몇 쳐요?"

올 것이 왔고, 이날을 기다렸다. 돋보임의 효과를 극대화하기 위해 "그냥, 뭐 별로." 라고 말끝을 흐렸다.

게임이 시작되고, 일이 뭔가 한참 잘못되어가고 있었다. 오랜 시간 개인 전용 볼링공과 볼링화, 손목 보호대에 딱 맞춰져 익숙해져있던 차에, 볼링장에 비치된 공을 손목 보호대 없이 굴리려니, 그 어색한 느낌은 공의 방향이 엉망인 것으로 나타났다. 꺾어지는 각도를 일정하게 맞출 수가 없었다. 애꿎은 볼링공만 이것저것 바꿔 보았지만, 마음만 조급해져 갔다. 휘어지게 굴리는 '훅'을 포기하고 직선으로 던지면 되지만, 뽐내고 싶은 욕심으로 훅을 포기하지 못했다. 연신 팔목을 비틀어 댔으나 공은 어김없이 도랑으로 빠졌다. 손목도 아리고 마음도 아리고, 뒤에서 들리는 '꺄르르' 웃음소리는 더 커져만 갔다. 그날 이후로 내 '허세 가능목록'에서 볼링은 걷어내야 했다.

브리스길라와 아굴라는 부부다. 이 부부는 로마에 거주하고 있었다. 아굴라는 유대인이라고 소개하는 것으로 보아, 브리스길라는 유대인이 아닌, 그 당시 특권계층인 로마 시민권을 가진 여자로 보인다. 그런 상황에서 로마 황제 글라우디오가 유대인 추방 명령을 내렸고, 브리스길라는 유대인 남편인 아굴라를 따라서 고린도로 오게 되었다. 부부는 그

곳에 터전을 잡고 천막을 만들며 생계를 꾸려갔다.

> "생업이 같으므로 함께 살며 일을 하니 그 생업은 천막을
> 만드는 것이더라" (사도행전 18:3)

손목 터널 증후군은 손목을 많이 쓰는 사람이 위험군에 속한다. 손목 안의 좁은 터널로 신경들이 지나가는데, 통로의 압력이 높아져 신경을 눌러서 오는 병이다. 손목 근육에 피로가 쌓이고 무리가 가면 유발되는데, 간단하게 보이는 집안일이나 작은 힘이라 할지라도 지속해서 손목에 부담을 주는 손목 작업은 손목 터널 증후군을 일으킬 수 있다. 통상적으로 칼질을 오래 하는 요리사, 컴퓨터 자판이나 마우스를 오래 사용하는 직업군, 공장에서 반복적으로 손목을 사용하는 작업자 등이 높은 유발률을 보인다. 증상은 손가락이 저리고 찌릿한 것인데, 이때 사람들은 혈액순환이 잘 안 되는 것이라 스스로 판단하고 혈액순환 개선제를 복용하기도 한다. 하지만 혈액순환장애는 손이 시리고 찬 증상이 대부분이며, 이 손목 터널 증후군처럼 저린 증상은 신경장애인 경우가 많다. 손가락이 힘이 빠지거나 저린 증상이 있으면, 손목 터널 증후군을 의심할 수 있으며, 그 외에도 경추 디스크나 협착증, 척골신경 압박 증후군, 퇴행성 골관절염, 당뇨로 인한 신경병증, 뇌졸중 등등 다양한 원인이 있을 수 있다. 따라서 단순히 혈액순환 개선제를 복용하지 말고 원인이 무엇인지 정확하게 진단하고 그에 맞는 치료를 하는 것이 중요하다. 손목 터널 증후군은 손 저림 증상 이외에도, 젓가락을 쓰는 것이나 단추를 잠그는 것, 물건을 집는 일상의 동작들이 부자연스러워

진다. 그리고 밤에 수면 시에도 손이 저리고 아프게 된다. 손목 터널 증후군 역시 과한 손목 사용이 원인이므로 예방은 손목을 쓰는 작업 중간중간에 긴장된 손목을 스트레칭 하며 풀어 주어야 한다. 두 손을 내리고 가볍게 털어 주거나, 양손을 깍지 끼고 물결치듯 돌려주는 간단한 동작으로 미리 예방할 수 있다.

  한의학에서 손목 터널 증후군은 손목에 기혈이 울체되고 경락이 막혀 마비와 통증을 일으킨다고 보았다. 치료로는 기혈과 경락을 소통시키고 통증을 없애며, 근육과 인대를 보강하는 약재를 쓴다. 편방 약재로는 하수오, 골쇄보, 위령산, 강활, 방풍, 독활, 차전자, 의이인, 향부, 목향, 청피, 자화지정, 백작, 정향, 백두구 등이 있다. (각 약재는 용법, 용량이 다르므로 전문 한의사와 상담 후 사용바랍니다.) 식품으로는 신경세포와 신경전달 물질 합성을 돕고, 관절을 편하게 하는 것들로 바나나, 앵두, 콩, 우유, 밤, 달걀, 표고버섯, 현미, 감자, 샐러리, 팥, 배추, 브로콜리, 생선, 견과류 등이 있다.

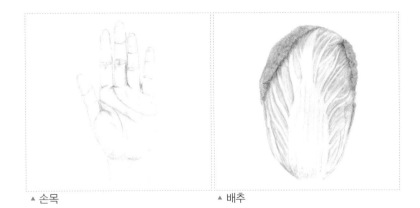

▲ 손목   ▲ 배추

배추에는 티아민이 풍부하다. 티아민이라고 불리는 비타민B1은 '항신경염 비타민'이라고도 불리는데, 결핍 시에 각종 신경염증, 사지저림, 근육위축, 하지부종 등이 발생한다. 티아민은 배추나 샐러리, 귀리, 황두 등에 풍부하다.

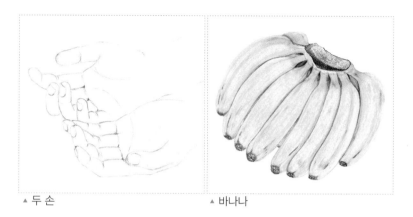

▲ 두 손　　　　　　　　　　　　　▲ 바나나

바나나에는 미네랄 성분이 많아서 신경전달과 근육의 수축 이완에 도움을 준다. 그러나 칼륨 성분이 많이 함유되어 있기 때문에, 만성 신장질환이 있는 사람은 바나나, 수박, 참외 등의 칼륨 함량이 많은 과일은 될수록 적게 섭취해야 한다.

그럼, 브리스길라와 아굴라에게 무엇으로 대접할까?

준비한 것 두유, 감자전, 앵두, 명태찜, 짝짜꿍(쎄쎄쎄), 호두 두 알

• **두유**: 대두는 단백질이 풍부한데, 단백질은 몸의 주요 구성성분으로 세포 내에서 각종 역할을 담당한다. 〈석료본초〉에서 대두는 기를 더하고 피부를 윤기 있게 한다고 기록하며, 〈본초휘언〉에서는

대두를 끓여 마실 경우 비장을 튼튼히 해 몸의 습을 제한다고 하였다.

• **감자전**: 간식으로 감자전을 준비했다. 감자는 필수 아미노산과 비타민도 풍부해서 근육, 관절의 피로 해소에 도움이 된다.

• **앵두**: 앵두는 달고 따뜻한 성질의 과일로, 비타민A와 비타민C가 풍부하고, 비타민B군의 일종인 유안소(硫胺素 티아민)와 핵황소(核黃素 리보플라빈), 각종 미네랄이 들어있어 피로 회복과 신진 대사에 도움을 준다. 또한, 몸안의 풍과 습을 제하고 기를 더하며, 사지가 저리고 마비될 때, 그리고 근육 통증에 효능이 있다고 전해진다. 〈진남본초〉에는 앵두는 허증을 치료하고, 마비가 오거나 류마티스성 관절 통증에 이용된다고 기록되었다. 서양 품종인 체리도 이와 비슷한 효능을 지니고 있다.

• **명태찜**: 명태는 고단백, 저지방 식품으로 비·위장을 튼튼하게 하며, 음액과 혈을 보충해 오장과 관절 부위를 이롭게 한다.

• **짝짜꿍(쎄쎄쎄)**: 어릴 적 동생과 '푸른 하늘 은하수'로 시작하는 동요를 부르며 손뼉치기를 한 기억이 난다. 어린이들은 놀이 차원으로, 어른들은 건강 차원으로 짝짜꿍을 해보자. 피로한 손목 관절을 풀어 준다는 장점 외에도, 손뼉을 치면서 말초 혈액 순환을 돕고, 짝짜꿍 순서를 기억하는 행위는 뇌건강에도 좋다. 그렇기에 이미 사

울왕, 다윗왕, 욥과 쎄쎄쎄를 함께 했다. 브리스길라와 아굴라 부부에게 '쎄쎄쎄'를 알려드릴 것이다. 짝짜꿍할 누군가가 곁에 있다는 것은 행복한 일이다.

• 호두 두 알: 휴식 시간이나 TV를 볼 때, 호두 두 알을 손에 쥐고 돌리는 동작은 손목 근육의 피로를 풀어 주며, 손바닥 경혈도 자극되고 악력도 늘어난다. 단지 호두 두 알의 투자로 손 건강에 많은 것을 얻을 수 있다.

*

> "거기 곧 너희의 하나님 여호와 앞에서 먹고
> 너희의 하나님 여호와께서 너희의 손으로 수고한 일에
> 복 주심으로 말미암아 너희와 너희의 가족이 즐거워할지니라"
>
> (신명기 12:7)

*

인생을 흔히 각본 없는 드라마라고 표현한다. 브리스길라는 한 편의 영화와 같은 인생을 살았다. 신분을 뛰어넘는 열정적인 사랑을 택하여 고향을 떠났으며, 복음을 전해 들은 후에는 또 삶의 기반이었던 고린도에 모든 것을 내려놓고 바울과 함께 새로운 항해를 시작했다. 사도 바울은 말년에 브리스길라와 아굴라에 대해서 감사의 마음을 전했다.(롬 16:3-4)

내 인생의 주인공은 나다. 인생을 드라마나 연극으로 표현하는 것은 이미 진부해져버린 표현이지만, 인생을 어떻게 채워 나갈지, 무슨 내용

으로 만들어 갈지, 그 시나리오는 내가 써야 한다.

노벨문학상을 받은 헤밍웨이의 〈노인과 바다〉 이야기는 모두들 너무나 잘 알고 있다. 한 노인이 바다에서 큰 물고기를 잡은 후 너무나 커서 배에 실을 수 없었다. 그 물고기를 배에 매달고 육지로 돌아오면서 폭풍우와 맞서고, 그 고기를 뜯어 먹으려는 상어떼와 싸우며, 결국엔 돌아왔지만, 배에 달려 있던 것은 앙상한 생선뼈뿐이었다는 내용이다. 우리가 삶에서 뺏기지 않고 지키려고 애써도, 결국 인생의 끝에는 빈손일 수밖에 없다. 이 땅에서 숨을 거두기 전 우리가 후회할지도 모르는 것은, 더 큰 물고기를 못 잡았던 것이 아니라, 큰 물고기를 쫓으며 살다가 가족, 친지, 주변 사람들과 더 많은 시간을 나누지 못했다는 것은 아닐까. 작은 물고기들을 잡아서 가족과 구워 먹으며 소소한 행복을 느끼며 사는 인생이 차라리 후회가 덜할지도 모른다는 생각을 해본다.

내 인생 그 연극의 마지막 장, 마지막 무대는 어떻게 끝이 날까. 만약, 하나님께서 감독이 되시고, 그 주인공의 자리를 예수님께 내어 드린다면, 내 인생 극은 해피엔딩으로 수렴되어 가고, 드라마의 종영 파티는 아름다운 천국에서 열릴 것이다.

"네 길을 여호와께 맡기라 그를 의지하면
그가 이루시고 네 의를 빛같이 나타내시며
네 공의를 정오의 빛같이 하시리로다"

(시편 37:5-6)

내 몸의 가시
· · · · · · · · · · · · · ·

사도 바울 CRPS, 대상포진후 신경통

"따르릉."

"여보세요?"

"최은철씨 댁입니까?"

"네, 전데요?"

"단결! 저 병장 ○○○입니다."

"오, 제대했구나, 축하해~"

기쁜 인사도 잠시, 의외의 소식을 듣게 되었다.

"혹시 ○○○ 상병 소식 들으셨습니까?"

"아니? 무슨 일인데?"

○○○ 상병이 부대에서 사고를 당해 다리를 절단했다는 내용이었다.

그냥 다리만 절단한 것이 아니고 항문을 포함해서 한쪽 다리 전체를 잘라 냈다는 참담한 소식이었다. 부서진 뼈들이 직장을 파고들어, 흘러나온 배설물 때문에 조직이 괴사되어, 어쩔 수 없었다고 했다. 그 녀석에게 다리가 없는 것도 모자라 평생 배변 주머니를 차고 다녀야하다니, 생각할수록 기가 막힐 노릇이었다.

전화를 받고 며칠 후, 국군수도병원으로 향했다. 오랜만의 재회라 반가움이 앞서지만, 반가워할 수 없는 상황에 가슴이 저미었다. 지하철을 타고 가는 내내, 어떻게 인사를 나눌지, 첫 말은 뭐라 건네야 하는 지, 도무지 생각나지 않았다. 반갑지만 무작정 반가워할 수만은 없는 평범하지 않은 재회, 병실을 들어설 때, 얼굴을 마주했을 때, 말문이 막히는 이런 모든 상황이 싫고 안타깝기만 했다. 수도병원, 병실 문앞에 섰다. 막막했다. 문을 열었다. 녀석이 뜻밖의 방문자에 놀랐는지, 짧은 환호와 함께 소리치며 환하게 반겨 주었다.

"단결! 상병 ○○○, 그동안 안녕하셨습니까!"

"안녕하고 지내다가 며칠 전부터 안녕 못하다!"

환자복을 입은 채 누워있는 모습을 보니 기가 차고 먹먹해질 뿐이었다. 하지만 여전히 밝은 모습에, 위로의 말이 오히려 어색할 뻔 했다. 이곳에 오는 길에 집에서 마른오징어 한 축을 싸왔다. 엊저녁에 뭘 좀 가져갈까 생각해 보다가, 병실에 혼자 누워 있으면 입도 심심하지 않을까 하는 생각이 들어서였다.

"마른오징어 좋아해? 뭐 좋아하는지 몰라서…"

"예전엔 좋아했는데, 누워만 있으니까, 소화도 잘 안 되고, 먹고 싶은 거도 없고 그렇습니다."

"아, 그렇구나…"

"근데, 뭐가 제일 힘든 줄 아십니까?"

"뭔데?"

"발바닥이 너무 아파서 주무르려고 보면 주무를 발이 없는 겁니다."

그랬다. 없는 발이 통증을 일으켜 고통스럽고, 발이 없다는 현실을 깜빡 잊고 있다가 불현듯 현실을 깨달았을 때, 엄습하는 절망감이 너무 힘들다고 했다. 우리는 가끔, 몸 어딘가가 너무 아프고 고통스러울 때, 차라리 잘라버렸으면 좋겠다는 표현을 하곤 한다. 하지만 잘려나가도 여전히 고통은 그대로 남아 있는 이런 기막힌 경우도 있었다.

바울은 좋은 집안에서 태어났고, 우수한 교육기관들을 거쳐 갔다. 청년이 된 바울은 자신의 신념대로 밀고 나가는 열심 있고 패기 있는 남자였다. 그렇게 해서 유대교의 신앙심으로 기독교인들을 박해하기 시작했다. 혈기 등등해서 기독교인들을 잡으러 가는 길에 예수님을 만났고, 그의 삶은 180도 변화되었다. 그리스도인들을 잡겠다는 야심이 그리스도를 전하는 열심으로 바뀌었다. 이후 그는 복음을 전하는 사역 과정 가운데 자신이 가지게 된 질환에 대해 '육체의 가시'라고 표현하고 있다. 육체의 가시, 도대체 그 육체의 가시는 무엇이었을까? 그리고 바울에게 무슨 일이 있었던 것일까? 혹시, CRPS(복합부위 통증증후군)나 대상포진후 신경통은 아니었을까?

CRPS는 외상으로 인해 신경 손상이 와서 비롯되는 난치 질환이다. 잘라내고 싶다는 말이 절로 나올 정도로 고통이 따른다. 교통사고나 골절, 타박상, 수술 후유증 등의 외상으로 신경계 손상이 와서 나타날 수 있다.

> "내가 수고를 넘치도록 하고 옥에 갇히기도 더 많이 하고 매도 수없이 맞고 여러 번 죽을 뻔하였으니 유대인들에게 사십에서 하나 감한 매를 다섯 번 맞았으며 세 번 태장으로 맞고 한 번 돌로 맞고"(고린도후서 11:23-25中)

CRPS는 통증이 만성화되어 조그만 자극에도 극심한 통증을 느끼며, 그로 인해서 일생 생활이 어렵고 우울증, 불안, 수면장애까지 동반된다.

대상포진후 신경통은 말 그대로 신경에서 일으키는 통증으로, 통증의 정도는 다양하게 나타난다. 약간 아픈 정도부터 스치기만 해도 바늘로 후벼 파는듯한 고통까지 이를 수 있다. 원인은 대상포진을 앓고 난 후, 수두 바이러스가 신경절에 잠복해 있다가 스트레스나 영양부족, 체력저하 등의 몸의 면역력이 떨어졌을 때, 숨어있던 바이러스들이 신경 가지로 기어 나오면서 신경통을 유발한다.

> "세 번 파선하고 일 주야를 깊은 바다에서 지냈으며 여러 번 여행하면서 강의 위험과 강도의 위험과 동족의 위험과 이방인의 위험과 시내의 위험과 광야의 위험과 바다의 위험과, 또 수고하고 애쓰고 여러 번 자지 못하고 주리며 목마르고 여러 번 굶고 춥고 헐벗었노라"(고린도후서 11:25-27中)

한의학에서 대상포진은 간경에 화독, 그리고 비경에 습열이 침습한 두 가지 경우로 나누어 설명하고 있는데, 현대 의학에서 수두 바이러스가 간과 비장을 숙주 삼아서 잠복하며 바이러스를 증식한다는 설명과 상통한다. 치료법으로는 화독과 습열을 없애는 방법을 사용한다.

한의학에서 CRPS는 비증(痺証)의 한 종류인 통비(痛痺), 한비(寒痺)로 보았다. 통비, 혹은 한비의 특징은 통증 부위가 붉지 않고 열감이 없으며, 고정된 부위에 통증이 극심하다 하였다. 그리하여 치료법으로 한기를 훑고 통증을 멎게 하는 약을 쓴다. 각종 통증에는 소합향, 육계, 정향, 회향, 울금, 강황 등이 사용되며, 대상 포진에 쓰이는 편방 약재로는 백지, 황금, 황백, 용담, 어성초, 마치현 등이 있다. (각 약재는 용법, 용량이 다르므로 전문 한의사와 상담 후 사용 바랍니다.) 면역력이 떨어지지 않게 도와주는 식품으로는 마늘, 생강, 양파, 파, 부추, 호박, 브로콜리, 미나리, 시금치, 당근, 양배추, 깻잎, 연근, 우엉, 무, 버섯, 고구마, 감, 아보카도, 토마토, 블루베리, 녹차, 김, 검정깨, 현미, 보리, 땅콩, 호두, 해바라기씨, 올리브 오일, 조개, 연어, 고등어, 쇠고기, 닭고기, 요거트 등등으로 건강식품으로 잘 알려진 것들이다.

▲ 옆구리를 찌르는 통증   ▲ 팔각회향

팔각회향(八角茴香)은 따뜻한 성질의 약재로 비장과 신장으로 통한다. 각종 통증을 멈추게 하고, 특히 〈인제직지방〉에서는 옆구리를 찌르는 통증에 이용된다고 기록되어 있다. 주의 ① 음이 허하여 열이 있는 사람은 섭취에 주의. **음허증상**: 베드로 이야기에서 마늘 참조. ② <득배본초>에서는 과용할 경우 눈을 상한다고 하였다. 용량은 5~10g을 사용한다. 소량이라도 섭취 후 열이 오르면 복용을 멈춘다.)

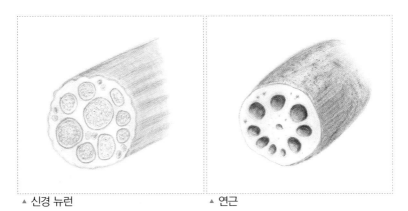

▲ 신경 뉴런　　　　　　　　　▲ 연근

연근은 생식할 경우에는 혈액의 열을 내리고 어혈을 푸는 기능을 한다. 익혀 먹을 경우에는 오장을 튼튼히 하고 근골을 강하게 한다. 또한, 비타민B6가 많이 함유되어 말초 신경병증을 예방하며 몸속 노폐물 배출을 돕고, 통증을 멈추게 하며, 떨어진 인체 면역력을 되돌린다.

그럼, 바울에게 무엇으로 대접할까?
준비한 것 레몬차, 감, 카레 라이스, 파김치, 깍두기, 예배당

• **레몬차**: 비타민C는 면역력을 유지하고, 체내 염증 수치를 내린다.

몸속에서 합성되지 않으므로 음식으로 섭취해야 하는데, 각종 채소와 과일에 풍부하다. 비타민C는 금속에 접촉하면 쉽게 산화되고, 끓이면 쉽게 파괴된다. 레몬을 금속 주전자에 넣고 끓이면 이중으로 산화되고 파괴되는 꼴이다. 컵에 레몬을 담아놓고 끓인 물을 부어 차를 만든다.

• 감: 푸르른 감나무 밑에 서 있으면 건강해 진다는 말이 있다. 그만큼 감에는 좋은 영양 성분이 많다는 뜻일 것이다. 감꼭지는 위장의 기가 위로 오르거나 위장이 차서 딸꾹질할 때 쓰이는 약재로, 심박동이 불규칙한 것을 바로 잡고, 마음을 안정시키는 약리 작용도 가지고 있다. 그리고 감에는 각종 비타민이 풍부하여 피로 회복과 면역력 유지에 도움이 된다. 단감, 연시, 홍시, 곶감 중에 바울 사도는 어떤 걸 좋아 하실런지 궁금하다.

• 카레 라이스: 카레 가루 원료인 강황, 울금 등은 피를 순환시키고, 통증을 멈추는 데 쓰는 약재로, 또한 면역을 담당하는 조절T림파구의 생성을 촉진한다. 강황과 울금 외에, 카레 가루에는 생강, 계피 등도 포함되어 있는데, 체온과 면역력 유지에 도움을 준다. 카레 식재료인 당근의 배타카로틴은 노화억제, 면역력 등에 도움을 준다. 양파는 혈액 내의 유해 독소를 제거한다. 감자는 혈압을 내리고 염증을 가라앉힌다. 닭고기나 돼지고기, 쇠고기 등의 육류에는 아연이 풍부하다. 아연은 면역체계를 구성하고, 백혈구의 생산과 관련 돼있는 미네랄 성분이다.

- **파김치**: 파는 혈관의 이완과 수축을 도와 혈액순환을 촉진하고, 통증을 가라앉히며, 세균과 바이러스의 침투를 억제한다.

- **깍두기**: 무는 해독물질을 함유하여 인체 내 독소와 노폐물을 배출시키며, 소화를 돕고 떨어진 인체 면역력을 되돌린다.

- **예배당**: 바울 사도는 예수그리스도와 그 십자가 외에는 다 똥으로 여긴다고 하였을 정도로 복음이 인생 전부였다. 이런 분께 어디 좋은 데로 모실까 고민할 필요가 없다. 함께 우리 교회를 방문하려 한다. 교회를 세우고 말씀을 가르치는 것이 인생의 사명인 분이시니, 우리 교회를 어떻게 바라보실지 궁금하기도 하다. 사도 바울은 우리 교회가 얼마나 크고 화려한지, 어떻게 인테리어를 했는지 전혀 궁금해하지 않으실 것이다. 우리 믿음의 선배님들은 기독교인이란 이유로 고난을 받았는데 지금 이 시대에는 기독교인이란 이유로 비난을 받고 있다. 교회당이 아닌 교인을 보실 것이란 건 자명한 사실이다.

*"내가 달려갈 길과 주 예수께 받은 사명
곧 하나님의 은혜의 복음을 증언하는 일을 마치려 함에는
나의 생명조차 조금도 귀한 것으로 여기지 아니하노라"*

(사도행전 20:24)

우리는 이 나라에 살아가면서 누구에게나 주어지는 것이 있다. 주민등록증이다. 주민등록증은 나를 증명하는 도구이다. 이 주민등록증 외에도 때론 학생증, 사원증, 공무원증 등등 나를 나타내는 또 다른 신분증이나 명찰을 갖기도 한다. 그것들은 나를 다른 사람에게 알리기도 하고, 혹, 나를 돋보이게도 할 수도 있다.

예수님을 믿기 전의 바울에게는 두 개의 강력한 증서가 있었다. 로마시민권과 기독교인 체포권이었다. 그러나 예수님을 만나고 난 후 사도바울은 단 하나의 신분만을 내세웠고, 사람들에게도 그렇게 알렸다. 예수 그리스도의 종을 자처하는 것이었다.(롬1:1)

나는 간절히 내 목에 걸고자 하는 명찰이 있었다. 그 명찰은 나의 가치를 높이고, 이 땅에서 내가 하고 싶은 것을 할 수 있게 하는 자격 증명이었기 때문이다. 그 명찰을 걸려는 나의 바람은 하나님께 영광이 아닌, 오롯이 나 자신을 위한 염원이었다. 내 삶의 주인은 누구인가. 내 이름에 대한 집념은 나뿐만이 아니라, 내 주위의 사람들을 괴롭게 만드는 원인이 되었다. 내 얼굴을 돋보이게 하려 애썼던 지난날의 나, 이런 내가 바울 사도와 마주할 생각을 하니 이 낯짝을 들 수가 없을 지경이다.

"또 무엇을 하든지 말에나 일에나
다 주 예수의 이름으로 하고
그를 힘입어 하나님 아버지께 감사하라"

(골로새서 3:17)

마지막 대접
· · · · · · · · · · · · · ·

예수님 마지막 손님

죄를 지었으면 벌을 받아야 한다. 당연하다. 이것은 하나님의 법이다. 스스로 죄를 저질렀든, 원치 않게 휘말렸든, 부정한 일이 있었으면 대가를 치러야 한다. 아담 때부터 정해져 내려오는 법칙이다. 그러나 속죄할 길도 주셨다. 양과 소 같은 동물 중에 흠 없고 깨끗한 것을 정해진 규례대로 선택하고, 그 머리에 안수해서 내 죄를 그 죄 없는 동물에게 뒤집어씌운다. 그런 다음, 그 피를 털어내고 기름을 태운다. 연기와 함께 나의 죄도 날려 버리는 것이다. 이것은 죄를 지은 내가 하나님과의 관계를 회복하여 살 수 있는 유일한 방법이다. 말기 신부전 환자가 신장 혈액 투석을 받아야 살 수 있듯, 생명을 유지하기 위해서는 선택의 여지가 없다. 하지만 한번 투석으로 끝나는 것이 아니다. 일주일에 세 번, 한 번에 네 시간씩을 꼬박 바쳐야만 투석받은 피로 생명을 이어간다. 하나님께 드리는 죄사함의 제사에서도 마찬가지다. 짐승은 사람을 완전히 대신할 수 없기에, 죄를 지을 때 마다는 물론이고, 혹 모르고 지은 죄도 놓치지 않기 위해, 정기적으로 지속해서 동물을 제물로 삼아야 했다.

여기까지가 예수 그리스도가 이 땅에 오시기 전까지의 속죄의 방법이었다. 하나님의 계획은 새로운 구원의 방법, 죄 사함의 방법을 주시는 것이었다. 만일, 짐승이 아닌 사람이 대신 죽어 준다면, 하지만 이 가정은 성립될 수가 없었다. 사람을 제물로 하는 제사는 애당초에 없었을뿐더러 대신 죽어줄 사람도 없고, 가장 중요한 것은 제물의 요건이 되어야 하는 흠 없고 깨끗한 사람은 이 세상에 존재하지 않는다는 것이었다.

하나님의 구원 계획은 시작되었다. 처녀에게서 성령으로 잉태된 아기가 태어났다. 그것은, 아비로부터 물려 내려오는 원죄를 가지지 않았다는 의미이다. 사람이지만 사람의 원죄를 가지지 않은, 그 사람이 십자가 위에서 제물로 드려지는 것, 이것이 하나님의 계획이었다. 그 옛날, 광야에서 장대에 달린 놋쇠 뱀을 쳐다보는 사람은 살 수 있었듯, 십자가에 달린 예수님을 바라보는 사람은 구원을 얻을 수 있게 된 것이다.

예수님을 첫대면한 세례요한은 이렇게 외쳤다.

"보라 세상 죄를 지고 가는 하나님의 어린 양이로다"

(요한복음 1:29中)

예수님 자신도 이 땅에 오신 이유를 알리셨다.

"모세가 광야에서 뱀을 든 것같이 인자도 들려야 하리니"

(요한복음 3:14)

그는 걷고 또 걸었다. 그 구원의 완성을 위해 그렇게 십자가로 한 걸음, 한 걸음 나아가셨다. 3년이라는 시간 동안 하나님이 보내신 아들임을, 혹세무민하고 반역하다가 십자가에서 참형을 당한 선동자가 아님을 증명하고 깨닫게 해야 했다. 짧은 생을 마감할 준비가 되어갔다. 부둣가에서, 길 위에서, 다니시는 각 처에서 자신과 동행할 제자들을 불러 모으셨다. 의지할 수 없는, 오히려 돌 봐 주어야 할 부족한 제자들이었지만, 십자가 이후 목숨을 다해 복음을 전할 그들이란 걸 알고 계셨다. 그 제자들을 데리시고 갈릴리로 향하셨다. 그렇게 팔레스타인 남쪽에서 북쪽을 향하여 걸으시며, 이 땅에 오신 이유를 알려 가셨다. 이적을 보이시며, 시장통으로 변한 성전에서 격노하시며, 고아와 과부와 병자들을 돌아보시며, 때론 강하게 때론 어질게 영생의 방법을 알리셨다. 이 세상을 향한 걸음걸음마다 깊은 고뇌와 슬픔으로 피부는 윤기를 잃어 갔고, 주름은 더욱 깊게 파여 갔다. 사람들은 이제 갓 서른을 넘기신 예수님을 향해 오십 가까이 보았을 정도였다. 한의학에 의하면 슬픔은 기를 소모하고 폐를 약하게 한다. 슬픔이 오래되면 폐기가 손상되어 피부를 온양하는 폐의 기능을 실조해, 윤기가 없어지고 깊은 주름을 파이게 한다.

사람으로 오셨기에, 그 슬픔도 또 그 두려움도 고스란히 체감하셨다. 사람들의 위협에 숨기도 하셨고, 도망하기도 하셨다.(요8:59) 십자가의 시간이 다가올수록 그 두려움은 예수님을 무섭게 짓눌렀다. 손발에 녹슨 대못이 박히고, 굵은 창이 갈비뼈를 뚫고 들어오는 그 고통의 십자가, 그 십자가를 피할 수는 없는 것인지 하나님께 아뢰고 또 아뢰었다. 그렇게 마음의 괴로움 속에 기도하실 때, 땀이 핏방울처럼 흘렀다. 그것을 의학서에서는 '기뉵(肌衄)'이라고 한다. 땀구멍에서 출혈이 일어나는 것으로, 폐와 심장이 상하고, 비장이 상하여 피를 통제할 기력을 잃었을 때 피가 그 길을 벗어나 흘러나오는 것이라 하였다. 대부분의 장기가 상했을 때 발생한다. 그렇게 몸속이 다 상하시며, 3년이라는 시간을 웃음 한번 없이, 슬픔과 애통으로 온 세상의 구원을 위해 애쓰셨다. 그리고 자신을 조롱하는 쓰레기 같은 인간들을 위해 십자가에 달리셨다.

"가라사대 다 이루었다 하시고
머리를 숙이시고 영혼이 돌아가시니라"

(요한복음 19:30中)

무대 정리

성경속의 여러 인물을 만난다는 생각만으로도, 즐겁고 행복한 상상의 시간이었다.

'지혜의 왕 솔로몬은 넌센스 퀴즈도 잘 맞추실까?'

'민족의 지도자 모세의 목소리는 크고 우렁차실까?'

'베드로는 날 보고 버럭 하시면 어떡하지?'

이런, 저런 상상은 날 유쾌하게 만들었다.

하지만 마지막 손님 예수님께서 우리 집을 방문하신다는 상상을 마음속에 그려보는 순간…

생각이 멎어 버렸다. 가슴이 메는 게, 그냥 나도 모르게 눈앞이 흐려졌다. 내가 오랜 병으로 고생하고 있는 것도 아니고, 서러운 세월을 보낸 것도 아니고, 힘들게 버티며 살아온 날들도 아닌데… 예수님을 만난다는 생각에 왜, 즐거운 웃음보다는 서러움이 났을까…

예수님이라면 나의 삐뚤어진 마음과 모난 구석도 다 이해해주실 거란 생각 때문이었을지도 모른다.

　어쩌면 나뿐만 아니라 이 땅에 사는 모두, 각자 혼자만의 슬픔을 가지고 살아가고 있는 우리 모두, 예수님을 뵈면 눈물부터 글썽일지도 모른다는 생각이 들었다.

　우리가 어떤 모양으로 어떤 위치에서 어떤 삶을 살아가든, 예수님을 만나 말씀드리고 싶은 것이, 하소연이든, 넋두리든, 애원이든,
　예수님께서 우리 집을 방문하시고 그가 나와 함께 하신다면, 내가 살아온 인생은 누가 뭐라 해도 실패가 아니다.

> "이것들을 증언하신 이가 이르시되
> 내가 진실로 속히 오리라 하시거늘 아멘 주 예수여 오시옵소서
> 주 예수의 은혜가 모든 자들에게 있을지어다 아멘"
>
> (요한계시록 22:20-21)

참고 문헌

中医基础理论, 学苑出版社(2004)

内科学, 中国中医药出版社(2004)

针灸学, 中国中医药出版社(2002)

药理学, 中国中医药出版社(2002)

方剂学, 人民卫生出版社(2005)

中医诊断学, 人民卫生出版社(2004)

中医内科学, 中国中医药出版社(2007)

中医妇科学, 中国中医药出版社(2002)

中医儿科学, 中国中医药出版社(2007)

中医外科学, 中国中医药出版社(2002)

中医骨伤科学, 中国中医药出版社(2007)

中药学, 中国中医药出版社(2002)

五官科治病针灸治疗学, 天津科技翻译出版公司(2008)

神经科治病针灸治疗学, 天津科技翻译出版公司(2008)